The Strain Trilogy III

THE NIGHT ETERNAL

Guillermo Del Toro

Chuck Hogan

血族

三部曲之三

永夜

[美] 吉尔莫·德尔·托罗

[美] 查克·霍根 著

叶妍伶 译

漓江出版社

桂林

THE NIGHT ETERNAL (Book III of The Strain Trilogy)
By Guillermo Del Toro and Chuck Hogan

著作权合同登记号桂图登字:20-2014-052号

图书在版编目(CIP)数据

永夜/(美)吉尔莫·德尔·托罗,(美)查克·霍根 著;叶妍伶 译. —桂林:漓江出版社, 2014.12 (2017.6重印)
(血族三部曲)
书名原文: The Night Eternal
ISBN 978-7-5407-7356-4

Ⅰ. ①永… Ⅱ. ①吉… ②查… ③叶… Ⅲ. ①长篇小说-美国-现代 Ⅳ. ①I712.45

中国版本图书馆CIP数据核字(2014)第247386号

策　　划:刘　鑫　单　鹏
责任编辑:刘　鑫　王　珏
封面设计:卿　松

出版人:刘迪才
漓江出版社有限公司出版发行
广西桂林市南环路22号　邮政编码:541002
网址:http://www.lijiangbook.com
全国新华书店经销
销售热线:0773-2583322

北京汇瑞嘉合文化发展有限公司
(北京市经济技术开发区荣华南路10号院　邮政编码:100176)
开本:960mm×690mm　1/16
印张:23　字数:250千字
2014年12月第1版　2017年6月第3次印刷
定价:35.00元

如发现印装质量问题,影响阅读,请与承印单位联系调换。
(电话:010-69599001)

献给我的爸妈，

现在我知道让心血凝结到世上有多辛苦了。

——吉尔莫·德尔·托罗

献给夏洛特，永远。

——查克·霍根

The Strain Trilogy III

THE NIGHT ETERNAL

Guillermo Del Toro

Chuck Hogan

血族

三部曲之三

永夜

[美] 吉尔莫·德尔·托罗

[美] 查克·霍根 著

叶妍伶 译

灰烬雨

RAIN OF ASHES

摘录自伊费·顾威个人日记

黑暗降临的第二天，他们包围了他们——最优秀最精锐的人，那些有权、有财、有势的人。

国会议员和企业总裁、金融巨子和知识分子、反叛分子和声望卓著的人。他们都没变成吸血鬼，全都被残杀殆尽，他们绝种得很迅速、公开、残忍。

只留下各领域少数专家，其他所有领袖都被赶尽杀绝。那些精英被抓住后，全像牲口一样被赶到全球各地的都会中心，像华盛顿的国家广场、莫斯科的红场、开普敦的体育馆和纽约市的中央公园。在恐怖、喧闹、混乱之中，所有人都被处理掉了。

据说上千只返魂尸在列克星敦市暴动，突袭格拉梅西公园周围的每一栋建筑物，这些人有再多钱财和人脉也没用，还是要合起纤纤玉手哀求讨饶。他们的身体扭曲——垂挂在麦迪逊大道的街灯下。纽约时代广场上，火葬用的柴堆有 20 英尺高，烈火熊熊，闻起来就像烤肉一样，曼哈顿的精英点燃了空荡的街道和倒闭的商店——**一样不留**——还有安静的超大数码广告牌。

血祖显然计算出了正确的数量，精准的平衡，他知道需要多少吸血鬼才能维持优势又不会造成血液供应的负担；他的手段很有系统，也确实有数学根据。老弱的人类都被集中扑杀，是净化地球也是暴动骚乱，全球人口大约有三分之一在大家所谓的“第零夜”后 72 小时之内被扑灭。

怪物群控制了街头，防暴警察、霹雳小组、美国陆军——都被排山倒海的怪兽击溃。那些投降的人、那些屈从的人活下来当了守卫和哨兵。

血祖的计划一举成功。残暴中又符合达尔文的理论，血祖选择了顺从又听话的人活下来。他的力量愈来愈强，愈来愈骇人。吸血鬼的始祖都被摧毁了，血祖控制所有吸血鬼——并通过他们，控制全世界——血祖的控制范围愈来愈广泛，也愈来愈复杂。返魂尸不再像狂暴的僵尸一样在街头任意游荡、偷袭、噬血。他们的行动都经过协调，就像巢里的蜂或窝里的蚁，他们显然各司其职、分工合作，他们在街头上担任血祖的耳目。

刚开始，完全没有日光。日正当中的时候可以微微看见熹微的阳光，但仅此而已，黑暗毫不间断。现在，两年之后，阳光每天会穿透遭受核污染的大气层两小时，但虚弱的光线完全不像过去的日光那样能温暖地球。

返魂尸到处都是，就像蜘蛛和蚂蚁，以确保活下来的人类都能融入体制中……

但最惊人的是……生活鲜有改变。血祖在前几个月就利用社会乱象来掌控人类。因为少了食物、净水、卫生、法治，所以大众开始恐慌，害怕到只要恢复基础设施、建立食物配给制度、重建输电网络驱赶漫漫长夜的黑暗，他们就报以感激和服从。牲口需要秩序和制度的补偿，只要有明白清楚的权力结构，它们就会服从。

不到两周，大部分的机制都恢复了，水、电、有线电视也重新出现，回放以前的电视影集，只是现在没有广告了。运动、新闻，全部都一样，没有制作新的节目，而且……大家都喜欢。

地铁是新世界最重要的工程，因为私家车非常稀有。汽车可以当成炸弹，所以新的警察国度里容不下汽车。所有车辆都必须充公、销毁。街上全部的交通工具都用于公共服务：警务、消防、卫生——功能没有问题，由听话的人类来驾驶。

飞机的命运也一样。唯一可用的飞机由石心集团操纵，石心集团是控制食物配送、电力、国防工业的跨国企业，血祖利用石心集团来控制地球，以前翱翔天际的飞机里仅存的大约7%都属于石心集团。

银成为违禁品的同时，也被当作交易货币，变得非常抢手，可以用来换抵货券或食物券。足量的银甚至可以替自己或深爱的人赎身，离开这种集体农场。

集体农场是新世界里最不一样的制度。教育制度消失了，再也没有学校，再也不用阅读，再也不需思考。

畜牧场与屠宰场全年无休，24小时经营。守卫和司机都经过训练，让返魂尸可以获得他们需要的养分。新的阶级制度很快就建立了起来，一种生理种姓制度：返魂尸偏好B型阳性血型。所有血型都可以，但B型阳性血型可能有比较多优点——就像牛奶有不同等级一样——或者是离开活体之后口感还比较好，更适合包装储存。非B型血型的人就是工人、农夫、真正的下人。B型血型的人就是神户牛排——最顶级的肉品。他们被宠坏，有特权，可以补身体。他们照紫外线灯的时间甚至可以多一倍，以确保身体可以留住维他命D。他们每天的例行生活、内分泌，最后连他们的繁衍都受到了体制规范，这样才能符合要求。

就这样，人类照常去工作、看电视、吃饭、睡觉，但是在黑暗寂静中啜泣落泪、辗转难眠。他们心里非常清楚，认识的人、身边的人、同床共枕的人可能随时会离开，被邻近农场的水泥建筑生吞活剥。他们咬着嘴唇默默哭泣，因为除了顺从外别无选择。永远有别人依赖着他们，有双亲、手足、小孩；永远有别人给他们害怕的资格、懦弱的幸福。

谁会想到我们有朝一日会怀念着喧闹的1990年代和21世纪初期，在世界秩序瓦解之前的政治动荡和金融骗局……相较之下，那是金色岁月。我们所有的一切都消失了——我们的父亲与祖先所理解的社会形态和秩序。我们变成兽群，我们变成畜生。

我们这些还活着又没加入体制的人……我们变成了异族……我们是歹徒、清洁工。正遭到猎捕。

没有办法反击……

纽约市皇后区林边凯尔顿街

尖锐的声音划过远方，伊费·顾威博士惊醒。他在沙发上扭动身体，仰躺之后坐起身——动作流畅又激动——他身边地板上有个包包，磨损的皮质剑把就露在包包外面，他利落地扣住剑把，银剑一挥，就划破空气，嗡鸣响亮。

他的怒吼嘶哑又模糊，他的梦魇忽然消失，叫声便戛然而止。剑端还在晃，没刺到任何东西。

他独自一人。

凯莉的家，她的沙发，熟悉的一切。

这里是他前妻的客厅。尖锐的声音是远方的警铃，在他的睡梦中转变成人类的叫声。

他又做梦了，梦到火焰和轮廓——没办法看清楚但知道是模糊的人形——在刺眼的光线中、在战斗地点。在梦里，这些轮廓就在他身边扭打，最后光线吞噬了一切。他总是激动不安又精疲力竭地醒来，好像他真的和敌人格斗了一场。无中生有的梦境。他可能原本正在梦着最平淡的杂事——野餐、塞车、办公室里的一天——突然光线愈来愈亮，吞噬了一切，然后银色的人形出现了。

他盲目地摸索着武器袋——改装过的棒球用品袋。布鲁克林区弗拉特布什大道有家体育用品店被洗劫一空，这是他几个月前在那里顺手牵来的。

他在皇后区。好、好，一切都回来了——包括难受得让人下颚发疼的宿醉。

他又昏过去了，又再度危险地狂饮。他把剑放回武器袋里，然后翻身，手捧着头就好像小心翼翼地从地板上端起一颗有裂缝的水晶球。他的头发摸起来像钢丝一样触感很奇怪，他的手还在抽动。

地球上的地狱。对。受诅咒的大地。

真相就是个下流的贱货。他被噩梦吓醒。他还活着——还是人类——这也没什么，但这是他最期待的部分。

又在地狱活了一天。

他睡梦中记得的最后一件事，留在意识里的片段梦境，就像黏稠的胞衣，那就是扎克在炙热银光中的画面。这次爆发点出现的时候他不成人形。

“爸——”

扎克说话的时候双眼直盯着伊费的眼睛——然后，光线吞噬了一切。

一想起这画面他就打寒战。为什么在地狱中他还不能在梦境里缓口气？梦境不是要让人放松吗？为了平衡恐怖的现实，不是应该利用梦境来逃脱吗？他会希望用最纤细的感受去回忆甜美的梦境。伊费和凯莉刚毕业，手挽着手一起逛跳蚤市场，寻找便宜的家具和摆设，要装饰他们的第一栋公寓……

扎克还在学走路，踩着小胖腿在屋子里面绕，他是个穿尿布的小少爷……

伊费、凯莉和扎克在餐桌上，双手交叠地坐在满桌丰盛的菜肴前，等小扎坚持着慢慢把餐前祷告文说完……

但，伊费的梦都像是粗制滥造的鬼片。

过去认识的熟悉脸孔——敌人、熟人、朋友都被跟踪后掳走，而他在一旁看，没办法靠近他们、帮助他们，甚至也没办法转身离开。

他坐起身，调整姿势后起床，一手撑在沙发椅背上。他离开起居室，走到面对后院的窗边。拉瓜地亚机场就在不远处。现在要看到飞机或听到喷气引擎在远处的声音，已经很难得了。没有灯光在空中回旋。他想起了2001年的“9·11”事件，当时空中没有飞机，感觉很不真实，过了一周以后再看到飞机，有一种很奇怪的松了一口气的感觉。现在，没办法松一口气了。现在，没办法回归正常了。

伊费不确定现在几点。上午几点钟吧，他根据自己不准确的生理时钟猜测。现在是夏天——至少根据以前的历法，现在是夏季——热辣辣的太阳应该高挂在空中。

但实际上，一片黑暗。日夜交替的自然规律已经被粉碎了，应该永远失序了。天空中飘着一层浓厚的灰烬，遮盖了太阳。新的大气层弥漫着全球各地核爆炸和火山爆发的碎屑，地球就像是个包裹着有毒的巧克力糖衣的蓝绿色糖球。大气层就像厚重、绝缘的斗篷，把黑暗和冰冷封在里面，阳光隔绝在外面。

长年不断的黄昏。这颗行星变成了惨白、腐烂的冥府，到处是白霜和痛苦。

最适合吸血鬼的生态。

虽然媒体受到监控管制，不过新闻节目就像色情影片在网络讨论区流传，而目前最实时的新闻报道指出，全球各地的灾后状况都一样。目击者看到了天空愈来愈黑暗，或是降下黑雨，不祥的云朵聚在一起，却始终不散开。因为地球会自转而且有风，理论上只剩下极地——结冻的北极和南极——还能受到阳光照射……不过这点也没人说得准。

核爆炸与发电厂意外产生的残留放射线危机一开始很激烈，在各个事故发生地都造成灾难。伊费和其他人在地底下待了快两个月，他们躲在哈得孙河下的列车隧道，所以没受到短期内的落尘影响。极端的气象状况和大气风向把灾害带到大范围的区域，分散了放射线的浓度。生态系统剧烈变化产生的暴雨洗刷了落尘，进一步降低了辐射线的浓度。落尘量大幅下降，在短期之内，没受到直接冲击的地方在事件发生后大约六周内就可以前往和得到净化。

长期影响现在还没看到。人类生育率、基因突变、致癌几率是不是上升等问题都没办法在短时间内获得答案。不过现状逼使大家不去想这些非常真实的顾虑：核灾与吸血鬼控制全球两年后，大家只害怕迫切的事情。

震耳欲聋的警报安静了下来。这些警报系统原本是在灾难发生前为了驱赶入侵的人类并呼叫求援而设置的，现在还经常响起，虽然没有像刚开始的那几个月那么频繁，那时候警报器持续不断地呜咽，就像一个快消失的族群在临死前痛苦地哀鸣。仿佛另一个凋零文明的遗迹。

在警报器嘶吼的空当，伊费就会听见入侵者的足音。从窗外，或从潮湿的地窖内走上来，或从灰尘密布的阁楼走下来——吸血鬼无孔不入，没有任何安全的地方。就算每天都有少少几小时的日光——阴暗、朦胧的光线，带着琥珀般病态的色泽——但还是有很多危险。白天是人类禁止出行的时段，最适合伊费和其他人移动——不会直接和返魂尸冲突——但也是最危险的时机，因为许多人类为了改善自己的生活处境而沦为吸血鬼的耳目和爪牙。

伊费把额头靠着窗户。冰冷的玻璃让他温热的皮肤很舒服，也可以舒缓头痛。

有知觉是最惨的，知道自己神志不清不代表自己的神志比较清楚，就像知道自己快要灭顶不代表你就不会灭顶——只是增加惊慌的负担。过去比较美好明亮，而对过去的回忆、对未来的恐惧以及吸血鬼的恶疫都让伊费痛苦不已。

他需要食物，他需要蛋白质。屋子里一无所有，他好几个月前就把房子里的食物和酒精都清空了，还在马特的衣柜里发现他偷藏了一大包奶油饼干。

他从窗边退了一步，转身面对起居室和后方的厨房。他努力回想自己是怎么来这里的，为什么要来这里。他看到墙上有劈砍的痕迹，他用菜刀释放了他前妻的男友，马特当时才刚转化为吸血鬼，伊费把他的头砍了下来。那是刚开始残杀的时候，那时杀吸血鬼和变成吸血鬼一样让人害怕，就算那个吸血鬼是他前妻的男友，而那个人打算取代伊费的地位，成为扎克生命中最重要的男性。

异物伸进口中会引起反胃——人类的道德感原本也有类似的反射作用，如今却早已消失了。这世界变了，伊费·顾威博士曾经是疾病管制局里举足轻重的传染病学家，这时已判若两人。吸血鬼病毒殖民了人类，祸疫在一场充满惊人的凶残与暴力的政变中击碎了人类文明。拒绝屈服的人类——意志坚定、手握重权、身体强壮的人——几乎都被摧毁或转化了，只留下温顺、受挫、害怕的人类来服从血祖。

伊费又把注意力移回武器袋，那个应该收纳打击手套或护腕的狭长形拉链口袋，他从里面拿出皱巴巴的经典笔记本。这些日子里，他如果不把思绪写在破烂的日记里，他就什么都不记得。什么都写在里面，包括不自然的灵异现象和生活琐事。每一件事都得记录下来，这是他的强迫症。他的日记其实就是他写给儿子扎克的一封长信，他要记录他寻找独子的过程，把所有跟吸血鬼有关的观察和理论全都写下来。而且，身为科学家，他还要记录数据和现象。

同时，这项练习也可以有效帮助他恢复理智。

这两年来，他的字迹愈来愈潦草难辨，他连自己都快要看不懂了。他每天都会写下日期，因为只有这样才能在没有日历的情况下回溯时间。其实日历也不是很重要——但今天特别重要。

他草草写下日期，然后心跳加速了一会儿。当然，就是今天，他怎么又会回到这里！

今天是扎克的十三岁生日。

“你过了这里就会死”——楼上那道门上贴了个警示标语，记号笔写下的文字旁边有墓碑、骷髅和十字架的图案。扎克做这个标语的时候年纪还很小，大概七八岁。扎克的卧室一直维持原样，和当初他住在里面的时候一样，全世界各地失踪儿童的房间都是如此，象征着父母心中的时间停格在那一刻。

伊费一直回到这间卧室，就像潜水员一趟又一趟地造访沉船。那是一座秘密的博物馆，那个世界保存良好维持原样，那是一道可以直接回到过去的窗户。

伊费坐在床边，感受着床垫熟悉的支撑力，听着床架令人放心的吱嘎声。他翻过房间里的每一样东西，他儿子生命中碰过的每一样物品。他这时又巡视房间，他认得每一个玩具、每一尊公仔、每一枚硬币、每一条鞋带、每一件上衣、每一本书籍。他否认自己沉迷其中。人们造访庙宇、教堂、清真寺不是因为沉迷，而是因为信仰所以才经常参与宗教活动。扎克的卧室现在就是一座神殿。在这里，而且只有在这里，伊费才感觉到平静祥和，还有内心的稳定。

扎克还活着。

这不是猜测，这不是盲目的希望。

伊费知道扎克还活着，而且还没被转化为吸血鬼。

过去——照旧世界运作的方式——失踪儿童的家长有很多资源。他们确定警方会调查，也知道上百人、上千人都能同情体谅他们的处境，会主动帮忙搜寻。

他儿子却是在没有警察、没有律法的世界里被劫持的。伊费也知道是谁掳走了扎克，那个怪物曾经是他的妈妈——没错！劫走他儿子的就是她，但她会这么做是因为她被另一个更强大的力量所逼迫。

吸血鬼之王，血祖。

但伊费不知道为什么他们要带走扎克。表面上当然是为了伤害伊费，还有让扎克那尚未死绝的母亲受到驱使来探望“挚爱的家人”，也就是生前所爱的人。病毒扩散的原理就是靠吸血鬼去渗透人类的爱情，把所爱的人转化成返魂尸就能把他们永远绑在你身边，不再在乎人类的各种情感与磨难，只剩下单纯原始的需要，像是进食、传染、存活。

这就是为什么凯莉（那怪物生前是凯莉）的精神心智会锁定他们的儿子，而且不管伊费多么尽力守护，她还是把他给带走了。

就是这种症状，这种想要把最亲近的人转化为吸血鬼的偏执，让伊费很肯定扎克还没有转化为吸血鬼。因为如果血祖和凯莉已经饮下扎克的血，那么扎克一定会以吸血鬼的姿态回到伊费身边。伊费非常害怕这个情况——他必须面对自己半生半死的儿子——这样的恐惧已经纠缠他两年了，经常害他坠入深沉的绝望中。

但，为什么？为什么血祖还没有转化扎克？为什么要挟持他？是要用扎克当棋子来对付伊费和反对血祖的势力吗？还是为了伊费无法理解也不敢想象的病态理由？

伊费想到他可能要面对的两难局面就不禁哆嗦。一考虑到儿子，他其实很脆弱。伊费的弱点也正是他力量的来源：他无法放弃儿子。扎克这时在哪里？他是不是被拘禁在什么地方？是不是在代替父亲经受折磨？这些想法钳制着伊费的头脑。

让他最不安的不是这些想法。其他人——费特、诺拉、格斯——都能全力投入进反抗势力，他们投入了他们所有的精力和注意力，正因为他们在这场战争中没有人质。

平时只要来到这房间，伊费就觉得在这个受诅咒的世界里没那么孤单，但今天却有反效果。他此时此刻就在这里，却从来没觉得那么清楚地寂寞。伊费又想到马特——前妻的男友——他就在楼下杀了马特，他还曾经很烦恼马特在扎克的成长过程中地位愈来愈重要。现在他每一天、每小时都在想：世界在这怪物的控制之下，他儿子究竟生活在哪一种炼狱中……

他无法承受情绪，觉得恶心想吐又满身大汗，所以掏出日记，写下累积了整本笔记的问题，就好像抄写经文一样：

扎克在哪里？

依照习惯，他往前翻翻最近写下的日记。他发现其中一则和诺拉有关，他想要认清楚字迹。

“太平间。”

“约定。”

“太阳一出现就行动。”

伊费斜眼看着字，努力回想——这时一阵焦虑席卷他全身。

他应该要去医检总局的旧大楼和诺拉及马丁内斯太太见面。在曼哈顿。今天。

该死。

伊费抓了袋子，哐啷一声，银剑撞在一起，他把包包往后一甩，剑把插在肩膀后方就好像用皮革缠绕的天线一样。他走出房间的时候还快速地扫视了一眼，发现扎克书桌上有个变形金刚的玩具放在喇叭旁边。如果伊费没记错的话，那应该是“横炮”，伊费以前曾经把这个机器人的故事书念给扎克听。那是伊费送给扎克的生日礼物，就在几年前。“横炮”的一条腿松掉了，应该是扎克玩得太凶了。伊费摆弄着玩具的手臂，还记得扎克怎样轻松地把这个玩具从车子“变形”成机器人，然后又变回来，就像终极进阶版的魔术方块一样。

“小扎，生日快乐。”伊费先低声地说，再把出故障的玩具塞进武器包里，走向门口。

林边

曾经的凯莉·顾威抵达她以前在凯尔顿街的家门外，伊费前几分钟才刚离开。她从大约 15 个小时前发现他的心跳后一直在追踪这个人类——她挚爱的家人。但是当太阳升到最高点，天空都亮了起来——这两三个小时内，昏暗但危险的日光穿透厚重的云层洒在地面上——她就得退居地下，错失良机。现在她很靠近了。

两个黑眼探子陪着她——血祖到纽约时正好碰上日食，许多小孩观测时眼睛灼伤因而失明，后来血祖亲自将他们转化为吸血鬼，增强了他们敏锐的直觉——他们个头娇小、动作敏捷，就像饥饿的蜘蛛一样能掠过人行道或废弃车辆的车顶，他们什么都看不到，却什么都察觉得到。

通常，凯莉受到家人牵引，这股力量就能让她追踪、锁定她的前夫。可是酒精、镇定剂、兴奋剂影响了伊费的神经与循环系统，让伊费的信号减弱、失常了。酒精和药品会混淆人类大脑的神经突触，减缓传递速率，遮蔽神经信号，就像无线电频道受到干扰一样。

血祖对伊费·顾威特别感兴趣，在整座城市里监控他的一举一动。这就是为什么血祖派这两个探子来支持凯莉——本来是一对兄妹，现在所有人类性征都消失了，两人都没有毛发和生殖器，看起来简直一模一样。他们一到这里就开始来来回回地沿着屋前的矮篱笆奔驰，等凯莉跟上来。凯莉开门进入院子里，先绕着屋子走一圈，担心有陷阱。满意之后，双手一撑翻过对开窗户的窗框，起身打碎玻璃，解开锁，拉起窗。

探子跳进去后凯莉也跟在后头，抬起肮脏的赤脚跨过窗框，然后弯下腰，轻松地扭曲身体钻进了长、宽才90厘米的开口。探子爬到沙发上，就像训练有素的警犬一样指一指。凯莉直直地站在那里好一阵子，在屋内打开所有的感官。经她确认后，屋内没有别人。他们来迟了，不过她察觉到伊费近来的行为，或许还有很多情报可以收集。

探子在地板上飞奔，跑到朝北的窗边，摸着玻璃好像在吸收最近在那附近徘徊不散的感觉——然后突然抢步上楼。凯莉跟着他们，让他们去嗅味道、指方向。当她跟上来时，他们在卧室里跳跃，伊费最近在这里活动，他们的感官受到剧烈的刺激，就像动物不由自主又不明所以地被冲动所驱使。

凯莉站在房间中间，双臂下垂。吸血鬼的体温较高，她的新陈代谢非常快，所以立刻就让冰冷的卧室气温升高了几度。凯莉不像伊费，她不受人类怀旧之情影响。她对以前的家没有感觉，就算站在儿子的房间也没有后悔或失落感。她已经感受不到自己和这地方的关联，也和可悲的过去切断了联系。就像蝴蝶不会惋惜地或忧郁地回顾自己以前是毛毛虫的模样，只会振翅飞去。

一股嗡鸣声传进她体内，她的脑中多了个存在，身体一震。血祖透过她的双眼观看，用她的眼睛注意，观察着他们和伊费擦身而过。

殊荣的一刻……

然后，来去同样匆匆，那嗡鸣声消失了。凯莉没察觉到血祖责怪他们猎捕伊费失败，她只觉得自己很有用。在全球各地所有侍候血祖的吸血鬼里，凯莉有两样血祖相当重视的特质：第一是她和伊费·顾威之间的联系。

第二是和扎克。

不过，凯莉还是很想把她亲爱的儿子转化为吸血鬼，那股渴望与需求让她难受得发疼。那股欲望虽稍有消退，却始终没消失，她时时刻刻都感觉得到自己不完整的那种空虚。这和她吸血鬼的本性不符，可是她承受着这种苦痛只为了一个理由：血祖的要求——血祖崇高的意志就能驱退凯莉的欲望。所以扎克还是人类，还没有转化，还没有了结。血祖会如此要求必有目的，所以她丝毫不怀疑地信任着。血祖没让她知道原因，是因为现在还不能让她知道。

现在只要看到那男孩坐在血祖身边就够了。

凯莉下楼时，探子在她身边跳来跳去。她走到拉起的那扇窗，钻了出去，就像她钻进来的时候一样，几乎一步也没停。又开始下雨了，硕大的黑点滴在她发烫的头皮和肩膀上，消失为蒸气。她踩在街道中央的黄线，又感觉到伊费的足迹，他愈来愈清醒之后心跳就更强劲了。

探子一前一后奔驰，她在雨势中大步向前，留下一条蒸气的模糊足迹。她靠近地铁站，感觉到自己和他之间的感应联结又开始消退，这是因为两人之间的距离渐长。他搭上了地铁。

失望的情绪不会遮蔽她的思维。凯莉会继续追寻伊费，一直到他们重逢。她用心电感应向血祖报告后，就随着探子进入车站。

伊费要回曼哈顿。

法雷尔号

那匹马突然抓狂。它身后留下一缕厚重的黑烟和橘色的火焰。

那匹马着火了。

那骄傲的野兽全心全意地往前奔驰,不是因为痛才如此迫切,而是因为渴望。夜里,从一英里外就能看见那匹没有骑士也没有马鞍的马穿越平坦荒芜的乡间,朝村庄直奔,对准了守夜的人。

费特看得傻眼了,动也不动地站着。他知道那匹马朝他而来。他做好准备,期待着。

一进到村落外围,带着燃烧箭羽的极速,那匹快马开口说话了——很自然地,在梦里,马会说话——它说,**我活着**。

费特在火马迎面撞上自己时大声号叫——然后就醒了。

他在一艘摇摇晃晃的船上,侧躺在前甲板下方工作人员休息舱里的折叠床上。这条船荡来荡去,他也跟着荡来荡去,他周遭的物品全都用绳子绑好,固定在网子里,其他床都折起来靠墙收纳。休息室里只有他。

这个梦——每次都大同小异——从他年少时期就不断纠缠着他。火马踩着烧烫的蹄铁在黑夜里朝他急驰,每次都在快要撞上之前醒来,他在惊醒前一刻感觉到的恐惧很深沉、丰富,是孩童般的恐惧。

他伸手去拿床下的背包。包包湿了——船上每样东西都湿答答的——不过上方的结很紧,里面的东西很安全。

这艘船是法雷尔号,这艘大型渔船专门走私大麻,没错,大麻还是利润丰厚的黑市商品。现在要从冰岛返航,这是最后一站。费特用几把小型武器和许多弹药雇这艘船来走私大麻,这生意还要继续几年。大海是这颗行星上仅存的几处不受吸血鬼掌握的地方。非法毒品在新禁令下变得十分稀有，这门生意只剩下自产自销的麻醉剂，像是大麻和冰毒。他们的副业是贩运私酒——所以这艘船上还有几箱上好的冰岛酒和俄罗斯伏特加。

费特去冰岛有两个任务。第一笔订单是要去雷克雅未克大学。吸血鬼灾难开始之后的那几个月里，尽管费特还躲在哈得孙河下方的火车隧道，等地面空气不会致命才能出现，那时费特就时时翻阅亚伯拉罕·瑟拉齐安教授用生命换来的那本书。教授年轻时逃过了纳粹大屠杀，后来则成为吸血鬼猎人，他明确地托嘱费特独自一人保管那本书。

书名为《光之熄》。489 页，羊皮纸，手抄本，其中 20 页是插画，用皮绳装订，封面封底则是整片能击退吸血鬼的纯银。《光》说明了返魂尸的崛起，内容的根据则来自 1508 年在伊朗西南部扎格罗斯山脉洞穴中出土的一系列美索不达米亚时代的陶板。脆弱的陶板上记载着苏美尔语，保存了一个世纪以上，最后落入法国犹太教牧师手中——苏美尔语过了两个世纪之后才开始被广泛翻译——但他当时就下定决心要解读陶板上的文字，且秘密进行。牧师最后把附上插图的手抄本献给路易十四——随后立刻被囚禁。

王室谕令一下，原本的陶板就被研磨成粉，而大家都相信手抄本也被摧毁或遗失了。1671 年，国王的情妇秘密地从宫廷库房取得《光》，从此私下转了好几手，逐渐被公认为是一本受诅咒的书籍。1823 年，《光》曾经短暂地浮上台面，1911 年又再度现世，每一次都刚好碰到大型传染病爆发才再次消失。血祖到纽约掀开吸血鬼的祸疫前不到十天，这本书出现在曼哈顿的苏富比拍卖会，瑟拉齐安费尽心思，在多位吸血鬼始祖的支持下，靠他们的巨额财富才顺利中标。

瑟拉齐安本是大学教授，可是在他挚爱的妻子被转化之后就避开正常社会，全心全意猎杀受到病毒感染而转化的返魂尸。他认为若要了解吸血鬼祸害地球的阴谋，《光》就是权威著作。表面上，他的身份地位已经落魄到成为曼哈顿最萧条地区的当铺老板，不过在商店下方，他建立了一个军火库，里面全是对抗吸血鬼的武器，还有关于这恐怖族群的古老典籍和手册，是他数十年来持续追踪吸血鬼时从全球各地收集来的。不过就是因为他急于揭露《光之熄》书中的秘密，最后他牺牲了生命，这本书才会落入费特的手中。

费特待在哈得孙河下方的隧道里度过许多幽暗的漫漫长夜时曾想过，一定是有人把《光之熄》交给拍卖会。有人曾经拥有过这本受诅咒的书籍——但，是谁？费特认为或许卖家对这本书的力量和内容有更多了解。从他们返回地面之后，费特就孜孜不倦地拿着拉丁文词典研习这本古卷，竭尽所能翻译这本书籍，这项工作实在冗长乏味。纽约上东城的苏富比大楼被清空之后，费特曾经进去探看，他发现雷克雅未克大学匿名参与了拍卖会，这本稀有又特别的书籍卖出之后，所得就会由雷克雅未克大学获得。他和诺拉讨论这趟旅程的利弊优缺后，两人一致认为只有千里迢迢远赴冰岛，才有机会查出是谁把这本书拿去拍卖。

不过，他一到大学校园就立刻发现这所大学是吸血鬼的巢穴。费特原本希望冰岛像英国一样，英国在灾难发生之后反应很迅速，立刻炸毁了英法海底隧道，并且在灾情爆发初期就猎杀返魂尸。英国的各岛屿几乎都没有吸血鬼，而英国人虽然与世隔绝，但都还是人类。

费特一直等到曙光出现才在遭洗劫的行政办公室里寻找线索，希望能追查到这本书的出处。他发现将这本书交给拍卖会的是大学信托委员会，所以卖家并不是学者或董事，这不符合费特的期望。

校园已经荒废，所以他千里而来只走上了一条死路。不过，这趟旅程并非全无所获。因为在埃及古物学系的书架上，费特发现了一本非常奇特的书：古老的皮革装订书，1920 年在法国出版。封面上写着《塞杜姆和阿穆拉》。瑟拉齐安咽下最后一口气前曾经要求费特背下这一串单词。

他带走了这本书，虽然他一个法文单词也不认得。

费特的另一项任务就很圆满。他刚开始和这些走私大麻的人勾结时，发觉这些人的人脉甚广，所以要求他们替他找来核武器。这个要求其实没有别人想的那么牵强，尤其是在前苏联地区，返魂尸全面掌握了那里，很多所谓的“核武公文包”被曾经的苏联克格勃军官偷走了，所以在东欧黑市能买到核武器的谣言甚嚣尘上——不过都是二手旧货。血祖打算摧毁此类武器——这样核武器就不会毁灭他的发源地，因为血祖也用同样的方式摧毁了另外六位吸血鬼始祖的发源地——等于向费特和其他人证明了血祖也有弱点。就和始祖一样，血祖的发源地，也是摧毁血祖的关键，就隐藏在《光之熄》的书页里，化为密码。费特开的价码够高，背后也有足够的银弹支撑这个价码。

走私船员在水手之间放出风声，可以用核武器换得丰富的纯银。当走私犯说他们准备了一份惊喜给他的时候，费特还相当怀疑，不过心急的人几乎什么都会相信。他们在冰岛南部的一座小火山岛碰面，七个乌克兰人登上一艘破帆船，船尾竟有六种不同的外挂引擎。船长很年轻，大概二十几岁，只有一只手，他的左臂萎缩，末端装了一个难看的钩子。

那个装置根本不是公文包。看起来像是个用黑色防水布和网子包起来的小酒桶或垃圾桶，上下周围全都缠上绿色的带子。大概高 90 厘米、宽 60 厘米。费特轻轻地举起来，大概重 50 公斤。

“你确定这东西能用吗？”他问。

船长用那只完好的手搔搔红铜色的胡须。

他用俄国腔讲着破英文：“人家说可以。只有一个办法能知道。这东西缺个零件。”

“缺零件？”费特说，“我猜猜。钚，U-233。”

“不是。燃料在堆芯里面。当量为 1 千吨。缺雷管。”他指指上方的一团电线，然后耸耸肩，“其他都好的。”

一枚 1 千吨当量的核武器的爆炸威力等于 1000 吨 TNT 炸药，震波可摧毁半英里内的钢铁建筑物。

“我想知道你从哪里弄来的。”费特说。

“我想知道你要这东西做什么，”船长说，“最好我们都各自保留秘密。”

“也好。”

船长找另一个水手帮费特把炸弹扛上走私船。费特拉开钢铁地板下方的把手,大量的银就存放在那里。返魂尸搜刮银矿和搜刮核武的态度一样积极,因此,这种能杀死吸血鬼的贵金属价格飙涨。

交易一完成,包括船员用伏特加换来好几包烟草后,杯里就斟上了酒。

船长灌下烈酒之后问费特:“你是乌克兰人?”

费特点点头:“你看得出来啊?”

“长得像我那村的人,不过那村子已经消失了。”

“消失?”费特问。

年轻的船长点点头。“切尔诺贝利。”他解释着,并举起断臂。

费特这时看着那颗被五花大绑在墙上的核武器。没有光线,没有滴答滴答的声音。可远程遥控的武器正等着启动。他是不是换来了一桶垃圾?费特不这么认为。他信任乌克兰籍的走私贩,验货的事情都交给他,而且他还得持续跟这些走私大麻的人做生意。

费特很兴奋,甚至充满信心。这就像是拿了一把装满子弹的枪,只是没有扳机。他只需要一根雷管。

费特曾经亲眼看见一群吸血鬼在雷克雅未克城的温泉区开凿,那地方称为“黑池”。这表明血祖不知道自己的发源地究竟在哪里——发源地不是指血祖的出生地,而是他第一次以吸血鬼的状态出现在地球上时身在何处。

这个地点的秘密就记载在《光之熄》里。费特只剩下他到现在都还没办法完成的任务:解码,靠自己的力量找出血祖的发源地。如果《光之熄》浅显易懂,就像一本灭绝吸血鬼的手册一样,费特就能按照步骤进行。可是《光》这本书里充满了荒诞的图片、奇怪的隐喻、模糊的看法。书里有一条人类历史的倒叙图,控制历史的不是命运之手,而是血祖超自然的控制。这些文字让他困惑不已，就和其他读者一样。费特自觉学问不足。这时，他最想念老教授渊博的学识，总能让人安心。少了他，《光》对他们有用的程度就和缺少雷管的核武器一样。

不过，这总算是一点进展。费特无穷尽的热忱将他带到甲板上，他抓紧栏杆，往外望着波涛汹涌的海洋。雾很浓很咸，但今晚没有滂沱大雨。大气层经过变化之后，让航海更危险，航行时的天气更难预测。他们的船穿过一群水母，宽阔的海面上几乎都是这种海洋生物——它们靠鱼卵维生，让已经很稀薄的阳光更没办法穿透海水——有时候集结成群宽达数英里，像一张大脸盖住水面。

他们离马萨诸塞州新贝德福德的海岸不到十英里，这让费特想起了瑟拉齐安的工作文件里提到的一件很有趣的事情，那些工作文件是他为《光之熄》整理的参考资料。老教授在这些文章里提到1630年温思罗普舰队在“五月花号”之后过了十年横跨大西洋，将第二波清教徒带到新世界。其中一艘“希望号”载了三件不明货物，里面有雕刻精细的木箱。清教徒在马萨诸塞州的塞勒姆镇登陆，之后又搬迁到波士顿（因为那里有充足的净水），但他们的状况急转直下。第一年就少了200人，众人认为他们死于恶疾，但其实真正的原因是：他们都成了血祖的猎物，因为他们愚蠢地把返魂尸给运到新世界。

瑟拉齐安的死带给费特莫大的空虚。他非常怀念那位智者的忠告和陪伴，但他最思念的是老教授的智慧。老教授的死，不只是他的生命结束而已，也重击了人类的未来——这绝对不是夸大其词。他承担了极大的风险，将神圣的《光之熄》交到他们手中，尽管他没给他们解码的知识。费特经常研读这本书，和其他皮革装订的笔记本，里面有老教授深奥难解的思绪，有时也记载了家事杂务、购物清单、收支账务等等。

他撬开那本法文书，果不其然，他连哪面是封面、哪面是封底都搞不清楚。不过，靠华美的雕版图就能清楚辨别：整页都是插图，费特看到一对老夫妻在城市中窜逃，在熊熊烈火中燃烧——妻子化为烟尘。就连他也知道这故事……

“罗得……”他说。往后翻几页，他又看到另一幅插画：老人掩护两个生物，他们身上有美丽的翅膀——是上帝派来的大天使。费特立刻合上书，看着封面。《塞杜姆和阿穆拉》。

“所多玛和蛾摩拉……”他说，“塞杜姆和阿穆拉就是所多玛和蛾摩拉。”他一时间觉得自己的法文很流利。

他想起《光之熄》里的一篇插图，几乎和这本法文书里的一模一样。风格和笔触不同，但内容一样。

罗得保护着大天使，不让众人欺凌。

线索就在这里，可是费特却没办法拼凑在一起。就连他的手都似乎完全不适合保管《光》，尽管他的手粗糙又宽大，就像棒球手套一样。为什么瑟拉齐安要他看管这本书，而不选伊费？伊费比较聪明，毫无疑问地，他也比较博学。该死，他搞不好还会说法文。但瑟拉齐安知道费特宁死也不愿让书落入血祖的手中。瑟拉齐安很清楚费特的为人，而且很爱他——就像一位老父亲一样充满耐心与慈爱，坚定又慈祥。瑟拉齐安从来就不会让费特觉得自己很迟钝，或有任何事瞒着他；其实正好相反，瑟拉齐安总是既耐心又细心地解释每件事给费特听，让他有参与感，给他归属感。

费特生命中的情绪空洞以最意外的方式得到了填补。伊费愈来愈古怪乖僻而且偏执妄想，刚开始在火车隧道里时这种倾向就出现了，等他们回到地面之后这种情况就更严重。后来诺拉逐渐靠近费特，会找他倾诉，给他温暖，也寻求温暖。过一阵子之后，费特也学会如何响应。他欣赏诺拉在面对如此绝望的惨境时仍不屈不挠，别人都变得无助或疯狂，要不然就是和伊费一样，任由绝望改变自己。诺拉·马丁内斯懂得欣赏费特——或许她和老教授一样都注意到他的特质了——与生俱来的高贵气质，不像是男人，更像是一头驮兽，这点连费特都是最近才明白。如果他所拥有的这些特质——稳定、坚毅、内敛，不管是什么——让他在极端的环境下对她更有吸引力,那他还是这样比较好。

因为尊重伊费,他一直不愿卷入纠缠的关系,否认自己的情感和诺拉的感受。不过他们对彼此的爱慕现在已经更明显了。他要出发的前一天,费特的腿靠着诺拉的腿。这可能是个随意的举动,但对费特这样的人来说却不一样。他块头很大,不过却很在意个人空间,绝对不会侵犯别人的空间。他随时保持距离,和多数人接触都会让他非常不自在——可是诺拉的膝盖抵着他,而他则心跳加速。因为期望,还有他脑中的念头:**她没抗拒,她没有挪开身体……**

她要他小心,好好照顾自己,目送他离开时落下真诚的泪水。

从来没有人为费特哭泣过。

曼哈顿

伊费搭着七号特快车进城,仅抓着地铁列车的外壳。他扣着最后一节车厢的左后方,右脚的靴子虚踏在后方台阶上,指尖扣着窗框,随着列车在高架轨道上移动而左摇右晃。急风和黑雨拍打着他炭灰色雨衣的下摆,他拉上雨帽,把脸转过来面对着武器袋的肩带。

以前是吸血鬼搭在列车外面,在曼哈顿的地底下接驳穿梭,避免被人类发现。车窗的外框已经凹陷了,他的手指卡在窗框下面,他透过车窗看到里面的人类坐着,和列车一起摇晃。伊费目光涣散、面无表情——车里井然有序。他没有看很久,因为如果车上有返魂尸,他们的热感应夜视力就会发现他,下一站就会有很喧闹混乱的接风宴等着他了。伊费还是逃犯,全纽约各邮局和派出所都还挂着他的画像,新闻持续每周报道着他成功刺杀奥狄·帕墨——显然是根据他谋杀未遂的故事改写——让所有电视观众都记得他的名字和脸孔。

这样乘车很需要技巧,伊费花了很多时间训练自己的技术。隧道一直都很潮湿——闻起来有臭氧燃烧和废油的味道——伊费皱巴巴、脏兮兮的衣服很适合伪装,可以掩蔽众人的视觉和嗅觉。钩在列车尾端——要算好时机,动作要精确,可是伊费完全没问题。他小时候在旧金山长大,经常搭霸王车上学。你要算准时机跳上有轨电车,太早会被发现,太晚又会被拖着跑、摔很惨。

在纽约地铁里,他也摔过很多次——通常是因为他醉了。有一次,列车在特雷蒙大道下转弯,他计算什么时候要往下跳的时候没踩稳,结果被拖在列车后面,双腿疯狂乱踢,弹在轨道上,最后他滚到侧面,压断两根肋骨,还造成右肩脱臼——骨头碰到另一条线的铁栏时轻轻地凸了出来。他差点被迎面而来的车撞上。他躲进维修室,里面都是臭尿味和旧报纸,他在那里面把肩膀给推回去——但是每两天就会痛一次。如果他睡觉的时候压到右肩,就会痛醒过来。

不过现在,经过练习之后,他已经学会在列车后方找可以踏的地方和裂缝。他熟悉每一列火车、每一节车厢——然后他又打造了两把短爪钩,可以在几秒钟之内就扣住松松的铁架。伊费在家里用上好的银器制作了这两把爪钩,偶尔碰到返魂尸近身攻击的时候也适合当武器。

凯莉的妈妈曾送过他们一张桃花心木桌当作结婚礼物,伊费把桌脚拆下来当钩子末端的木柄。要是凯莉的妈妈知道了……她从来就没喜欢过伊费——她觉得伊费配不上凯莉——她可能会更讨厌伊费。

伊费转转头,甩掉湿气才能在城市的一片黑雨中看清楚皇冠大道高架道路的两侧。城市里很多地区都还很荒芜,在吸血鬼夺权的时候被大火吞噬,或被人类洗劫,早就空空荡荡。很多地方看起来好像是经历过战乱——的确,是经历过战乱。

其他地区则由人工照明设备打亮,石心建设集团依血祖的指示监控人类进行重建:现在每天阴暗的时间高达22小时,所以需要灯光才能工作。多起核爆炸导致全球电网都在电磁波冲击下瘫痪了,电量超载,所以电导体都烧坏了,让世界上大部分地区都陷入吸血鬼最喜欢的黑暗之中。

人们很快就在惊慌且残忍的情绪中明白:有个力量更强大的种族已经控制了这颗星球,人类已经不在食物链的顶端,吸血鬼的生物需求依赖人类的血液,他们才在食物链的顶端。各大洲都陷入惊惶与绝望之中,军队受到感染之后都寂静了下来。“第零夜”之后的巩固期内,因为充满毒气的大气层继续在头顶翻搅,所以连吸血鬼都必须建立一套新秩序。

列车慢慢减速,靠近皇后区广场地铁站。伊费的脚从列车后方的台阶抬起来,身体悬挂在列车的另一侧,所以月台上的人看不到他。持续不断的大雨只有一个好处:让他不会被吸血鬼血红的双眼发现。

他听到车门滑开,人群进出穿梭。列车广播自动从上方的喇叭传出来。车门又关起来,列车开始行进。伊费再度用酸痛的手指扣紧窗框看着昏暗的月台在视线中后退,沿着直线往后滑,就像过去的世界一样,愈来愈小、愈来愈淡,最后被饱受污染的雨水和夜色吞噬。

列车很快沉入地下,脱离地面上的狂风暴雨。经过两站后,地铁列车进入了东河下方的施坦威隧道。正是这类现代化设备——这种能够在急流之下穿行的惊人能力——加速了人类物种的毁灭。吸血鬼无法靠自己的力量跨越流动的水域,却能利用隧道、长程飞机和其他高速交通工具跨越这些障碍。

列车接近大中央车站时慢了下来——在最后一刻赶上时刻表。伊费重新调整紧抓列车外部的拳头,抗拒疲倦,牢牢握住他自制的爪钩。他营养不良,现在的他就像他刚上高中时一样瘦。他已经渐渐习惯凹陷的肚子持续传来的这种啮人的空洞感了,他知道身体缺乏蛋白质与维他命,而受影响的不只是他的骨骼和肌肉,还有他的心智。

伊费在列车完全停住前跳了下去,在轨道间的碎石床上踉跄了一下。他用左肩着地,像个专家般滚了一圈。他弯弯手指,松开有着关节炎般麻木感的指节,将爪钩收了起来。列车的后车灯在前方愈晃愈小,他听到铁轮刹车时摩擦铁轨发出的咯吱声响,那是他的耳朵从来无法习惯的金属尖鸣。

他转身，跌跌撞撞往另一头走去，走进隧道深处。这条路他已经走得烂熟，不需要夜视镜就能走到下一站月台。他不需担心第三条铁轨，事实上，盖着木头外罩的铁轨反而是道阶梯，能让他更方便地走上废弃的月台。

建筑材料还摆在瓷砖地上，显示翻修在最初的阶段就被打断了：脚手架、一堆一截截的输送管，还有一捆捆包着塑料布的管路。伊费把湿答答的兜帽往后一推，手伸进背包拿出夜视镜，挂到脖子上，镜片卡在右眼前。他看到东西都和他上次过来时一样，没人动过，他满意地走向那扇没记号的门。

在吸血鬼的数量攀上高峰前，每天有50万人会从他上方的大广场街、擦得发亮的绯红色田纳西大理石地板上走过。伊费不能冒险进入车站主楼——半英亩的大厅里没几个能藏身的地方——不过他以前上到过屋顶上方的猫道。在那儿，他见到了一个失落时代的纪念碑：大都会人寿保险大楼及克莱斯勒大楼这类地标性的摩天大厦，衬着夜色，阴郁而沉默地耸立。他曾经爬上车站主楼屋顶两层楼高的空调设备，站在面对42街和公园大道的山形墙上，在巨大的蒂芙尼钟面上方，置身在密涅瓦、赫拉克勒斯与墨丘利等罗马诸神宏伟的雕像之间。他曾站在屋顶的中间区域，向下看着大教堂般、超过100英尺深的大广场街，这就是他与它最近的距离了。

伊费小心翼翼推开门，夜视镜见到的是深不见底的一片漆黑。他爬上两段楼梯，穿过另一扇没锁的门，走进一道长廊。粗粗的蒸气管线现在仍在运作，沿着长廊延伸出去，吱嘎作响，还透着热气。等伊费走到下一扇门，早已满头大汗了。

他从背包里摸出一把小银刀，在这里半点也大意不得，砌上水泥墙的紧急出口可不是个被困住的好地方。乌黑的地下水渗进地板，天空的污染已成了生态系统中无法磨灭的一部分。这一段地下通道过去曾有维修工人定期巡逻，驱赶无家可归的游民、好奇心重的家伙或破坏狂。接着返魂尸短暂取得了城市地下世界的控制权，在这里躲藏、进食、扩散。由于血祖为了让吸血鬼能够躲过杀死病毒的紫外线，改变了地球大气层的结构，所以吸血鬼便得以从迷宫般的冥界爬出，夺取地平面的空间。

最后一道门上涂着白色和红色的标志：“紧急出口——警铃会响”。伊费把小刀和夜视镜收回背包，推开门把。警铃的电线老早就被切掉了。

一阵恶臭伴随着丝线般的黑色雨水扑面而来。他戴回湿答答的兜帽，开始朝东，往45街走去。他一路低着头，看着自己的步伐在人行道上踩得水花四溅。许多当年报废或废弃的汽车仍然堆在路边，使得许多街道成了单行道，只容得下吸血鬼和石心集团的人类驾驶的工作车或补给卡车通行。伊费的目光仍然低垂，但他同时也警觉地扫视街道两侧。他已学到绝对不要引人注目地左右张望，这城市有太多扇窗户，太多只吸血鬼的眼睛。要是你看起来可疑，那么你就会被怀疑。伊费一路上都在避免与返魂尸打交道。街道上，就像其他地方一样，人类只是次等公民，必须忍受搜身或是任何形式的羞辱。这里存在物种间的种族隔离，伊费不能冒险让自己曝光。

他匆匆赶到第1大道上的医检总局办公室，快速冲下留给救护车和灵车使用的斜坡，挤进担架与用来遮挡地下室入口的卷帘衣柜后方，接着闪进未上锁的门，进入停尸间。

进入后，他在昏暗中静静站了一会儿，竖起耳朵倾听。这房间里，摆着不锈钢解剖桌和数不清的水槽，这里正是两年前瑞晶航空753班机失事后，第一批乘客被带过来的地方。伊费首先检查的，是这些看起来像死了般的乘客脖子上针一样的裂口，露出一个延伸到颈总动脉的裂口——他们很快就会发现这是吸血鬼的螫针造成的。他也是在这里第一次见到了声带附近的前庭皱襞、在临死前会出现的古怪浮肿现象，后来这才被判定是吸血鬼肥大螫针发展的早期阶段。而他也正是在这里，第一次亲眼目击受害者的鲜血由健康的血红色转变成油腻的灰白色的过程。

另外，外头的人行道也是伊费与诺拉第一次遇到年老的当铺老板亚伯拉罕·瑟拉齐安的地方。伊费对于吸血鬼物种的所有认识——从他们能够被银和紫外光杀死的弱点，到吸血鬼始祖的存在，及他们自从远古时代以来在形塑人类文明上扮演的角色，到那个又叫做血祖的吸血鬼始祖搭乘753班机来到新世界，标志出末日的开端——这一切都是他从那个坚毅老人身上学到的。

自从被接管后，这栋建筑就无人居住。这个停尸间并不属于吸血鬼管控的城市基础设施之一，因为死亡已经不再是人类存在的必要终点，因此生命终止的哀悼仪式与遗体的处理及埋葬，就不再必要，也少有人奉行了。

对伊费来说，这栋建筑是他的非正式行动基地。他开始爬楼梯上楼，并准备好听到诺拉说：他对扎克失踪的绝望，已经干扰到他们的反抗工作了。诺拉·马丁内斯博士是伊费在疾管局的金丝雀计划的副手。在吸血鬼兴起的混乱与压力中，他们长期以来交恶的关系，已经从专业领域延伸到了私人领域。在火车仍旧在宾州车站底下行驶的那个时期，伊费一直试图把诺拉和扎克送到这城市以外的安全之地；但伊费最深层的恐惧成真了：凯莉被她最亲爱的人吸引回去，带着一大群返魂尸涌入哈得孙河底下的隧道，让火车脱轨，杀害其他乘客——接着凯莉攻击诺拉，并把他的儿子偷走。

扎克被吸血鬼抓走——虽然这件事伊费完全不要诺拉负责——形成了他们之间的隔阂，也是伊费和一切的隔阂。伊费觉得和自己切断了关系。他觉得自己很支离破碎，也知道他现在只能给诺拉这么多了。

诺拉有她自己的烦恼：主要是她妈妈，玛丽拉·马丁内斯，阿尔茨海默症已经影响了她的心智。纽约市医检总局办公室够大，可以让诺拉的妈妈在高楼层漫步闲逛，她被系在轮椅上，穿着袜子在走廊上步行，和不存在的人对话。她悲惨地活着，但实际上相比幸存的其他人类，她也没差太多。或许还比较好：马丁内斯太太的心智已经躲进回忆中，所以可以避开目前的恐惧。

第一个让伊费察觉到不对劲的线索是轮椅被翻倒了，侧躺在地上，靠近四楼楼梯间的门，束带落在地上。然后他闻到阿摩尼亚的味道，这臭味会暴露出吸血鬼的存在。伊费抽出剑，他沿着走廊加快步伐，有种恶心的感觉从肚子里冒上来。法医大楼虽然有部分电力，可是伊费不能开灯或用任何照明设备，否则街上的人就会看到，所以他采用防御的姿势在昏暗的走廊上行进，很注意门、转角和其他可以躲藏的地方。

他经过一个办公隔间，墙都倒了，全被翻乱了。有张椅子倒了。“诺拉！”他喊着。这举动很轻率，但如果还有返魂尸在这里，他想要把他们引出来。

他在转角办公室的地板上发现了诺拉的旅行背包被扯破了，她的衣服和个人用品散落一地。她的紫外线灯搁在角落，还插在充电器上。她的衣服是个问题，但伊费知道诺拉绝不可能没带紫外线灯就离开，除非她别无选择。他没看到她的武器袋。

他拿起手持灯具，打开黑光。光线照耀出地毯和书桌旁边有一圈圈明亮鲜艳的颜色：吸血鬼的排泄物污痕。

返魂尸曾在这里掠夺袭击，这很明显。伊费想要专心、冷静。他认为这里只有他一人，至少在这个楼层是如此：没有吸血鬼，这样很好，可是也没有诺拉或她妈妈，这就严重了。

他们打起来了吗？他试着解读这房间的信息，旋涡般的污痕和翻倒的椅子。应该没有。他在走廊上徘徊，寻找更多暴力的证据，但除了办公用品损坏之外没有其他迹象。除非迫不得已，否则她不会战斗，如果她在这里现身，这栋建筑物一定早就被吸血鬼控制了。这景象在伊费看来比较像是吸血鬼突袭临检。

他在检查办公桌的时候发现诺拉的武器袋藏在下面，她的剑还在里面。显然她也措手不及。如果没有打斗——没有用银去碰触吸血鬼——那她碰上危险的几率就大幅降低了。返魂尸对直接杀人没兴趣，他们一心只想充实隔离营。

她被抓走了吗？是有可能，但伊费很清楚诺拉，她绝对不会束手就擒——而且他也没看到任何证据。除非他们先抓住了她妈妈，诺拉可能因为担心马丁内斯太太的安危而屈从。如果是这样，诺拉可能不会被转化。在血祖的指挥下，返魂尸不愿增加同类的数量：喝人类的血，用吸血鬼的病毒来感染人类只会多增加一个要争食的吸血鬼。不，诺拉比较可能被送到市区外的隔离营。在那里，她要分担工作或遵守纪律。他对隔离营的认知不多，只知道进去就出不来。马丁内斯太太已经超过有价值的年纪，所以她的结局比较没有悬念。

伊费看看四周，变得很狂躁，他想要搞清楚该怎么做。这看起来很像是件随机事件——但真的是吗？有些时候，因为凯莉对他锲而不舍的追逐，伊费必须和其他人保持距离，并小心隐藏他在医检总局的来去行踪。要是他被发现，这可能让血祖直捣他们的反抗势力核心。哪里出错了吗？费特也屈服了吗？还是血祖不知怎的已经发现了他们的行踪？

伊费往办公桌上的笔记本电脑走去，打了开来。电源还开着，他敲下空格键结束休眠。法医办公室里工作站的计算机是用有线网络连接还在运作的服务器。因特网在很多地方都受到严重损毁，所以很不稳定。收到错误信息的几率比打开网页的更高。未经授权的网络地址很可能受到病毒感染，这栋大楼里很多计算机不是因为硬盘受损而被锁定，就是操作系统故障，所以慢到几乎无法使用。移动科技已经不存在了，不能长途通讯也不能上网。为什么要让劣等人类使用全球无阻的沟通网络呢？吸血鬼用心电感应也能办到。

伊费和其他人假设吸血鬼监控了所有网络活动，但仍持续使用。他正看着一个网页——诺拉显然是突然离开，连关掉硬盘的时间都没有——是个人通讯，两个人在用缩写交谈。

“诺马”当然是诺拉·马丁内斯。她谈话的对象“瓦费”是瓦西里·费特，以前的纽约市灭鼠员。

费特很早就开始和他们一起对抗吸血鬼，有栋房子在返魂尸进入之后就鼠祸连连，他靠实力证实了自己的价值，他懂消灭害虫的技术，也很熟知这座城市，尤其是这附近的地下通道。他简直是瑟拉齐安的学徒，和伊费一样，成为了新世界的吸血鬼猎人。这时，他在大西洋某处的货轮上，为了非常重要的任务从冰岛返航。

他们的谈话记录里费特一直打错字，他们从前一天开始谈，内容都和伊费有关。他读着不该让他看见的一段话：

诺马：伊不在这里——放鸽子了。你说得没错，我不该依赖他。我现在只能等……

瓦费：不要在那里等，继续移动，回到罗斯福。

诺马：不行——我妈恶化了，我最多再多等一天，真的没办法再这样下去了。他很危险，他变成我们所有人的风险，贱吸血鬼凯莉追上他或是他把她带回这里只是迟早的事。

瓦费：我懂你的意思，但我们需要他，最好不要离开他。

诺马：他自己出去了。什么都不在乎。

瓦费：他太重要了。对他们，对血祖，对我们。

诺马：我知道……只是我没办法再信任他了。我连他是谁都不晓得了……

瓦费：我们只要他别拖垮整件事，尤其是你。让他撑下去。他不知道书在哪儿。这样对我们都好，他不能伤害我们。

诺马：他又去凯莉家了。我就是知道。为了怀念扎克所以去偷袭。好像在偷梦。

之后——

诺马：你知道我想你。还要多久？

瓦费:现在回程上。我也在想你。

伊费卸下武器包,把剑收回剑鞘里,倒在办公椅上。

他盯着他们最后的对话,一遍又一遍地念着,听着诺拉的声音,然后是费特的布鲁克林腔。

我也在想你。

他一边读一边觉得自己轻飘飘的——好像地心引力已经从他身上抽离。不过,他坐着,一动也不动。

他应该要感到更愤怒!他大可以发脾气。因为被背叛、嫉妒而发狂。这些他都感受到了,只是并不深刻、不尖锐。这些感觉以前就在,他也知道它们存在,只不过现在它们累积成了……其实还是老样子。他身体不舒服到所有味道,不管多么酸涩,都改变不了他的情绪味蕾。

这是怎么发生的?有时候,在过去这两年内,伊费刻意和诺拉保持距离。他这么做是为了保护她,保护所有人……至少他是这么告诉自己,让他的疏远冷淡有合理的借口。

不过——他还是不懂。他重读了其他对话。所以他是"风险",他很"危险"、不可靠,他们似乎觉得是他们在扛着他。他心中有一部分觉得松了一口气,为诺拉松了一口气——**这样对她才好**——不过他的心情主要还是感受到愤怒愈来愈浓,而心跳勃发。这是怎么一回事?他是不是嫉妒,只因为他没办法再守着她?天晓得!天晓得他到底有没有尽到责任。他是不是气别人发现了他不要的玩具,而他现在想要抢回来?他对自己太不了解了……凯莉的妈妈曾经说他面对人生重要里程碑的时候总是迟了十分钟。扎克出生的时候迟到,婚礼当天迟到,就连拯救破碎的婚姻时也都太迟了。天晓得他要拯救扎克或是拯救世界是否也太迟了。而现在——现在这……

诺拉？和费特？

她走了。为什么他之前不做点什么？奇怪的是，掺杂着痛苦和失落感之外，他也觉得松了一口气。他不必再担心了——他不必再补偿自己的缺点，解释自己为何缺席，或是安慰诺拉。放心的感觉很稀薄，才正准备要感受时，他转过身，发现自己站在镜子前。

他看起来老了。比他实际岁数老好多。而且很脏，和游民没两样。他的头发贴在汗涔涔的额头上，衣服上积了好几个月的污垢，他的双眼深陷、两颊突出，拉出脸上紧绷瘦薄的肌肤。**难怪**，他心想，**难怪**。

他茫然地从椅子上站起来。沿着楼梯往下走四楼，离开了法医大楼，穿过毛毛黑雨走到附近的贝尔维尤医院。他从破裂的窗户攀进去，走在阴暗荒废的穿廊上，跟着指示牌到急诊室。贝尔维尤医院的急诊室以前是第一级创伤中心，表示这里有许多专家，可以用到最好的设备。

也存放了最好的药品。

他到护理站，发现药品柜子的门已经被拆开了，上锁的冰箱也被扯开来洗劫一空。没有止痛药，没有麻醉药，没有镇定剂。他塞了一把气泡袋里装的长效止痛药氧可酮和抗忧郁药到口袋里——自己诊断、自己开药——空箱子就往后一扔。他没配水就吞了两颗白色的氧可酮——然后全身一僵。

他一直快步移动而且又制造很多噪音，所以完全没听到赤脚靠近的声音，这时才从眼角余光看到一道身影穿过护理站后直立不动。

两个返魂尸，盯着他。完全成形的吸血鬼，毫无毛发、皮肤苍白、赤身裸体。他看到他们特别粗厚的动脉在颈部搏动，经过锁骨下方通往胸腔，就像会跳的树根。其中一个以前是男性（身体比较大），另外一个是女性（乳房萎缩、肌肤死白）。

这两个成熟吸血鬼还有另一个明显的特征，就是松垮垮的肉垂。恶心又松弛的肌肉就像火鸡的脖子一样挂在那儿，需要养分的时候呈浅红色，吃饱之后就胀成猩红色。而这两个返魂尸的肉垂苍白地挂着，像阴囊一样，他们的头一转，肉垂就晃啊晃。这是高等级的象征，还有经验丰富的猎人记号。

诺拉和她妈妈碰到的返魂尸是不是他们，使得她们必须赶紧离开医检总局？没办法确认，但伊费总觉得就是这样——如果真是如此，那表示诺拉最后还是成功脱身了。

他在他们空洞的红色眼珠里看到一道光芒，他们认得他。通常吸血鬼的眼睛后面并没有能够思考的大脑——不过伊费以前看到过这副表情，他知道他被认出来了。他们是血祖的代理人，已经将情报传递给血祖了，血祖控制了他们的大脑，几分钟之内就会出现大批吸血鬼。

“**顾威博士……**”两个吸血鬼同时开口，异口同声令人毛骨悚然，他们像被隐形的丝线所控制的两个造型一样的傀儡——背后是血祖。

目眩神迷又恶心抗拒，伊费观察着他们空洞的眼神屈服于优越生物的智慧及悠闲从容——他们的眼波微微颤动，啪的一下回神聚焦，就像皮手套一旦被戴上，忽然成形，也有了意义。

两只吸血鬼苍白而拉长的脸孔，在血祖接管软趴趴的嘴巴和空洞的眼睛后，开始变形……

“**你看起来……很累……**”那两尊孪生牵线木偶同声说道，身体的动作也完全一致，“**我认为你该休息了……不是吗？加入我们吧，屈服吧，我会为你夺取你想要的任何东西……**”

怪物说得对：他累了——噢，是非常非常疲倦——还有，对，他早就想屈服了。**可以吗？**他心想。**拜托，可以屈服吗？**

眼泪涌上了眼眶，他感觉到自己的膝盖弯了——只是微弯——就像要坐下那样。“**你爱的人——你想念的人——他们都活在我的拥抱里……**”孪生牵线木偶说道。他们的用词非常小心、非常诱人、非常模棱两可……

伊费双手往后，越过肩膀去抓那两把长剑已经磨损的皮制剑柄，双手却不由自主地微微发颤。他把剑直直抽出，以免划到自己的武器袋。也许是鸦片类药物开始发挥作用吧，但是他脑海深处却突然灵光一闪，不知怎的，这两个一男一女的畸形怪物，居然让他想到了诺拉和费特。他的爱人与他信任的朋友，现在却在共谋对付他。感觉就好像刚刚是他们本人亲自来到这里，看着伊费像毒虫般在药品柜里翻箱倒柜，见证了他最低落不堪的一刻——而且这一切完全都是他们造成的。

“**不。**”他虚弱地抽噎，回绝了血祖。即使只说一个字，他的声音还是破了。伊费非但没有把情绪压下去，反而是尽情宣泄，并让它们转化成了愤怒。

“**如你所愿。**”血祖说，“**我和你……会再见的……**”

接着意志被还给猎人了。他们喷着鼻息，怒气冲天。野兽回来了，刚刚平静泰然的直立姿态已不复见，取而代之的是四脚着地的猛兽，准备好要绕着猎物打转。伊费没给吸血鬼机会包围他，他先直接冲向男吸血鬼，双剑在手，准备就绪。吸血鬼在最后一刻跳了开来——他们的动作机敏又迅速——但伊费的剑尖已经划过他躯体的侧面。这一剑切得够深，足以让吸血鬼落地时一个踉跄，伤口也立刻涌出白色血液。返魂尸很少会感觉到肢体的疼痛，但如果攻击的武器是银时，他们就会疼痛。于是这怪物扭曲身子，抱住了侧腹。

就趁着怪物迟疑和注意力不集中的片刻，伊费猛地转身，另一把剑沿着肩线高度划了出去。这一砍由怪物的下巴划过，立刻在瞬间让他的脑袋跟脖子和肩膀分家。吸血鬼双手向上，反射性地想自我保护，下一刻，他的身骸就“砰”的一声，瘫倒在地。

伊费一转过身，女吸血鬼已经飘在空中了。她已跳过柜台，一下子扑向了他，两根带有尖爪的双胞胎中指准备就绪，眨眼间就要划破他的脸孔——但伊费实时用手臂一挡，推开吸血鬼的手，让她从一旁飞过，重重撞上墙壁，接着再重摔在地。打斗过程中伊费的两把剑都掉了，他的双手变得好虚弱。**噢，是的，是的，求求你——我想放弃。**

返魂尸很快又弹跳起来，四脚着地，蹲伏在地上面对伊费。伊费的两眼直瞪着她：他们是血祖的代理人，而血祖正是夺走他生命中一切的邪恶源头。伊费的熊熊怒火又再度燃起。他快速拿出爪钩,准备回击。吸血鬼猛扑过来,伊费也朝她直奔过去——吸血鬼下巴上的肉垂晃呀晃的,正是绝佳的攻击目标。他已经做过这套动作几百次了——就像在鱼厂中为大金枪鱼去鳞的工人一样熟练。一个爪钩钩上了肉垂后方的咽喉,很快陷了进去,硬是挤进了装着喉头、能够发射螯针的软管后方。他把爪钩下拉——猛地一扯——堵住了螯针,迫使吸血鬼跪到地上,发出猪一般的凄厉尖叫。另一根爪钩则钩上了眼窝。伊费用大拇指在怪物下巴上猛力一推,让他闭上了嘴。很久很久以前的某个夏天,他爸爸在北边一条小河抓蛇时,曾经示范这个动作给他看。"**夹住下巴。**"他说,"**把蛇的嘴巴锁住——这样它们就咬不了人了。**"有毒的蛇其实不多,但被蛇咬到可不是闹着玩的,很多蛇嘴里的细菌多得要命,被咬上一口也能让人痛得要命。结果伊费——这个城市男孩——最后竟然很擅长抓蛇,他是天生的抓蛇人。他甚至还有机会展示这项本领,当扎克还是个孩子时,有一天伊费在家里的车道上抓到了一条蛇,当时他自豪极了,觉得自己是个英雄!但那是很久以前的事了,像是发生在史前时代了。

现在的伊费虚弱又无力,而爪钩的另一头却钩着力大无穷的不死怪物,浑身发烫,愤怒与饥渴濒临爆发。他并不是身在水深及膝的加州清凉小溪,也不是刚刚从他的迷你小货车下车,要去抓一条都市蛇。这一刻危险当头,他的性命岌岌可危。但他能感觉到他的肌肉无力了,他的力量正在消退。**是的……是的——我想放弃……**

他的虚弱又让他愤怒。他想到自己失去的一切——凯莉、诺拉、扎克、全世界——于是猛地一扯,一阵厉声尖叫。他扯开了气管,折断了紧绷的软骨。同时间,下巴啪嗒一声,就在他脏兮兮的拇指下脱落。鲜血与蠕虫瞬间涌出,伊费往后一跳,小心避开它们,左闪右躲,就像只咬不到对手的拳狮狗一样。

吸血鬼跳起站立,沿着墙面滑行号叫,肉垂与脖子已经被扯开了,在半空中啪啪摆动,血肉喷涌。伊费假装要攻击,吸血鬼退后几步,气喘吁吁地呜咽，发出细小、笨拙、胆怯的声音——几乎就像猎人用的鸭鸣器的叫声。他又再次作势，这一次吸血鬼完全没有中计。当吸血鬼僵直不动，伊费只能任由她喘气休息，在缓过气来后拔腿逃跑。

要是伊费能够列出一长串战斗规则的话，那么前几项里一定会提到：“**绝对不要跟踪逃跑的吸血鬼。**”这么做不可能有什么好结果。追踪返魂尸并没有战略优势，他们的预知警报早已消失。过去两年来，吸血鬼已经发展出了协调的攻击策略。他们的逃跑如果不是拖延战术，就是直截了当的诡计。

但在盛怒之下，伊费还是做了他知道自己不该做的事。他捡起剑，追了上去，冲过走廊，来到标记着“楼梯间”的一扇门。愤怒及向血祖的走狗复仇的古怪渴望让他撞上了门，接着又跑上两段阶梯。女吸血鬼离开了楼梯间，伊费也跟着出去。吸血鬼迈着大步跑过走廊，伊费也一手拿着一把剑追过去。吸血鬼转右再转左，跑进另一个楼梯间，冲上一段阶梯。

就在伊费开始累了的时候，理智恢复运作了。他看到那个女吸血鬼在走廊远远的另一头，并感觉到她慢下了步伐，她在等他，她要确定伊费能看到她拐了个弯。

他停下脚步，心想这不可能是陷阱。他才刚刚在医院现身，没有时间让他们准备，所以吸血鬼之所以要让他这样徒劳追赶的唯一可能的另一个理由就是……

伊费走进最近的病房，来到窗边。玻璃上被划出一条条油腻黑雨的痕迹，底下的城市，由于冲刷过玻璃的脏水波纹而变得模糊不清。伊费额头贴着玻璃，费劲地想看清街道。

他看到黑色人影，看得出来是一具具尸体，从临近的大楼中冲了出来，跑到人行道上，塞满底下那条街。尸体愈来愈多，不断从街角冒出，从门口涌出，就像听到六级火灾警铃的消防员一样，不断朝医院入口移动。

伊费退了一步。刚刚心电感应的警铃真的响了！人类反抗军的领导者之一，伊费·顾威博士，被困在贝尔维尤医院了。

地铁第 28 街

诺拉站在公园大道和第 28 街的交叉口,雨水轻拍着她的斗篷。她知道她必须一直移动,可是她也得知道有没有人在跟踪她,否则逃出地铁运输系统只会掉入陷阱中。

吸血鬼在整座城市里遍布眼线,她去工作或回家的时候必须看起来和其他人类一样,问题在于她妈妈。

“我叫你打给房东!”她妈妈说,她扯下斗篷才感觉到雨水落在脸上。

“妈妈。”诺拉又把她的斗篷拉上。

“把坏掉的浴室修一修!”

“嘘！安静!”

诺拉得一直移动。虽然她妈妈行动不太方便,但走路时比较安静。诺拉抓着她的下背,停在路边时让她妈妈靠得很近,这时很多军车接近路口。诺拉又往后退,低下头,看这些车辆经过。驾驶卡车的是返魂尸。诺拉紧紧抓着她妈妈,不让她在街上游荡。

“等我看到房东的时候,他会很后悔惹火我们。”

感谢老天下了这场雨。因为下雨就要穿雨衣,雨衣就有斗篷。老弱的人类早就都被圈禁了。他们不事生产,在新社会中没有地位。诺拉绝对不会冒这种险——带着她妈妈在公共场合乱闯——但她别无选择。

“妈妈,我们可不可以再玩一次静悄悄的游戏?”

“我已经玩腻了。该死,这天花板一直漏水。”

“谁可以安静得久一点？我还是你?”

诺拉开始过街,前方有一具死尸挂在红绿灯的柱子上。尸体陈列很普遍,尤其是沿着公园大道。那死人颓丧的肩膀上有一只松鼠在为了尸体的脸颊和两只鸽子打架。

诺拉让她妈妈避开那画面，可是她妈妈根本没抬起头。她们转个弯，沿着湿滑的楼梯往下走进地铁站，肮脏的雨水把阶梯弄得油腻腻的。一进到地底下，诺拉的妈妈又想要掀开斗篷，诺拉赶紧替她戴上，说了她一顿。

十字转门已经不见了，有一道票卡闸门还在原处，但根本没必要。那个“发现异状须立即通报”的指示牌还在。诺拉抓到了空当：车站里只有两个吸血鬼，他们在路口的另一边，根本没注意到她这里。她陪她妈妈往下走到上城月台，希望四、五、六号列车能快点来。她钩着她妈妈的手臂，想要让她们的互动看起来自然一些。

通勤族站在她们身边，就和以前一样。有些人在看书，有几个人用随身听听音乐。唯一缺少的是电话和报纸。

有几个人靠着柱子，那上头有张警方张贴的旧海报印着伊费的脸：那是他以前工作证上的照片。诺拉闭上眼睛，暗自骂他。她们就是在停尸间里等他。诺拉不喜欢那里，不是因为她容易紧张——是因为那里太空旷了。格斯——他原本是帮派分子，后来碰上了瑟拉齐安，改变了人生，现在则是值得信赖且拥枪自重的战友——在地底下挖了个自己的空间。费特有罗斯福岛——她要去那里。

伊费就是这样。他是天才，他是好人，可是每次都落后了几分钟，总是在最后才拼命赶上。

她因为他才在那里多待了一天，因为错位的忠诚感——还有，对，可能因为罪恶感——她想要联络上他，想知道他的近况，想确定他没事。返魂尸从街上进入停尸间，诺拉听到玻璃碎裂声的时候正在用其中一台计算机打字，她在最后一刻找到了在轮椅上熟睡的妈妈。诺拉大可以杀了吸血鬼，但这样只会暴露行踪，还会让血祖知道伊费的藏身处。她和伊费不一样，她考虑更为周到，不会冒背叛同盟的风险。

为血祖而背叛，她指的是这个。她已经为了费特背叛伊费。同盟里的内讧。她对此感到万分愧疚,但话说回来,伊费又落后了。这件事又是证明。她已经对他那么容忍了——太容忍了,尤其是他喝酒的事——现在她完全为了自己而活。

还为了她妈妈。她感觉到这个老妇人拉拉她的手,张开眼。

"我的脸上有头发。"她妈妈说,想要拨开头发。

诺拉马上看了一下。没有。不过她假装看到一绺头发,暂时放开她妈妈的手臂去拨开。"喔,"她说,"都好了。"

不过她从妈妈烦躁的模样就可以看出来她的诡计没有奏效。她妈妈朝着脸上吹气。"好痒。放开我!"

诺拉察觉到一两个人把头转过来。她放开妈妈的手臂。

老妇人刷刷脸,然后想要掀开斗篷。

诺拉硬把斗篷套回她头上,可是动作太慢了,一头蓬乱的银发马上被人看见。

她听到身旁有人倒吸一口气。诺拉忍住不去看,想要尽量不引人注目。她听到窃窃私语,但也可能是幻听。

她往黄线走去,希望能看到列车的大灯。

"他在那里!"她妈妈大叫,"罗德里戈!我看到你了,别假装了!"

她喊着诺拉小时候那个房东的名字。诺拉记得那人和竹竿一样瘦,一头黑发像拖把,屁股很小,所以他的工具带没办法系在腰上,总得用手拿。

她现在喊的那个人——也是一头黑发,可是长得和三十年前的罗德里戈一点都不像——聚精会神地往这儿瞧。

诺拉将她妈妈转过来,想要叫她小声。可是她妈妈又把身体扭过去,当她想要呼喊鬼魅般的房东时,斗篷立刻往后滑,露出她的脸。

"妈妈,"诺拉恳求着,"拜托,看着我,安静一点。"

"他每次都在那里跟我搭讪,可是都趁我忙不过来的时候……"

诺拉想要用手捂住她妈妈的嘴。

她固定好斗篷，陪她沿着月台走下去，一路上却引来愈来愈多人侧目。“妈妈，拜托。我们会被发现。”

“懒鬼，就是他！”

就算别人误以为她妈妈喝醉了，也还是会惹麻烦。酒精是违禁品，因为会影响血液，也因为酒精会导致反社会行为。

诺拉转过头，想要逃离车站——但她看到车灯渐渐照亮了隧道。“妈妈，我们的火车。嘘——我们走吧。”

火车靠站停下来。诺拉在第一节车厢外排队。几个乘客先下车，诺拉才催她妈妈进去，找到两个连在一起的座位。六号列车可以让她们在几分钟之内就抵达59街。诺拉用斗篷遮好她妈妈的头，等车门关闭。

诺拉发现没有人愿意坐在她们周围。她低头看着车厢内部，刚好注意到其他走进车内的乘客都马上别过头。然后她往外看着月台，发现车外有对情侣站着，他们旁边有两个运输局警察——是人类——正指着第一节车厢。指着诺拉。

关门，她暗自祈祷。

门关上了。纽约运输系统总是有时高效率，有时低效率，车门关闭了。通常车子一启动就会颠一下，诺拉正在等这种熟悉的颠簸，期待回到没有吸血鬼的罗斯福岛，在那里等费特回来。

可是列车没有前进。她等着，一眼看着车厢另一端的其他乘客，另一眼看着警察朝车厢走过来。这时他们后面有两个吸血鬼，血红的眼睛直盯着诺拉。他们后面则站着那一对忧虑的情侣，就是他们指认出诺拉和她妈妈。

那对情侣以为自己作出了正确的决定，遵守了新法律。但或许他们心怀不满，因为其他人都必须牺牲家中的长者，交给主宰人类的族群。

车门一开，人类警察先上车。

就算她能杀了两个同胞，释放两个返魂尸，从地下车站逃出去，她也得独自一人才办得到。她要这么做的话一定得牺牲她妈妈，任她被逮捕或被谋杀。

其中一个警察走过来，拉下诺拉妈妈的斗篷，露出她的头。“小姐，”他说，“你们得跟我们来。”诺拉没有马上站起来，他把手搭上她的肩，用力一捏。“现在就来。”

贝尔维尤医院

伊费从窗边退开，吸血鬼群在贝尔维尤医院下方的街道聚集。他搞砸了……恐惧在他的胃里熊熊燃烧。全都完蛋了。

他的第一本能是要继续往上爬，靠着爬到屋顶来争取时间——但那显然是条死路。在屋顶上的唯一优点就是他可以从上头跳下去，不论这样的选择究竟会走向死亡还是吸血鬼的来世。

直接下楼则代表他要从吸血鬼群中杀出血路。那就和冲进一群杀人蜂当中没什么两样：他绝对至少会被蜇到一次，而一次就足以致命了。

所以逃跑也不是个选项，自杀式地与吸血鬼最后奋力一搏也不是。不过他在医院里已经待得够久，这里几乎已经能够称得上他的地盘，所以优势是在他这边的，他只要想办法找到出口就行了。

他匆匆经过病人电梯，接着停下脚步，折返回去，停在气体控制板前方。这里有整层楼的紧急开关。他撬开塑料壳，确定开关是开启的，然后往固定装置猛戳，直到听到明显的嘶嘶声才放开。

他跑进楼梯间，猛力爬上一段阶梯，冲向那层楼的气体控制板，重复相同的破坏工作。接着他又直接跑回楼梯间——这次他可以听到吸血怪物们在低楼层费力向上爬的声音了。没有号叫呐喊，因为他们没有声音。只有他们爬上楼时，亡者的光脚才踏出啪啪声。

他冒险再上一层楼，很快处理了那里的控制板。他按下旁边的电梯按钮，但没有等客梯来，反而是跑去找货梯，也就是护理员用来运送补给推车和卧床病人的电梯。他找到电梯所在的位置，按下按钮，等待电梯到来。

幸存下来和逃亡的肾上腺素为他的血液注入一些活力，感觉就像他能找到的任何人造兴奋剂一样甜美。他明白，这就是他想在药剂中寻找的兴奋感。长时间来，在经历这么多生死攸关的战斗后，他已经搞坏了身体机能，感受不到愉悦了。

电梯门开了，他按下代表地下室的“B”。上头的标志向他警告维护病人隐私和清洁双手的重要性。另外一张脏脏的海报上，有个孩子在冲着他微笑。他嘴里吸着棒棒糖，眨了一眼，向伊费竖起一根大拇指。“一切都会好起来的。”那个印刷的呆瓜这么说。另一张海报上则是关于一场似乎在几百万年前举办的小儿科用品展览会，上头标了举办日期和日程表。伊费把一把剑放回背包里，看着显示楼层不断下降。电梯猛晃了一下，接着暗了下来，停在两层楼之间——卡住了。噩梦中才会出现的情境。不过不一会儿，电梯一晃，又开始继续往下。就像所有其他依赖定期维修的东西一样，这类机械运输工具是不可信赖的——当然，前提是你有别的选择的话。

电梯门发出叮声，接着开了，伊费走进医院地下室的服务区。有着裸露床垫的担架贴着墙堆放，就像等待着客户的超市推车。一根通风管从墙上凸出来，它的开口下方放着一辆帆布材质的大型洗衣推车。

房内一角，在许多长把手推车上，摆着十多个漆成绿色的氧气筒。伊费拖着疲惫的身躯，尽可能火速将这些氧气筒分别塞进三个电梯里，每个电梯里放了四个。他拉掉氧气筒的金属鼻罩，将它们重击进气嘴，直到他再度听到让人安心的嘶嘶漏气声才松手。接着他按下顶楼按钮，然后三个电梯都合上了门。

伊费从背包内拿出一罐半满的木炭点火液，那盒防水火柴就在他外套口袋里的某处。他用微微颤抖的双手，将帆布洗衣推车往旁边一歪，在三个电梯前倒出所有结垢变硬的被单，接着带着邪恶的咧嘴笑容猛挤点火液，将所有易燃液体都洒到这堆棉布上头。他划了两根火柴，丢到布堆上，轰的一声，立刻燃起了熊熊大火。伊费分别按下三个电梯的呼叫按钮（都位于地下室的服务区里），接着便没命似的拔腿狂奔，试图找出一条活路。

在上了闩的出口旁，他看到一块有着彩色管线的大控制板。于是他从玻璃橱柜中拿下一把消防斧——感觉好重，好大一把。接着他来回朝着三个进气嘴的密封垫猛砍——他用的多半是斧头的重量，而不是他自己渐渐消失的力气——直到气体发出嘶声，喷了出来。他推门出去，发现自己置身在绵绵细雨中，他所站立的地方，正是公园泥泞的长凳区，从周围龟裂的小径，可以俯瞰富兰克林·罗斯福路及被雨水洗刷的东河。不知道为什么，此刻他的脑海中只不断回荡着一句老电影里的台词，是《新科学怪人》里的："**事情有可能会更糟。外头有可能在下雨。**"他咯咯笑了。他和扎克一起看了这部电影，接下来的好几个星期里，他们俩就不断地向彼此引用里头的妙语："**那里，有狼……那里，城堡。**"

他在医院后方，没时间跑到那条街上了。于是他换了条路，匆匆穿过小公园，他得让自己和这栋建筑的距离愈远愈好。

来到小公园另一头后，他看到更多吸血鬼爬上罗斯福路的那堵高墙。血祖派来了更多刺客，他们高度新陈代谢的躯体在细雨中冒着蒸气。

伊费冲向他们，同时等待他身后的建筑随时爆炸颓倒。他踹开头几个吸血鬼，迫使他们跌下墙，摔到下面的公园大道——他们手脚着地，立刻扶好自己，就像电子游戏中杀不死的角色。伊费沿着高墙顶部的棱线一直跑，试着离开贝尔维尤，要往纽约医学中心跑去。在他前方，一只留着长爪的吸血鬼的手抓住高墙顶端，一张光头红眼的脸孔从旁边慢慢冒出来。伊费跪下，将剑锋末端戳进吸血鬼张开的大口，直到剑尖抵到滚烫喉头的后方。但他没有刺穿吸血鬼，没有立刻杀死他。银剑在吸血鬼体内灼烧，让他的下巴无法张开也没办法发射螯针。

吸血鬼无法移动，他布满血丝的红眼困惑又痛苦地瞪着伊费。

伊费说:“看到我了吗?”

吸血鬼空洞的双眼没有反应。伊费不是在跟他说话,而是在对血祖说;血祖正通过这头怪物看着外头。

“看到这个了吗?”

他转动他的剑,迫使吸血鬼将视线挪向贝尔维尤。有些怪物正在爬上墙面,有些则已察觉到伊费在逃跑,开始跑出医院。他的时间并不多,他怕自己的破坏工作已经失败,怕外泄的瓦斯已经找到安全通道,飘出了医院大楼。

伊费回到吸血鬼的面前,就好像那真的是血祖本人一样。

“把我儿子还给我!”

他才刚说完最后一个字,大楼就在他身后爆炸了,强大的威力让伊费往前一扑,正好将剑尖刺穿吸血鬼的喉头,从脖子后方冒了出来。伊费滚下高墙,一手赶紧抓住剑把,但长剑从吸血鬼的脸上慢慢滑出,于是他们扭曲成一团,一起摔了下去。

伊费摔在一辆废弃汽车的车顶,这只是马路内车道中排成一列的众多车辆中的一台。吸血鬼则重重摔在他旁边的马路上。

伊费的屁股承受了大部分的冲击,摔得最疼。除了耳里的嗡嗡声外,伊费还听到了一阵哨音般的尖声惊叫。他抬头一看,在黑雨中有一个像飞弹般的东西从高空划过,在他头上划出一道弧线,接着扑通一声跌进河里。是刚刚用到的氧气筒。

灰泥制的沉重砖块砰砰摔在跑道上,玻璃碎片就像雨中的珠宝般,亮晶晶地从空中撒落。伊费用外套遮住头,不去管身体侧面的疼痛,躲到凹陷的屋顶下方。

等他站起身来,他才注意到有两片玻璃碎片已经牢牢地嵌在他的小腿肚里了。他猛地拔出,鲜血立刻从伤口流泄出来,此时他听到兴奋嘹亮的尖叫……

几码之外,那个吸血鬼仰躺在地,茫然昏眩,白血从脖子后方的穿孔汩汩冒出——但他仍然兴奋又饥渴。伊费的血正在呼唤他去吃晚餐。

伊费走到他面前,一把抓住他已经裂开松脱的下巴。他看到吸血鬼的红眼先在他身上聚焦,接着目光挪到了他长剑的银色剑尖。

“**还我儿子!狗娘养的王八蛋!**”伊费狂喊。

接着他恶狠狠地朝喉头一切,一剑斩断了吸血鬼的头及他与血祖的沟通,让这只返魂尸终于从痛苦中解脱。

伊费流着血,跛着脚,再度站起。“**扎克……**”他喃喃嘀咕,“**你在哪里……?**”

接着他踏上了回家的漫长旅途。

中央公园

眺望台城堡坐落在中央公园里,大湖的北边,靠着第79街街口,建于1869年,融合了维多利亚式哥特风与罗马风格,由中央公园的设计师雅各布·雷伊·莫尔德和卡尔弗特·沃克斯所打造。扎克·顾威只知道这座城堡看起来很阴森冷酷,所以一直被它吸引:这栋中世纪古堡(他这么认为)就在纽约中心的中央公园中间。他小的时候经常编些和这座城堡有关的故事,比如这是一座巨人的堡垒,由这个城市最早的建筑师,矮小山妖建造,过去曾有个叫做贝尔韦代雷的黑暗勋爵住在城堡岩块深处的地下墓穴当中,当他夜里在公园中照顾他的猛兽时,就让这堡垒蒙上了闹鬼的阴霾。

那是扎克还必须靠着超自然与怪异故事等幻想过日子的时候。只有做白日梦,才能逃离现世的无趣。

现在他的白日梦成真了,他的幻想触手可及,他的心愿变成了要求,他的渴望化为现实。

他站在城堡开启的门内(现在的他已经是个年轻人了),看着黑雨不断打在公园里。雨水啪啪落在满溢的乌龟池里，这池子以前曾经长满水藻，会发出闪闪的绿光，现在就只剩一个泥泞的黑色坑洞了。上头的天空乌云低垂，透露不祥的信息，不过这已是现在的常态。没有蓝色天空，就意味着再也没有蓝色海水了。一天里，从厚厚云层中渗出的两小时熹微日光，能够稍稍改善能见度，让他看到围绕着他的这座城市的屋顶，及这座已经变成《星球大战》里达戈巴星球般一片沼泽的公园。但靠太阳能提供电力的公园路灯，并没有办法在这段时间内吸饱足以照亮剩下22小时黑暗的能量，所以在吸血鬼从地下隐身处出现，在阴影中游走后不久，路灯的光亮就会慢慢熄灭。

过去一年来，扎克已经长大了——而且变得很强壮。他在几个月前开始变声，下巴的轮廓慢慢出现，身体也好像在一夜里突然变长。扎克有力的双腿会带着他爬上附近细瘦的铁制回旋梯，来到二楼的亨利·鲁斯自然观测中心。里头的墙面上和玻璃桌下方，还展示着动物骨骸、鸟类羽毛和在夹板树上的纸糊鸟偶。过去中央公园曾是全美国鸟类最多的赏鸟区域，但气候的变化终结了这一切，而且很可能是永远终结。在核反应堆堆芯熔毁所引发的地震与火山爆发后的第一周，黑色天空的低处还满是鸟儿。夜里传来的尖叫与呜呜不绝于耳，直到天明。鸟类大量死亡，带翅的尸骸伴着黑色冰雹从空中重重落下。天空中的混乱与绝望，就与地面上人类的惨况相去不远。现在地球上已经没有温暖的南方天空让鸟儿迁徙过去了。有好一阵子，地面上真的布满了还在垂死拍打的黑污翅膀。老鼠狼吞虎咽，饱食落下的飞禽。鸟儿痛苦的叽喳啾啾声，好像在落个不停的冰雹韵律中，书写下了标点。

但现在，不下雨的时候，公园沉寂又宁静，里头的池塘已经没有水鸟了。在覆盖住土壤和人行道的泥巴与烂泥堆当中，还能看到一些脏脏的骨骸与几缕羽毛嵌在其中。公园中偶尔还会有脱毛的狼狈松鼠跳上树木，但它们的数量已经大不如前了。扎克透过其中一架望远镜向外看——他之前就在投币孔中塞进一块25分钱硬币大小的石头，这样使用血祖拥有真正的魔力。恶魔的魔力,没错,但也是扎克唯一见证过的真正的魔法。善恶两字现在已经有不同的含义了。这世界变了,夜晚是白天,向下才是向上。血祖就证明了更高等生物的存在,超越人类,如神祇一般,他的力量无远弗届。

以扎克的气喘为例。天候改变后空气质量奇差无比,因为空气停滞,臭氧指数节节上升,还有悬浮微粒不断循环。厚重的云层往下盖着,就好像没洗的被子,天气没有变化,海风也无法让纽约的气流更清新。霉菌蔓生,孢子飞扬。

不过,扎克却很好。比很好还好:他的肺脏很干净,他呼吸的时候都没有气音或喘息。事实上,他和血祖在一起的时候气喘就完全没有发作过。他已经两年没用吸入器了,因为他根本不需要。

他的呼吸系统完全依赖一种物质,它的神效胜过舒喘宁或类固醇。一小滴血祖的白色血液——口服,每周一次,从血祖划破的手指流向扎克主动伸出的舌头——就能清净扎克的肺,让他自由呼吸。

刚开始他觉得怪异又恶心,现在却好像得到一份礼物:乳白色的血带着微量的电流,味道像铜和热的樟脑。药很苦,但是效果只能用奇迹来形容。所有气喘病患都愿意付出一切,只求痼疾不再发作。

吸收血液并没有让扎克变成吸血鬼。血祖不会让血虫碰到扎克的舌头,血祖只需要看着扎克健康舒适。但扎克真正对血祖感到既亲近又畏惧的原因,并不是血祖所展现的力量,而是血祖给他的力量。显然对血祖来说,扎克在某些方面非常特别,他和别人不同,被特意提拔到其他人类之上。血祖在芸芸众生里特别挑出了他来照顾。或许这个说法并不恰当,但也没有更好的词汇能描述他们的关系了:血祖的确待他如友。

以动物园为例。当扎克听到血祖要永远关闭动物园的时候,他抗议了。血祖说可以放过动物园,将整个动物园交给扎克管理,但有一个条件:扎克必须照顾好。他得喂动物、清笼子,全都自己来。扎克一听到这个机会就跳起来,中央公园动物园是他的了。(原本血祖说连旋转木马都要给他，但那是小孩玩的，他帮他们拆掉了它。）血祖就像精灵一样可以实现愿望。

当然，扎克不知道照顾动物园有多繁琐，但他尽力做好。经过变化的大气层很快就夺走了许多动物的生命，包括红熊猫和多数鸟类，让他的工作更轻松。不过，因为没人管他，所以他喂食的间隔愈拖愈长。他没想到有些动物竟然开始互相残杀，包括哺乳类和爬虫类都会。大雪豹是扎克最喜欢也最害怕的动物，所以他最频繁地喂它：刚开始，每两天就会有卡车载来肥厚的新鲜肉排。有一天，他喂了活生生的山羊。扎克把羊牵到笼子里，在树后面看着雪豹跟踪猎物。接下来是绵羊，还有幼鹿。不过时间一久，整个动物园都变得很糟糕，扎克懒得清理，所以笼子里的排泄物臭气冲天。几个月之后，他开始害怕动物园，愈来愈忽略了自己的责任。有时在夜里，他会听到动物大叫，但从来没听到过雪豹的声音。

第一年的好日子过完之后，扎克去找血祖抱怨说工作对他来说太繁重了。

那个动物园将会荒废，所有动物都会被杀掉。

“我不想让它们都被杀光，我只是……不想再照顾它们了，你可以找你的手下来做，他们不会发牢骚。”

你想让动物园继续开着只是为了让自己开心。

“对。”扎克提过更奢华的要求，每次都能得逞，“为什么不行？”

有一个条件。

“好。”

我看见过你和雪豹相处。

“你有吗？”

我看着你喂它动物，看它狩猎、吞食。它的敏捷和美丽吸引了你，但它的力量又让你害怕。

“应该是吧。”

我也看见过你任由其他动物饿死。

扎克开口反驳:“有太多动物要照顾了——”

我看见过你让它们互相竞争。很自然,你会好奇。看着劣等族群在压力下如何反应很令人着迷,不是吗?看着它们为生存而奋斗……

扎克不知道他应不应该承认。

这些动物是你的,你想怎样就怎样,也包括那头雪豹。你控制了它的栖息地和喂食时间,你不应该怕它。

“嗯……我不怕。真的。”

那……你怎么不杀了它?

“什么?”

你从来都没想过杀死这种动物是什么感觉吗?

“杀它?杀掉那头豹子?”

管理动物园已经让你腻烦了,因为这种饲养方式很人为、不自然。你的直觉没错,但方法错了。你想要占有这些原始的生物,但它们本来就不该被圈禁,它们太强壮、太骄傲。只有一个方法才能真正拥有一只野生动物:让它成为你的。

“杀了它。”

证明你自己能胜任这个任务,我就会奖赏你,让你的动物园继续运营,让别人照顾和喂养动物,让你不用再负责任。

“我……我不行。”

是因为它很漂亮还是因为你怕它?

“就是……没为什么。”

我拒绝过你哪件事?你有哪一项要求是我没答应的?

“上膛的枪。”

我会让你在动物园内有一把枪可以使用。这是你的决定……我要你选边站……

第二天扎克去动物园,只为了握一握那把装满子弹的枪。他在入园处大阳伞下的野餐桌上发现了这把枪,全新的小型枪,配以细致的胡桃木枪托和后坐垫,枪的上头还有准星。这把枪才重约三公斤。他小心地提着枪在动物园里走,寻找不同的目标。他想要射击,可是又不确定里面有几发子弹。那是栓式步枪,可是就算他能得到更多弹药,他也不是百分之百确定能不能重新装填子弹。他瞄准了厕所的指示牌,然后按下扳机,没真的握紧,结果那把枪在他手中弹了起来。枪身重重撞向他的肩膀,后坐力让他往后退了一步,结果发出剧烈的爆裂声。他倒吸一口气,看到枪口冒出烟。他看着指示牌,发现其中一个字穿了一个孔。

扎克接下来几天都在用德拉科特钟里精细的黄铜动物来练习瞄准。这座钟还是每半小时就播一次音乐。这些动物沿着圆形轨道移动时,扎克就瞄准拉小提琴的河马。前两发完全不准,第三发擦过吹风笛的山羊。扎克非常沮丧地重新装填子弹,等下一场。他坐在一旁的长凳上,远方的警铃声让他渐渐睡着。30 分钟之后钟声把他叫醒了。这次他直接瞄准目标的前方,而不是追着它们移动。他朝河马射了三枪,清楚地听到其中一颗子弹射到黄铜雕刻后弹开来。两天之后,山羊的风笛缺了一角,企鹅少了一支鼓棒。扎克现在可以既迅速又精准地射中玩偶了。他觉得自己准备好了。

雪豹园区有瀑布、桦木、竹林,全部都在不锈钢网撑起的高大帐篷下。这里有许多像隧道一样的通道,深入斜坡,连向观景窗。

雪豹站在岩石上看着扎克,以为这男孩出现就是要喂食。黑雨弄脏了它的皮毛,但是不损它帝王般的威严。它身长四英尺,受到刺激可以一跃四五十英尺,比如在狩猎的时候。

它从岩石上跳下来,绕着圆圈转。步枪的声响让它很不耐烦。为什么血祖要扎克杀了它?这有什么目的?好像是一种祭典,扎克必须处决最勇敢的动物才能拯救其他动物。

雪豹往前一跳,扑上他们之间的铁网龇牙咧嘴时,扎克吓了一大跳。它没闻到食物的味道后既饥饿又失望,不过它听到枪声也很警戒——虽然扎克完全不觉得它被枪声吓到。他往后跳一步后才稳定情绪,用步枪指着雪豹,回应它低沉吓人的吼声。

它绕着小圈子转,眼神始终没离开过他。它很贪婪,扎克这时明白了,它会一餐接一餐地吃下去,如果没有食物了,它不需理由就会直接吃掉平常喂食的人。如果有必要,它就会夺取、攻击。

血祖没错。他怕这头豹,而且他确实有理由害怕。但他们的主从关系究竟是怎样的?扎克不是这几个月来都在侍候它,定时喂养它吗?他是它的宠物,正如它是他的宠物。突然间,他握着手中的步枪,觉得这样的关系不太对。

他恨它的傲慢,恨它的意志。他沿着围栏走,雪豹在铁网的另一边跟着他。扎克走进只有动物园员工才能进去的喂养区,从门上的小窗看出去,他以前总是把雪豹的食物或活生生的动物推到门后方。整个房间里似乎都是扎克的深呼吸。他低头穿过由上方铰链固定的活门,一走过去,门就关了起来。

他以前从来没进过豹栏。他看着上方高耸的帐篷。前方地上有很多大小不同的骨头,那是前几顿饭的残骸。他曾经幻想过自己在小树林里阔步追踪这头豹子,直视着它的双眼,不确定要不要扣下扳机。不过对雪豹来说,关上门就表示有晚餐,它立刻鬼鬼祟祟地绕过巨石,那其实是一道屏风,避免游客看到雪豹狼吞虎咽的样子。

雪豹停下脚步,看到扎克在里面的时候很惊讶,这是他们之间第一次没有铁网的隔阂。它低下头好像想要弄清楚这离奇的转折,然后扎克发现自己犯了个严重的错误。他把步枪提到胸前的时候没有瞄准目标、紧握扳机。什么事情都没有发生。他又拉了一次,还是没有。

他伸手去摸枪栓,往后一拉,再往前滑。他扣动扳机,步枪在他手中弹了起来。他再拉枪栓,狂乱地扣动扳机,结果只是耳鸣得厉害。他再拉枪栓,扣动扳机,步枪跳了起来。再一次,步枪没子弹了。再试一次,还是没子弹。

他这时才发现雪豹已经侧躺在他面前了。他走向它,看着红色的血渍在它的毛皮上渲开。它的双眼紧闭,强健的四肢僵硬。

扎克攀上巨石屏风,把没子弹的步枪搁在腿上坐着。一时情绪无法承受,他哆嗦地哭了。他觉得光荣胜利却又茫然无措。他从兽栏里往外看着动物园,开始下雨了。

从此以后,扎克变了。他的步枪里只有四颗子弹,有一阵子他每天都会去动物园练习:瞄准更多指示牌、长凳、树枝。他开始愿意冒险。他在中央公园以前的慢跑步道上骑越野单车,围着大草地一圈又一圈地绕,穿越中央公园里空荡荡的街道,经过高挂起来的干枯萎缩的尸体或是火葬柴堆的灰烬。他晚上骑车的时候喜欢把车灯关掉。很刺激、很魔幻——一场冒险。有血祖保护着,他毫无畏惧。

不过,他还是可以察觉到他妈妈的存在。他们的联系,虽然在她转化之后还很强烈,但随着时间已经慢慢消退了。这个吸血鬼以前是凯莉·顾威,但现在几乎已经看不出来是他妈妈了。她的头皮光秃秃、脏兮兮,双唇薄削、一点粉红的色泽都没有。她耳朵和鼻子的软骨都塌掉了,看起来就是一团肉块。她颈部有块松垮垂坠的红色肉团,当她转头的时候像波浪一样起伏。她的胸部平坦、乳房萎缩、腿上的污垢层层叠叠,厚到连大雨都无法冲刷干净。她的眼睛只是深红色底部上飘着的两颗黑球,一点生气都没有……只不过有时候,很难得,或许是扎克的想象吧,他有时候觉得他妈妈好像还认得他,这时眼中才有一点神。那不像情绪或表情这么丰富,只是脸上好像有种阴影,不是显露出她过去人性的那一面,而是阻碍了她吸血鬼的本性。这样稍纵即逝的片刻愈来愈稀少了——不过这样就够了。他妈妈仍在他新生命的周遭,只不过是在他心里。

无聊了,扎克会去拉拉贩卖机的把手,一条巧克力就掉下来。他一边吃一边走回一楼,然后走出去,想惹更多麻烦。扎克的妈妈就好像接收到命令一样,城堡的底座是一块巨岩,她就沿着崎岖的岩石攀了上来。她的动作和猫一样敏捷,似乎毫不费力就能在湿漉漉的片岩上攀行,她打着赤脚,手上又有鹰爪,在岩石上可以稳住手脚的地方移动,好像她之前已经演练了上千遍一般。到了岩石顶端，她轻轻松松地一跃就到了走廊，两个像蜘蛛一样的探子在后面跟着她，四肢着地来回跳着。

她靠近扎克时，站在门口淋雨，扎克看到她颈部的肉垂虽然覆盖了污泥，却相当鲜红、饱胀，表示她刚刚饱餐了一顿。

“妈，刚吃了大餐吗?”他心生厌恶地问。这曾经是他妈妈的稻草人用空洞的眼睛瞪着他。每次他见到她，都有同样矛盾的冲动：恶心与亲爱。她会跟在他身边好几小时，有时候像一条戒心很重的狼一样保持着距离。他曾经因感动而摸摸她的头，然后又默默地哭了。

她完全没看扎克的脸就进了城堡。石头地板本来就已经够脏了，她又踩着湿答答的脚印进来，那两个探子手脚并用更留下许多污泥。扎克看着她，那一瞬间——虽然突变成吸血鬼后她的轮廓已经扭曲——他看到他妈妈的脸浮现出来。不过，幻觉来得快去得也快，虽然回忆已经被眼前这个怪物给玷污，他还是无法克制地深爱着回忆。他生命中的每个人都走了，只剩下一个破碎的玩偶陪伴他。

扎克感觉到一股暖意灌入阴凉的城堡中，就在那么一瞬间。血祖回来了，一阵低语传进扎克的脑中。他看着妈妈走上楼梯，他跟在后面，想知道为什么楼上有一阵骚动。

血祖

血祖曾经一度能够理解上帝的声音，他一度把上帝放在自己心中，而从某个方面来说，他的确好像保有上帝的圣宠（尽管并不完全像）。毕竟，血祖是一心多眼的生灵，他能同时看到全部、拥有全部，瞬间听进他的子民发出的众多声音。而且就像上帝一样，血祖的声音既流畅又矛盾，调和了不同特质——既是微风也是飓风，既是宁静的暴风眼，也是风狂雨骤时的暴雷，伴随着日出日落起起伏伏……

但上帝的声音无所不包——它包括的不是地球，不是五大洲，而是整个宇宙。而血祖只能见证这一切，却不再能理解了，他无法了解其意义，尽管在万物创始之初，他其实是可以的。

“这就是……”血祖心中想过千百万次，**“……失去圣宠的意思吧。”**

但血祖依旧昂然而立：通过他的血脉观察团，监视着地球。多重源头输入，单一智能。血祖的心智在全球撒下了一张监视网，他用千根手指将地球紧握在掌中。

在刚才医院大楼的爆炸中，顾威让 17 个奴隶解脱了。损失 17 个，但这数目很快会被递补上。感染者的数目对血祖而言，有着至高无上的重要性。血祖的触角喽啰还在附近的街区搜寻逃跑医生的气味，寻找他的踪迹。到目前为止，什么也没找到。血祖最终的胜利已经确定，这场伟大棋局几乎已经结束，只剩血祖的对手仍在顽固地拒绝承认战败——于是血祖便不得不在整个棋盘里，追着那最后一个棋子跑；即使这工作非常无聊。

事实上最后的那个棋子并不是顾威，而是《光之熄》，那部受诅咒典籍的唯一现存版本。除了详尽描述血祖与吸血鬼始祖神秘的起源外，这本书里也讲述了血祖的死亡——也是他发源的地方——如果有人看得明白的话。

幸运的是，这本书目前的持有者是不识字的牲畜。这卷书曾在拍卖会上，被老教授亚伯拉罕·瑟拉齐安给偷了去；当时他是地球上拥有知识、能够解读这卷书和书中晦涩秘密的唯一人类。然而老教授在撒手人寰前，并没有时间好好读读《光》。而在血祖占有瑟拉齐安、与他心灵相接的短暂片刻里——在老教授转变及毁灭之间那段珍贵的时光——血祖通过他们共享的智慧得知，教授所拥有的任何一点一滴知识，都是从这本银制书封的书里收集来的。

他所知的一切还不够。在瑟拉齐安开始转变的那时候，他还并不清楚血祖的发源地，也就是传说中的“黑地”究竟在哪里。这很令人沮丧，但这也证明他那群忠心耿耿的支持者也并不知道发源地的位置。瑟拉齐安对民间传说及黑暗部族的知识在人类中无人能及,而就像熄灭的火焰一样,他无与伦比的知识也随着他的死去而湮灭。

血祖有信心,就算瑟拉齐安的追随者有了那本受诅咒的书在手,他们也无法解开书中的谜团。但血祖自己也需要这本坐标书,才能够确保他的永生与安全。只有笨蛋才会把重要的东西交给命运决定。

在附身的片刻中,血祖与瑟拉齐安的精神前所未有的亲近时刻里,血祖也得知了瑟拉齐安的同伙的身份:乌克兰人瓦西里·费特,诺拉·马丁内斯与格斯·埃利萨尔德。

但最让血祖兴致高昂的,却是一个他已经得知身份的家伙:伊费·顾威博士。血祖当然不知道并感到大吃一惊的是,瑟拉齐安居然认为顾威是众人当中最强的一个。即使顾威明显非常脆弱——包括他的性格,还有他又失去了前妻及儿子——瑟拉齐安仍相信他是绝对不会腐化败坏的。

血祖并不容易感到惊讶。他的存在是以世纪来计,多数事件在他看来十分无聊,但这件事却在他脑海中挥之不去。怎么可能?血祖不情不愿地承认,他的确十分看重瑟拉齐安的判断——在人类中来说。至于就《光》而言,血祖一开始对顾威的兴趣只是偶尔分心的消遣罢了。

然后消遣成了追寻。

现在追寻又成了迷恋。所有人类到最后都会死。有时只要几分钟,有时几天,有时几十年,但血祖到最后永远会获胜。这是场耐力棋赛。血祖的时间框框远比人类来得深广,他的心智更训练有素——而且没有妄想或希望。

这就是血祖会找上顾威儿子的原因,这就是血祖一开始没有让男孩转变的原因,这也是血祖每周花上几滴珍贵血液,减缓男孩肺部不适的原因——这么做的同时,也能让血祖进入男孩温暖而容易形塑的内心世界。

男孩对血祖的力量也有所回应。血祖就是利用这点,开始攻击男孩的内心,推翻他对神性天真的想法。在恐惧与厌恶一阵子后,在血祖的协助下,男孩开始对他感到崇拜和尊敬了。他对父亲一厢情愿、甜得发腻的情绪已经萎缩殆尽,就像是照过辐射的肿瘤。男孩年轻的心智是块容易任人摆布的面团,而血祖持续揉面捏面,从不间断。

加以调味,让它发酵。

通常血祖是在腐化过程的最后阶段,见到这样的子民。但现在,血祖拥有超凡的机会,亲自参与腐化那个传说中不腐者的儿子与至亲的过程。由于喂血建立起的联结,血祖能够借此直接体验到男孩的堕落。血祖感觉到男孩在面对雪豹时内心的冲突,他感觉到男孩的恐惧和喜悦。过去血祖从来不曾想要留下谁的性命,他从未想过要让哪个人类维持人形。血祖已经决定了:这就是他要占据的下一个身体。决定这点后,血祖基本上就是在让年轻的扎克做好准备。血祖之前学到,绝对不要占据小于十三岁的身体。这样的身体在肉体上是有些优点,包括精力无穷、关节很新、肌肉柔软,不太需要特别照顾。但缺点是身体比较虚弱、结构脆弱而且力气不大。所以即使血祖已经不再需要特别高大或强壮的身体了——就像萨铎那样曾被血祖占据、用以前来纽约的巨大身躯,但在被瑟拉齐安下毒后不得不毁弃——他也不需要特别有吸引力或诱惑力的肉体,就像波利瓦那样。他要再等等……血祖追求的是未来的便利。

血祖能够透过扎克的眼睛,审视他自己,而那真是光芒万丈。波利瓦的身体很符合血祖的需要,而观察那个男孩对他醒目外表的反应则非常有趣。毕竟,他是吸引眼球的人,是个表演家,是大明星。这一切再加上血祖的黑暗天分,完全让年轻男孩难以抗拒。

或者,反过来说其实也对。血祖发现自己跟扎克对话,不是居高临下的阶级属性,而更像是年长自我在对年轻自我说话。对话在血祖存在的漫长时光里是极为罕见的,毕竟,多个世纪以来,和血祖打交道的都是那些最冥顽不灵、残暴冷血的家伙。他会站到他们身边,照自己的意志来形塑他们。在残忍暴虐的竞赛里,血祖无人能及。

但扎克的能量是纯洁的,他的本质和他爸爸很类似——一摊最适合研究与污染的池水,这一切都使得血祖对小顾威的好奇心愈来愈盛。过去几世纪来,血祖阅读人心的技巧已经臻至完美,他不只擅长非口语的沟通(也叫作"泄露"),就连非口语沟通不存在时他也能判读人心。行为学家能够通过传达信息的细微动作,预测或侦测到说谎。而血祖则甚至能在说谎发生前两拍,就预测到谎言。并不是说血族有一丝一毫在乎道德,只是因为在立约时能够判定真相或谎言对他来说很重要。这代表盟约能否成立——代表了合作或危险。对血祖而言,人类只是昆虫,而他就是生活在昆虫群里的昆虫学家。这门学科早在数千年前就已经丧失对血祖的吸引力了——直到此刻才又再度燃起。扎克·顾威愈想有所隐瞒,血祖就愈能够从他身上挖出真相——而且这年轻人还不知道他正在透露血祖需要知道的一切。通过小顾威,血祖收集了大量关于伊费的信息。伊费这名字本身就很怪,它在《圣经》中叫做以法莲,是约瑟和天使曾拜访过的女子亚西纳所生的次子。他只以他的子裔闻名——后来就在《圣经》中消失了,没有身份,也不具目的。血祖微微笑。

所以搜索从两方面继续进行:寻找《光》,在这本银书里记载有黑地的秘密;还有,寻找伊费·顾威。

血祖曾经想过许多次,也许他有可能一石二鸟,同时得到两项大奖。

血祖深信黑地就在附近了。所有线索都指向这样的推论——也正因如此,他才会被引到这里,是预言迫使他跨越了海洋。然而为了防止万一,血祖的奴隶仍然继续在世界各个遥远的角落挖掘,看看会不会在其他地方发现黑地。

牙买加内格里尔的黑峭壁,绵亘在南达科他州境内的黑丘山脉,还有刚果共和国西海岸上的黑角油田。

与此同时,血祖几乎已经完全解除了全球的核武军备。通过在步兵团及司令官当中特意散布的吸血鬼主义,血祖立刻取得了全球的军事控制权,现在全世界大部分的库存武器都在他的掌控之内。要搜罗并瓦解流氓国家的武器(也就是那些所谓失散的核武)是得花上些时间,但那一天已经不远了。

血祖心满意足地看着属于他的地球农场的每个角落。

血祖拿到了瑟拉齐安的狼头杖,也就是吸血鬼猎人一直带在身上的那一根。这根拐杖过去曾经属于萨铎,在被扭开之后,被重新加装了一段银剑。现在它只不过是个战利品罢了,是血祖胜利的象征。拐杖银手把上头带有象征意义的银,血祖一点儿也不介意,尽管他必须非常小心别碰到装饰用的狼头。

血祖把狼头杖带到了城堡的塔楼,也就是公园内的最高点,然后走到外头油腻的雨中。穿越浓雾与污染严重的空气,在赤裸树顶细细瘦瘦的叶尖之外,矗立着东城与西城脏兮兮的灰色大楼。在血祖的热感应视线里,他见到的是数千扇空荡荡的窗户往下凝视这城市,就像那些倒下的目击者冰冷而无生气的眼睛。阴郁的天空在上头翻滚,将污浊亵物排放到这座战败城市上头。

在血祖下方20英尺处,高起的岩石基座周围,围了半圈城堡的守卫。守卫之外,则有大批吸血鬼群回应血祖的心电召唤,聚集在55英亩的大草坪上,每一只都瞪大黑色弯月般的双眼抬头向上看。

没有欢呼,没有敬礼,没有狂喜。一个静默不动的吸血鬼群,一支无声的军队,等待着指令。

凯莉·顾威出现在血祖身旁,而在她身边,则是小顾威。凯莉·顾威是被召唤过来的,至于男孩则是纯粹出于好奇,晃到了这里。

血祖的命令传到了每只吸血鬼心里。

顾威。

没有人回答血祖的命令,唯一的响应就是行动。要不了多久,他就能杀掉顾威——先是他的灵魂,然后是他的身体,他将忍受难以承担的苦痛。

血祖毫不怀疑。

罗斯福岛

20世纪末，罗斯福岛被改造为规划完善的小区，不过在那之前，这座岛上是监狱、精神病院和天花患者的医院，过去被称为“福利岛”。

被驱赶出纽约市的人都会来到罗斯福岛。费特现在就是。

这座狭长形的小岛只有两英里长，位于东河的中央。他决定在岛上与世隔绝，不回到吸血鬼的废墟之城或周遭郊区，他没办法生活在被吸血鬼占据的纽约市。显然，怕河的返魂尸觉得曼哈顿的这座小卫星岛屿毫无用处，所以在攻占纽约之后，他们立即驱赶了所有居民，纵火焚岛。罗斯福岛连结到第59街的电缆已经被截断了，这座岛与皇后区相连的桥，也从皇后区的桥墩被摧毁了。F线地铁仍在东河下方行驶，通往罗斯福岛，不过罗斯福岛站已经永远被封了起来。

可是费特知道另一个从地铁隧道上来的方法。这个岛上的小区有一种独特的气压管系统，专门运送垃圾与废弃物。这个岛的大部分只剩废墟，包括拥有曼哈顿夜景的高楼大厦也无一幸免，可是费特在八角楼附近的豪华公寓地下室里找到了受损程度较低的房间。八角楼以前也是精神病院，因为整座岛被摧毁的时候没被发现，所以他封锁了被焚毁的高楼层，把地下室的四个房间打通。河流下方的水电管线都没被破坏，所以稍加修缮之后费特就有了电力和饮用水。

在日光掩护下，走私贩让费特带着俄罗斯核武在小岛的北边下船。崎岖的海岸线旁有一所医院，费特从医院的工具棚里找来一辆推车，然后拖着核武器、背包和小冷藏箱淋着雨走回藏身之处。

他看到诺拉的时候很兴奋，甚至还有点晕头转向。回程都会给人这种感觉，而且，只有诺拉知道他要去和俄国人见面，所以他拖着大奖回来的时候，就像拿着学校奖杯的小男孩一样。他知道诺拉会表现出兴奋和热情，因此成就感倍增。

不过，当他要进入地下藏身处，来到被烧焦的大门口时，他发现了几厘米的门缝。诺拉·马丁内斯博士绝对不会犯这种错误！费特立刻从袋子里拿出剑。他必须把拖车拉进去，才不会被雨淋湿。他把拖车留在被焚毁的走廊上，沿着部分烧熔的阶梯往下走，走进没上锁的房间。他的藏身处不需要太多保护措施，因为这里太隐秘了，而且除了那些走私贩会涉险之外，根本不会有人来这座岛。

备用厨房都没用。费特的粮食多是吸血鬼包围纽约的那几个月里他四处偷来的零食，有薯片、燕麦条、小蛋糕和巧克力，多半都接近保存期限或已经超过了。大多数人都以为过期了还能吃，但这些零食真的不能吃了。他也试过要钓鱼，可是焦黑的河水实在太肮脏了，他很担心就算煮熟，吃这些被污染过的鱼还是不安全。

他走过卧室，迅速检查衣橱。地板上的床垫对他来说已经够好了，不过他考虑到诺拉可能会在这里过夜之后就开始想找个好一点的床架。备用浴室里收纳着他从自己的灭鼠用品店里搬来的器具，有些是他之前当灭鼠员时使用的工具，现在已经和他密不可分了。除此之外，这个浴室里没有其他东西。

费特低头穿过一个他用大锤凿出来的洞，走入下一个房间，那是他的书房。这个房间里都是书架，还有装在箱子里叠起来的瑟拉齐安的书和笔记，这些东西中间有一张皮沙发和一盏挂得很低的阅读灯。

这个圆形房间两点钟方向的位置站了一个人，他披着斗篷，体格健壮，身高一定有180厘米以上。他的脸被黑色棉质斗篷盖住了，可是看得到眼睛，锐利又猩红。他苍白的手掌上捧着一本笔记本，里面都是瑟拉齐安工整的笔迹。

他是返魂尸，但穿着衣服，除了连帽上衣之外，还有裤子和靴子。

费特看着房间其他角落，打算突击。

只有我一个。

这个返魂尸将他的声音直接送进费特的脑中,费特又看看他手中的笔记本。这是费特的圣殿,这个吸血鬼入侵进来,他大可以轻易地摧毁这个地方,损失会相当惨重。

“诺拉在哪里?”费特问,然后朝返魂尸逼近,费特块头很大,他以最快的速度拔剑出鞘。但吸血鬼立刻闪避开来,把他推倒在地上。费特怒吼一声,想把对手撂倒,可是不管他怎么做,都会遭到回击,让费特动弹不得——只是有点难受,不会太痛。

我一直都独自在这里。你还记不记得我?

费特记得,但印象很模糊。他记得这个吸血鬼曾经拿着铁棒抵住他的脖子,当时是在中央公园附近的一栋老公寓。

“你也是猎人。始祖的保镖。”

没错。

“可是你没和其他吸血鬼一样化成烟。”

显然没有。

“昆什么的。”

昆蓝。

费特放开右臂,想要碰昆蓝的脸颊,可是他的手腕在眨眼之间被折了起来。

这次很痛,非常痛。

我可以让你脱臼,也可以打断你的手臂,你自己选。可是你想一想,如果我要你死,你早就死了。数个世纪以来,我服侍过许多主人,打过许多场仗;我还服侍过帝王、皇后、财主。我杀了你们人类上千人,还有好几百个劣等的吸血鬼——我只需要你一分钟,我要你听我说话。如果你再攻击我一次,我就立刻杀了你。我们彼此都明白了吗?

费特点点头。昆蓝先生放开他。

“你没和始祖一起消失。那你一定属于血祖那一支——”

对也不对。

“嗯哼,这回答还真方便。我可以问你是怎么来这里的吗?”

你的朋友格斯。始祖要我招募他在日间猎杀吸血鬼。

“我记得,不过后来还是太迟了。”

费特还是很警戒。这些都不合理。血祖诡计多端,让他紧张兮兮,不过就是因为多疑他才能活下来,而且这两年来都没被转化为吸血鬼。

我想看《光之熄》。格斯说或许你能替我指出正确的方向。

“操,”费特说,“你得杀了我才能拿到这本书。”

我们的目标一样。而且,若要解开这本书和瑟拉齐安笔记里的密码,我比你更多了些优势。

返魂尸合上瑟拉齐安的笔记本——那一本费特看过很多次了。“很棒吧?”

没错,而且理解得极为准确。瑟拉齐安教授博学多闻又工于心计。

“他确实非同常人,没错。”

他和我以前差点交手,就在芬兰科特卡北边20英里外。他不知怎的追踪我到那里去。当时我很防着他,你也可以明白。现在想起来,他倒是个不错的伴,可以一起吃晚餐。

“而不是把他当晚餐。”费特说。他想或许现在可以考他一下,就指着昆蓝手上的文字。

“亚兹拉尔,对不对?那是血祖的名字吧?”他说。费特去旅行的时候带了《光》的副本,这样才能随时研读——包括瑟拉齐安一翻开《光》就注意到的图片。瑟拉齐安说那个大天使是亚兹拉尔。老教授在这张插图上加了一条几何图形排出来的线,那个图形由三个新月组成,现在成了辐射生化危险的标志,两个图形合在一起后非常对称。“瑟拉齐安说亚兹是‘死亡天使’。”

现在他叫做“亚兹”了,是吗?

“不好意思，对啊，是昵称。那——亚兹后来就变成血祖了吗？”

部分正确。

“部分？”

费特这时已经把剑放下来了，他倚着剑像拐杖一样，剑尖又在地上挖出一个刻痕。

“唉，瑟拉齐安会有1000个问题要问你。我呢，我连要从哪里开始都不知道。”

你已经开始了。

“大概吧。该死，你两年前在哪里？”

我有工作要做。要准备。

“准备什么？”

灰。

“对，”费特说，“和始祖有关，收集他们的遗体。有三个旧世界的始祖。”

你其实知道很多，只是你自己不晓得。

“但还不够多。你看，我自己也刚出门旅行回来，我想要追查《光》的出处，结果碰了钉子……不过有其他突破——可能是大突破。”

费特想到了核武器，让他想起回家时的兴奋，让他想起了诺拉。他走到笔记本电脑旁边，那台计算机已经休眠了一个星期，他唤醒计算机。他检查加密的留言板，诺拉这两天都没有新信息。

“我得走了，”他对昆蓝说，“我有很多疑问，但可能有错误，我得去见一个人。我想你应该不会在这里等我吧？”

不会。我一定得拿到《光》。就像天空一样，这本书所用的语言超出你的理解能力。如果你能给我……我保证下次我们见面的时候，你就有一份行动计划……

费特变得很焦急，突然很惧怕。“我得先和别人讨论，这不是我自己能做的决定。”

昆蓝先生还在半明半暗处。

你可以通过格斯找到我。不过你要明白,时间宝贵,已经所剩不多了。这种时候就是需要果断一点。

插曲一

昆蓝先生的故事

公元40年，罗马皇帝盖乌斯·卡里古拉执政的最后一年，发生了许多狂妄、残忍、无理的血腥事件。卡里古拉皇帝先以神祇的装扮出现在公共场合，当时许多公开文件都称他为“罗马太阳神朱庇特”。他把许多神像的头都砍下来，换上他自己的头像，并逼迫元老都把他当下凡的天神来敬拜。他甚至把自己的坐骑英西塔土斯也封为元老。

为了兴建一座专门崇拜自己的神殿，他还扩建了罗马七丘之首帕拉蒂诺山上的宫殿。朝臣之中有一个人以前是奴隶，新的“太阳神”在占卜师的指示之下召来这个年仅十五岁的白面黑发少年，而占卜师从此以后再也没有人见过。卡里古拉皇帝为他赐名为特拉克斯。

根据传说，特拉克斯在远东偏僻地区的荒废村落中被发现，只有最野蛮的部落才生活在那天寒地冻的区域。虽然他的外表看来很无辜、脆弱，但是他的盛名都围绕着他有多么凶残与狡诈。有些人说他拥有预知未来的天赋，所以卡里古拉皇帝立刻就被他吸引。特拉克斯只会在夜间出现，通常坐在卡里古拉皇帝的旁边，因此他年纪轻轻就有深远的影响力；而有时他会在月光下，独自待在神殿里，白皙的肌肤像雪花大理石一样发亮。特拉克斯会说好几种野蛮部落的族语，拉丁文和自然科学也都学得很快——他对知识渴切的程度仅次于他对凶残暴戾的喜好。短时间之内，他的邪恶让他在罗马声名大噪，那个年代证明自己残酷冷血是一种成就。他向卡里古拉皇帝提供政治上的建议，还狐假虎威地尽使帝王之权。他不顾一切，鼓励皇帝自我封神。他们会在罗马的马克西穆斯竞技场并肩坐着观赛，疯狂地帮绿色马队加油。据说，特拉克斯曾经在输了以后，建议毒杀对手的马。

卡里古拉皇帝不会游泳，特拉克斯也不会，他就曾经给卡里古拉皇帝灵感，大兴土木建了个愚蠢的建筑：一座临时的浮桥，长度超过两英里，用船当浮筒连接巴亚港和波佐利港。卡里古拉皇帝兴高采烈地穿上亚历山大大帝的胸甲，驾着英西塔土斯穿越巴亚港的时候，特拉克斯并不在场。不过据说这个脱胎换骨的奴隶经常夜游浮桥，由四个努比亚奴隶扛着轿子，穿着华美的衣服，坐着亵渎神明的宝座，两旁还有十来名护卫。

根据习惯，每个星期都有七名精心挑选的女奴，被送进特拉克斯用黄金和大理石打造的房间里，就在庙宇的下方。他要求健康的处女，而且不得超过十九岁。一个星期之中必须用棉棒擦拭她们的汗水来决定谁能入选。第七天一入夜，铁木制成的大门就会从里面闩上，任何人都进不去。

第一场处决是在房间中央的绿色大理石底座上，一群痛苦的塑像扭曲着它们的身体求饶，仰起它们哀求般的眼睛和双臂朝向天堂，底座的两条通道将奴隶的血导进红宝石与石榴石镶成的金杯。

特拉克斯从走廊里现身，只穿着战士腰环，安静地要求奴隶爬上底座。七面青铜镜悬挂在房间墙壁上，他一边看着，一边在那里喝干她，在用螯针刺穿她的喉咙时凶猛地咬着她。吸血的过程如此突然、迅速，甚至能看到女奴的血管在皮肤下崩塌，几秒之内就血色尽失。特拉克斯筋肉横生的手臂，用强大的力量与精准的控制强压住女奴的躯体。

他看着女奴惊慌失措，等这种乐趣消退之后，第二个奴隶就立刻成为攻击目标、美味佳肴和残忍杀戮的对象。换第三个、第四个，一直到只剩最后一个饱受惊吓的奴隶。特拉克斯最为享受最后一场杀戮，那带给他极致的满足。

不过冬季里的一个深夜，特拉克斯在结束最后一个奴隶之前慢了下来，他发觉奴隶的血液里多了一股脉搏。他摸摸她束衣下的肚皮，发现她腹部结实微凸。确认她已经怀孕之后，特拉克斯残酷地甩了她一巴掌，让她跌在地上，她的血从她的嘴角滴下来。他取来放在鲜果盘旁边的黄金匕首，向她一劈，瞄准颈部——可是她赤手空拳就挡下他精准的攻击，只划伤了手臂外侧的肌肉,离肌腱只差几毫米。特拉克斯又往前攻击,可是再度受到女奴阻挡。尽管他速度敏捷又技巧高超,可是他的身体太年轻,还没发育完成,让他没能占到上风。就算他的技能经过长时间磨炼,但他还是很弱势。

血祖从此之后下定决心不再寄身于十三岁以下的宿主。女奴啜泣着求血祖饶她和腹中胎儿一命——同时血流不止。她向神明呼救。可是她的哀求对血祖一点意义都没有——只不过是用餐过程的一部分,就像培根在热锅上吱吱作响。

这时,宫廷警卫用力敲着大门。血祖曾下过命令严禁任何人打断他每周所进行的仪式,不过,因为他们知道他残暴嗜血,所以血祖知道他们前来打扰一定有非常重要的理由。因此,血祖卸下门闩,让他们进入血污遍地的现场。连续执勤数个月之后,警卫对这种邪恶堕落的画面已经习以为常了。他们前来通知特拉克斯:卡里古拉皇帝遭人暗杀未遂,特地召唤他到殿前。

他要他们把女奴送走,堕掉腹中胎儿。他的指示就只有这些。不过血祖不希望每周的运动被打扰,所以特拉克斯下令要他们守门守到他回来。

结果,所谓的"刺杀行动"只是帝王的歇斯底里发作,认为有人要谋害他,七名前来纵欢的无辜宾客因而被杀。特拉克斯没过多久就回到寝室,他发现当他前去安抚"太阳神"的时候,百夫长把宫殿地板和神殿都清理干净了,这样才能压制住众人怕鬼的骚动。受到感染又身负重伤的怀孕女奴则已经不见了。

黎明将至,特拉克斯说服卡里古拉皇帝派遣卫兵到附近城市去寻找那名女奴,送回神殿。尽管他们在国土内地毯式地搜索,卫兵还是没能找到她。等到终于天黑,特拉克斯亲自出去找女奴,但因为女奴怀孕了,所以他对她的感应很微弱。那时血祖才几百岁,还是会犯错。

这个疏忽将尾随血祖几个世纪。新年的第一个月内,卡里古拉皇帝真的遭到了暗杀，刺杀的主使者克劳迪乌斯在短暂流亡之后，回到罗马，他贿赂了皇帝禁卫队而成功掌权，邪恶的奴仆特拉克斯必须逃亡。

怀孕的女奴一直往南走，回到亲人身边。她产下了苍白得几乎透明的男婴，肤色在月光下就像玛瑙。她在西西里附近的橄榄地中间的洞穴里生产，后来母子两人在那块干燥的土地上狩猎了许多年。女奴和孩子之间有种微弱的心电感应，虽然他们靠人血维生了许多年，但这个男孩缺少病原体，不会让猎物转化。

新生儿长大以后，地中海地区一直有恶魔的谣言——而且散播得很快。半人半魔的男孩照到少量的日光也不会死。不过除此之外，因为他受到血祖的诅咒，所以他也拥有吸血鬼的所有特质，只不过他的心智独立于血祖。

然而，假如血祖被摧毁，他也会被摧毁。

十年之后，新生儿在黎明之前回到洞穴时，察觉到里面有人。在洞穴的阴影处，他看到一个更阴暗的影子，正在看着他。然后他发觉他妈妈的声音在他体内愈来愈弱——她的信号消失了。

他马上就知道发生了什么事：不管那是什么东西，他已经把自己妈妈解决掉了……现在正在等他。他根本没看见敌人，就知道他有多残忍。阴影处的那个家伙毫无仁慈可言。男孩毫不迟疑就转身逃向他唯一的庇护：早晨的阳光。

男孩尽力活了下来，他靠狩猎或腐肉为生，有时在西西里的路口上抢劫过路的旅客。没过多久，他就被逮捕受审。他被卖掉，接受训练成为角斗士。角逐的时候，男孩打败了所有挑战者，不管是人还是兽，他超凡的天赋和奇特的外表吸引了元老院和罗马军队的注意。烙印仪式前夕，嫉妒他获得那么多注意与战功的对手群起突袭，在他身上留下多道剑伤和致命的重击伤，但他奇迹般地竟没被杀死。他很快就复元了，立刻退出角斗士学校，被元老福斯图斯·塞多留带走，他相当熟悉黑魔法，而且收藏了许多原始器具。元老认为这名角斗士是第五个拥有人类身躯与吸血鬼血液的不死之身，所以为他命名为昆图斯·塞多留。

这个奇怪的**异族人**原本在军队负责杂役，但很快就被拔擢，加入了第三军团。在珀伽索斯的旗帜之下，昆图斯跨越海洋远征非洲对抗凶残的柏柏尔人。他擅用长矛，据说他用力一掷就能刺穿全速冲刺的马。他也使双刃铁剑，这把武器专为他打造，上头没有任何银饰，剑柄则是人类股骨。

接下来数十年，昆图斯多次凯旋归来，从女战神殿游行到凯旋城门。他服侍过多位君主，见证了不同的政权，让所有帝王都能满意。他长生不老的谣言更丰富了他的传说，让人又惧怕又钦羡。在大不列颠，他让皮克特族军队闻风丧胆，日耳曼地区的部落称他为铁影，他一出现就能让幼发拉底河保持平静。

昆图斯影响力非凡。他满是伤痕的体格和不自然的苍白肌肤，让他看起来就像一座会呼吸的大理石雕像。关于他的每一件事都和军事、战斗有关，他出现的时候总是充满信心。每一场征战他都亲自上阵首当其冲，也是最后一个离开战场的人。开始几年，他还保留着战利品，不过，杀戮一再重复后，这些纪念品开始塞满家里，他就没兴趣了。他把战斗规则简化为52个步骤：这些技法像芭蕾舞般精准，让敌人在20秒之内就被放倒。

在职业生涯中的每个阶段，他都可以察觉到血祖的迫害，不过这时血祖早就抛弃特拉克斯那个十五岁的宿主了。他曾遭暗中突袭，被其他吸血鬼奴隶攻击，甚至也被血祖以不同化身直接攻击过，虽然次数很少。刚开始，昆图斯不确定这些攻击的性质，不过时间一久，他开始对自己的血亲愈来愈好奇。罗马军队的训练教他在受到威胁的时候也要保持攻势，所以他开始追踪血祖，寻求解答。

同时，他的功勋和盛名也让其他吸血鬼始祖开始注意到他，他们在某场战斗中的夜晚找到他。因为这样的接触，他才晓得血脉与背景的真相，而始祖都称血祖为“青年”。他们都以为只要向昆图斯揭露秘密之后，他自然就会加入他们，所以给他看了许多事情。

但昆图斯拒绝了。他拒绝了和血祖一样有破坏力量的吸血鬼始祖。昆图斯一辈子都和人类在一起，他想要尽量融入他们，他想要更了解自己人类的那一半。还有，尽管面对血祖的威胁，他还是希望以不死之身和凡人生活，而不是——他当时这么看自己——作为纯种吸血鬼中的杂种。

因为他的出生是因疏忽造成，而非血祖真正的规划，所以昆图斯无法繁衍。他无法生出下一代，也不能真正地占有一个女人。昆图斯缺少病原体，所以没办法感染或征服人类。

战役结束的时候，他被封为地方总督，获得了一片肥沃丰饶的土地，甚至还有一个家庭，一名有着橄榄色肌肤的柏柏尔寡妇和她的女儿。他在她身上找到了情感、亲昵，还有爱，这个肤色黝黑的妇女会在家中地窖用母语唱着甜美的歌曲哄他入睡。太平时期，他们就住在南意大利的海边。直到有一天他出远门，血祖找上了她。

昆图斯回家时发现他的家人都已转化为吸血鬼，躺着准备和血祖一起攻击他。昆图斯必须同时对抗所有人，释放他凶猛的妻子和她的孩子。他差点逃不过血祖的屠杀。当时，血祖选择的宿主是个罗马军团的军人，这个野心勃勃又无情冷血的军团指挥官叫做塔西佗，他短小精干又肌肉横生的身体让血祖在战斗中占尽优势。那时罗马几乎没有身高 175 厘米以下的军团士兵，但塔西佗成为指挥官是因为他壮如野牛。他的手臂和颈子都极为粗短，长满暴凸的肌肉。他的肩膀像山一样，让他看起来有点驼背，可是站在受伤的昆图斯面前就像一座和大理石柱一样直的高塔。不过，昆图斯早已做好准备——他既担心又期待这一天的到来。他在皮带里藏了一把银制的窄匕首，因为有刀鞘所以不会碰到他的皮肤，刀柄是雕刻过的檀木，让他可以快速抽取。他拔出匕首，划过塔西佗的脸，把他的眼珠子剖成两半，削开他的颧骨。血祖大声哀号，遮住受伤的眼睛，血液和玻璃体往外喷溅。他迈开大步就跳出屋外，越过黑暗的庭院。

昆图斯复元之后觉得有股无法摆脱的孤单寂寞，他发誓要报复这个创造他的妖怪——尽管这表示自己也会跟着死去。

许多年后，在基督教信仰出现时，昆图斯回到始祖身边，接受了自己的身份和本性。他向他们提供财富、影响、力量，而他们欢迎他成为他们的一分子。昆图斯警告他们，血祖是多么背信不忠，他们也了解这股威胁，但是对自己在数量上的优势以及长年的智慧极为自信。

接下来的几个世纪之内，昆图斯继续寻求复仇的机会。

不过，之后的七个世纪里，昆图斯——后来被称为昆蓝——一直不像那一晚在托尔托萨（在今日的叙利亚）那样接近过血祖，当时血祖还称他为“儿子”。

我儿，像这样长期的战争，唯一取胜的方法就是让步。带我去见始祖。帮我摧毁他们，你可以在我身边拥有应得的崇高地位。你本该贵为王子……

血祖和昆图斯站在一座怪石嶙峋的悬崖边缘，俯瞰着一大片罗马式坟场。昆蓝知道血祖无处可逃。稀薄的日光已经开始让他冒烟、燃烧了。他没料到血祖会这么说，他的声音闯入昆蓝的脑中。昆蓝感觉很熟稔亲昵，让他自己都害怕了起来。那一会儿——后来这感觉让他遗憾终生——他察觉到了真正的归属感。这个妖怪——躲藏在一名铁匠高大惨白的身体里——是他的父亲。他真正的父亲。昆蓝在那一瞬间放下武器，血祖立刻沿着崎岖的岩面往下窜逃，消失在崖下的洞穴和隧道中。

过了几个世纪之后，有一艘船从英格兰的普利茅斯航向美洲新大陆的科德角。据正式文件统计，这艘船上有130名乘客，但货舱里可以找到几个装泥土的箱子。列表上记录的是泥土和郁金香球根，理由是花农要利用美国的海洋气候种植郁金香。但是真相更为黑暗。在富商基利安·范·桑登的协助下，三位始祖和他们忠诚的盟友昆蓝很快就在新世界建立了他们的势力。

开垦新世界其实和如何开拓那个曾经混乱不堪，却在短短200年内发展成地球上最强大的经济与军事力量的新兴共和国没两样——但这只是表象，真正的生意是在地底下的密室内进行。

一切的努力都是为了获得《光之熄》，只有这样才能够解答当时昆蓝和始祖唯一的问题：

他们要如何毁灭血祖？

自由营

诺拉·马丁内斯博士听到尖锐的营区哨音就醒了过来。帆布吊床从天花板悬挂下来,她躺在里面就好像被吊索裹起来一样。要下床只有一个方法,就是要在被子里扭啊扭的,从底端溜出来,脚先着地。

她一站起来就立刻觉得不太对劲。她左顾右盼了一会儿。感觉脑袋好轻。她没被捆住的手立刻去摸头顶。

光了、全光了。她大吃一惊,诺拉不是爱慕虚荣的人,但她一直都有一头亮丽的秀发,她一直留着长发——身为传染病学家,她其实并不适合留长发。她捧着头,好像有严重偏头痛一样,抚摸着她从未体验过的光滑肌肤。眼泪沿着脸颊滑下来,她突然觉得自己更渺小了,而且——不知道为什么,但这感觉很真实——更虚弱了。他们削下她的头发时,也削弱了她的力量。

但光头不只让她心神不宁,她还觉得头晕眼花,摇摇晃晃地找不到重心。入营登记的过程很令人困惑,也带来焦虑。在这样的情况下,诺拉没想到自己竟然能睡着。其实,她现在想起来她原本打算一直保持清醒,这样才能尽量了解检疫隔离区的一切,然后再接触到自由营(这个名字实在很荒谬)的其他人。

不过她口中现在的味道——好像她嘴巴里一直咬着干净的棉袜——让她知道自己被下药了。是发给她的那瓶水——他们在里面加了料。

怒气在她体内上涌,一部分是针对伊费,但徒劳无益。相反,她一心想着费特,渴望他在身边。她几乎很确定她以后都没办法再见到他们两人了,除非她能设法离开这个地方。

管理这个营区的吸血鬼——也可能是其人类同伙,石心集团的承包商——聪明地为新成员设立了隔离区。这种营区一旦爆发传染病就不堪设想，可能所有人都无法幸免，那样珍贵的血源就消失了。

一个女人掀开挂在门口的帆布片走进室内，她穿了石板灰的连身装，和诺拉身上的衣服款式、颜色都一样单调无聊。诺拉认得她的脸，记得她们昨天见过面。她骨瘦如柴，皮肤像一张刷白的羊皮纸，眼角和嘴角都有皱纹，深色的头发理成小平头，应该又要剃了。不过这女人看起来心情很好，但诺拉猜不出原因。她在这里的角色显然是类似营区妈妈，她的名字是萨莉。

诺拉前一天就已经问过了，但她又问了一次："我妈妈在哪里？"

萨莉的笑容就是客服人员的标准表情，包容力十足又能卸下她的心防。"你睡得好吗？罗德里格斯小姐？"

诺拉在入营的时候给了假名，因为她和伊费的关系让她名列所有通缉名单。"我睡得不错，"她说，"多谢你在水里加了镇定剂。我问你，我妈妈在哪里？"

"我想她已经转院到日落小区了，那是自由营旁边退休族的小区。这是正常程序。"

"在哪里？我要见她。"

"那里和自由营不相通。我认为应该可以安排你去探访，只是不是现在。"

"指给我看！在哪里？"

"我可以指大门给你看，不过……我自己也从没进去过。"

"你说谎，要不就是你自己也真心相信这句话，这表示你在骗自己。"

萨莉只是工作人员、一个传声筒。诺拉知道萨莉不是刻意要误导自己，只不过是重复别人说服她的话。或许她不知情，没有能力去怀疑"日落小区"其实和广告的内容不一样。

"请听我说，"诺拉开始发狂，"我妈身体不好，她生病了，她头脑不清楚，她有阿尔茨海默症！"

“我很确定她得到了妥善的照顾——”

“她会被处死,不会有任何迟疑,她对这些怪物来说已经没有用处了!不过她病了,她很恐慌,她得看到熟悉的面孔。你懂吗?我只想见她最后一眼。”

这当然是谎话,诺拉想要让她们母女都逃出来,不过她得先找到她妈妈。

“你是人类,你怎么能这样做——怎么能?”

萨莉伸出手捏捏诺拉的左臂,想要让她放心,但动作却很机械。“罗德里格斯小姐,她真的在比较好的地方。老人家有足够的配给食粮,可以让他们维持健康,不需要提供任何回报。说实在的,我很羡慕他们。”

“你真的相信这个?”诺拉不敢置信地说。

“我爸也在那边。”萨莉说。

诺拉抓着她的手臂。“你难道不想看他吗?告诉我在哪里。”

萨莉完全能体会到——这样诺拉更想赏她一巴掌。“我知道分隔两地很痛苦,你现在应该把重点放在照顾好你自己。”

“是你在我的水里下药吗?”

萨莉的笑容里,愉快都消失了,被担忧的表情取代——或许是担心诺拉的理智,担心她未来能不能成为有生产力的营区成员。“我无法取得药品。”

“他们曾在你的食物里下药吗?”

萨莉对诺拉的反应没有意见。“隔离期结束了,”她说,“你现在是营区成员了,我要带你四处走走,让你能习惯。”

萨莉带她通过小小的露天缓冲区,沿着防水布下面的通道走,才不会被雨水淋湿。诺拉往外看天空,又是没有星光的夜晚。萨莉在检查关口拿出文件给一个人类看,那个男人大约五十多岁,在石板灰色的连身装外披着医师白袍。他看一看表格,用海关人员的表情瞄一瞄诺拉,就让她们进去了。

虽然头顶有雨棚，但雨水还是溅湿了她们的腿和脚。诺拉穿着医院用的海绵鞋底塑料拖鞋，萨莉穿了就算湿透也很舒服的透气运动鞋。碎石小路接着宽广的环形步道，包围着高耸的守望塔，就和警卫站一样。这个圆环就像一个交通要道，延伸出四条路。旁边有一栋像仓库一样的建筑，很低矮宽敞，远方则有很像工厂的建筑。没有路标提示方向，只有泥泞的路上用白色石头排出来的箭头。瓦数很低的灯照亮道路，因为人类行走的时候需要照明。

好几个吸血鬼站在圆环旁边，像哨兵一样，诺拉一看到他们就忍不住想打哆嗦。他们完全暴露在自然环境中——赤身裸体——完全没有任何不舒服的样子，黑雨打在他们光滑的头顶和肩膀上，再沿着几乎透明的身躯往下流。返魂尸的手臂软绵绵地无力垂下，用极为冷漠的眼光看着人类来来去去。他们是警察、看门犬和监视摄影机三合一。

"警卫会强制执行日常程序，这样一切才会按部就班。"萨莉发现诺拉的害怕和悲伤后说。

"其实，也发生过极少数的事件。"

"人类反抗？"

"破坏秩序。"萨莉听到诺拉的话之后很惊讶。

靠近吸血鬼却没有削尖的银器可以防身，让诺拉浑身爬满鸡皮疙瘩。他们都闻到了。他们嗅着空气时，螫针轻弹上颚，她肾上腺素发出的味道让他们很警戒。

萨莉轻推诺拉的手臂，让她继续走。"我们不可以在这里徘徊，这是被禁止的。"

诺拉感觉到哨兵黑红色的眼睛一直跟着她们，萨莉带她沿着一条漫长的岔路走下去，经过那栋像仓库的房子。诺拉目测了充当营区城墙的高耸篱笆的高度：锁链和橘色的飓风警戒区胶带连在一起，挡住营外的景观。篱笆顶端折成45度角，有些地方铁丝网会立起来形成尖角。她得找其他方法出去。

在那之外，她看到远方的树梢。她已经知道自己离开了市区。谣言说曼哈顿北边有个大营区，长岛和新泽西北边有两座小营区。诺拉在被载来营区的路上头顶罩了个斗篷，她当时太焦急，也太关心她妈妈，所以没去估计车程。

萨莉带诺拉走到12英尺高（至少12英尺宽）的滚轮铁丝栅栏前。栅栏已经上锁了，由警卫室里的两个女守卫操纵，她们熟稔地对萨莉点点头，一起拉开门闩，打开栅栏，门缝宽到刚好能让她们通过。

门后有一栋大营房，看起来像是一栋温馨的医疗院所。在那后方，好几十栋小型移动房舍列成数排，就像维护良好的拖车公园。

她们走进营舍里，踏进宽阔的交谊厅。这个房间介于高档的等候区和大学宿舍会客厅之间，里面正在回放《欢乐一家亲》影集，背景笑声好荒诞，就像在嘲讽过去无忧的人类。

粉蜡色的椅子上铺了椅垫，几十个女人穿着干净的白色连身装坐在四周，跟诺拉与萨莉单调的灰色不同。她们的肚子都明显隆起，每个女人都怀孕了。还有，她们可以留长发，头发因为怀孕的荷尔蒙而显得浓密亮丽。

然后诺拉看到了水果。有个女人正在吃柔软多汁的水蜜桃当点心，果肉里面有一条条红色的纤维。诺拉的口中涌出口水。诺拉这一两年内仅尝过的非罐装新鲜水果，就是从格林威治村里一棵快要枯萎的果树上摘下的一个肉质糊糊的苹果。她用多功能小刀把烂掉的地方都挖掉，直到最后剩下来的部分看起来好像已经被人吃过了一样。

她脸上的表情一定透露出了她的渴望，因为那个孕妇一和诺拉四目相对就尴尬地别过头。

“这是什么地方？”诺拉说。

“生产中心，”萨莉说，“孕妇在这里待产到她们生下婴儿。外头的拖车是整个营区里最好也最隐秘的生活区。”

“她去哪里——”诺拉压低声音，“拿到那个水果的？”

“孕妇的食粮配给最好，她们在怀孕和疗养期间也可以免于抽血。”

需要健康的婴儿。吸血鬼需要补充人类,他们的血液来源。

萨莉继续说:“你很幸运,全球20%的人有B型阳性血型。”

诺拉知道自己的血型,当然了。B型阳性血型的人就是比其他人更为“平等”的奴隶。他们的奖赏就是要被拘禁在营区里,定期抽血,强迫繁殖。

“她们怎么可以把孩子带到这样的世界?在这种营区里生下来?生而为奴隶?”

萨莉看起来如果不是对诺拉很不好意思,就是以她为耻。“你会慢慢发现只有生孩子才会让我们的生命有价值,罗德里格斯小姐。在营区生活几个星期之后,你的想法就会变了。谁晓得呢?你可能甚至会很期待生产。”萨莉把灰色的袖子往上卷,露出红色的瘀痕,看起来就像被蜜蜂叮得很惨的样子,皮肤又紫又棕的,“每五天抽一品脱。”

“听我说,我不是针对你,只是——”

“你知道吗,我是想要帮你,”她说,“你还很年轻,你有机会。你可以受孕,生宝宝,在营区里过自己的生活,我们其他人……没那么幸运。”

诺拉从萨莉的观点想了一下。她知道长期抽血和营养不良已经让萨莉和所有人都变得很虚弱,让她们无力抵抗。她能理解欲望的拉扯、无助的循环、绝望的感受——还有为什么唯有生宝宝她们才能得到希望与尊严。

萨莉继续说:“像你这样厌恶这个环境的人,可能会很高兴能有机会可以离开所有人好几个月。”

诺拉确定她自己没听错。“离开?生产区没有吸血鬼吗?”她环顾四周,发现她说得没错,“为什么没有?”

“我不知道。这是严格的规定。他们不能进去。”

“规定?”诺拉努力想要搞清楚,“是要把孕妇和吸血鬼隔离,还是要把吸血鬼和孕妇隔离?”

“我说过了,我不知道。”

有个声响,很像门铃,孕妇们纷纷放下水果、读物,撑着椅子站起来。

“怎么回事?”诺拉问。

萨莉也挺直了身体。“营区主任。我强烈建议你守规矩一点。”

诺拉偏不,她想找地方逃跑,或许是一扇门、一个逃生出口。但太迟了。一群营区官员来了,他们是人类官僚,穿着轻便的套装而非连身裤。他们走进中央步道,看着营内成员的时候完全不掩饰心中的厌恶。在诺拉看来,他们是来检查孕妇,应该是临时抽查。

两个高大的吸血鬼跟在他们后面,手臂和颈子上还留着他们人类时期的刺青。诺拉猜想,他们以前应该是囚犯,现在则成了血液牧场的高级警卫。两个吸血鬼都提着一直滴水的黑伞,诺拉觉得很奇怪——吸血鬼竟然会在乎雨水——最后一个人则跟在他们后面,显然就是营区主任。他穿着完全没沾到泥水又白得发亮的笔挺西装,诺拉好几个月都没见过这么干净的衣服。身上有刺青的吸血鬼都是营区主任的个人随员。

他很老了,留着简短的白须,胡子末端修尖,让他看起来有点像圣诞老公公——这个画面差点让她岔气。她看到白色西装上挂了徽章,就像海军少将一样。

诺拉不敢置信地盯着他看。因为她的眼神太唐突大胆,立刻吸引了他的注意力,这时候她要别过头已经来不及了。

她发现了他认出她的表情,反胃的感觉立刻遍布全身,就像突然发烧一样。

他停下脚步、张大双眼,同样不敢置信,然后脚跟一转,朝她走过来。留刺青的吸血鬼跟在他后面,老人走过来的时候手掌交叠在背后——他的疑惑变成了狡猾的笑容。

他就是埃弗里特·巴恩斯博士,曾经的疾病管制局局长,诺拉以前的上司。在政府垮台了几乎两年之后,竟然还坚持穿着海军制服,那套服装象征着疾管局的起源。

“马丁内斯博士,”他用南方腔调慢慢地说,“诺拉……哇,多么难得的惊喜。”

血祖

扎克咳了一下，樟树的味道在他咽喉里燃烧，让他的味觉无法承受，几乎要作呕。他又恢复呼吸，心跳慢了下来，他抬头看血祖——以摇滚明星加布里埃尔·波利瓦的姿态站在他面前——然后微微笑。

到了晚上，动物园里的野兽都非常活跃，它们狩猎的本能蠢蠢欲动，盼着栏杆后面永远不会有的猎物。因此，晚上总是相当吵闹。猴子不停号叫，大猫也在嘶吼。扎克掌握打猎技巧之后，报酬就是有人会照顾兽笼、清洁街道。

这男孩愈来愈擅长射击，每次他有成功猎杀，血祖就会用新的特权奖励他。扎克对女生很好奇，应该说是对女人。血祖承诺要带几个女孩给他。扎克不是要和女孩聊天，他只想要看她们，从她们不会发现他在看的地方观察。他不是很害羞或胆怯的人，如果要形容，他算是工于心计，而且又不想被看见。他不想碰她们——现在还不想，但他看着她们——就像看着笼里的豹子一样。

血祖生活在地球上这么多年，很少有类似的经历：细心照料他占据的身体。数百年来，就算是拥有强大的权力，血祖也向来低调隐身，在暗处饮食、生活，回避敌人，在始祖的停战协议下始终不出手。不过现在创立了新世界，血祖有了一个人类宠物。

这男孩天性聪颖，他的灵魂完全透明。血祖工于心机，擅长操纵。他知道如何按下贪婪、欲望、复仇的开关——目前，他的身体就像帝王一般。波利瓦的确是摇滚明星，所以广义来说，血祖也是。

如果血祖认为扎克够聪明，这男孩就会立刻变得更聪明，他受到刺激之后，会想要尽力在血祖面前有最好的表现。因此，如果血祖认为扎克够残忍狡猾，这男孩也会拥有这些特质来取悦他。所以，几个月下来，经过好几晚长谈互动，血祖不断地训练他，培养他心中既有的黑暗。血祖感觉到数个世纪以来都没有的体验：他感觉到自己被崇拜着。

这感觉是不是像——为人父亲？而当爸爸一直都是这么权威残忍吗？以自己的形象、用自己的影子为深爱的孩子雕塑灵魂？

末日将近。这是关键的时刻。血祖在宇宙的韵律中感觉到了，通过各种细微的征兆，在上帝之声的节奏中。血祖要再占领另一具躯体，之后他在地球上建立的政权就能永续。毕竟血祖有千眼千口，谁能阻止他呢？血祖控制了军队和奴隶，让全世界都陷入了恐惧之中！

他用思想就可以立刻通过身在迪拜或法国的上尉执行他的意志，他可以下令处决数千人，没人会知道，因为消息管道将立刻消失。谁会这样尝试？谁会成功？

接下来，血祖望着男孩的眼睛，看着他的脸，他看见了敌人的踪影，而这个敌对者不管力量多么渺小都不会放弃——

顾威。

顾威和他的党羽对血祖的政权发动攻击，但成效有限——充其量是破坏公物。但关于他们的传言在农场和工厂里不断流传，每重复一次就更夸张，他们变成了一种象征。血祖深知象征的重要性。在“第零夜”，他每占领一座城市就要焚毁许多建筑物，目的就在于树立象征。他要让灰烬与熔铁留在地面上，在棋盘地图上用权力的象征攻城略地，提醒大家注意他的势力。

还有其他异议分子——毒贩、走私贩、趁火打劫的强盗——不过他们只是无法无天的病菌，对血祖的计划没有破坏力，所以血祖对他们逾矩的行为不甚在乎。

但顾威不一样，他和他的党羽就是瑟拉齐安在地球上的余孽，所以他们的存在就冒犯了血祖的权力。不过血祖有人质，能够引诱顾威靠近。

血祖向男孩微微笑，那男孩也笑着响应他。

曼哈顿医检总局

贝尔维尤医院爆炸之后，伊费沿着东河大道一直往北走，利用废弃的汽车和卡车来掩护。他的臀部酸痛、大腿受伤，但仍以最快的速度奔跑着，下错了一个入口斜坡，又回到了第30街。他知道后有追兵，或许其中也有十几岁的探子，他们眼睛失明又精神错乱，手脚并用地靠心电感应追踪敌人。他挖出夜视镜，快步回到医检总局，心想着吸血鬼既然已经渗透过这个地方，也已全部清查完，应该不会再回来。

爆炸的震波结束之后他的耳鸣一直持续着。几辆车的警铃大作，街上撒满了被爆炸威力震碎的窗户玻璃。他走到第30街和第1大道的交叉口，发现路上有碎砖和灰泥，建筑物的墙面遭到破坏，碎片像雨滴一样落在街上。等他更靠近一点，从夜视镜的绿光看出去，他发现有一双腿从路障筒后面伸出来。

光腿、光脚。吸血鬼面朝下地躺在人行道上。

伊费慢下脚步，绕过障碍物。他看到吸血鬼躺在瓦砾碎石中间，混着寄生虫的白色血液在他俯卧的脸颊下面凝成一圈。他还没获得救赎，寄生虫继续在他的皮下绕圈圈，表示他的血液还在循环。显然这个受伤的怪物只是失去意识，仍旧半生不死。

伊费四下寻找最大块的砖头或水泥块，高举在吸血鬼的头上准备收拾残局……但这时心头涌上一股阴森的好奇心。他用靴子一踢，把吸血鬼翻过来，那怪物躺得很平坦很僵硬。怪物一定听到了砖块松脱的隆隆声而且向上看了，因为他的脸被砸爆了。

伊费感觉手上的砖块更沉重了，他放低下来，往旁边一扔，任砖块砸碎在人行道上，离怪物的头颅只有30厘米，怪物没反应。

医检总局大楼就在街对面。

风险很大——不过如果这个怪物真的看不到,看起来确实是这样,那么他就不能向血祖提供画面。如果他的大脑也受到创伤,他就完全无法和血祖沟通,也就不会透露伊费现在的行踪。

伊费快步移动,免得自己改变念头。他的手绕过那怪物的腋窝,小心地不碰到黏稠的血液,像急救人员一样把他拖到路边,跨过街道,绕过斜坡去往地下室的停尸间。

在停尸间里面,他轻推一张阶梯凳,把吸血鬼放上解剖台。他动作很快,拿塑料绳把怪物的手腕绑在桌子下,然后用同样的方式把他的脚踝固定在桌脚上。

伊费看着返魂尸躺在解剖台上。对,他就是要这么做。他从衣柜里拿出病理学家的罩衫,戴上双层乳胶手套。他把袖口扎进手套里,裤脚塞进靴筒里,全身密封。

他在水槽上方的柜子里找到一片防泼溅塑料,他就戴在脸上。他拉了一辆推车过来,在上面排了十几把不锈钢仪器,全部都是切割工具。

他还看着吸血鬼时,吸血鬼就恢复意识了,刚开始全身扭动,头转来转去。吸血鬼感觉到束缚,努力想要挣脱,腰部在台面上上下下地动。伊费拿另一段更长的绳子缠住他的腰部,绕到桌面底下,再拿一条固定颈部,在颈子下方牢牢地打个结。

伊费从那怪物的头颅后方,用探针去挑动他的螫针,就算这个吸血鬼的脸已经被揍扁了,但螫针可能还是会动。他看到吸血鬼的喉咙拱起来,听到下颚里有滴答声,这怪物打算启动他的螫针机制,不过他的下颚骨里面都碎了。伊费唯一的顾虑就是血虫,所以他一直把光杖紧握在手中。

他用解剖刀划过这怪物的喉咙,绕着绳子切开来,拨开折层。伊费在这个步骤最小心,看着喉管起伏,下颚努力要撑开来。控制螫针的肉瘤还软趴趴地缩起来。伊费用钳子夹住尖端往外拉,螫针就大幅延展。这个怪物想要夺回控制,可是底部的肌肉只是抽动。

为了自身安全，伊费伸手去拿银色小匕首，把这段增生组织切下来。

这个吸血鬼全身紧绷，好像被子弹贯穿一样痛苦，排出了少量分泌物，浓烈的阿摩尼亚臭味刺痛了伊费的鼻子。白色血液从喉咙切口冒出来，具有腐蚀性的液体流入延长的塑料管里。

伊费把仍在扭曲的螯针拿到柜台上，摆在电子秤旁边。他用放大镜检查，看着螯针像蜥蜴的断尾一样蠕动，这时他注意到底端有两个小端点。伊费纵切螯针，然后拨开粉红色的肉团，露出里面扩大而分岔的管道。他已经知道其中一条管道在吸血鬼咬住受害者时，负责传送寄生蠕虫、麻醉剂和内含抗凝血剂的唾液；另外一条管道则用虹吸原理，抽出血液狂饮。吸血鬼不是从人类身体中吸出血，而是用物理方式抽出血液，第二条管道像真空管，让动脉血液可以轻易地往上送，就像水分在植物的茎里移动一样。若有必要，吸血鬼可以加速毛细作用，靠螯针底部进行活塞运动。没想到这种内生性生长可以发展出这么复杂的生物系统。

人类的血液中含95%的水分，剩下的就是蛋白质、醣分、矿物质，没有脂肪。小型的吸血动物，像蚊子、虱子和其他节肢动物可以靠血液维生。吸血鬼变态后的身体代谢快，体型又这么大，所以必须常常吸血才能抑制饥饿感。因为人类的血液主要都是水，所以他们经常排泄，连进食的时候都会。

伊费把去皮的螯针放在桌面上，再回到怪物身边。酸性的白色血液已经腐蚀了颈部的管子，不过吸血鬼已经不再剧烈扭动了。伊费打开怪物的胸腔，沿着胸骨切到腰部，划了个经典的Y字形。他从胸廓钙化的骨头看到下面胸腔内部突变成四个部分，或说四个气室。他原本就认为吸血鬼疾病征候群会改变整个消化道，不过直到现在，他才终于看到发展成熟的胸腔。

身为科学家，他觉得这真的很特别。

而身为人类幸存者，他觉得这实在太恶心了！

他解剖的动作停了下来，因为他听到了楼上地板传来的脚步声。是一个很沉重的脚步声——穿了鞋——有些吸血鬼偶尔还是会穿鞋，因为高档的鞋子比衣服更耐磨。他看着吸血鬼被打烂的脸和凹陷的头颅，希望自己没低估血祖的影响力，无意中开启了战端。

伊费拿起他的长剑和紫外线灯，后退一步走到冷藏室门边的深处，让自己可以清楚看到楼梯。没必要躲起来，吸血鬼可以听到人类的心跳声，那心脏不断运送着他们渴望的鲜红血液。

脚步声慢慢地减弱了……最后的那几步往下走、门被踢开——他看到一道长刃闪出银光，和自己的一样，他马上就放松了，伊费知道那是谁。

费特看到伊费靠在墙边，然后习惯地眯起眼睛。这位捕鼠员穿着羊毛裤和深蓝色厚夹克，背包的皮背带横过胸前，他拉下斗篷，露出灰扑扑的脸颊，把剑收进鞘中。

"瓦西里？"伊费说，"靠，你在这里做什么？"

费特看到伊费的病理学家罩衫和手上的口套，然后转头看着解剖台上的返魂尸，器官已经被取出来了，但仍然没断气。

"你究竟在这里做什么？"费特放下剑问，"我今天才到……"

伊费往前踏一步离开墙边，把剑放回地板上的袋子里。"我在检验吸血鬼。"

费特往前走到桌子旁，看着那吸血鬼变形的脸。"是你弄的吗？"

"不，不算是。他被掉落的水泥块砸中了，因为我把医院给炸了。"

费特看着伊费。"我听到爆炸声了。那是你干的啊？"

"他们包围了我，差点逃不出来。"

伊费看到瓦西里的时候觉得松了一口气，可是也觉得体内有股熊熊的怒意。伊费站在那儿，一动也不动，不知道该怎么做。他要拥抱这个以捕鼠为业的人吗？还是痛扁他一顿？

费特的目光移到解剖台上的返魂尸，看到那景象不禁皱着脸。"所以后来你决定把怪物带来这里，好好玩一玩。"

"我觉得这是个好机会，我们对这些怪物的生物系统有很多疑问，这样可以弄个明白。”

费特说：“看起来很折磨。”

“嗯，这就是捕鼠员和科学家的差别。”

“或许吧！”费特绕着解剖台走，所以他隔着桌子面对伊费，“又或许你说不出差别在哪里，或许，因为你动不了血祖，所以你就拿这个怪物下手，你应该知道这怪物也没办法透露出你儿子在哪里吧。”

伊费不喜欢他们用这种态度当他的面提起扎克，别人不会懂伊费在这场战斗中的心态。“只要了解他的生物构造，我就可以找出这种机制的缺陷、找出我们可以利用的优势。”

费特和伊费之间隔着被切开的吸血鬼身体。“我们知道他们是什么。他们是会侵犯我们、利用我们身体的自然力量，他们以我们为食，他们对我们来说已不再神秘了。”

那个怪物小声地呻吟了一下，在桌上转来转去。他的臀部往前一翘，胸部剧烈起伏，好像在和一个看不见的对手拉扯。

“天啊，伊费，快毁了这该死的东西。”费特从桌边退了一步，“诺拉在哪？”

他想要让口气听起来很随意，却失败了。

伊费深呼吸。“我想她出事了。”

“‘出事了’是什么意思？说。”

“我来这里的时候，她已经走了，她妈妈也是。”

“去哪了？”

“我想她们在这里被驱赶就离开了。我都没她的消息。如果你也没有，那就是出事了。”

费特瞪大眼睛，震惊不已。“你觉得最好的做法是留在这里切这个他妈的吸血鬼？”

“是留在这里等你们两个的其中一人和我联系，对。”

伊费的态度让费特气得绷着脸。他想要赏伊费一巴掌——呼一巴掌后，跟伊费说他真是浪费时间。伊费什么都有，费特什么都没有，可是伊费却一直浪费或忽视自己的运气，他真的很想赏伊费好几巴掌。不过，他沉重地叹了一口气说："解释给我听吧。"

伊费陪他走上楼，给他看翻倒的椅子和诺拉遗忘的紫外线灯、衣服、武器袋。他看着费特的双眼，目光灼灼。

因为费特和诺拉骗了他，伊费以为他看到费特难过会高兴一点——可是却没有。这一点都不会让人高兴起来。"情况很糟。"伊费说。

"很糟，"费特转身面对着望向城市的窗户，"你就只能说这些？"

"你想怎么做？"

"你说得好像我们有选择一样。我们得去找她。"

"啊，简单。"

"对！简单！你难道不会希望我们去救你吗？"

"我可不敢奢望。"

"真的吗？"费特转身面对他说，"我想我们对忠诚的定义完全不同。"

"对，我想也是。"伊费刻意地酸楚，让他的话更有力度。

费特没回应，但他也不甘示弱。"那么你是觉得她被掳走了，但还没被转化。"

"不是在这里。但我们怎么能确定？她不像扎克，不需要去追寻挚爱的亲人，对吧？"

伊费忍不住又刺一刀。那台记录了他们亲密对话的计算机就在桌上。

费特这才发觉伊费可能在怀疑什么，或许他可以刺激伊费摊牌，让伊费毫无保留地指控他，可是伊费才不会这么轻易顺他的意。所以费特没响应伊费的暗讽，而是和平常一样采取攻势，打击伊费的罩门。"我想你又去凯莉家了，没在约定的时间到这里来见诺拉吧？对儿子的偏执已经让你变了。伊费，对，他需要你，但我们也需要你。**她**需要你。这不只是你和你儿子而已，其他人也都依赖你。"

“那你呢?”伊费说,“你对瑟拉齐安的偏执,这就是你去冰岛的理由,你觉得他会这么做所以你就去了。你搞懂《光之熄》里头的秘密了吗?还没?我想也是。你大可以留在这里,可是你却决定追寻那位老人的脚步,成为他钦定的门徒。”

“我见机行事,我们有时也得靠运气。”费特说到一半住口,双手一摊,“不过——算了。现在重点是诺拉。她是我们目前唯一的问题。”

伊费说:“最好的状况就是,她在戒备森严的血液营。如果我们猜对是哪一个营区,那么我们只要设法混进去,找到她,然后再逃出来。如果想自杀,我能想到更简单的方法。”

费特开始收拾诺拉的东西。“我们需要她,就是那么简单。我们不能再失去同伴了,如果我们想要把握机会摆脱这种混乱的情况,那就需要所有的人都做好准备。”

“费特,这种状况已维持两年,血祖的系统已经生根茁壮了,我们输了。”

“你错了——我在《光之熄》面前被三振出局,不代表我就空手而归了。”

伊费设法理解这句话。“食物?”

“也没错。”费特说。

伊费没心情猜谜。而且,一提到真正的食物,他就开始流口水,胃都揪在一起了。“在哪里?”

“在移动冷藏箱里,堆在附近。你可以帮我提。”

“提到哪里?”

“上城,”费特说,“我们得去找格斯。”

纽约州斯塔茨堡

诺拉坐在豪华房车的后座,在纽约郊区的雨中加速前进。深色的皮椅很干净,但是地垫都沾满了污泥。诺拉一路上都坐在右边,蜷缩在角落里,不知道接下来会如何。她不知道自己会被带去哪里。她惊讶地和前任主管埃弗里特·巴恩斯碰面之后,就被两个魁梧的吸血鬼带到一栋建筑物里,里面有个房间,房间里有很多莲蓬头,却没有隔间浴帘。两个吸血鬼站在唯一的那道门附近,她大可以站在那里拒绝配合,可是她觉得最好配合一点,看接下来会怎样,或许有机会逃跑。

所以她宽衣解带、开始淋浴。刚开始很难为情、不自在,可是当她回头看那两个高壮的吸血鬼时,他们的眼睛都用那招牌式的眺望眼神盯着远处的墙壁,对人类胴体没兴趣。

冷水喷雾——她没办法转热——打在光头上感觉很陌生。冷水像针一样让她的皮肤刺痛不已,然后顺着后颈和裸背流下去,诺拉抓了瓷砖凹槽里的半块肥皂,把肥皂泡泡涂满双手和裸腹,觉得很放松。她洗洗肩膀和颈子,停下动作把肥皂捧到鼻前嗅一嗅——玫瑰和丁香——是历史文物了。某处的某个人制作了这块肥皂。成千上万的肥皂以平凡的方式被包装、运送,途中碰上上下班高峰、校车接送和匆忙的午餐。有人认为丁香与玫瑰香气的肥皂可以大卖,所以设计了这香氛和颜色——让主妇与妈妈在凯马特或沃尔玛采购的时候能注意到。而现在,这块肥皂出现在这里——食品加工厂。这个考古文物有玫瑰与丁香的香气,和时间的痕迹。

浴室中间的长椅上有一套新的灰色连身装,上头还有一件白色的棉质内裤。她穿上之后被带了回去,经过检疫站到前门。在她头上,锈铁拱门上挂着“自由”这个词。有辆房车靠边停，后面那辆车也停了下来。诺拉进了第一辆车的后座，没人上第二辆车。

塑料隔板看起来像玻璃一样，隔开女司机与乘客座。她是个二十出头的人类，穿戴着男性司机的套装和帽子。她的头发理得很短，直切帽檐，诺拉因此认为她应该也被剃过光头，所以她应该也是营区成员，可是她粉嫩的后颈和手掌健康的肤色让诺拉怀疑她有没有定期抽血。

诺拉又转过头，离开营区之后，她就很注意后面那辆尾随的车。她不是很确定，黑雨中怒视的车头灯让她无法判断，但那个司机的姿势总让她觉得应该是吸血鬼。或许是备用车，以免她中途逃逸。她这辆车的后门没有把手和扶手，完全没有门窗的开关。

她以为车程很长，可是才离开营区两三英里，这辆豪华房车就离开了主要道路，开进私宅车道。

漫长又曲折的车道底端，出现在浓雾之中的是一栋豪宅，她从来没见过那么宽敞、那么富丽堂皇的宅邸。就像出现在纽约乡间的欧洲式庄园，几乎每一扇窗都透出温暖的黄光，好像要准备宴会一样。

车辆停了下来。司机还在驾驶座上，管家从门内走了出来，拿着两把伞，其中一把自己撑着。他替诺拉开车门，在她下车时替她挡掉肮脏的雨滴，并陪她走上湿滑的大理石阶梯。进到屋内，他放下雨伞，从旁边的架子上抽了一条白色毛巾，单膝跪下擦拭她沾上泥沙的双脚。

“这里请，马丁内斯博士。”他说。诺拉跟在他后面，裸足安静地踏在冰冷的地板上，沿着走廊往下走。所有房间的光线都很明亮充足，地板的通风孔送出暖气，还有清洁剂让人放心的气味。这里很文明、很人类。这也表示，很像梦境。血液营和这栋豪宅的差别就像灰烬与丝缎一样。

管家拉开双开门，露出豪华丰饶的餐厅，里面有一张长桌，只摆了两把椅子在餐桌角落。餐盘镶了金边，盘缘有浅浅的凹槽，餐桌中间有华丽的纹饰。杯具都是水晶制的，但餐具都换成了不锈钢——不是银器，显然整栋豪宅只有这个部分为了吸血鬼统治的现实而做了让步。

两张餐椅中间有个黄铜餐盘,上面有一大碗梅子、各种西点排在瓷盘上,还有两盘松露巧克力和各种糖果。她最想要梅子。她的手朝大碗伸去,后来又停了下来,因为想起了他们在营区里给她下药的水。她得压抑欲望,尽管很饥饿,但她得作出正确的决定。

她没坐下来,依然光脚站着。屋子里其他地方播着轻柔的音乐。餐厅对面有第二道门,她想要转转门把,可是她觉得有人在监视她。她找寻摄影机的位置,却没看到。

第二道门开了。巴恩斯走进来,仍穿着他的全白色海军常服。他的肌肤散发着健康的光辉,上唇和下巴蓄的短尖胡须旁边露出粉红色的皮肤。诺拉都几乎忘了营养充足的人类看起来多么健康。

"嗯。"他沿着长桌走向她。他一手插在口袋里,装出绅士风范。"旧识重逢还是要在这种地方比较适合,对吧?营区的生活太乏味了。这是我的藏身地。"他挥挥双手指着这个房间和整栋房子,"我一个人住实在太大了。不过因为政府征收权,所以每一栋房子都价格相同,那为何不选最好的?屋主本来是色情影片摄影师,玷污了这栋房子,所以我也不觉得太罪过。"他微微笑,嘴角往上翘,碰到了尖尖的胡子。他这时走到她这边。"你还没吃?"他看着餐盘。他拿起一块淋满糖浆的糕点。"我相信你一定饿坏了。"他骄傲地看着那块糕点,"这些都是我订制的,皇冠区的烘焙坊每天只为我制作。我小时候总是很想要吃——可是我买不起……但现在……"

巴恩斯咬了一口。他坐在餐桌主位,摊开餐巾,铺在膝盖上。

诺拉一确定食物没被污染之后,就抓了一颗梅子,手脚利落地狼吞虎咽了起来。她抓起自己的餐巾,擦擦下巴的梅汁,又伸手拿了第二颗。

"你是混蛋。"她含着满口食物说。

巴恩斯苦笑,以为她不会这么顽劣。"哇,诺拉——直接切入重点……说我是'现实主义者'还差不多,或者你觉得'投机分子'呢?这我或许能接受。大概吧!不过这是个新世界,能接受现实并适应环境的人会过得比较好。”

“真高贵，你竟能体谅这些……这些怪物。”

“正好相反，我认为我就是缺乏同情心。”

“那你就是发灾难财的那种人。”

他想了一想，思考着礼貌的对话，吃完他的糕点，舔舔指尖。“或许吧。”

“那‘叛徒’呢？或——‘王八蛋’？”

巴恩斯怒拍桌面。“够了，”他对这句话挥一挥，就好像挥苍蝇一样，“你这么自以为是，因为你只剩下道德观了！但你看看我！你看我拥有多少……”

诺拉继续盯着他瞧。“他们在最开始的那几周之内就把真正的媒体精英和权力领袖都杀光了，只留下像你这样的人漂浮在群众顶端，就像在马桶里面漂着，即便高高在上，这感觉也好不到哪里去吧。”

巴恩斯笑笑，假装她对自己的看法不重要。“我想要文明一点，我想要帮你。所以，坐下来吧……吃点东西……聊聊天。”

诺拉拉了另一张椅子，这样可以和他保持距离。

“让我来。”巴恩斯手上拿着奶油刀，抹了奶油和覆盆子果酱准备替她切一个可颂面包。“你刚刚用的词像是‘叛徒’或是‘灾难财’是战争时期的词汇。就算发生过战争，那也已经结束了。像你们这样的人类都还没接受新事实，但那是你们的错觉。现在——这表示我们都要当奴隶吗？这是唯一的选择吗？我不这么认为。还有折中的空间，而且这空间很靠近顶端，保留给拥有特殊专长和敏锐洞察力的人。”他把可颂面包放在她的盘子里。

“我都忘了你有多么狡猾，”她说，“又多么有雄心。”

他微微笑，好像她是在夸奖他一样。

“嗯——营区生活可能很充实。不只是为自己而活，也是为他人而活。人类基本的生物功能——造血——对他们来说是个极为重要的资源。你觉得这不正是我们的筹码吗？如果照着规矩来，那就是了。只要能证明自己真正的价值。”

“就像囚犯一样。”

“又来了——这么消极。诺拉，你讲话就跟窝囊废一样。我相信血液营存在的理由不是要惩罚或压制人类，那只是一个设施，为了增加产量、提高效率。我的意见是——不过我觉得这也是单纯的事实——大家很快就能欣赏这样目标明确的生活。要存活下来，规矩很简单易懂。有舍，就有得。这是让人最有安全感的地方。全球人口大约减少了三分之一。有很多人死于血祖的命令，但人类之间也会为了许多微不足道的小事情自相残杀——就像为了你面前的食物。所以我向你保证，营区生活，只要你愿意完全奉献，绝对没有压力。”

诺拉无视他所准备的可颂，自顾自地倒了壶中的柠檬水到玻璃杯里。“我想最可怕的是你竟然相信这些鬼话。”

“我们人类优于动物或其他地球生物的观念——人类是万中选一的生物——就是这种观念把我们害惨了。让我们自负自满。以为自己有特权。当我想起我曾经对自己或其他人说过的关于上帝的神话……”

佣人打开了门，手上端着黄铜托盘，上面有一个用金箔封住的瓶子。

“啊，”巴恩斯把空杯滑向那名佣人，“酒来了。”

诺拉看着佣人在巴恩斯的玻璃杯里倒了一些酒。“这是怎么回事？”她说。

“普里奥拉，西班牙，帕拉西奥斯酒庄，艾米塔红酒，2004年。你一定会喜欢。我得到这栋豪宅的时候，连丰富的酒窖也一并接收了。”

“我指的是这一切！我为什么被带来这里？你要什么？”

“要给你提供一个绝佳的机会。这个机会可以让你的新生活大幅提升，或许是永远提升。”诺拉看着他品酒，他加以赞许之后让佣人倒更多酒到杯中。她说：“你还缺司机、洗碗工、服务生？”

巴恩斯笑了，还有点儿害羞。他看着诺拉的双手，好像想牵起她的手。“你知道，诺拉，我一直很欣赏你的美貌。还有……老实说，我始终认为伊费配不上你这样的女人……”

诺拉开口要说话，却没有声音，只有呼吸。她安静地吐气，让肺都空了。

“当然了，以前在办公环境里，那个市政府机构，如果和部下太亲密会……有损专业，会被说是骚扰之类的。记得那些愚蠢又违反自然的规则吗？我们的文明发展到最后怎么变得那么龟毛？现在我们的秩序才比较自然。想要的人就可以……征服、占有。”

诺拉最后吞了一口气，发出声音：“你讲的是我心想的那件事吗，埃弗里特？”

他脸红了一下，好像不确定自己有多鲁莽。“我之前生命中认识的人，留下来的不多。你也是。如果可以偶尔回想起他们不是很好吗？那应该会很开心吧，我想——我们一起分享过去的经验、职场趣闻……那些时间、那些地方。想起以前的生活？我们相似之处那么多——包括了专业背景、工作经历。你甚至可以在营区行医，只要你愿意。我好像记得你也有社工的背景，你可以照顾病人，让他们恢复生产力。或者甚至从事更认真的工作，如果你想的话。你知道，我的影响力很大。”

诺拉努力保持每个字都尽量平稳。“交换条件是？”

“交换条件？奢华。舒适。你可以住在这里，和我一起——先尝试一段时间。我们都不想要被绑住。过一阵子之后，我觉得我们可以好好安排。很抱歉，我没在他们剃了你柔美的长发之前就先找到你，不过我们有假发——”

他伸手要碰她的光头，可是诺拉很快就挺起身，往后躲开。

“你的司机也是用这种方式换来工作的吗？”她说。

巴恩斯慢慢地把手收回来，他的脸上露出后悔的表情。不是为自己，而是为诺拉感到后悔，好像她鲁莽无礼地跨越了一条不该跨越的界线。

“嗯，”他说，“你当初好像爱上顾威倒还真快，他那时候恰好是你的上司。”

她没觉得受辱，反而是觉得很滑稽。“那么看起来，”她说，“你那时候并不开心。因为你是我老板的老板，你觉得你应该要……有优先权，对不对？”

“我只是要提醒你，这种状况你不是第一次碰到。”他往后坐，双腿和双臂交叉，就像参加辩论的人有绝佳的信心能够获胜一样，“这不是那么特殊的状况。”

“哇，”诺拉说，“我一直觉得你是个愚蠢的笨蛋，果然不出我所料……”

巴恩斯微微笑，不为所动。“我觉得你的选择很容易，要么在营区生活——或者，如果你按规则出牌——可以在这里生活。正常人不必花很多时间就能作出决定。”

诺拉不可置信地翘起嘴角，不自然地扭曲表情。“你他妈的脏鬼，”她说，“你比吸血鬼还烂。你知道吗？他们是需要人类，而你完全是利用人类来争权夺利。你可能觉得强暴太麻烦了，宁愿用‘奢侈品’把我给绑起来。你要我优雅又服从，并打从心底感激你剥削我。你真是个怪物！我可以看得出来你为什么这么能融入他们的计划中，不过这个房子或这个残破的星球上梅子不够，这会让我——”

“或许在更恶劣的环境待上几天可以改变你的想法。”巴恩斯被诺拉损了一顿之后，眼神变得更冷酷麻木了。他现在突然对她更有兴趣了，好像这种权力不平等令他精力十足。“如果你选择留在那里，与世隔绝而且不见天日——这当然是你的权利——我要提醒你一下你会过什么样的生活。你的血型刚好是B型阳性，这表示，不管是为了什么理由——口味？或是营养成分？——你就是吸血鬼最喜欢的类型。这表示你要繁衍后代。既然你进入营区的时候没有伴侣，他们就会替你挑一个。他也会是B型阳性的男人，这样才能生下更多B型阳性的后代，像我这样的人，这样安排很容易。然后，在你还能生育的这段时间里，你不是怀孕就是在哺乳。这当然也有优点，你也看见过了。房舍比较好，饮食补给较好，每天都有两份蔬菜水果。当然，如果你无法受孕，那么经过一段合理的时间，尝试过许多帮助受孕的药物之后，你就会被重新编配成营区劳工，抽血五天。我就完全坦白跟你说吧，过一阵子，你就会死掉。”巴恩斯脸上的笑容很紧绷。“此外，因为我有权力审阅你的入营表格，‘罗德里格斯小姐’，我相信你和你妈妈将一起入营。”

诺拉感觉到她的后颈——她原本有头发的地方——刺麻了起来。

“你在地铁被逮捕的时候还想把她藏起来。我很好奇你们母女当时要去哪里。”

“她在哪里？”诺拉说。

“还活着，真的。不过，你也知道，因为她年事已高又无法生育，已经被安排了抽血的时间，然后就会永远退休。”

诺拉一听到这些话，视线就模糊了。

“其实，”巴恩斯张开双臂要选一颗松露白巧克力，“她也可以逃过一劫。或许……我也是现在才想到，但或许她可以被带到这里，以半退休的形式。她可以有自己的房间，甚至有一名看护，她可以得到周全的照顾。”

诺拉双手颤抖。“所以……你要干我，而且你还想当庄家？”

巴恩斯咬下他的甜点，里面香甜的糖浆流出来的时候他很开心。“其实，我们的谈话可以更心平气和一点。我已经态度很柔软了。诺拉，我是个绅士。”

“你是个王八蛋！那就是你！”

“哈。”他开心地点点头，“这就是西班牙裔的脾气，对吧？暴躁，很好。”

“你这该死的怪物！”

“你说是就是吧。好了，还有另外一件事我要你好好考虑。你应该知道我在拘留室一看到你的时候就应该举发你，把你交给血祖。血祖要是能更了解顾威博士和你们的余党一定会大喜过望。就算只知道你和你妈妈在曼哈顿的地铁里要乘车去哪里——或是你们从哪里出发，也完全够了。”

巴恩斯微微笑、点点头。“血祖非常想要得到这些信息。我可以信心满满地说我相信血祖比我更喜欢你的陪伴，而且他会利用你妈妈来笼络你，这我完全不怀疑。如果我不跟你回到营区，你迟早会被发现。我可以保证。”巴恩斯站着，抚平海军制服的皱折，拍掉面包屑，“那么——你现在知道你还有第三个选择。和血祖约个会，永远以吸血鬼的身份。”

诺拉看着不远处，视线模糊。她打不起精神，几乎昏沉，她相信抽血应该也是这种感觉。

“不过你要作个决定，”巴恩斯说，“我不耽误你的时间了。我知道你想立刻回营区——趁你妈妈还活着的时候回到她身边。”他走到双开门那边，推开门，走进走廊。“好好想想吧，再让我知道你的决定。时间快用完了……”

诺拉趁他没注意时把餐桌上的奶油刀收进了口袋里。

哥伦比亚大学地下

格斯知道哥伦比亚大学里都是大人物。校园里有很多历史悠久的建筑物，学费贵得吓人，还有很多安保设备和摄影机。他以前会在校园外面看到哥伦比亚的学生想要融入小区，有些是为了关怀小区，这他永远都不懂；另外有些学生是为了非法的理由，这他就很懂了。至于这所大学，被人遗忘的晨边高地校区和所有的设施都不值得他花费时间。

现在这里是格斯的基地、总部，也是他的家。这个墨西哥帮派分子绝对不会离开他的地盘，确实，要让他离开地盘，他可能会把这里全部都炸掉。他的破坏与狩猎行动次数减少之后，他就开始寻找一个固定的基地。他真的很需要。在这个疯狂的新世界里要保持效率真的很难。现在复仇之路成了一天 24 小时、全年无休的职业，而且每一次的回报都愈来愈少。

警察局、消防局、医疗服务和交通管理——全都被接管了。他在旧的哈林区生活圈找地方当基地的时候，也和以前“污垢党”的两个帮派分子联络上了，他们分别是布鲁诺·拉莫斯和华金·索托。

布鲁诺是个胖子——没办法用其他话来描述——他的主食就是薯片和啤酒。华金比较细瘦而且整洁干净，他会打扮自己，身上有刺青，而且很有个性。他们都是格斯的兄弟，会为他牺牲生命，从生下来就准备好了。

华金和格斯一起蹲过牢，格斯待了16个月，他们彼此照顾，华金用手肘打碎警卫的牙齿后在单人囚室住了很长一段时间，那个警卫叫做拉乌尔——这个名字对没牙齿的人来说真是糟糕透了。吸血鬼来了以后——有人说是“坠落”——格斯和华金在电子用品店打劫的时候又碰面了，华金和布鲁诺帮他搬了一台大型等离子电视和一盒电动游戏。

他们一起占领了大学，发现这地方受吸血鬼影响的程度很轻微。门窗上都钉了木板，并用铁条封上。内部装修都毁了，被阿摩尼亚的味道给污染了。学生早就逃了，设法撤离这座城市，想要回家。华金觉得他们应该都没有逃很远。

他们在荒废的校区里潜行的时候发现地基底下有一个隧道系统。华金看了招生办公室展示架上的书后，才晓得原来这个学区在19世纪是个疯人院。大学的建筑师把医院建筑都夷平了，只保留了一栋，然后再盖在原本的基础上。许多相连的隧道被用做公共设施，蒸气管冒出灼烫的凝结水气，还有绵延好几英里的电线。过了一段时间之后，这些通道就被封了起来或关闭，以免寻求刺激的学生或是城市里的业余地底冒险玩家受伤。

他们俩一起探索了地下通道，并将这个坐落在纽约上西城百老汇与阿姆斯特丹大道间、几乎将哥伦比亚大学71栋建筑连结在一起的网络基本上占为己有。有些较为偏远的区域他们还没去探索，但那只是因为他们日夜猎捕吸血鬼、在全曼哈顿制造混乱就够忙的了，而且还要清理霉味四溢的隧道，根本没时间再管这些。

格斯已经整顿好了自己的小窝，主要集中在校园主广场中的四分之一个象限。他的活动范围起始于精神病院仅存的建筑布尔楼下方，一路穿越洛氏图书馆与肯特楼之下，在哲学楼画下了句点。哲学楼外有座浑身光溜溜的铜像，坐在那儿沉思。

这些隧道是个很酷的窝，是真正恶徒的巢穴。蒸气系统的毁坏，代表他可以造访至少一个世纪以来都罕有人迹的区域——从地下墙面露出的粗糙黑色纤维，事实上就是过去用来强化灰泥混凝土的马毛——比如地下二层、铁栏杆横立的潮湿牢房。

疯人院。他们当年就是把疯子中的疯子关在这里。没看到锁着链条的骸骨或那类东西，不过他们倒是在石料上发现了刻痕，就像是用指甲刮出的粗糙爪痕。他们并不需要太多想象力，就能在脑海中重现几个世纪前那丑恶骇人的尖叫声，在这里如鬼魂般回荡。

他就是把她藏在这里。他的母亲。就在一个8乘6、铁条由地板延伸到天花板的半圆形角落牢房中。格斯妈妈的双手被反折到背后，上了一对他在附近牢房中找来的粗大手铐，而且没有钥匙。她头上戴着全罩式的黑色摩托车头盔，由于在刚被囚禁的头几个月，她总是拿头去撞铁条，所以头盔上大部分的漆都掉了。格斯已经把头盔的后颈内衬用强力胶粘到她的皮肤上，这是他能够完全遏制她的吸血鬼螫针的唯一方法，也是为了自己的安全起见。内衬也同时盖住了愈来愈大的火鸡肉垂，那令他作呕的画面。格斯把透明塑料面罩拆掉了，用一块有挂锁的铁板取代，铁板被他喷成黑色，两边装了铰链，另外他也在头盔内耳朵的位置塞进了厚厚的棉花团阻隔声音。

这么一来，她就什么都看不到也听不到了。但每当格斯走进牢房，头盔还是会猛地转过来，追踪他的位置。她的脑袋会恐怖地配合他的步伐，跟着他在房内的位置转动。她会站在半圆形角落牢房的中央，发出咯咯响声并尖叫，全身一丝不挂，衰弱的吸血鬼身躯因为精神病院长年的灰尘而非常肮脏。有一次格斯尝试隔着铁条为她穿上衣服,他试了斗篷、大衣、毛毯,但全都掉在地上。她不需要衣服,也没有羞耻的观念。她的脚底已经长出老茧,就像网球鞋的鞋底一样厚。小虫与虱子在她全身自由游走,而她的双腿则因为反复的排泄而沾满秽物。棕色皮肤上的裂口在她血管凸出、苍白的大腿与小腿衬托下更加醒目。

几个月前,在哈得孙河下列车隧道中的恶战后,警报刚解除,格斯就和其他人失散了。一部分是因为他的本性,但一部分也是因为他妈妈。他知道她很快就会找到他——他是她最爱的人——但他已准备好迎接她的到来。等到她现身,格斯抢得先机,用袋子罩住她的头,将她五花大绑了起来。她用难以置信的吸血鬼蛮力反抗,但格斯最后终于还是将头盔硬是戴到她头上,困住了她的脑袋和螯针。接着他给她上了手铐,拖着头盔的脖子部分,将她一路拖到了这个地牢中——她的新家。

格斯伸手穿过铁条,滑开她的面罩。她死寂的黑瞳孔周围有一圈红色血丝,双眼狂乱、没有灵魂且饥渴难耐地瞪着他。每次他将铁面罩向上推起,他就能感觉她想要放出螯针;有时候如果她一直尝试的话,浓稠的黏液就会从密封衬上的裂缝汩汩冒出。

在家庭生活方面,布鲁诺、华金和格斯一起组成了一个并不完美但很棒的家庭。布鲁诺不知道为什么,总是永远活力十足又乐观开朗,他有让格斯和华金笑到肚子痛的天分。他们分担了家中的责任,但只有格斯可以和他妈妈直接接触。每星期他会为她洗一次澡,从头到脚,并尽其所能维持她的牢房清洁干燥。

凹痕处处的头盔让她的外表看起来很像台机器,就像坏掉的机器人或人形机器一样。布鲁诺记得以前某个深夜,他曾在电视上看到一部很老的烂电影,叫做《机器人怪兽》。片名中的主角就曾把一顶钢盔用螺丝锁在猿猴一般的非人类身体上头。这两个姓埃利萨尔德的人在他眼里就像这样:**格斯对上机器人怪兽**。

格斯从夹克里拿出一把折叠小刀,滑出银刃。他妈妈的双眼小心地注视着他，就像一头关在笼中的猛兽。他挽起左手袖子，伸出双手穿过铁条，举在她戴头盔的脑袋上头，她死寂的双眼则紧跟着银刀不放。格斯把锋利的刀尖在左手前臂一压，划出一道长度不到半英寸的浅浅切口。饱满鲜红的血液从伤口涌出。格斯把手臂歪了一歪，好让鲜血流下手腕，滴入打开的头盔。

他看着他妈妈的双眼，她的嘴巴和螯针则在头盔中看不到的地方忙碌着饱食鲜血大餐。

她喝的血大概有一个小玻璃杯的量后，格斯把手抽回，退到他放在房间另一头的小桌子边，从厚厚的一卷纸巾上撕下一小块，直接压在伤口上，接着再用一管几乎用光的软膏，挤出液体绷带密封伤口。他从盒子里抽出湿纸巾，抹去手臂上的血渍。他整条左手臂上都布满着类似的刀痕，让他原本已有的惊人身体艺术更加丰富。在喂食她的过程里，格斯一再描摹着同样的图样，一再开启同样的旧伤口，一再在皮肤上、在肉里，刻下“母亲”这个词。

“我给你找了点音乐，妈妈。”他说着，拿出许多已被砸烂或焚毁的 CD，“有一些你最爱听的：潘乔斯乐团、三张王牌乐团、哈维尔·索利斯……”

格斯看着他妈妈站在笼子里，饱餐着她儿子的鲜血，试着回想这是养育过他的女人。她是单亲妈妈，有段时间有丈夫，时不时会有男友。她尽全力把最好的都给他——这并不代表她作的决定永远都是对的，但她已经尽力了。她没能在街坊面前成功守护住自己的监护权，所以他是由说西班牙语的贫民窟熏陶大的，他的一切都是学自街上的一言一行，而非他的母亲。有许多事情令他现在非常后悔，不过已无法改变了。他只想回忆起小时候和母亲在一起的日子。她会轻抚他——在他和邻居打架后，照料他的伤口。而即使在她最愤怒的时刻，她眼中的慈祥和爱怜仍然是不变的。

现在一切都没了，全都消失了。

在母亲的一生里，格斯都没太尊重她，那么在她现在这种活死人的状态下，格斯干吗突然尊重起她来？他不知道，他不明白驱使自己这么做的那股力量。他只知道，在这种状况下去看她——去喂饱她——会让他像电池一样充满了电，浑身都是要复仇的疯狂意念。

他把一片音乐光盘放进昂贵的音响里，那是他从一辆满是尸体的车上扒下来的音响。他偷来不少喇叭，品牌都不一样，音质还不差。哈维尔·索利斯开始唱《我不会让你自由》，愤怒又忧郁的旋律确实很恐怖又很适合这个场合。

“妈，你喜欢吗？”他其实非常明白这只是他们两人之间的另一场独白，“你记得吗？”

格斯回到笼子里。他伸到里面去关上门板，把她关在黑暗中，这时他看到她眼神中的改变，有个东西进到她双眼中了。

他之前见过这景象。他知道这代表什么。

有个声音，不是他妈妈的声音，在他脑海深处轰然响起。

儿子，我可以品尝到你，血祖说，**我品尝得到你的血液和你的渴望，我品尝得到你的软弱。我知道你和谁结盟，混账儿子。**那双眼睛还聚焦在他身上，眼眶后面有一丝光芒，就像照相机上的小红光让你知道有人在录像。

格斯想要理清思绪，他打算什么都不想，通过他的妈妈对这个怪物吼叫也不会有结果，这是他学到的经验。抗拒。瑟拉齐安也会这样建议他，格斯要训练自己抵挡血祖的黑暗智慧。

对，那个老教授，他为你做了许多规划。如果他能看到你在这里就好了，你喂养你妈妈的方法就和他以前喂养他太太的心脏一样，可是他太太那时候早就已经死了。他失败了，格斯，你也会失败。

格斯把他脑袋里的痛苦集中在他妈妈过去的模样。他心中的视觉一直盯着那个画面，好抵挡其他念头。

奥古斯丁·埃利萨尔德，把其他人带给我。你会得到丰厚的报酬，你一定能存活下来，就像国王一样活着，而不是像老鼠。要不然……我不会

“我尽力处理了。不断增加压力，有计划地制造混乱，你懂吧？搞破坏的伙计要负责回报，每个晚上都要。上星期烧光了四个吸血鬼的巢穴，再上个星期是炸掉了一栋大楼，他们死得不明不白。游击战和他妈的诡计，为权力而战。”

“我们需要这么做。”只要听到城市里有爆炸声或是浓密的烟尘在雨中上升，人们就会想起这城市里还是有人在反击。“吸血鬼又有另外一件事情得解释了，”费特提起顾威，“伊费一天前把整栋医院给毁了。他炸掉了氧气筒。”

格斯转向他：“你那时候在医院找什么？”他这样问就是要让博士知道他晓得他不为人知的小秘密。费特是战士、杀手，和格斯一样。顾威比较复杂，但他们现在需要的是单纯，格斯不信任他。他转过去对费特说：“你还记得银天使吗？”

“当然，”费特说，“那个老摔跤手。”

“银天使。”格斯亲一下大拇指，握拳纪念摔跤手，“所以——叫我银忍者吧。我学了新招式，可以让你的头天旋地转，而且头发都掉光。我这边还有两个死忠的伙伴，我们练习的时候都快哭了，你一定不相信。”

“银忍者。我喜欢。”

“吸血鬼刺客，我是传奇人物，而且我不会停止，直到我把他们的头都砍下来沿着百老汇大道插在路边。”

“他们都把尸体吊在路牌上，他们一定也很想吊你的。”

“还有你的。他们觉得自己狠，但我比任何吸血鬼都要危险十倍。老鼠万岁！”

费特微微笑，握着格斯的手：“我希望能找到十几个和你一样的人。”

格斯挥挥手不当一回事：“你真要找到十几个和我一样的人，最后我们就会互相残杀了。”

格斯带他们回头走出隧道，到布尔楼，费特和顾威先前就是把冷藏箱留在这里。他又带他们回到洛氏图书馆的地底下，然后往上穿越行政办公室到屋顶去。这个傍晚微凉、阴暗、没有雨，只有一朵不祥的黑云充满雾气地笼罩着哈得孙河。

费特打开冷藏箱的盖子，露出两块大大的金枪鱼切片，船上拿的冰块都要融化了。

“饿了吗?”费特问。

显然是要生吃，可是顾威提供了一些医疗尝试，坚持他们要把鱼煮熟，因为气候变迁影响了海洋的生态系统，没人知道生鱼里面潜藏了哪些致命的细菌。

格斯知道从后勤部门的什么地方可以弄来足够大的露营烤肉架，费特替他扛上顶楼。顾威则被派去拆下汽车天线当作烤肉叉。他们在哈得孙河这一侧，两个大型顶楼风扇中间生火，这样从街道上或其他楼房的屋顶就看不到火光。

金枪鱼熟得很均匀。鱼皮脆脆的，鱼肉熟透了呈粉红色。吃了几口之后，格斯立刻觉得好多了。他一直都很饥饿，没办法知道究竟营养不良对他的身体和心理有什么影响。这顿富含蛋白质的大餐让他重新充电，他已经开始期待下一场白日突袭了。

“那么，”舌间温暖的食物让格斯很开心，“天下没有白吃的午餐吧?”

“我们需要你的帮助。”费特说。他让格斯知道了诺拉的事情，费特的态度变得很严肃、紧绷。“她一定是在最近的血液营，纽约北边的那一个。我们得把她救出来。”

格斯瞄一瞄顾威，他应该算是她的男友。顾威回看着格斯，但很奇怪，顾威的眼神里却没有费特的那种光芒。“这要求太可怕了。”

“是最可怕的要求。我们得立刻动身。如果他们发现了她是谁，而且她认识我们……那么她的处境会很糟，我们的处境就更糟。”

“先讲清楚吧，我是很爱战斗，但我也要有策略，尤其是这几年。我的任务不只是要活下来，而且就算是死了也要是人类。我们都知道风险。

进去救她真的值得吗？兄弟，我只想问清楚。”

费特点头，看着火舌舔上铁叉上的鱼。“我听懂了你的重点。目前这个阶段，这就好像：我们为什么要这么做？我们是想要拯救世界吗？这世界早已经完蛋了。如果吸血鬼明天消失，我们要怎么做？重建吗？怎么重建？为谁重建？”费特耸耸肩看着顾威，希望他帮腔，“或许有一天，等天空放晴了，那么不管到时候谁统治这个星球，我们都为存活而战。”费特说到一半先停一下，把唇边胡子上的鱼肉拨掉。“我可以给你很多理由，但底线是我只是不想再失去同伴了。不管你要不要加入，我们都会去救她。”

格斯挥挥手。“不要再说什么单打独斗的话了，一定要把我算进去。我只是想让你认真去思考。我喜欢博士。我的手下也快回来了，我们可以武装起来。”格斯又捻起一块烧烫的金枪鱼，“我一直都很想搞烂一个农场，只是需要一个充足的理由。”

费特感激得满脸通红。“你替手下留点食物，让他们补充活力。”

“比松鼠肉好吃太多了。把火熄了吧，我要给你们看一样东西。”

格斯把剩下的鱼肉包在纸里，留给他的兄弟，然后用融化的冰块浇熄了火焰。他带他们往下走，穿越建筑物，通过空旷的校园到布尔楼，进入地下室。在小小的侧厅里，格斯把健身脚踏车缠上电池充电器。办公桌上有各种器材，都是他从校园里的视听室搜来的，包括了最新的带长镜头和闪存的数码相机，还有一些小型可携带的高画质平板——都是现在已经停产的用品。

“我的部下把我们突袭和侦察的过程录了下来。宣传价值很高，只要我们能宣传得出去。而且我们还要继续侦察。你知道中央公园的城堡吗？”

“当然，”费特说，“血祖的巢穴。周围都是吸血鬼军团。”

顾威这时困惑了，他朝七英寸屏幕走过去，格斯在上面固定了电池组和摄影机。这时屏幕活了过来，亮出浓绿色和黑色。

她被孤立在国际太空站，这个大型的研究设施已经失去了功能，却仍绕着地球轨道翻转。利用偶尔点燃的太阳能火箭推进器，这颗人造卫星继续在椭圆的轨道上飘浮，距离地球200英里，大约每三小时就会从日间进入夜间。

几乎过去了两年——地球上每过一天她就在轨道上过了八天——她一直生活在这种封锁区的悬疑感中，零重力状态与零运动量已经造成她身体的负担。她的肌肉没了、肌腱萎缩了，脊椎、手臂、双腿都弯曲成奇怪的角度，手指变成无用的钩子，互相蜷曲重叠。她的食物配给——是地球大变动之前由俄国飞船载上来的冷冻干燥罗宋汤——几乎所剩不多，不过从另一方面来说，她需要的养分也不多。她的肌肤敏感，皮屑像雪片一样飘散在太空舱里。她头发都快掉光了，这样也好，因为头发在零重力状态下只是麻烦。

她拥有一切，却都支离破碎，生理和心理皆然。

俄国指挥官在国际太空站故障后三周内就死了。地球上的大规模核爆炸扰乱了大气层，对轨道上的太空垃圾造成许多负面冲击。他们在联合号宇宙飞船紧急逃生舱里寻求安全，这是和休斯敦失联之后的程序。杰米多夫指挥官自愿穿上太空装，勇敢地进到主要设施里修补氧气罐的裂缝——成功地修复后，还把氧气重新送回联合号里，后来才心脏病发。他的成功让塔利亚和法籍工程师能撑得比预期更久，并重新分配了食物与饮水。

然后，几个月之内，法籍工程师迈格尼就开始出现痴呆的症状。他们看着地球消失在加章鱼墨迹的黑色大气层后面，他很快地就失去信仰，开始用奇怪的声音说话。塔利亚除了想让他恢复理智之外，也很积极地维持自己的神志，她还相信自己有所进展，后来她才从倒影中发现，他会在他以为她看不到的时候做出奇怪的表情。那天晚上，她在狭窄的太空舱里面慢慢翻身，双眼半闭，假装入眠。然后在无重力的惊恐状态下，她看着迈格尼打开了座位中间的求生包。他拿出里面的三管手枪，那比是霰弹枪而不是简单的手枪。许多年前，一艘俄国宇宙飞船在重返地球着陆的时候，坠落在西伯利亚的荒野上，当局花了几个小时才确定他们的位置。在那段时间里，航天员只能靠石头和树枝来击退野狼。从此之后，这种特制的大枪——配件包括印第安大砍刀和分离式枪托——就是“联合号携带型求生包”里的标准配备。

她看着他抚摸枪管，用手指试试扳机。他拿下大砍刀在空中转，看着刀刃划过来、划过去，反射出远方太阳的光芒。她感觉到刀刃靠近她，然后就像太阳的光芒一样，她看到他眼中愉悦的神情。

她当下就知道该怎么做才能自保。她继续这种不专业的疗程，尽量不去惊动迈格尼，同时又为必然会发生的事情做准备。她不喜欢去想这些事，就算是现在也不愿意。

有时候，随着国际太空站的转动，他的尸体经过太空站的门口飘进她的视线里，就像骷髅舞，就像耶和华见证会可怕的家庭访问。

又少了一个人消耗食物，少了一对肺消耗氧气。

多了孤单地被困在这个无能为力的太空罐里的时间。

结束吧。

“不要怂恿我。”她嘟囔着。那是个男性的声音，很微弱，有点熟悉，她却说不出名字。

不是她的丈夫，也不是她已逝的父亲，但是是她认识的人……

她确实感觉到了什么，有人和她一起在联合号里面。没有吗？还是她太渴望陪伴了？一种渴求，一股需要？她要用什么人的声音才能在这辈子里填满这个虚无的空间？

她抬头看着窗外，国际太空站又跨越界线走进日光里。

当她盯着窗外的黎明时，她看到缤纷的色彩涌入天空。她称之为“天空”，但其实那不是我们上方的天空；也不是“夜晚”。那是宇宙，而且宇宙也不是“黑色”的，宇宙没有光线。那是虚无，纯粹的空虚，除非……

又看到了：色彩。一抹红色、一片橘色，就在她眼角之外。有的时候你把眼睛闭得很紧也会看到亮光迸出来。

她自己也试试看,闭上眼睛,用干燥脱皮的拇指压住眼睑。又到了没有光线的境界,脑袋里一片空空,色彩和亮点像喷泉一样迸入了虚无之中——然后她张开眼睛。

蓝色在远方忽明乍暗。然后,另一个方位有一道绿色,和紫色!

征兆!就算只是她脑中虚构出来的画面,那也是表示着什么的征兆。

结束吧,亲爱的。

"亲爱的?"从来就没有人叫她"亲爱的",不管是她的丈夫、她的老师、航天员计划的行政人员,还是她的爸妈和祖父母。

不过,她也没太认真想要追查那声音的身份。她有人陪就够了,她有人咨询就够了。

"为什么?"她问。

没有回答。那声音从来不回应她,可是她还是很希望有朝一日能得到响应。

"怎么做?"她问。

还是没有回答,不过当她在钟形的太空舱里飘浮时,她的靴子钩到了座位中间的求生包。

"真的吗?"她对着求生包说话,好像那个声音是来自求生包。

她自从上次使用过之后就没再碰这个求生包。这会儿她拿出来,打开求生包,密码锁松开来。(她上次就没锁吗?)她举起 TP-82 长管手枪。大砍刀不见了,她把刀与迈格尼一起扔出去了。她把武器举到和眼睛一样高,好像是要瞄准窗户……然后又放掉,看着枪在面前旋转、飘浮,就像一句话或一个想法飘在空中。

她清点了求生包里其他东西:20 发子弹、20 枚照明弹、10 颗霰弹。

"告诉我为什么,"她擦掉豆大的泪珠,看着湿润的水珠滑开来,"忍耐了这么久以后——为什么现在要这么做?"

她不动,身体几乎不旋转。她很确定一定会有答案、有理由、有解释。

因为时间到了……

明亮的光线经过窗外，安静又热烈，她竟然呛到了呼吸。她开始过度换气，她抓着椅背，把自己推向窗边看彗星的尾巴扫过大气层，进入像肿瘤一样的大气层低层后逐渐熄灭。

她转身，又感觉到其他东西存在，但不是人类。

“那是……？”她开口要问，却无法把问句说完。

不过显然，那就是。

一个征兆。

她还是个小女孩的时候，流星划过天际让她想要当航天员。她每次到学校演讲的时候或是升空前要面谈的时候都会讲这个故事，但这是真的：她年纪还小时，命运就已经写在天空中了。

结束吧。

她的呼吸再度哽咽。那个声音——她突然认得了。她在康涅狄格州养了一只狗，那只纽芬兰犬名叫劳夫。她想和它说话，她要揉揉它的毛，它会磨蹭她的腿。

想要出去吗？

要，我要，我要。

想要零食吗？

我要！我要！

谁最乖？

是我是我是我。

我在太空中的时候好想你。

亲爱的，我也好想你。

现在这个声音陪着她，这就是她投射在劳夫身上的声音，是她的又不是她的，这种陪伴、信任、情感的声音。

“真的吗？”她又问。

塔利亚想象着那是什么样的感觉，穿过太空舱、中止推进器、打开机身。她对着推进器猛开枪,直到打裂了机舱。这艘伟大的科学装置开始歪斜,联合宇宙飞船从轨道中坠落,在划过大气层高层时冒起火来,像团燃烧的火球继续划过天空,刺穿毒气遍布的对流层。

这时一种笃定的感觉像一股情绪灌入她体中。就算她只是疯了,至少她可以毫不迟疑。而且——至少——她不会和迈格尼一样充满妄想、口吐白沫。

她从缺口的地方填入霰弹。她会在机身里漫步一会儿,让缺氧的感觉进来,然后和这艘宇宙飞船一起沉没。其实她一直都猜想着这会不会是她的命运。这是个绝美的决定:生为流星,塔利亚·查尔斯也即将化身为流星。

自由营

诺拉看着刀柄。

她整个晚上都在忙这个,她精疲力竭但引以为傲。“奶油刀柄”这词的讽刺性也稍微影响了她的心情。这么精细的餐具,现在磨出了锋利的尖角和边缘。还有好几小时的时间——她可以磨到完美。

她用坚硬难睡的枕头把磨刀的声音蒙起来了——她用水泥块来磨刀。她妈妈在几英尺以外的地方熟睡,她都没醒过来。她们的团圆很短暂。前一天下午,大概是她和巴恩斯见面后回到营区又过了一小时,就收到了“处理令”,要求诺拉的妈妈在黎明时离开休闲庭院。

该吃饭了。

他们会怎样“处理”她?诺拉不知道。但她不会容许他们这么做。她会联络巴恩斯,妥协让步,接近他,然后杀了他。她可以救出她妈妈或杀死他,如果她最后必须空手,那么至少要沾满他的血液。

她妈妈在睡梦中喃喃自语,然后又继续深沉而温柔地打鼾,诺拉已经很习惯了。她小时候就听着这声音，看着她胸口规律的起伏入眠。那时候，她妈妈很迷人，有种很自然的魅力。她孜孜不倦地勤奋工作，把诺拉带大——时常替她瞻前顾后，总是为她提供教育、学位、衣服和舒适的生活。诺拉参加毕业典礼的时候得到了一件礼服，也得到了昂贵的教科书，她妈妈从来没抱怨过。

不过有一年，就在圣诞节前，诺拉听到轻柔的啜泣声而醒过来。她那年十四岁，为了过生日能有一件像公主一样的礼服而变得很任性叛逆……她安静地沿着阶梯而下，站在厨房门口。她妈妈独自坐在里面，身旁有半杯牛奶——桌上有老花眼镜和账单。

诺拉一见这景象就呆掉了，几乎有点像是不小心撞见上帝在哭泣。她本想走进去问妈妈怎么了，这时她妈妈的啜泣声更大——变成哭号。她刻意用双手捂住嘴巴来降低音量，同时眼泪不断地涌出来。这让诺拉吓坏了，她血管里的血液都冻结了。她们从来不提起这件事，可是诺拉已经痛苦地把这幅画面烙印在脑中。诺拉变了，或许永远变了。她更仔细地照顾她妈妈、她自己，而且比别人都更努力。

渐渐痴呆以后，诺拉的妈妈开始抱怨、发牢骚，随时随地看每一件事都不顺眼。她的怨恨和愤怒累积了多年，又因为伦理规范而隐忍在心中，这时转变成连珠炮般的啰嗦。诺拉全忍了下来。她永远不会放弃她妈妈。

离日出还有三小时，诺拉的妈妈睁开了双眼。那一瞬间，她看起来很清醒。有时候她会这样，但现在频率愈来愈低了。诺拉心想，从某个方面来说她妈妈和返魂尸一样，都被另一个灵魂取代了，每次她暂时脱离这种恍惚的疾病时看着诺拉，诺拉就有种毛骨悚然的感觉。她现在就瞪着诺拉，此时此地。

“诺拉？我们在哪儿？”她说。

“嘘，妈妈，我们没事。继续睡吧。”

“我们在医院吗？我生病了吗？”她怒气冲冲地问。

“不，妈妈，没关系，什么事都没有。”

诺拉的妈妈紧握着女儿的手，躺回吊床上。她摸摸诺拉光滑的头。

“怎么了？是谁弄的？”她窘迫不安地说。

诺拉亲亲她妈妈的手。“妈，没什么，会长回来的，你到时候就看到了。”

诺拉的妈妈神志清醒地看着她，过了好一阵子之后，她问：“我们会死吗？”

诺拉不知道该说什么，她开始啜泣，她妈妈这会儿哄她、抱她、亲她的额头。“别哭，亲爱的，别哭。”

她捧着诺拉的头，直视着她的双眼说：“回顾人生，你会发现爱是一切的答案。诺拉，我爱你，我会一直爱你，我们永远拥有爱。”

她们一起睡着了，诺拉也不记得过了多久。她醒来的时候发现天空亮了。

现在呢？她们被困住了，离费特很远，离伊费很远，没办法出去。身旁只有那把奶油刀。

她又看了刀柄最后一眼。她会去找巴恩斯，用上这把刀然后……然后或许她会把刀用在自己身上。

突然间这把刀看起来不够锐利。她又继续磨，磨到日出为止。

污水处理场

纽约拉萨勒街上有一栋六角形的砖楼，就在这条街跟阿姆斯特丹大道与百老汇大道交叉口的中间。斯坦福污水处理场就位于砖楼之下。这座污水处理场建于1906年，要负责这个世纪以来当地的需求与发展。刚盖好的那十年内，这座处理场每天净化了3000加仑的污水，但两场世界大战带来了许多人潮，这样的净化效率已经不够了。邻居也开始反映他们呼吸短促、眼睛发炎，而且那栋大楼全年无休地一直排放出硫磺般的臭味。1947年，厂房部分关闭了五年。

污水处理场的内部很宽大，甚至可说很雄伟。这栋建于世纪之交的工业建筑已失去了原有的高贵气质。两座锻铁阶梯往上连接到猫道，过滤、处理污水的铸铁结构这些年来几乎没有遭受破坏。荒废的现象只能从褪色的涂鸦看出来，另外还有三英尺深的淤泥、枯叶、狗屎和死鸽子。一年前，格斯·埃利萨尔德误打误撞走进来，徒手清理了其中一个槽子，变成他的个人军火库。

只有从隧道才能进去，而且一定要通过用沉重的不锈钢链条锁住的巨大的铁阀。

格斯想要炫耀他的武器收藏，这样他们才可以整装出发，扫荡血液营。伊费殿后——他需要一些独处的时间，毕竟经过两年后，终于通过影像看到儿子站在血祖和他吸血鬼妈妈的身边。费特对伊费独特的困境又有了新的体认，吸血鬼的变异对他的人生造成多少负担，费特完全能同情他。不过，他们走向格斯的军火库时，费特还是悄悄地埋怨了伊费，主要是气他模糊了焦点。费特很就事论事，没有个人情绪或恶意情绪。或许只是嫉妒吧，因为顾威的出现可能会阻碍他和诺拉。

“我不喜欢他，”格斯说，“一直都不喜欢。那家伙一直在讲他没有什么，却没看到他拥有什么，而且他从来没开心过。他就是你讲的那种人——那个词是什么？”

“悲观主义。”费特说。

“混球。”格斯说。

“他经历了很多沧桑。”费特说。

“哦，真的啊。噢，我真他妈的抱歉。我一直希望我妈可以裸体站在牢笼里，头上黏一顶该死的头盔。”

费特差点笑了出来，格斯说得对极了。没有人应该经历伊费经历过的一切，可是，费特也需要他发挥技能、准备战斗。他们的规模在缩小，所以大家都得使尽全力。

“他从来就不开心。他老婆太缠着他？砰！她已经走了！现在，呜呜呜，要是我能把她抓回来……砰！她还没死，呜呜呜，我好可怜，我老婆是该死的吸血鬼……砰！他们抓走了他儿子。呜呜，他妈的呜呜呜，要是我能把他找回来……他的事情永远没完没了。拜托，重点就是你爱谁还有你要保护谁。或许情况糟透了。如果我妈看起来像是最丑陋的色情版霹雳战士，我也不在乎，兄弟。这就是我拥有的，我拥有我妈妈，懂吗？我不会放弃。”格斯说，“我也不在乎，我要拼的时候，就是会和那些王八蛋死拼，大概因为我是火象的吧。”

“你是什么？”费特说。

“双子座，”格斯说，“星座啦，火象星座。”

“格斯，双子是风象。”费特说。

“随便啦，我还是不在乎。”格斯说，然后他停了一会儿才补充说，“如果老头还和我们在一起，我们就占上风了。”

“这我相信。”费特说。

格斯在黑暗的地下隧道中慢下脚步，开始解锁。

“那么，关于诺拉，”他说，“你……？”

“不——不，”费特涨红了脸说，“我……不。”

格斯在黑暗中微笑。“她还不知道，是吗？”

“她知道，”费特说，“至少——我认为她知道。只是我们什么都没做。”

“你会的，大个子。”格斯打开军火库的阀门说，“欢迎来到埃利萨尔德的家！”他张开双臂展示一整排自动枪械、长剑和各种口径的子弹。

费特一边点头一边拍拍他的背，他看到一盒手榴弹。“你他妈的去哪里弄来的这些东西？”

“噗，兄弟，男孩子都需要玩具，愈大愈好。”

费特说：“你想过要怎么用吗？”

“太多了，我是为了特别的场合而收藏的。怎么，你有什么想法？”

费特说：“要不要引爆核弹？”

格斯粗犷地笑了。“这听起来真的很好玩。”

“那就好，因为我并不是从冰岛空手回来。”

费特告诉格斯他用银换来一颗俄国炸弹。

“没瞎扯？”格斯说，“你真的有核弹？”

“可是没引线。这是我希望你能帮我的地方。”

“你是认真的？”格斯问。他还没离开上个话题。“核弹？”

费特谨慎地点点头。

“费特，我更尊敬你了，”格斯说，“我太他妈尊敬你了！我们现在就拿到这座岛外吧，嗯——妈的，就现在吧！”

“不管我们要怎么做……只有一次机会，我们要确定。”

“兄弟，我知道谁可以帮我们弄到引线。整个东岸只有一个混球可以帮我们弄到乱七八糟的东西——阿方索·克林。”

“你要怎么联络上他？跨越到新泽西就像跨越到东德一样。”

“我有我的办法，”格斯说，“你只要交给格斯就行。你觉得我是怎么弄到他妈的手榴弹？”

费特安静了下来，沉思了一会，然后又看着格斯。

“你会信任昆蓝吗？那本书？”

“老人的书？银什么的？”

费特点点头。“你会借给他吗？”

“兄弟，这我就不知道了，”格斯说，“我是说，当然——那只是一本书。”

“血祖要那本书一定有理由，瑟拉齐安为这本书牺牲了生命。书里面不管写了什么都一定是真的。你朋友昆蓝想得和……”

“那你呢？”格斯问。

“我？”费特说，“我有这本书——但我自己不能做什么。你也知道那句话:‘他笨得就算翻《圣经》也找不到祷告文。’嗯,我也找不到什么,或许要用点方法吧,我们应该很接近了。”

“我见过他,那伙计——昆蓝。该死,我录到了那王八蛋在纽约市区里清理吸血鬼的巢穴。二三十个吸血鬼。”

格斯微微笑,珍惜着回忆。费特更喜欢格斯微笑的样子。

“你在监狱里会学到世界上有两种人——我不管他们是人类还是吸血鬼——有一种人是予取予求,有一种人是会全力付出——这家伙是会乐于付出的那种人……他想要狩猎,喔。或许他是那种和我们一样恨血祖的孤儿。”

费特点点头。在他的心里,这件事情已经解决了。

昆蓝会拿到这本书。费特会得到解答。

摘录自伊费·顾威个人日记

中年危机多半不会这么严重。以前,通常是人们看着年华逝去、婚姻失和,或厌倦工作。这些伤痕通常可以靠新车、音乐、万宝龙钢笔来抚平,看你的预算有多少。但我失去的无法补偿。我每次想到、每次察觉就心跳加速。结束了,或很快就要结束了。不管我拥有过什么、我挥霍过什么——或我期望过什么,都不会成真。我周围的一切都永远地变成可怕的样子。我生命中所有的承诺——成为班上最年轻的研究生、勇敢地搬到东部、遇见完美的女孩——全都消失了。夜里吃着冷掉的披萨、看着电影,或在儿子的眼中感觉自己像个巨人……

我还小的时候,电视上有个人叫做罗杰先生,他有时会唱着:"你永远不会淹没,不会淹没,不会被洪流淹没。"真是他妈的大谎言。

曾经,我必须整理我的过去以便写在履历上,或是呈现自己的成就,但现在……现在似乎只是列举了琐碎的杂记,表示我原本大有可为,现在却一筹莫展。我年轻的时候,看得到这世界,还有一套完整的计划。只要我够努力就能成功,不管成功是什么——只要我把"该做的"做好。当我变成了个工作狂父亲,我觉得日复一日的折磨自己是为了给家庭温饱,让我们的人生在成形的时候可以稳定。现在……我周围的世界变成一个无法忍受的地方,我只有在转错弯或是失去一切的时候感到恶心想吐。现在我知道这是真实的自己、永远的自己。对那个年轻人的一生感到无比失望——扣除年轻时所有的成就——先减再加却永远不能平衡。这就是我:软弱、薄弱、衰弱。不是放弃,因为我永远不会放弃……但是却对自己或环境没有信心地活着。

我的心一想到可能永远找不到扎克——或想到他可能永远消失——

就不规律地跳动。我不能接受，我永远不能接受。

我没想清楚，我会找到他的，我知道我会。我在梦里见过他，他的眼睛看着我，又让我觉得自己像个巨人，他用男人最渴望的名字喊着我："爸。"

我看到一道光芒包围我们、净化我们、赦免我——因为我酗酒、滥用药物，心中又有盲点。我见过这道光芒，我在这个黑暗的世界里又再度渴望光明。

哥伦比亚大学地下

哥伦比亚大学的前身是疯人院,伊费在地底隧道不断徘徊,他只想散步。扎克和凯莉、血祖一起站在眺望台城堡顶端的景象撼动了伊费的内心,伊费设想过他儿子各种可怕的宿命——扎克可能遭人谋杀,或是被关在某个牢笼里挨饿——但他从来没想过扎克会和血祖并肩站在一起。

是凯莉那个恶魔把他们的儿子给拉进去的吗?还是血祖要把扎克留在身边?如果是这样,用意何在?

或许血祖威胁凯莉,而扎克别无选择只好服从。伊费想要坚持这个假设,因为他无法想象儿子自主地和血祖结盟。所有的父母都最害怕小孩交到坏朋友,伊费必须相信扎克是个迷失的小男孩,而不是任性倔强的儿子。

不过他的恐惧不容许他进入这样的幻想中。伊费离开屏幕的时候感觉自己像个鬼魂。

他伸手到外套口袋里,拿出两片白色的止痛锭。头灯依靠电池发出的光芒让他手中的药片隐隐发亮。他把药锭扔进嘴里,不喝水就吞下去。其中一片卡在食道底端,他得跳一跳才能让药片掉下去。

他是我的。

伊费立刻抬头。凯莉的声音——模糊又遥远,但一定是她的声音。他转头转了两次,不过只看到自己一人在地下通道里。

他一直都是我的。

伊费从剑鞘里把剑抽出几厘米。他开始往前走,朝向前方通往楼下的一道短阶梯。那声音在他脑袋里,不过第六感则指出不同的方向。

他坐在父亲的右边。

伊费开始奔跑，怒不可遏，头灯的光线不断摇晃，穿过另一条阴暗的走廊，变成……

地窖，牢笼。格斯的妈妈。

伊费扫过房间。除了他妈妈什么都没有。慢慢地，他转身面对牢笼中间戴着头盔的直立吸血鬼。格斯的吸血鬼妈妈站得很直，伊费的灯光在她的身上打出格网的影子。

凯莉的声音说：**扎克相信你已经死了。**

伊费把剑完全抽出来。“闭嘴。”他说。

他已经开始遗忘了。旧世界和以前的生活方式都消失了，那是幼时的梦。

“安静！”伊费说。

他很注意血祖，很尊敬他。他不断在学习。

伊费把剑插入两条栏杆中间。格斯的妈妈退缩了一下，银剑让她畏缩了一下，她下垂的胸部在半明半暗中晃了一下。“学什么？”伊费说，“回答我！”

凯莉的声音没回答。

“你在洗他的脑。”伊费说。那个男孩孤立无援，心智一定很脆弱。“你在洗他的脑吗？”

我们在尽父母的责任教养他。

伊费的表情抽搐了一下，好像被她的言语所伤。“不、不……你怎么会懂得教养？你怎么会懂得爱——或是为人父母，为人子女的感受？……”

我们靠血液繁殖。我们产下了很多儿子……加入我们。

“不。”

只有这样你才能和他团圆。

伊费的手臂垂下了一点点。“靠！我杀了你——”

加入我们，然后永远和他在一起。

伊费僵了一阵子，绝望感让他麻痹瘫痪。她想要从他身上得到什么。血祖想要某种东西。他逼自己往后退——拒绝他们、停止交谈、立刻离开。

你他妈的给我闭嘴！他心想着，愤怒比音量更大声。他紧握着银剑，提在身旁。他回头跑到房间以外，沿着过道奔跑，凯莉的声音还在他的脑袋里。

来我们这边。

他转个弯，用力甩上生锈的门。

来扎克这边。

他继续跑。每往前一步，他就更生气，更愤怒。

你知道其实你很想。

然后他就听到她的笑声，不像人类的笑声那样高亢、轻盈、充满渲染力，而是一种嘲弄的笑声，企图激怒他，想要让他回头。

不过他继续跑，那笑声渐渐消失，渐行渐远。

伊费盲目地向前走，剑刃划过椅脚，刮过地面。止痛药的药效开始发作，伊费有点头昏，他的身体麻痹了，心里却没有。现在他更是前所未有地渴望将诺拉从血液营中解救出来，救她脱离吸血鬼的魔掌。他想让血祖知道——即使在现在这个一团混乱的鸟时代，这还是能够做到的——人类可以被救出魔掌。他要告诉血祖，伊费没有失去扎克，血祖自以为对扎克的掌握其实并不如他想象的那么牢固。

伊费停下脚步，大口喘气。他的头灯光线渐渐变暗，他轻拍一下，灯光就开始闪烁。他必须找出自己身在何处，回到地面，否则他就要在黑暗迷宫中永远迷路了。他迫不及待想让其他人知道，他已经准备好要去血液营战斗了。

伊费在下一个转角拐弯。在漆黑长廊的尽头，他看到一个人影。那人影的站姿中，有某些部分——手臂低垂，膝盖微弯——让他知道那是个吸血鬼。

伊费举起剑，向前几步，想用余光照亮那家伙。

他仍然动也不动。在伊费的视线中，狭窄的走廊开始微微晃动，是止痛药的关系。也许他看到的是幻觉——是他想看到的幻象。他想要战斗。

深信这是他幻想出来的人影后，伊费胆子更大了，直接走向那个鬼影。

"过来。"伊费说。他对凯莉及血祖仍然怒不可遏。"过来接招呀。"

那怪物站在原地，让伊费看了个清楚。运动服的兜帽在他头上形成一个棉质尖三角形，让他脸上笼罩阴影，双眼也因此不易看清。他穿着靴子和牛仔裤，一只手臂低垂在身体旁，另一只手则藏在身后。

伊费怒气冲冲、毫不迟疑地走向人影，就像气愤之下，大踏步走过房间摔上门的人们那样。人影一动也不动。伊费立稳脚跟，两手像挥棒那样握住银剑，朝脖子砍去。

令伊费大吃一惊的是，他的剑铿锵一响，他的双臂被弹了回来，剑柄几乎要从他手中脱落。几点火星短暂照亮了走廊。

伊费花了好一会儿才明白，吸血鬼刚刚用铁条挡开了他的攻势。

他将指节掰得噼啪作响，灼热的手掌重新握紧剑，退后一步再次挥剑。吸血鬼单手挥舞钢条，轻易拨开他的攻击。一只靴子突然踹上伊费的胸口，让他往后一飞，被自己的脚绊了一跤，跌倒在地。

伊费抬头瞪着这个深色人影。完全真实，只不过……也有点不同。这只吸血鬼不是他过去惯常面对的那种半智能的遥控怪物，他十分沉稳，镇定自若，和其他会嘶嘶作响的吸血鬼群大不相同。

伊费爬起身来。挑战让他心中的熊熊怒火烧得更烈。他不知道这只吸血鬼是什么来头，也不在乎。"来吧！"他狂吼，召唤吸血鬼向前。这次那怪物同样没有移动。伊费放平银剑，把银色剑尖指向吸血鬼，作势一戳，剑锋一转(这是他最拿手的招式之一)，猛力朝那家伙砍去，力道之强应该足以将他砍成两半。但吸血鬼已预见到他的企图了。他举起铁条一挡，伊费再度回击，先闪过他，绕到他背后，直接攻向脖子。

吸血鬼早等在那儿了。他一把抓住伊费的前臂，愈抓愈紧，就像一把灼热的钳子。他将伊费的手臂猛地一扭，逼得他不得不向前一弯，才能让手肘和肩膀不在高压之下骨折。伊费痛得号叫，手上一松，银剑就从手中脱落，摔在地上，发出铿锵一响。伊费用空出的那只手去抓匕首，往吸血鬼的脸一挥。

令伊费大吃一惊的是，那东西将他推倒在地，接着向后退开。

伊费爬到一旁，手肘痛得像是火在烧。另外两个人影从他这一侧的走廊尽头跑来，是两个人类，费特和格斯。

及时赶到。伊费转向人数屈居劣势的吸血鬼，期待他发出嘶声，发动攻势。

但那怪物反倒是弯下腰，握住伊费的银剑上包着皮革的剑柄，将剑举了起来。他将银剑来回转动，像是在评估它的重量和构成。

伊费过去从来没见过吸血鬼这么主动靠近银制品——更不用说把银制武器拿在手上了。

费特抽出了剑，但格斯伸出一只手阻挡了他。他从伊费身旁走过，但没有要帮忙扶他起身。吸血鬼一派轻松地把伊费的剑扔给格斯，剑柄朝外。格斯随手接住剑，将剑锋朝下。

“在你教我的所有事情里，”格斯说，“就是漏掉了该死的如何最天才地私闯民宅这件事。”

吸血鬼的响应是通过心电感应，只有格斯能接收到。吸血鬼将黑色兜帽往后一推，露出完美的光头和没有耳朵的脑袋，不可思议地光滑，几乎就像是脸上戴了尼龙丝袜的小偷那样。

除了他的眼睛。他的双眼发出炯炯红光，就像老鼠一样。

伊费站起手，揉揉手肘。这家伙显然就是个返魂尸，但格斯却站在他附近，和他站在一起。

费特的手还握着自己的剑，说道：“又是你。”

“搞什么鬼呀?”伊费说,他显然是这群人中最后一个知道状况的。

格斯把伊费的剑扔回去给他,其实没必要那么用力。“你应该还记得昆蓝先生,”格斯说,“始祖的首席猎人。目前也是整座该死的城市里的头号恶棍。”格斯接着转过去面对昆蓝先生。“我们的一个朋友被关进血液营了,我们得把她带回来。”

昆蓝先生用许多个世纪以来阅人无数的双眼看着伊费,他的声音进入伊费脑袋中的时候就像温柔的中低音。

我想,您就是顾威博士。

伊费和他四目相对,点头的幅度很小,几乎看不到。昆蓝看着费特:

我来这里是希望我们能达成协议。

哥伦比亚大学洛氏图书馆

哥伦比亚大学图书馆是一栋像洞穴般的圆形建筑物——它曾经是,也仍旧是美国国内最大的全大理石穹形建筑,在图书馆里的研究室里,昆蓝先生坐在费特对面。

“你帮我们突破进血液营——你就可以看这本书,”费特说,“不用再讨价还价……”

我会这么做,但你知道你们跟返魂尸与人类守卫相比是寡不敌众吗?

“我们知道,”费特说,“你会帮我们进去吗?这是条件。”

我会。

魁梧的捕鼠员拉开背包暗袋的拉链,拿出一大捆破布。

你都带在身上?血祖的私生子问,不太相信的样子。

“想不出更安全的地方,”费特微笑说,“藏在最显眼的地方。你想要那本书,就要通过我。”

一定是让人气馁的任务。

费特耸耸肩。“够让人气馁了。”他摊开破布露出那本书。“《光之熄》。”费特说。

昆蓝感觉到一阵寒冷爬上他的颈子。像他这么年老的人很少有这种感觉。他研习着这本书,费特转过来看他。封面是破烂的皮和布。

“我把银制的书封拆掉了。但可惜稍微破坏了书背。这本书看起来很不起眼,对不对?”

银制的书封在哪里?

“我收起来了,要拿回来也很容易。”

昆蓝看着他。**你真是令人充满惊喜,对不对啊,捕鼠员?**

费特耸耸肩不理会他的恭维。

那位老人选得真好,费特先生。你的心不复杂,你的心明白一切,然后会主导行动。很难找到更有智慧的人了。

血祖的私生子穿着黑色棉质连帽上衣坐着,这时脱下帽子露出光滑无瑕的白色头颅。他摊开到其中一页插画,把《光之熄》放在身前。因为他吸血鬼的天性就是会害怕银色的书边,所以他小心翼翼地用铅笔末端的橡皮擦翻页。这时,他突然用指尖触碰内页,就好像失明的人在触摸爱人的脸颊一样。

这份文件很神圣。里面记载了吸血鬼种族的起源和历史,因此对私生子很重要。想象有一个人可以看到一本书,而书里记载了人类的起源,也能解答各种生命的秘密。昆蓝深红色的双眼带着兴味仔细看书页。

读得很慢,文字很艰深。

费特说:“这还用你说。”

而且,很多信息都被隐藏了起来,藏在图片和水印里面。从我的双眼看起来比你的清楚——可是还是需要很多时间。

“我们就是没有时间。要多少时间?”

私生子的眼睛继续来回细看。

没办法说清楚。

费特知道他愈焦急愈会让昆蓝先生分心。

“我们武器都要上膛了，你大概有一个小时——然后你要跟我们一起来，我们要救诺拉回来……”

费特转身离开。走了三步之后，《光之熄》、血祖、大灾变等等对他来说都消失了。他脑中只有诺拉。

昆蓝先生的注意力又回到《光》的扉页上开始阅读。

插曲二

光之熄:血祖的故事

还有第三个。

每一本圣书,包括《摩西五书》、《圣经》、《古兰经》都提到过所多玛和蛾摩拉的毁灭。所以,从某方面来说,《光之熄》也是。

在《创世记》第十八章里,三个大天使化为人形出现在亚伯拉罕面前。据闻,其中两个大天使从那儿出发前往平原中受诅咒的城市,和罗得住在一起,享受了丰盛的晚餐后,被所多玛的男人包围,但居民在城市被摧毁之前都失去了视力。

第三个大天使被刻意忽略了。藏了起来,不见了。

这就是他的故事。

约旦河宽广丰饶的平原滋润了五座城市,那个地区就在我们今日所称的死海附近。在这些城市之中,所多玛最美丽、最富庶。因为周围有肥沃的平原,所多玛变成了一个地标,象征着财富与繁荣。

在复杂的水利系统灌溉下,这座城市自由地发展了好几个世纪,沿着水道往外扩散,最后这座城市的轮廓从飞机上往下看有点像一只白鸽。当城墙在公元前2024年拔地而起时,占地十英亩的城市的轮廓便完全成形。这几道墙都超过40英尺高,6英尺厚,泥砖都被烘烤过再敷上石膏,所以在阳光下会闪闪发亮。城墙里面,泥砖建筑紧密相邻,好像都要互相堆叠了起来,最高的一栋是祭祀迦南神摩洛的庙。所多玛的人口大约为两万。繁荣时期,这座城市有丰富的水果、香料、谷物。许多宫廷用的玻璃和铜鎏瓷砖当时都可以见到,在夕阳余晖下闪闪发光。

巨大的城门守卫着所多玛的财富。六块体积庞大且其重无比的不规则石柱形成一道高耸的拱门，生铁和硬木打造的栅栏可以阻挡火攻和破城槌。

罗得，哈兰之子，亚伯拉罕的侄子，就是在城门遇见三道光芒化作了人形。

他们肤色极淡、透着光芒、身形朦胧。他们是上帝的一部分，所以完全没有瑕疵。他们的背部冒出四条修长的衍生组织，遍布着羽毛般的光线，很可能被当作是发亮的翅膀。突出的四翼固定在他们的背后，随着他们走每一步就轻柔地拍打，自然得就像任何人走动时挥动双臂一样。他们每踏出一步，人形就更为明显，最后他们站在那里，全身赤裸而且显然不知自己身在何处。他们的肌肤容光焕发，就像最纯洁的雪花石膏一样，他们的美貌痛苦地提醒着罗得自己是多么不完美。

他们被派来惩罚这座繁荣的城市里那些骄傲、堕落、残忍的人类。加百列、米迦勒、亚兹拉尔都是上帝的特使，是上帝最信任、最珍惜的作品，也是他最无情的战士。

其中一人就是亚兹拉尔，也是上帝最偏爱的天使。他很期待那晚去城镇周围探访，那也是上帝的旨意——可是罗得恳切地求他们去他家留宿。加百列、米迦勒同意了，所以亚兹拉尔也答应了。亚兹拉尔是第三名天使，他最想知道这两座城市究竟多么淫邪，但他顺着另外两位天使之意去了罗得家。亚兹拉尔代表了上帝的声音，以及他毁灭的权力，可以把这两座罪恶之城从地表上抹去。每个故事里，亚兹拉尔都是上帝最喜欢的天使：他最保护、最美丽的作品。

罗得福气不浅，他有土地、有牲口，还有虔诚的妻子，所以这晚在他家的晚餐很丰盛多样。三位大天使和男人一样大快朵颐，罗得的两个女儿还是处女，为他们洗脚。这种感官刺激对他们三个天使来说是全新的体验，但是对亚兹拉尔来说，这种感受简直无法抗拒，另外两位天使都没这么深切的认知。这代表了亚兹拉尔首度体验到个体性，他独立于神力之外。上帝是一股能量，而不是一个似人的形态，上帝的语言就是生物学。

红血球细胞、磁性相吸的原则、神经突触，全都是生命的奇迹，每一个奇迹都是上帝的力量。罗得的妻子在准备香草和精油让天使沐浴时切伤了手，亚兹拉尔好奇地注视着她的血，那味道让他兴奋不已，撩拨着他的欲望。那颜色多么珍贵、饱满……就像烛光下闪闪发亮的液态红宝石。她刚开始非常反对罗得带这些人回家，这时发现大天使正喜不自胜地盯着她的伤口，不禁瑟缩了一下。

亚兹拉尔来过凡间很多次。亚当死于930岁的高寿时他就来过人间，嘲笑诺亚的那个人在洪流中灭顶的时候他也身在人间。但他总是以灵魂的状态造访，他的元神还和上帝相连，从来没有化为肉身。

亚兹拉尔从来没体验过饥饿，从来没体验过疼痛，这时各种感受包围着他。他现在能感受到脚下的地表……感受到寒冷的夜风吹拂着他的手臂……品尝到土地孕育的食物或是从低等哺乳类动物身上切下的肉品，这些他本以为他能够像个疏离的过客一般淡然面对的感官刺激；但他却发现自己被这感觉往人类拉去，往土地拉去，往这种动物拉去，愈拉愈近。冷水溅上他的双脚。消化过的食物通过他的口腔、他的喉咙，逐渐分解。这种感官体验让他愈来愈上瘾，亚兹拉尔的好奇心终于战胜了一切。

当城市里的男人听说罗得藏匿了神秘的陌生人而团团围住他的家，亚兹拉尔被他们的呐喊声深深吸引。这些男人挥舞着火炬和武器，想要看看罗得的访客以便认识他们。谣言四起，据说这几名旅客俊美超凡，他们激动得想要逞性强暴、占有他们。这群暴徒的兽性肉欲让亚兹拉尔着迷不已，让他发觉自己有多么饥饿，当罗得出去和暴徒商量——他愿牺牲仍是处女的女儿，但暴徒却不接受——亚兹拉尔运用神力溜出屋外，完全没人察觉。

他跟在人群后面，走了一小段。他和群众保持着几英尺的距离，躲在巷弄中，感受着群众移动时那股兴奋狂妄的力量——这和上帝的力量完全不同。不过他们充满美感与光荣，那是神赐的礼物。这些波浪般起伏的身躯——他们的脸庞动个不停——一致地胡言乱语，用最原始野兽的方法想要达成一致的想法，他们的欲望那么简单，又那么容易使人迷醉。

所多玛和蛾摩拉的邪恶有很多原因，但亚兹拉尔走在市区街道里的时候却看不到。青铜油灯组织成复杂的照明系统，未经琢磨的雪花石膏铺在道路上也反射着光线。三座宫殿以同心圆的方式排列，而每一扇门的门廊都雕饰着金银门框。

一座金色门廊表明里面净是肉体的欢愉，银色廊柱则显示里面有更黑暗的享乐。跨越银色门道的人都是为了残忍暴烈的感官刺激，残暴至极，上帝绝对不会原谅。不是繁荣富饶，也不是放纵狂欢，所多玛和蛾摩拉的市民要让旅客和奴隶知道他们病态残虐的程度。这是两座不热忱好客又冷淡疏离的城市。奴隶和战俘被从马车里拉出来取悦跨过银色廊柱的顾客。

不知是有心还是无意，亚兹拉尔跨越了银色的门槛。招待他的是个矮胖丰满的女人，她的肤色像浅橄榄一般，庸脂俗粉、头发凌乱——她是一个奴隶车夫的妻子，只对交易有兴趣。不过那一晚，当她从自己的位子上抬头看着欢场的门庭时，她看到了最俊俏、最慈爱的生物以人类的形态站在她面前，任油灯的金光照耀着。大天使的肉身完美、没有性别。身上、脸上都没有体毛，他们的肌肤无瑕透明，双眼散发出珍珠光泽。他们的牙龈和牙齿一样呈象牙白，纤长的四肢优雅地展现出完美的比例。他们身上没有生殖器：这项生物特征在日后滋生的恐惧当中将会迂回再现。

亚兹拉尔的美貌——和他的庄严高贵——让这女人想要落泪，恳求宽恕。但她已从业多年，所以还继续推销着她的服务。亚兹拉尔目睹室内的激烈逢迎后，这个大天使发觉他与生俱来的优雅逐渐消退——在他的欲望渐升的同时，那份恩典逐渐离他远去——尽管他不知道自己要找什么，他终究是找到了。

冲动之下，亚兹拉尔抓住那女人的颈子，让她背靠着低矮的石墙，看着她的表情变为恐惧。亚兹拉尔感觉到那女人颈边的筋既强壮又柔嫩，他先吻、再舔，品尝她咸涩油腻的汗水。然后，又是一股冲动，他咬了下去，又深又用力，撕开她的肌肉，用牙齿扯着她的动脉，就好像琴弦一样——叮叮——他野蛮地饮着喷涌的血液。亚兹拉尔杀了那女人，不是要献给万能的上帝，而是为了要了解上帝——**为了了解。为了占有。为了控制和征服。**

血液的味道、那强壮女人的死亡，还有权力的流动都是纯然的享受。他要吞噬血液，那是神的恩典与精华——而且在吞食的过程中，他打断了上帝的存在——这让亚兹拉尔几近发狂！他想要更多！他是上帝最宠爱的天使，但为什么上帝还不让他体验这一切？这些不完美的生物体内长着美味珍馐。

据说最烂的水果可以酿出最甜的酒。

不过这下亚兹拉尔纳闷了：那最甜美的水果呢？

他放下脚边瘫软的尸体，四溅的血液在月光下闪烁着银色的光辉，亚兹拉尔心头只剩一个想法：

天使有血吗？

哥伦比亚大学洛氏图书馆

昆蓝先生合上了《光之熄》，抬头见到费特和格斯已经全副武装准备出发了。关于血祖的起源，要学的还有很多，但他脑中已经塞满很多书上所提供的信息了。他抄了一些笔记，再圈起某几句话，然后起身。费特拿走那本书，又包起来放回背包里，然后交给昆蓝先生。

"我不会带去，"他对昆蓝先生说，"如果我们失败了，只有你知道这本书藏在哪里。如果他们抓到我们，想要从我们身上搜出来……嗯，就算你流血，你不知道的秘密还是说不出来……对吧？"

昆蓝先生轻轻地点头，接下这份荣幸。

"其实，我很高兴能摆脱这本书……"

你说了算。

"我说了算。现在——如果我们失败了……"费特说，"你有最重要的工具。打完这一仗。杀了血祖。"

新泽西

阿方索·克林坐在厚绒布的白色蛋形休闲椅上，他的名牌运动鞋搁在脚凳上，手上拿着坚硬的橡胶狗玩具。他的两只混种狼犬，"大使"和"师父"躺在餐厅地板上，和沉重的餐桌木脚拴在一块儿，银色的大眼睛直盯着红白条纹相间的球。

克林一捏玩具，狗就跟着嗥叫。不知道为什么，这让他觉得很有趣，所以可以一遍又一遍地重复。罗亚中尉是泽西宝蓝帮的精锐，他坐在阶梯最下方，正在把咖啡吐进马克杯里。尼古丁、大麻烟这一类东西愈来愈难获得，所以罗亚只好拿新世界里唯一可以流通的咖啡因来应急。他会把咖啡滤纸撕下一小片，折成一个小袋子，把研磨咖啡粉撒进去，折起来之后当作烟草来嚼。很苦，可是能让他精力充沛。

马弗坐在屋前窗边，眼睛盯着街道，看着货车来往。泽西宝蓝帮现在要靠劫车才能生存下去。吸血鬼会改变路线，但是克林自己发现前几天有运送食物的货车经过，心想他们应该快到了。

克林最重要的责任就是要喂饱他自己和手下，饥饿当然会影响士气。次要的责任就是要喂饱“大使”和“师父”，好几次吸血鬼夜袭宝蓝帮，都是靠狼犬敏锐的嗅觉和与生俱来的生存技巧，他们才能提高警觉。第三项重要的责任是要喂饱他们的女眷。她们都不是什么特别的女人，其中几个是他们沿途收留的迷途女子——不过她们是女人，她们很温暖，她们充满活力。这些日子以来，有“活力”就是性感。食物让她们安静、感恩、亲密，这样对他的手下很好。况且，克林不会去找瘦骨嶙峋、病恹恹的那种女人。他喜欢丰满型的。

这几个月来，他都会在以前的地盘上碰到吸血鬼，他必须战斗才能活下来、才能自由。人类不可能在这个新的血液经济环境下取得立足点。现金和资产一点意义也没有，就连黄金也没有价值。除了食物之外，只有银才会在黑市里流通、值得走私。石心集团的人不断伸出脏手，只要能碰到的银就要没收，封进未曾使用的银行金库里。银对吸血鬼来说是个威胁，尽管你得先把银锻造成武器，而现在银匠不多了。

所以食物是新的货币。（水还很多，只是要先煮沸和过滤。）石心工业把肉品加工屠宰场改造成血液营之后，将基本的食物运送工具留在原地。吸血鬼掌控了整个机构之后，现在控制了产量。营区里的受奴役的人类要负责栽种食物。因为日光很短暂，只有两三小时，所以要用大型室内紫外线灯照射农场来补充日照：明亮的蔬果温室，还有大型的鸡肉、猪肉、牛肉仓储设备。吸血鬼照到紫外线灯会死，所以营区里这些地方只有人类能进去。

克林是绑架了石心集团的货车司机才晓得这一切的。

营区外,可以用工作换取配给券,再拿来换食物。你必须是注册过的工人才能拿到配给券:你要符合吸血鬼的要求才能进食。你得顺从。

吸血鬼就是靠心电感应查缉的警察。泽西是警察之州,每个人都在监视对方、主动回报,所以你都不知道自己被盯上了,知道的时候都已经太迟了。吸血鬼只会执勤、进食,并且在每天短暂的日照时间里躺在泥土中。大致来说,这些没有自我意识的吸血鬼纪律严谨,而且和人类奴隶一样,人家要他们吃什么,他们就吃什么——通常是营区送来的血液袋。不过克林也见过一些吸血鬼穿越禁猎区。人类晚上也可以和吸血鬼一起行走,只要你看起来像是在工作,但人类应该要像二等公民一样顺从吸血鬼。但这和克林的风格不合。不,老大,在泽西不行。

他听到细细的铃声,把休闲躺椅的椅背立起来。铃声表示有人从纽约来了。是格斯。

格斯在藏身处上面打造了一个小笼子,里面有鸽子和鸡。偶尔鸡会下蛋,让他们补充蛋白质、脂肪、维他命和矿物质——就和牡蛎里的珍珠一样。鸽子用来和曼哈顿以外的地区联系,安全、有效,又不会被吸血鬼发现。有时候,格斯用信鸽来安排克林送货给他:武器、弹药和少数色情光碟。克林几乎什么东西都可以用合理的价格拿到。

今天就是这样。格斯把鸽子哈利叫做"泽西宅配通",它停在窗边的树枝上啄铃铛,它知道克林会给它一些食物。

克林松开它腿上的橡皮圈,拿下一个小塑料胶囊,拿出一卷薄薄的纸张。哈利小声地咕咕叫。

"安静一点,小鬼头。"克林打开一个小保鲜盒,里面有珍贵的玉米粒,他撒了一些到杯子里奖赏哈利,封上盖子之前自己也吃了一口。

克林读出格斯的要求。"雷管?"他窃笑说,"你他妈的一定是在唬我吧……"

马弗用舌头弹牙齿发出咂咂声。“侦察车来了。”他说。

狼犬弹跳了起来,但克林对它们挥挥手,要它们安静下来。他松开固定在桌脚的链子,用力扯它们的项圈,让它们安静下来坐在他脚边。“打信号给其他人。”

罗亚带头走到旁边相连的车库。克林的块头很大,尽管他已经瘦了30公斤。他粗短强壮的手臂还是太壮了,仍然没办法伸到他近乎四方形健壮胸部的另一边。他在家时会将所有银器穿戴在身上,指节上闪闪发光,满口的假牙牙套活像是银制铁网。以前银只是闪亮金属的时候,克林就很喜欢银器,而现在银器已经是战士和歹徒的象征了。

克林看着其他人带着武器从另一边坐上面包车。通常运输车队有三辆军车护航,吸血鬼会在第一辆和第三辆,中间的面包车则是由人类驾驶。克林希望这次是谷物:麦片、面包卷、奶油吐司。淀粉类的食物容易吃饱,而且可以撑很多天,有时候可以撑好几周。蛋白质很稀有,肉类更珍贵,但保鲜也很难。花生酱是有机的那种,上头浮了一层油——因为现在已经完全没有加工食物了——克林完全无法忍受这种食物,可是罗亚和狼犬都很爱那味道。

吸血鬼不怕狼犬,但人类司机会怕,他们看到狼犬的眼睛露出银色的光芒就常常吓得屁滚尿流。克林很用心地训练它们,就像他很用心地照顾它们一样,这表示它们都会注意他,因为他负责喂狗。但它们本来就不是会被驯化的动物,所以克林很能体谅它们,经常带它们在身边。

大使被项圈束缚着,师父的趾甲刮着车库地板,它们知道接下来会发生什么事。它们要争取自己的食物。光就这一点而言,它们比泽西宝蓝帮其他人更积极,因为对狼狗来说,经济结构始终没改变:食物,食物,食物。

车库的门向上升起。克林听到卡车轰隆隆拐了个弯,声音响亮而清晰,因为现在没有其他交通工具的声音和它较劲了。他们要做的是典型的拦路打劫。大伙儿在两栋房子间的大街上游荡,一辆拖吊车已经准备好要冲撞带头的车,支援车辆会从后方切断吸血鬼的退路,把这支护送队伍卡死在这条住宅道路上。

让他们的车持续能跑,是克林的另一个优先考虑的重点。他手下有擅长这件事的人。目前汽油多得不虞匮乏,汽车电池也是。宝蓝帮在泽西有两个车库,专门用来拆解粮食卡车,卸下零件和燃料。

带头卡车快速拐过街角。克林瞄到护送队伍中多了一辆车,第四辆,但没怎么放在心上。拖吊车实时赶到,从马路对面发出吱吱尖声冲了过来,摇摇晃晃冲过泥泞的前院,冲下边石——扎扎实实撞上带头卡车的后半部分,撞得它直打转,停下来时面对的还是错误的方向。支援车辆赶快乘机进逼,用保险杆堵住最后一辆卡车。护送队伍中间的车辆猛刹车,急转方向,一下子偏到了边石上。中间两辆都是侧面挂着帆布的运输车——这意味着这次要送两倍的货。

罗亚开着雪佛兰太浩,直奔粮食卡车,直到距水箱栅只有几英寸才停下来。克林放出大使和师父,它们立刻奔过泥泞的前院,冲到现场。罗亚和马弗跳下车,两人手上分别拿着一把银剑和银刀。他们直接走向逃下带头卡车的吸血鬼。罗亚特别凶狠,他的靴子尖还装了银制尖钉。看来劫车事件再过不到一分钟就要落幕了。

克林首先注意到的不对劲征兆来自粮食卡车。车上的人类司机没有跳下车逃命去,而是继续待在车里。大使跳上驾驶座那侧车门,利齿朝着紧闭的窗户空咬,车内男子低头看着狼犬愤怒的大口及露出的尖牙。

接着两辆双胞胎似的军用卡车侧面的柔软帆布,像窗帘一样被掀开了。里头装的不是食物,而是二三十只嗜血怪兽,瞬间冲了出来,他们的愤怒、速度和凶狠程度完全不亚于刚刚的狼犬。马弗用剑重重砍倒三只,然后有一只扑上他的脸,把他撞倒在地,马弗挣扎着倒下了——转眼间就被吸血鬼群淹没。

罗亚退后几步,就像面对大浪逼近、手上拿着沙桶的小孩,正在踉跄撤退。他撞上了自己的车,让逃跑的脚步慢了下来。

克林看不到后方的情况……但听到了尖叫声。而如果说他在尖叫声里得知了什么，那就是……

吸血鬼没有尖叫。

克林拔腿就跑——以他这样身材的人所能跑出的最快速度——跑向他的小弟罗亚，他背靠着雪佛兰太浩，六只吸血鬼正在围攻他。罗亚的伤几乎已经重得没救了，但克林不能让他就这样倒下。克林的腰间别着一把点四四麦林手枪，里头的子弹不是银制的，但他反正就是爱这武器。他拔出枪，炸烂两只吸血鬼的脑袋，砰！砰！酸液般的吸血鬼白血溅上了罗亚的脸，把他弄瞎了。

克林看到，在罗亚后方，师父的尖牙咬上了其中一头杀兴大起的吸血鬼的手肘。吸血鬼完全感觉不到痛，直接用他中指的鹰爪划开师父毛茸茸的喉咙，剖开了狼犬的脖子，让它银灰色皮毛染上了鲜红血液，变得脏兮兮一片。

克林开枪轰了那头吸血鬼，在他脖子上留下两个弹孔。吸血鬼直接倒在气喘吁吁的师父身旁，构成大屠杀般的混乱画面。

另外一对吸血鬼扑上了大使，他们的吸血鬼蛮力远远胜过这头猛兽。克林开枪，击中了脑袋、肩膀和手臂，但非银制子弹却无法阻止吸血鬼将狼犬扯个四分五裂。

火药的效果是，它们让克林的精神集中了起来。罗亚已经挂了，两头吸血鬼的螫针还戳在他脖子里，就在大街上直接开始享用他的滋味。人类继续将自己锁在诱饵卡车中，睁眼看着，他们瞪大了双眼，但不是因为恐惧，而是因为兴奋。克林朝他们的方向发射两颗子弹，听到玻璃碎裂声，但没时间停下来看看有没有打中目标。

克林挤进雪佛兰太浩打开的驾驶座车门，他壮硕的身躯已经抵到方向盘了。他猛地倒车，引擎还同时在运转，接着在退后时卷起了一些庭院泥巴。他突然急踩刹车，磨掉了更多草皮，然后将方向盘向左打到底。两只吸血鬼跳了出来，挡在路中央。克林使劲一踩油门，雪佛兰太浩向前猛冲，将吸血鬼撞倒在地，轮胎还把他们卷到人行道上。克林在马路上蛇行，大踩油门，但忘记他上次开车已经是好久之前的事了。

他往侧面打滑，嘎嘎摩擦着对面的路缘石，让其中一个轮胎脱离轮轴跑掉了。他向另一头猛甩，却矫枉过正，偏了方向。克林重重将踏板一踩到底，让雪佛兰太浩瞬间猛冲——接着引擎就噼噼啪啪，然后不动了。

克林查看仪表板。油箱表上的“E”已经在发光了。他的手下只倒入了足以完成今天工作的燃料。他们用于逃跑的面包车，油箱里油料半满，则在后方。

克林大开车门，抓住门框，将自己拖出车外，见到成群吸血鬼正在朝他奔来。脏兮兮、惨白、光脚、浑身赤裸的嗜血怪物。克林用腰间仅剩的一个弹夹为点四四再度装填弹药，炸得那些混球身上开花；但怪物却像噩梦中那样，继续大步前行。等枪里没子弹了，克林把枪丢掉，带着戴满银饰的拳头走向那群吸血鬼，他亮晃晃的每一拳中都带有更多的威力，能造成更大的痛苦。他扯下脖子上一条链子，开始用它勒住一头吸血鬼的脖子，将怪物的身体在空中乱甩，阻挡其他恶魔四下挥舞的魔爪。

但他因为营养不良，身体很虚弱，尽管个子很大，他却很容易疲倦。于是吸血鬼压倒他了。但他们没有直攻他的喉咙，而是用手臂锁住克林的粗壮手臂，以超自然的极大力气将大汗淋漓的帮派头头拖到街上。他们拖着他上了两个台阶，进了一家被抢劫一空的便利店，将他撑起，在地板上呈现坐姿。昏昏沉沉的克林破口大骂，连珠炮似的满嘴咒骂，直到沉重的呼吸让他渐渐昏眩，他的眼前开始变得漆黑，整个商店在他视线里天旋地转。他纳闷这些家伙到底在等什么名堂。他想要他们勒住他脖子，吸取鲜血。他并不担心自己会变成吸血鬼，这是拥有满口令吸血鬼反感的银牙的一项明显好处。

两个人类踏进店里，是穿着干净黑色套装的石心员工，服装也正适合他们殡葬业者的身份。克林以为他们是来剥去他身上银器的，于是他振作起来，用他仅存的力气奋战。吸血鬼被他夹在两臂之中，跪倒在地，痛苦地扭动。但石心员工却只是在一旁看着，等他跌坐在地，吁吁地大声喘息。

接着店里的气氛突然改变了。唯一的描述方式，就是在暴风雨降临前那平静无波的片刻。克林后颈上的寒毛都竖了起来，有事情要发生了，这就像是鼓掌前两手快速拍向彼此的那一刻。

克林脑海中传来了嗡嗡声，就像牙医电钻的隆隆声那样，只不过没有东西在震动；也像是逼近的直升机发出的隆隆巨响，但却没有狂风；像是数千名僧侣的嗡嗡诵唱——只不过没有那首歌。

吸血鬼挺直身躯，就像等待校阅的士兵。两个石心员工让到一旁，靠着一排空荡荡的过道架。克林两边的吸血鬼都纷纷松开抓住他的魔掌，收起手来，留他孤身一人坐在脏兮兮的油布毡中央……

……然后一个黑色的影子走进店里。

自由营

运输吉普车是改装过的军车，后方的载货空间被扩充了，而且没有车篷。昆蓝先生在暴雨中高速急驶，穿越墨色般的黑暗，他的吸血鬼视线不需要开大灯。伊费及其他人一路在后头颠颠晃晃的，盲目在夜色中穿梭的同时，全身已经湿透。伊费闭上眼，任雨水打上脸，车子剧烈颠簸，感觉自己就像一只暴风雨中的小船，被狂风骤雨击打着，但决不肯沉没。

最后他们终于停了。伊费抬起头，看着黑色巨门，背后衬着黑色天空，不需要灯光。昆蓝先生熄灭引擎，于是除了雨水与里头某处传来的遥远的机械隆隆声外，就没有其他声响或人声了。

自由营大得惊人，周围正在盖着毫无特色的水泥围墙。至少20英尺高，有员工在那儿日夜赶工，在体育馆石英灯下立起钢筋、倒下水泥。看来很快就要完工了，不过眼下通往营区的入口则是一块后头撑着木板的铁丝围篱,暂时当作门来使用。

不知道为什么,伊费之前一直想象在这里会听到孩童哭泣、成人惨叫,或其他足以听到的痛苦哀号,毕竟这里的人类磨难可是数不胜数。然而营区阴郁宁静的表象,诉说的是这里让人吃惊的压迫效率。

毫无疑问,他们现在一定已经被看不见的返魂尸盯上了。昆蓝先生的身体在吸血鬼热感应的视线中,看起来既炙热又明亮;另外五个在吉普车后头的,则应该是温度较低的人类。

昆蓝先生从副驾驶座拿了棒球装备袋,背上肩膀,然后下了车。伊费尽责地站着,他的手腕、腰、脚踝都被尼龙绳绑住了。他们五人被绑在一起,彼此间只有几英尺绳子是放松的,就像被链条锁在一起的一串囚犯。伊费居中,格斯在他前面,费特在后,带头和殿后的分别是布鲁诺和华金。他们一个一个从车子后方跳下,踏上了泥地。

伊费嗅得到返魂尸的气味,他们发烧般的土壤味及排泄物的阿摩尼亚味。昆蓝先生走在伊费身旁,陪伴着他的囚犯进了营区。

伊费觉得自己就像在走入鲸鱼的大嘴,害怕自己会被就此吞下。他知道无论是走进鲸鱼嘴还是这座屠宰场,他能够生还走出的希望都十分渺茫。

他们的沟通是没有文字的。昆蓝先生心电感应用的波长和其他吸血鬼不同,但他有精神信号存在就得以让他们通过第一道检查关卡。肉体上,他没有其他吸血鬼喽啰那么憔悴,他苍白的皮肤比较接近百合花瓣的光滑,而不是死亡及塑料,他亮红色双眼里带着一丝独立的火光。他们拖着脚,穿过一个狭窄的帆布通道,上头的屋顶是用养鸡场围篱盖成的。伊费抬头,视线穿过围篱铁丝,看着不断落下的黑雨及没有一颗星星、完全漆黑的天空。

众人来到了检疫站。几盏用电池的灯照亮了这个房间,因为这个区域是由人类管理的。低瓦数的灯在墙上投下了阴影,而外头不歇的暴雨再加上被数百个邪恶怪物围绕的明显感受,让检疫站就像是巨大丛林中央的一座被吓坏的小帐篷。

员工的头发都剃光了。他们的眼神空洞又疲乏,身上穿着铁灰色的监狱连身服,脚上穿着有洞的胶鞋。

五个人都被问起了名字,而大家都说了谎。伊费用一支钝钝的铅笔在他的假名旁潦草签名。昆蓝先生站在后面,后方的帆布墙因为暴雨而啪啪作响,而两扇吊门外则各有两个返魂尸,像犹太活泥人般各自在岗位上放哨。

昆蓝先生的故事是,他在 129 街一家韩国超市的地窖中,逮到了这五个蹲在那里的家伙。他解释自己在压制这批货物的同时,脑袋上中了一记重击,这就是为什么他的心电感应信号很模糊——但事实上昆蓝先生却正在积极阻挡吸血鬼,不让他们读到他真正的想法。他已经将肩上超大的袋子放下了,就摆在他靴子边潮湿的帆布地板上。

人类一开始想试着解开囚犯身上的结,希望把绳子留下来另作他用。但潮湿的尼龙绳根本动也不动,于是他们只好把绳子切断。在吸血鬼守卫密切监控的目光下,伊费站着,保持眼神低垂,揉揉他破皮的手腕。他没办法在看着吸血鬼的眼睛时不流露恨意;另外,他也担心会被返魂尸的集体心智给认出来。

他意识到帐篷里有股骚动正在发酵。这里的安静是尴尬的,哨兵将注意力放到了昆蓝先生身上。这些返魂尸注意到了他身上有些部分和其他吸血鬼不同。

费特显然也发现这点了,因为他开始说起话来,试着要将注意力从昆蓝先生身上移开。"什么时候吃饭?"他问。

拿着写字夹板的人类从笔记中抬起头来。"他们喂你吃东西的时候。"

"希望不要太油。"他说,"太油腻的东西我吃不惯。"

大伙儿停下手边正在做的事,瞪着费特看,就好像他疯了似的。带头的男子说:"这点我倒不担心。"

“很好。”费特回答。

一只返魂尸注意到了昆蓝先生的袋子还放在房间角落的地板上，就伸手去拿那个重重的长袋子。

费特在伊费身旁瞬间僵掉。一个人类抓住了伊费的下巴，用笔形手电筒检查他的口腔。男子眼袋的颜色就像红茶那么深。伊费问：“你是医生吗？”

“算是吧。”男子一面说，一面看着伊费的牙齿。

“什么叫‘算是吧’？”

“这个嘛，我以前是兽医。”他说。

伊费闭上嘴。男子把手电筒光束在伊费的眼前晃呀晃，对见到的景象很感兴趣。

“你最近在吃药？”兽医问。

伊费不是很喜欢兽医的语气。“算是吧。”他回答。

“你的身体状况很糟，算是受到污染了。”兽医说。伊费看到吸血鬼拉开袋子的拉链。尼龙袋里衬着来自郊区一个牙医诊间的防辐射含铅围裙。返魂尸一感觉到银剑的毁灭特质，就好像被烫到一样立刻将袋子扔到地上。

昆蓝先生冲过去抓棒球袋。伊费则推了兽医一把，让他飞到帐篷另一头。昆蓝先生侧身避开返魂尸，快速从袋里抄起一把剑，转身把剑向外指。吸血鬼一开始太过震惊，都呆在原地，因为突然出现的银（而且还是武器）让他们不敢轻举妄动。昆蓝先生慢慢往前，好让费特、格斯和其他人有时间去拿武器。有剑在手后，伊费真是他妈的感觉好多了。其实昆蓝先生手上挥舞的正是伊费的剑，不过现在没时间争这个了。

吸血鬼群并没有人类会有的反应，他们完全没有任何一只想往门口跑去，逃出去或警告别人。警报是通过心电感应传递的。在一开始的震惊后，紧接而来的就是他们的攻击。

昆蓝先生往下朝返魂尸的脖子猛砍一剑。格斯冲向前去，正好与一只飞扑过来的吸血鬼撞个正着，手中的银剑直接刺穿他的喉咙。在狭小空间里，要砍下他们的头是很困难的，因为要砍断脖子必须大幅度挥舞银剑，但这样有可能会砍伤其他人，而且喷出的血液也有腐蚀性，还满是会造成感染的寄生血虫。和返魂尸近身肉搏永远是大家的最后选项，所以他们五个便尽快地一路杀出了检疫站。

压队的伊费受到的攻击并非来自吸血鬼，而是来自人类：那个兽医和其他人。他实在太过震惊了，于是便用攻击返魂尸的方式反击，一剑刺穿了兽医的喉咙根部。鲜红血液从动脉喷涌而出，将房间中央用来支持的木柱溅得一片血红，伊费和兽医则是瞪大了眼，盯着彼此。“你搞什么鬼啊！”伊费大喊。兽医双膝一沉，跪倒在地，另一个人则把注意力转向他受伤的朋友。

伊费慢慢推开垂死的男子，别的伙伴则在拉他的肩膀。他吓呆了，他刚刚杀了一个人。

大伙儿走出帐篷，来到营区中的室外空间。暴雨已经变小，现在是雾气迷蒙的毛毛雨。他们前方是一条有帆布遮顶的步道，但夜色让伊费没办法一眼看清整个营区。目前返魂尸还没出现，但众人知道警报已经发出。大家的眼睛花了好几秒适应眼前的黑暗——接着便看到吸血鬼群从一片漆黑中涌上前来。

五人散开，围成弧形，对付四面八方而来的攻击者。这里的空间就足以让众人自由挥剑，站稳后脚跟，猛力一砍，将脑袋瓜从肩膀上一剑砍下。伊费一阵猛劈，同时不断移动、挥剑、查看后方状况。

靠着这种方式，众人击退了第一波攻势。他们继续前进，但却完全不知道营区是怎么组成的。他们想找点线索，看看人口集中的区域是在哪里，这时另外两只吸血鬼从左边冒了出来。昆蓝先生拔剑保护自己的侧面，将他们劈倒在地，接着领着大伙儿往那个方向走去。

前方，漆黑的夜色映衬着一栋又高又窄的建筑：监视哨站，立在一个石头圆环中央。更多吸血鬼用最快速度飞奔而来。五人瞬间紧绷，围成一团移动，同时挥舞着五把银剑，就好像是合成了一把宽刃剑。

他们得杀快一点。返魂尸会牺牲自己的伙伴，以增加自己捕获和转化人类入侵者的机会。他们的策略是，只要能杀死一个人类屠夫，就算要牺牲一个、三个，甚至十个吸血鬼也值得。

伊费退到众人身后，防卫后方。大伙聚成一个椭圆形移动，伊费则压阵倒退着走，手上的银剑被他舞成一个银色圈圈，让蜂拥而至的吸血鬼无法太过靠近。他的双眼渐渐适应黑暗了。伊费察觉到其他返魂尸在远处慢下脚步，聚在一起，没有要发动攻势。他们在追踪但不攻击，正策划接下来更犀利的攻势。

"吸血鬼在集结。"他告诉其他人，"我想这样会形势不妙。"

他听到银剑砍出伤口的湿润声音，接着费特说："前面有栋建筑。我们只能一区一区查过去了。"

我们过早袭击营区了，昆蓝先生说。

天空仍然没有要亮起来的迹象。现在一切都依赖那点不可靠的阳光了。现在的战术就是想办法在敌营里撑下去，直到不可靠的黎明到来。

格斯咒骂几声，劈倒另一只怪物。"靠拢一点。"费特说。

伊费继续在缓慢地倒退。他只能看清楚追赶他们的吸血鬼当中第一排的脸孔，他们都兴致勃勃地凝视着，好像是在凝视着——他。

会不会只是他的想象？伊费慢下脚步，接着干脆完全停下来，让其他人往前几码，没跟上众人的队伍。

追赶的吸血鬼也跟着停了下来。

"噢，妈的。"伊费说。

他们认出他了！大受欢迎就意味着他上了吸血鬼心电感应网络中的全境通缉名单，这群怪物已经警觉到他的存在，而这只代表一件事。

血祖知道伊费在这里，正在通过他的手下看着这一切。

"嘿！"费特一面喊，一面折回去抓伊费，"你他妈的停下来是在搞什么鬼……”他看到那群返魂尸，大约有二十几只，两眼发直瞪着伊费。“天哪，他们是干吗，看到偶像了吗？”

等待指令。

“老天！那我们快——”

营区的哨音响了——吓了大伙儿一跳——尖锐的蒸气声，紧接着很快又有另外四声，然后再度陷入了沉静。

伊费明白警铃的目的：要警告的不只是吸血鬼，还有人类，或者也许是叫他们找地方避难。

费特看着最近的建筑，又再看了天空一眼，看看有没有光。“如果你把他们从这里带开，从我们身边带开——我们搜查这地方的速度就能快得多。”

伊费完全不想成为这群嗜血怪物会跳来跳去的红色嚼咬玩具，但他明白费特的计划有一定的道理。“那帮我个忙吧，”他说，“动作快一点。”

费特回头喊：“格斯！陪伊费留下。”

“想都别想。”格斯说，“我也要去。布鲁诺，你去帮他。”

对于格斯对他毫不掩饰的厌恶，伊费只是微微笑。他一把抓住昆蓝先生的手臂，将他拉回，用手上的剑换回了他自己的银剑。

我来照料人类守卫。昆蓝先生说道，接着在眨眼间消失。

伊费重新握住熟悉的皮革剑柄，等待布鲁诺来到他身边。“你愿意过来吗？”

“非常愿意。”布鲁诺气喘吁吁地说，但像个孩子一样露出大大的微笑，他超白的牙齿在浅棕色皮肤的衬托下看起来很大颗。

伊费压低剑尖，慢慢向左挪动，远离建筑物。吸血鬼群迟疑了一会儿，然后跟了上去。伊费与布鲁诺拐了个弯，绕过一栋小仓库般的狭长附属建筑的墙角，一片漆黑。但在建筑后方，却有光线从一扇窗户透了出来。

有灯光代表有人类。

“往这边走!”伊费一边喊,一边跑了起来。布鲁诺保持同样速度,跟了上去,但喘得厉害。伊费回头看,不出所料,吸血鬼们也拐过墙角,紧追了过来。伊费往灯光方向直奔而去,看到有只吸血鬼就站在建筑的门边。

他是个体型壮硕的男性,被从后方窗户透出的昏暗灯光剪出黑色人形。伊费在他厚实胸口及树干般粗壮脖子的侧面,看到了褪色的刺青墨水,因为白色血液及许多生长纹而变成绿色。

就像创伤记忆突然硬是挤进伊费的意识一样,血祖的声音立刻传进了他的脑海中。

你来这里干吗,顾威?

伊费停下脚步,剑尖指向那个壮硕的吸血鬼。布鲁诺猛地转身,来到他身旁,为他盯着后方的吸血鬼。

你来这里到底想得到什么?

伊费身旁的布鲁诺狂吼一声,劈倒两只扑上前来的吸血鬼。伊费一时分神了,转过身去,看到其他怪物聚成一团,距离他们只有几码之远——他们怕银——接着忽然意识到自己分心了,赶紧猛转回来,举起银剑。

伊费的剑尖刺进扑上前来的吸血鬼的右胸,划破了皮肤与肌肉,但没有刺穿胸膛。伊费很快抽手,戳向吸血鬼的喉咙,而此时这玩意儿也正好张开下巴,露出了螫针。刺青吸血鬼浑身发抖,摔到地上。

“混账王八蛋!”布鲁诺大骂。

现在所有吸血鬼都同时涌过来了。伊费大转身,准备好银剑。但对手数量实在太多了,而且是全部一起涌上来。他开始退后——

你是来这里找人的,顾威。

——在接近建筑时,他感觉到脚下是石头。布鲁诺继续猛砍猛劈,伊费则又退了三步。他摸索门把的位置,拉开门闩,门开了。

你是我的了,顾威。

那声音突然变大,让他头晕眼花的。伊费拉拉布鲁诺的肩,示意要这个帮派分子跟他一起进屋。他们跑过狭窄过道两侧的临时牢笼,里头关的都是人类,各种惨状都有,算是某种疯人院吧。在伊费及布鲁诺匆匆经过时,里头的人类不断对他们咆哮狂嗥。

死路一条,顾威。

伊费用力摇摇头,试着将血祖的声音从脑海中驱离。这声音的出现会让他头脑不清,就像是疯狂本身会有的声音。再加上在他经过时,笼子里的人类还一直对他伸手猛扒。伊费像是陷入了困惑与恐惧的风暴之中。

吸血鬼追兵中带头的那一个,从另一头进来了。伊费打开一扇门,通往某个办公室,里头有把牙医诊所中的那种座椅,椅子上的头垫及下方的地板都沾染着厚厚的红色人类血渍,十分肮脏。另一扇门则通往室外。伊费跳下三级阶梯,更多吸血鬼正在那里恭候大驾,原来他们没有直接穿过建筑,而是从外面绕到后头了。伊费挥手猛地一砍,正好砍到一只从屋顶上往他身上跳过来的女吸血鬼。

你为什么要来这里,顾威?

伊费往后一跳,甩开被杀的女吸血鬼。他和布鲁诺肩并着肩,慢慢后退,挪向高高围篱旁一栋没有开灯、没有窗户的建筑。也许那是吸血鬼的营房?营区返魂尸的巢穴?

伊费和布鲁诺略略侧身,却发现围篱拐了个大弯,尽头又有另一栋没亮灯的建筑。

早告诉你了,死路一条。

伊费抬头迎向在黑暗中朝他们而来的吸血鬼群。

“死路个屁,”伊费嘟囔,“你个王八蛋。”

布鲁诺斜眼看他。“王八蛋?是你害我们进陷阱的呢!”

等我抓到你,转化你,我就会知道你的所有秘密。

这让伊费的血液瞬间结冻。“他们来了。”他对布鲁诺说,并准备好正面迎战。

诺拉到巴恩斯在行政大楼的办公室的时候,准备好要答应他所有的要求,包括把自己交给巴恩斯,这样才能拯救她妈妈并靠近他。相比吸血鬼统治者,她更瞧不起前任主管。他淫乱邪恶的样子让她作呕,但其实真正让她想吐的是他竟然相信她会软弱到屈从他的意志。

她得杀了他才能让他明白。如果他妄想她屈服,她打算把小刀插进他的心脏里。被奶油刀杀死——多适合他!

她会在他躺下或用餐到一半的时候下手,多么荒诞的文明怪物。他比返魂尸更邪恶:他的腐烂不是一种疾病,也不是因为被感染。他是个投机分子,是他作出的选择让他腐败。

最糟糕的是:他觉得她可能是个受害者。他误判了诺拉,这是个致命的错误,接下来只剩她用钢铁般坚硬的方式,向他证明他犯下了多少错误。

他要她在走廊上等,那里没有座椅也没有厕所,还要她等三小时。他两度离开了办公室,一身洁白干净的海军制服,看起来光鲜亮丽,他捧着一些文件经过诺拉身边,可是始终不看她一眼,一句话都不说就消失在另一扇门后。所以她一边等待一边酝酿,就算是当营区哨音响起表示发口粮的时候——她用手按着咕噜作响的肚子——她还是全心全意地想着她妈妈和谋杀。

最后,有个年轻女子留着及肩的红发,穿着干洗过的灰色连身装走过来,她是巴恩斯的助理,她打开门,不发一语就让诺拉进去。助理肌肤上有香水味,气味清凉带着薄荷味,她留在门口没跟着诺拉进去。诺拉回应着助理瞧不起的眼神,好奇着这个女人是用什么方法才在巴恩斯的世界里获得一颗梅子。

助理坐在办公桌后面,让诺拉自己去开下一道门,但门锁住了。诺拉转身,两张折叠椅靠着墙壁面对助理。助理制造出忙碌的声音,尽量不理会诺拉,同时又保持她的优越感。她的电话响了,她提起话筒,安静地说话。这个房间除了未加修饰的木墙和笔记本电脑之外,看起来好像1940年代的办公室:有线电话、纸笔、记事本,不是很需要高科技产品。办公桌一角,在记事本旁边有一大块巧克力布朗尼蛋糕放在小小的纸盘上。助理轻声说了几句话之后挂上电话,发现诺拉在盯着甜点瞧。她伸手到盘子上,捏下一小块蛋糕,有些碎屑掉到她腿上。

诺拉听到门把转动的声音,接下来是巴恩斯的声音。

"进来!"

助理把蛋糕挪到桌子另一边诺拉碰不到的地方,才挥手要她进去。诺拉又走向那道门,转转门把,这次,门开了。

巴恩斯站在办公桌后面,把档案放进公文包里,准备要下班。"卡尔利,早安。车子准备好了没?"

"巴恩斯博士,已经好了,"助理高声说,"他们刚打电话来说已经到大门了。"

"打电话去吩咐他们后座要开暖气。"

"好的。"

"诺拉?"巴恩斯继续塞东西到包包里,完全没抬起头。他这次的态度和上次在那座宫殿般的豪宅见面时很不一样。"你有什么事要和我讨论吗?"

"你赢了。"

"我赢了?太棒了。那告诉我吧,我赢得了什么?"

"你的选择。还有我。"

他迟疑了一下才关上公文包,扣上扣子。他看着她,微微点头,好像不记得他开过什么条件。"非常好。"他说完又开始翻抽屉,找一些他差点忘记的东西。

诺拉等着。"然后?"她说。

"然后。"他说。

"现在要怎么做?"

“现在我很急着出门，但我会让你知道结果。”

“我想……我现在不跟你回家吗？”

“再说吧，今天很忙。”

“但——我准备好了。”

“对。我知道你会变得有点急。对营区生活不适应吧？我想也是。”他提起公文包，“我很快就会打给你。”

诺拉懂了：他故意要她等，延长她的苦恼，就是要报复她上次在他家的时候没有立刻和他上床。肮脏的老家伙又在玩弄权势。

“以后要注意，我不会空等，我想你现在应该已经明白了吧。卡尔利？”

助理出现在门口。“是的，巴恩斯博士？”

“卡尔利，我找不到总账。或许你可以四处找找，等一下拿来我家？”

“没问题，巴恩斯博士。”

“那就，大概九点三十？”

诺拉发现助理卡尔利的脸上不是心满意足的神气模样，而是一脸嫌弃。

他们往外走进前厅，同时窃窃私语。真可笑，仿佛诺拉是巴恩斯的妻子一样。

诺拉趁这个机会冲到巴恩斯的办公桌前，四处寻找可以帮助她的东西，或任何她不该看到的信息。她把中间的抽屉拉出来，看到一张用计算机绘制的营区地图，每个区块都有不同的颜色。她已经参观过育儿区，她大约知道“退休”区在哪个方向，所以她的视线延伸过去，看到了“抽血”区。有个地方打上阴影，写着“夕阳”区。诺拉想要撕下地图带走，但地图却被黏在抽屉上了。她又扫视了地图一次，赶紧背起来，然后关上抽屉，刚好巴恩斯走了回来。

诺拉努力掩饰脸上的慌张，带上微笑看着他：“那我妈妈呢？你答应过我——”

“如果你信守承诺，当然我也会遵守承诺。这是军人的荣誉。”

显然他要她乞求，但她绝对不会这么做。

“我想确定她的安全。”

巴恩斯点点头，咧嘴笑了一下。“你想提出要求，那是你的事。我自己决定做这事的时间还有营区内的大小事。”

诺拉点点头，但她的心思飘向别处，她的手腕已经在背后转了转，把小刀推出来。

“如果你妈妈会被处理掉，那就一定会，这件事情不容你改变。他们或许已经挑上她了，她也准备要结束了。不过，你的生命还是个筹码，希望你能下在对的地方。”

她现在把刀子握在手中，紧抓着。

“你懂吗？”他说。

“懂了。”她咬牙切齿地说。

“下次我叫你来的时候，你的态度要配合一点，所以请你准备好，并面带微笑。”

她想要当场就杀了这个王八蛋。

他助理惊慌的声音从外面的办公室传进来，破坏了气氛。“博士？”

诺拉还没行动，巴恩斯就移开脚步，独自回到前厅。

诺拉听到脚步声拾级而上，最后落在地板上：是赤脚。

吸血鬼的脚。

四个身形高大，生前曾是男人的吸血鬼冲进办公室。这些要死不死的暴徒肌肉松垂，身上有传统的囚犯刺青。助理倒吸一口气，退回她的角落里，这四个吸血鬼直扑向巴恩斯。

“怎么回事？”他说。

他们告诉巴恩斯答案，用心电感应，而且说得很快。巴恩斯根本没有时间反应，就被他们捉住手臂，简直是把他提起来就往门外冲，直接下楼到大厅。然后营区警哨开始嘶鸣。

外头开始大叫，出事了！诺拉听到也感觉到楼下的门乒乓震动。

助理还在角落，躲在办公桌后面，电话还夹在耳朵旁边。诺拉听到坚定的脚步声上楼。穿靴子的就是人类。助理懦弱地蹲了下去，诺拉往门边移动——正好看到费特往里面冲。

诺拉惊愕得说不出话。他手上提着剑但是没有其他武器，狂野的脸上露出狩猎的表情。她开口露出感激的微笑。

费特瞄了诺拉一眼，然后又看看墙角的助理，就转身离开。他已经走出门口，几乎消失在视线之外，这时他停下脚步，站直，回头看。

“诺拉？”他说。

她的光头、她的连身装，让他没马上认出她来。

“费。”她说。

他紧抓着她，她也紧扣着他，把她的脸埋进他臭气四溢的肩膀里。他稍微推开她一下多看一眼，没想到自己如此幸运可以找到她，也想知道她的头发怎么都被剃光了。

“是你。”他抚摸着她的头，然后又看向她其他部位，“你……”

“还有你。”她说着说着眼泪就从眼角涌出来。不是伊费，不是伊费，是你。

费特再度拥着她。他身后有格斯和另一个墨西哥佬，格斯看到费特抱着一个光头的营区成员的时候放慢了动作，他隔了很久之后才说：“马丁内斯博士？”

“是我，格斯。真的是你吗？”

“是啊！别怀疑了！”他说。

“这栋楼是什么？”费特问，“行政什么的吗？你在这里做什么？”

好一阵子，她都想不起来。“巴恩斯！”她说，“疾管局的。他主管这个营区——管所有营区！”

“他妈的究竟在哪里？”

“他那四个高壮的吸血鬼随员刚刚来把他带走了，他往那边去了。”

费特走进空荡荡的大厅。“这里吗?”

“大门那边有辆车在等他。”诺拉踏进走廊上,“伊费和你在一起吗?”

嫉妒感重袭。“他在外面拖延他们。我会去帮你追那个巴恩斯,但我们先回去找伊费。”

“还有我妈妈。”诺拉抓着费特的上衣,“我妈妈。我不会把她留在这里。”

“你妈妈?”费特说,“她还在这里?”

“我觉得还在。”她看着费特的脸,“我真不敢相信你来了,来救我。”

他大可以吻她。他大可以。在一阵混乱、骚动、危险之中——他大可以吻她。他们身边的世界都消失了,只有她——他的面前只有她。

“为了你?”格斯说,“靠,我们只是喜欢杀鬼,费特,对不?”他咧嘴一笑,不多说。“我们得回去找我兄弟布鲁诺。”

诺拉跟着他们走出门外,然后戛然停下脚步。她回头看卡尔利,那个助理还站在前厅远处角落的办公桌后面,手握着电话低垂着头。诺拉快步走回她身边,卡尔利害怕地张大双眼。诺拉伸手到她的办公桌上,把纸盘上的巧克力布朗尼蛋糕抢过来。她咬了一大口,然后把剩下的砸到墙上,瞄准她的头旁边。

虽然是光荣的一刻,诺拉却只感觉到她很同情那个年轻女性。而且那块布朗尼蛋糕一点都不像诺拉以为的那么好吃。

伊费在外头空旷的庭院里大步行走同时用力劈砍,尽量清理出许多空间。吸血鬼的螯针最长可以伸展到六英尺;他的手臂和剑身加起来可以和螯针保持距离,所以他不断砍击,用银剑划出半径六英尺的圆。

布鲁诺和伊费的策略不一样。他见一个杀一个,因为他是个残暴又有效率的杀手,所以这招式到目前都很有用。但他也会愈打愈累,他追着两个威胁他盲点的吸血鬼,却中了陷阱。他中计之后,返魂尸就把他和伊费分开了,卡在两个人中间。伊费想要杀出一条血路回到布鲁诺身边,但吸血鬼很坚持他们的策略：分开来一一摧毁。

伊费感觉到背后有一栋楼。他的银色圆圈变成了半圆，他的剑就像一把熊熊的火炬，让吸血鬼的黑暗保持距离。好几个吸血鬼趴下来手脚并进，想要从下方突围，抓他的腿，可是他仍能打击吸血鬼，而且打击力道极重，脚边的泥土都变白了。尸体愈堆愈多，伊费的安全半径也不断缩小。

他听到布鲁诺闷哼一声，然后号叫。布鲁诺被逼到了高耸的篱笆旁边。伊费看着他用剑斩断一条螯针，但是已经太迟了。布鲁诺被咬到了。只要刹那的接触、穿刺就能造成伤害：血虫入侵，吸血鬼的病原体进入了他的血管里。但布鲁诺的血没被喝干，他继续战斗，而且还更有活力。其实他知道就算他在这场战役中获胜，也还是必死无疑。许多血虫在他脸部和颈部的肌肤之下蠕动。

缠在伊费身边的另一个返魂尸受到鼓舞，感受到胜利，不顾一切地往伊费扑去。有几个吸血鬼从布鲁诺身上下来，从后面推挤那个吸血鬼，让伊费的安全区再度缩水。伊费的手肘靠在身边，仍挥砍着他们迷乱的脸、猩红色的松垮肉垂和血盆大口。一条螯针朝他射过来，像箭一样撞上墙壁，差点瞄准他的耳朵。他切下来，但还有更多。伊费试图建立一道银墙，他的手臂和肩膀痛楚难耐。只要一条螯针就能射穿防线。他感觉到吸血鬼暴徒的力量愈来愈逼近。昆蓝先生中途加入了战局，立刻开打。他稍微扭转了局势，可是不会撑太久。伊费快要寡不敌众了。

很快就会结束了。

一道火光划破他们头顶的天空。伊费相信那应该是照明弹或是吸血鬼发射的某种烟火，用来发出警告信号，要不就是调虎离山的手法。伊费只要一失神就死定了。

但是那照明弹一直闪烁，愈来愈强，火光笼罩头顶，范围愈来愈大。那团光线在移动，而且位置比他想的更高。

最重要的是，吸血鬼的攻击速度都慢下来了。他们的身体变得僵硬，纷纷张大了嘴巴，转头看着阴暗的天空。

伊费不敢相信自己如此好运。他准备好用剑砍杀返魂尸，扭转颓势并杀出一条安全的血路……

但就连他也忍不住想看，天空中的火球吸引力十足，他冒险瞄了一眼饱受污染的天空。

让地球窒息的烟尘像个黑色麻布袋，猛烈的火焰不断坠落，就像乙炔焊枪的火光一样切开天际。火球像彗星一样在黑暗中燃烧，一团火焰拉着一条狭长的尾巴。虽然这时是日间，却阴暗得像夜间，而这颗灼烧的橘红色泪滴拉开了夜晚的拉链。

这可能是一颗卫星——或比卫星更大——从外层空间的轨道笔直落下，像挫败的太阳发射了一团火球进入地球大气层。

吸血鬼纷纷撤退。他们的红眼睛仍盯着火光，他们踉跄跌倒后踩在彼此身上，通常不会那么没组织。这就是恐惧——伊费心想——或类似的情绪。天空中的异象触动了他们最基本的自我，他们没有任何办法可以表现恐惧，只能惊声尖叫同时笨拙地撤退。

就连昆蓝先生都开始退缩了，炽热的光线和奇异的景象让他也无法承受。

坠落的卫星照亮天空时，也划开了厚重的灰云，日光乍现，就像上帝的手指，燃烧一切，如果撞上地面，撞击点的半径会超过三英里，这座农场的外围也会被破坏。

吸血鬼着火尖叫的时候，费特、格斯、华金从不同的方向靠过来会合。他们三个人冲进惊慌的暴徒中，奋力劈砍最外围的吸血鬼，造成了大规模混乱，吸血鬼们四处窜逃。

那团强烈的光线照亮了整座营区。高耸的墙壁、阴郁的大楼、肮脏的地面，单调的外表看起来很丑，但真正惹人厌的是营区内的邪恶。这就像展厅凌乱的后台或是餐厅肮脏的厨房：这里毫不起眼，但真正的工作都在这里进行。

伊费看着火光划过天际，亮度愈来愈高，火球燃烧得愈来愈热烈明亮最后吞噬了自己，愤怒的尾巴愈来愈细，变成了一丝火苗——最后什么都没了。

跟在火球后面，众望所归的日光终于开始照亮天空，好像那团火焰是为阳光拉开序幕一样。太阳黯淡的轮廓被灰云挡住，几乎看不到，几缕日光从缝隙或是污染比较浅的地方透下来。对以前的世界来说，这样的光线还不及拂晓的日光，但足够让窜逃的妖怪到地底下去躲一两个小时。

伊费看到一名营区囚犯跟着费特和格斯，尽管她有一颗大光头，还有隐藏身材的连身装，但他立刻认出那就是诺拉。一时间百感交集，他觉得他们好像很多年没见了，不只是分隔几周而已——不过目前有迫在眉梢的问题要先处理。

昆蓝先生撤退到阴影里，他已经无法再承受更多紫外线了。

我们回头见……在哥伦比亚大学……祝你们好运。

话一说完，他就跳上高墙离开营区，毫不费力。一眨眼之间，他就消失了。

格斯发现布鲁诺抓着他的颈子，走到他身边。“兄弟，这边走？”

“我中标了。”布鲁诺说。这个帮派分子做了个痛苦的表情，舔舔干燥的嘴唇，然后往地上吐口水。他张开四肢，姿势很奇怪，好像他可以感觉到血虫已经在他身体里爬来爬去了。“我死定了，兄弟。”

其他人都安静了下来。格斯惊愕不已地伸手要摸布鲁诺的脸，检查他的喉咙，然后格斯用力地抱紧布鲁诺。“布鲁诺。”他说。

“操他妈的，”布鲁诺说，“给他们走狗运了。”

“操！”格斯大叫，把自己推开来。他不知道要怎么做。没人知道。格斯退一步，愤怒地嘶吼。

华金噙着泪走向布鲁诺。“这个地方，”他用剑尖抵着地面，“这里是该死的地狱。”然后他扬起剑指着天空，低吼着：“**我会为你把这群畜生都杀光！**”

格斯立刻走回来，指着伊费："怎么你就没事？你们不是一起在打吗？我的人怎么了？"

费特挡在两人中间。"这不是他的错。"

"你怎么晓得？"格斯的悲痛在眼中燃烧，"你那时和我在一起！"格斯转过身，走回布鲁诺身边。"布鲁诺，快说这是那王八蛋的错，我现在就杀了他。快说！"

可是布鲁诺就算听得到格斯的声音也没答腔，他检查着自己的手掌和手臂，好像在找皮下的血虫。

费特说："要怪就怪吸血鬼，格斯，专心点。"

"喔，我很专心。"格斯说。他语带威胁地靠近费特，但费特任由他挑衅，因为他知道格斯必须宣泄心中的绝望。"就像他妈的激光。我是银忍者。"格斯指着伊费，"我很专心。"

伊费开始做出防御，可是他仍不发一语，因为格斯根本不想知道究竟发生了什么事，这个年轻气盛的帮派分子只能靠愤怒来表达痛苦。

费特转身面对伊费："刚刚天空中那是什么东西？"

伊费耸耸肩："我不知道，我也在拼命，和布鲁诺一样。他们围上来——本来没希望了，结果那东西划破天空。有东西掉到地球上，把返魂尸都吓坏了，真是瞎猫碰到死耗子。"

"那不是好运，"诺拉说，"是其他东西。"

伊费睁大眼睛，诺拉的光头让他很惊讶。"像什么？"

"你可以否认，"诺拉说，"又或许你不想知道，或许你根本不在乎。伊费，但这种事情不会凭空出现。发生在你身上、在我们身上。"她瞄一瞄费特又解释说："在我们所有人身上……"

伊费困惑不已。有个东西在大气层燃烧是因为他们？

"我们先把你救出去，"他说，"还有布鲁诺，不要再有牺牲。"

"办不到，"格斯说，"我要把这地方给拆了，我要找到下手的那个混账！"

“不行。”诺拉往前一步，她的个子最小，“我们先去救我妈。”

伊费十分震惊。“但，诺拉……你该不会真的相信她还在这里吧？”

“她还活着，而且你们一定没人相信是谁告诉我的。”

诺拉把巴恩斯的事情都告诉伊费。伊费刚开始不能理解为什么她会开这种玩笑，然后他目瞪口呆地说：“巴恩斯，掌管血液营？”

“掌管所有的血液营。”诺拉说。

伊费本来不相信，后来发现这样才合理。这个信息最糟糕的地方在于这样才合理。“狗娘养的。”

“她在这儿，”诺拉说，“他说她在这儿，我想我知道地方。”

“好，”伊费相当疲倦，也不知道面对这么复杂的问题他可以坚持多久，“但你记得巴恩斯之前想对我们做什么吧。”

“那无所谓。”

“诺拉，”伊费不想在这死亡陷阱里把时间花在不必要的地方，“你不觉得巴恩斯告诉你这些话——”

“我们得去救她。”诺拉微微转身不面对他。

费特过来替她说话。“我们有日照的时间，”他说，“趁云层还没聚拢，我们去找找。”

伊费看着高大的捕鼠员，然后又看看诺拉，他们一起作决定，伊费的票数不够。

“好，”伊费说，“我们动作要快。”

天空明亮，让地面也有了点光线——就好像用光线调节器把照明从最暗调到第二暗——营区看起来像是一个昏暗肮脏的军事基地和监狱，外围的高耸篱笆上头还加装了锐利的铁丝网。大部分的建筑物都粗制滥造，受过污染的雨水在外墙上敷了一层层尘垢——除了行政大楼，这一面有个石心集团的旧标志：钢蓝色的光线横切一颗黑球，就好像闭着眼睛一样。

起诺拉，带她到鸡舍的角落，伊费冲向羊栏，华金往菜园跑。

伊费伏低身体，沿着篱笆跑，他最担心这种瓶颈。他不想要死于人类之手。这点他老早就想清楚了。要在这里打中他们不难，因为仓库内部光线明亮——不过伊费可以动点手脚。

羊儿都很激动，它们叫得太大声了，害伊费听不到其他声音。他回头看角落，只见格斯和布鲁诺跑上墙边的楼梯。石心集团的人已经跑到狙击台了，笨手笨脚地操纵连发枪，要把枪嘴指向地面。他先对格斯猛烈攻击，扫射格斯后面的地板，角度都偏了。格斯和布鲁诺开始爬左面的墙，不过那道楼梯没有直接通到下方；他们爬上猫道之前，石心集团的人可能还有机会射中他们。

伊费把羊栏里面圈住羊的铁环松开，栏门砰一声打开，它们一边咩咩叫一边冲向围栏。伊费找到门上的铰链，做出撑竿跳的动作。他紧抓着围栏，双脚及时离开地面，才没被奔逃的羊群撞上。

他听到枪声，可是没回头看，他跑到牛棚那边同样把卷门往上拉，放出牛群。这些牛不是肥胖的霍斯坦牛，而只是勉强符合词典定义的牛：纤瘦、皮肉松垮、双眼斜视、步伐极快。每只牛的方向都不一样，好几只闯进了菜园里，把细瘦的苹果树给撞倒了。

伊费绕过乳品区去找其他人。他看到华金在右边最里面，他在菜园的照明设备后面，手上拿着一样工具，用来把灼热的灯转向角落的枪手。真天才，这方法很有效，让石心集团的人分了神，格斯和布鲁诺就能在楼梯上全速冲刺。华金身子一低，寻求掩护，这时石心集团的员工往灯具用力一砸，灯泡破裂时迸出火花。

费特在上面跑，用一只任性的小犊牛当盾牌挡住身体，突围到狙击台的右边。伊费靠着乳品区的角落慢慢移动，心想着要怎么跑到墙边，这时他脚间的泥土开始飞散，他往后一缩，子弹就射中了他原本头颅所在的位置，直穿入木板里。

费特在直梯上爬，要往猫道前进，但梯子承受不住他的重量，一直摇晃。石心集团的人一直转来转去，想要瞄准格斯和布鲁诺，但他们在步道上压低身体，他的子弹打到碍事的铁板后叮当作响。下面有人把另一盏灯转过来照向石心集团的人，费特可以看到那个人面色僵硬而痛苦，好像知道自己快要输了——会自愿帮助吸血鬼的人究竟是谁？

没人性，他心想。

这个想法让费特又充满力量，爬完最后几级。石心集团的人还不知道有人从他没防范的地方靠近，但他随时能转过来。一想到那支长枪管会晃过来对准他，费特就跑得更快了，同时从背后抽出他的剑。

没人性的王八蛋。

石心集团的人可能听到或察觉到费特的脚步声，他旋即转身，睁大双眼，发射子弹，却来不及完成动作，太迟了。费特太靠近了。他的剑划过那人的腹部，再猛抽回来。

那人在迷惑之中，颓跪在地，好像他没料到费特会“背叛”吸血鬼所建立的新秩序，正如费特没料到石心集团的员工会背叛人类。他露出厌恶的表情，同时吐出胆汁和血液，狙击枪还冒着烟，他的呕吐物全喷在枪管上。

那人死前痛苦的模样和吸血鬼完全不同。费特还不习惯杀人。银剑适合斩杀吸血鬼，但用在人类身上则非常没有效率。

布鲁诺从另一条猫道急匆匆地跑过来，趁费特还没反应过来就抓住那个人，把他抬起来，从狙击台低矮的边缘往下摔。石心集团的人在空中扭转，带着一条血痕，头先着地。

狙击枪温度仍高，格斯抓着扳机那一端。他把枪转过来，侦察下方的人工农场，然后把枪口往上抬，瞄准农场上方很像料理灯的光束。

费特听到一声大叫，认出诺拉的声音，发现她在下方挥舞着手臂，指着枪，羊群碎步经过她身边。

费特抓住格斯的手臂，他抓的位置很靠近肩膀。不是要扣住他，而是要争取他的注意。“别这样，”他指的是灯，“这些食物是给人类吃的。”

格斯做了个苦脸。他想要放火烧了这地方。但他还是把枪口从灯具上移开，然后他朝洞穴般的大楼直接发射，子弹在墙上凿出好几个洞，弹壳在狙击台上如雨点般不断地撒下来。

诺拉率先走出农场，她可以感觉到其他人没那么想离开。微薄的日光很快就退了。她每踏出去一步就更狂乱焦急，最后开始奋力狂奔。

下一栋大楼的外围有铁丝网，上面盖着不透光的黑网。她可以看到里面的建筑物，这一栋更旧，原本就属于食品加工场，没有室内农场那么大，这栋平凡无奇、看起来像车间的大楼显然就是：“屠宰场”。

“是这里吗？”费特问。

诺拉看到铁丝网在大楼后方转了个弯。

“除非……除非实地和地图不一样。”

她还抱着希望，显然这不是退休小区或任何医疗院所的入口。

费特拦下她。“我先进去，”他说，“你在这里等。”

她看着他就要往里面走，心中的疑虑愈来愈多，其他人也赶了上来。“不。”她说完就立刻赶上他。她的呼吸急促，声音很小。“我也去。”

费特把大门往后推，门缝的宽度刚好能让他们进去。其他人从侧门进去，不走正门，虽然正门没锁。

里面有机械的嗡鸣声，浓厚的臭味弥漫在空气中，刚开始无法判断是什么味道。

那是一股旧钱币被温热拳头加热的金属味——人血。

诺拉一时失了神，她还没走到第一个栏圈就知道自己会看到什么。

里面的房间和无障碍厕所差不多大，高背轮椅斜倒在弯曲的塑料管下面。这些塑料管连接到头上更长的喂食管，都冲干净了，这些管子是要把人类血液输往轨道上所挂的大容器。围栏现在都空着。

再往前走，他们经过冷藏室，这个可怕的输血工具所收集来的产品都在这里包装、储存。自然的保存期限是42天，不过这些血是吸血鬼的粮食——而且也是唯一的食品——所以或许保存期更短。

诺拉想象着老年人被带来这里，颓坐在轮椅上，管子从他们颈部抽出血液。她见到过他们翻白眼的样子，或许是被血祖控制了他们老迈、脆弱的心智，被带来了这里。

她愈来愈慌乱，继续移动，她知道了真相却没办法接受。她喊了她妈妈的名字，响应她的是阴森的寂静，任她的声音回荡在耳中，急切地响着。

他们来到一个宽敞的房间，墙壁从地面往上三分之二的高度都铺了瓷砖，血迹斑斑的地板上有很多排水孔，是屠宰室。皱巴巴的尸体垂在钩子上，人皮被剥下来像皮草一样堆在地上。

诺拉想吐，但是胃里没有东西可以吐出来。她抓着费特的手臂，他扶着她。

巴恩斯，她心想。那个穿制服的屠夫和骗子。“我要杀了他。”她说。

伊费出现在费特身边。“我们得走了。”

诺拉的头埋在费特的胸口，感觉到他点点头。

伊费说：“他们会派直升机，警察都会带制式枪械。”

费特搀起诺拉，扶她到最近的门边。诺拉什么都不想再看了，她只想永远离开这个营区。

外头，死寂的天空呈黄疸的颜色。泥泞的道路上，靠近篱笆的地方停了一辆耕锄机，格斯爬了进去，他乱按控制钮发动了引擎。

诺拉感觉到费特挺直身体，她抬起头看。十几个像鬼一样的人类穿着连身装站在附近，他们违反“昼禁”规定从营区走过来。他们一定是被枪声所吸引，同时又很好奇警铃怎么会启动，又或许他们要来收烂摊子。

格斯从耕锄机下来对他们大吼，骂他们为什么那么懦弱顺从，但诺拉叫他别骂了。

“他们不是懦弱，”她说，“他们营养不良，血压过低……我们要帮他们自救。”

费特让诺拉爬上耕锄机的座位，按了按控制钮。

“格斯，”布鲁诺说，“我要留在这里。”

“啥？”格斯说。

“我要留下来把这里搞得天翻地覆，该报仇了，靠！让他们晓得自己咬错人了。”

格斯听懂了，他马上就懂了。“靠！兄弟，你他妈的真狠，是个汉子。”

“最狠的！比你狠！”

格斯扬起嘴角，他以友为荣，不禁哽咽。他们抓着对方的手，拉过来用兄弟的方式紧紧拥抱。华金也一样。

“兄弟，我们不会忘记你的。”华金说。

布鲁诺端出怒容，隐藏脆弱的情绪，他回头看着抽血的那栋楼。“那些王八蛋也不会忘记我的。我保证。”

费特把耕锄机掉头，往前开，直接撞向铁丝网，碾了过去。

他们现在都听得到警方的汽笛，此起彼落，愈来愈逼近。

布鲁诺走向诺拉。“小姐，”他说，“我要把这个地方拆了。为了你也为了我。你记着。”

诺拉点点头，还是心碎难熬。

“走吧。”布鲁诺转头，扬起剑往屠宰场的方向冲回去。“嘿！”他对着穿连身装的人类大叫，要把他们都吓跑，“我要把握每一分钟。”

伊费要扶诺拉，但费特这时回来找她，她让费特搀着，经过伊费身边——他愣了一下，才跟着他们一起穿越被撞倒的铁丝网。

布鲁诺难忍痛苦，感觉到血虫在他体内移动。敌人就在自己的循环系统里，扩散到各个器官中，蠕动在他的大脑里。他动作利落地把紫外线立灯从室内农场扛到抽血工厂，把灯具都摆在门口，延缓吸血鬼的攻势。接着，他开始切断运输管，拆解收集血液的机器，好像他要把自己受感染的动脉拆掉一样。他猛刺冷藏室里的血袋，统统划破，任猩红的血液溅上地板和衣服，喷得到处都是，让他全身湿透，但他要浪费每一包才肯收手。然后他又去摧毁设备，包括真空吸引器和泵。

想进来的吸血鬼都被紫外线灯烫伤了。布鲁诺把钩子上的尸体拿下来，还有人皮，可是却不知道该怎么处置。他想找汽油和火苗。他脑筋动到机器上，把电线扯出来，希望让电子系统短路。

第一个警察突围时，他看到布鲁诺睁大了双眼、全身血红地四处破坏。他没先做警告就直接朝布鲁诺开枪。两发子弹打裂了他的锁骨和左肩，裂成碎片。

他听到更多人进来，于是爬上了储藏柜旁边的梯子，直上制高点。他垂着单臂面对聚拢的警察和吸血鬼，他大肆的破坏和身上不断往下滴的血液都让吸血鬼骚动不已。吸血鬼都攀上楼梯，朝他跳过来，布鲁诺对着饥饿的怪物弓起颈子，用银剑抵着喉咙，然后——操！——就浪费了整栋建筑物里最后的人血。

新泽西

血祖静静地躺在填满沃土的棺材里——多年前没有信仰的亚伯拉罕·瑟拉齐安亲手打造了这具棺材——棺材则装在全黑面包车的行李厢里。这辆面包车和另外三辆车组成车队，从新泽西出发返回曼哈顿。

血祖的许多眼睛都看到了燃烧的宇宙飞船照亮阴暗的天空留下明艳的轨迹，就像上帝的指甲撕开夜空。还有光柱，私生子回来了，真不巧，但又不意外……

明亮火线出现在天际的时机很巧，正好伊费·顾威在造反。火球让他逃过一劫。血祖知道：这不是巧合，只是恶兆。

这表示什么？这个事件预示了什么？顾威为何得到了自然之力的营救？

一项挑战。真实又直接的挑战——血祖乐观其成。碰到可敬的对手，胜利才甘甜。

人造的彗星燃烧在纽约的天空中证实了血祖的直觉：他的发源地，目前还不知道实际位置，但应该在那附近。

血祖为了这件事思考许久。某种程度上，这呼应了另一颗彗星，2000年前另一位天神曾经来过凡间，当时彗星也宣告了他的出生地。

夜色将近，吸血鬼陆续站起。他们的王发出信息，要群鬼准备战斗，用心电感应全体动员。

全体动员。

醒于火势中

AWAKENING TO FIRE

哥伦比亚大学 圣保罗礼拜堂

持续、丰沛的酸雨一直下，弄脏了一切，污蚀了这座城市。

圣保罗礼拜堂是穹形建筑，昆蓝先生在外墙顶端观察太阳的光束开始消失，闪电在黑云之间炸开。汽笛声清晰可闻，警车四处可见，朝营区疾驶，人类警察很快就会到那边。他希望费特和其他人可以快点撤离。

他找到了圆顶之下的小维修室，把《光之熄》从那里拿走。他爬到维修室深处，在那个凹处躲起来——既能避雨也能躲掉未散的阳光。花岗岩屋顶结构下，这地方很难找，昆蓝先生舒适地缩起来。他在笔记本里写下几点观察，还标记了一些线索。这里安全又干燥，他小心地放平那本书。

他又开始读了起来。

插曲三

光之熄:所多玛和蛾摩拉

死亡天使和上帝之声一起歌唱,硫磺与火焰从天而降摧毁了这几座城市。上帝露出脸孔,他的光在一瞬间就将一切燃烧殆尽。

这场牺牲的残暴程度对亚兹拉尔来说却无足为奇,他已并不在意。他渴望更多人类的毁灭。他渴望破坏秩序,并且在破坏的过程中取得支配权。

罗得全家都逃了,他的妻子转身看见上帝的脸,瞬息万变,容光焕发。比太阳更明亮,上帝灼烧她的周身,将她变为结晶烟灰的白柱。

那场爆炸把山谷方圆五英里内的沙砾都变成了纯净的玻璃。大天使走在上头,他们的任务完成了,必须回到太空,他们以人身入凡间的时间已经结束了。

亚兹拉尔感受着脚底下温热柔软的玻璃、脸上的阳光,还有内心涌上的邪恶冲动。

他用极为拙劣的借口引诱米迦勒离开加百列,带米迦勒走上崎岖的峭壁,怂恿米迦勒伸展银色的翅膀感受羽翼上太阳的热度。激动之下,亚兹拉尔再也忍不住冲动,用过人的力量强压住他的兄弟,撕开了大天使的咽喉,畅饮他明亮的银色血液。

那种感受真是无法置信。极致的堕落。

加百列在这凶残迷幻的痛苦之中撞见亚兹拉尔的羽翼全张,吓得失魂落魄。上帝命令他们立刻回去,但亚兹拉尔还在狂乱的贪欲之中,不但抗令,还试图要加百列也背叛上帝。

我们可以取代他,在地球上。我们可以当神,行走于人类之间,让他

们崇拜我们。你难道没有品尝过权力的滋味吗？你难道不想吗？

但加百列随即回过神来，召唤了拉斐尔，拉斐尔乘着光束以人形出现。那道光让亚兹拉尔瘫痪麻痹，把他固定在他所深爱的土地上。他被困在两河之中。就是供应所多玛运河的那条河流。上帝的报复很快：大天使们要将他们的兄弟撕为碎片，把他的四肢遍撒在这个物质世界的各个地方。

亚兹拉尔被撕裂成七片，双腿、双手、双翅被扔到地球上遥远的角落，埋葬在深处，只有他的头颅和咽喉留在原处。亚兹拉尔的脑和口对上帝冒犯最甚，所以第七片被抛到海中，沉没于深海，埋葬在海床最深的淤泥与最黑的细沙下。没有人能碰得到遗体，没有人能移动尸块，他们要一直留到世界末日的审判日，到时地球上的所有生命都会被唤到造物主的面前。

但是，随着时间递嬗，缕缕血液从尸块渗透出来，创造了新的实体：吸血鬼始祖。银，最接近他们所喝下的血，永远都能让他们衰败。太阳，世间最接近上帝的脸庞，永远都能净化、燃烧他们。就如同他们的起源，他们会永远被困在两条流水之间，不接受帮助的话就无法跨越。

他们不懂得爱，只能靠杀生来繁衍，永远不会孕育生命。况且，如果他们血液中的恶疫在不受控制的情况下散播，他们会因为同族的饥饿而死亡。

哥伦比亚大学

昆蓝先生看到不同的经纬线和坐标，表示了埋葬地点。

全是发源地。

仓促地，他赶紧写下来。这些地点完全对应昆蓝所探访过的地方，他四处收集始祖们的骨灰。这些地方多有核电厂，而且都被石心集团所渗透了，血祖当然非常谨慎地策划了政变。

不过第七处，最重要的一处，在这一页上是个黑点：大西洋东北的下沉地形。旁边有两个拉丁文单词：**黑暗**。**永恒**。

水印里面还可以看到另一个奇怪的形状。

一颗流星。

血祖派出了直升机。他们慢慢往南开回曼哈顿的路上，从车窗内看到了直升机。他们从大理石山跨越哈林河，避开主干道，在格兰特墓附近弃车，然后就和一般市民一样在阵阵夜雨中行走，溜进哥伦比亚大学荒废的校园里。

其他人到地下会合的时候，格斯穿越洛氏广场到布尔楼，搭升降机到屋顶。他在这里搭了笼子养信鸽。

他的"泽西特快车"回来了，在格斯自己做的饲料槽下面蹲着。

"哈利，你好乖。"格斯摊开信，笔记本撕下来的纸条上有红笔潦草的字迹。格斯立刻认出克林的笔迹和奇特的字体，他们以前可是死对头。

嘿，老墨。

这里很糟——一直饿，下次鸟飞回来我可能煮了吃。

收到你的信，雷管，替你出主意。

告诉我你在哪。准备食物。克林来了。安排见面。

格斯把纸条吞进嘴里，找到木匠用的铅笔，他就放在玉米饲料旁边，还有几张纸。他回信给克林，答应见面，给了他校园周围的一个地址。他不喜欢克林，也不信任他，但这个哥伦比亚胖子主管泽西的黑市，或许，只是或许，他可以替他们牵线。

诺拉精疲力竭却无法休息。她哭了好几回，全身颤抖、号啕大哭，五脏俱悲，连腹部都会痛。当她终于安静了下来，她一直用手掌抚摸光头，头皮刺刺痒痒的。从某方面来说，她心想，她过去的人生、过去的自我——她在厨房被产下、始于泪水的人生——已经消失了。生于泪水，死于泪水。

她感到紧张不安、空虚寂寞……却又不知为何觉得焕然一新，他们目前的噩梦跟营区的囚徒生活相比当然逊色许多。

费特一直坐在她身边，专心地听她说话。华金坐在门边，靠着墙，让酸痛的膝盖休息。伊费靠着远处另一道墙，双臂交叉，看着她试图解释她的所见所闻。

诺拉认为伊费现在应该已经怀疑她对费特的感觉了，从他的姿势，从他和他们保持距离就可以明显看得出来。还没有人提起这件事，但真相就和雷云一样飘浮在房间里。

这股力量和各种交错的情绪让她说话说得很快，诺拉还一直想着生产区里的孕妇，这比她妈妈的死亡更让她挂心。

“她们在那里被强迫交配，想要生出更多B型阳性血的小孩，用食物和舒适的生活补偿她们。还有她们……她们好像都适应了这种生活。我不知道为什么这件事一直困扰着我，或许我对她们太苛刻了，或许求生本能没有我们想得那么高尚，或许更复杂。有时候生存代表着妥协，很大的让步。光是为自己奋斗的时候，背叛就已经够难了，如果你的肚子里还有一个新生命……或有个小孩……”她看着伊费,“我现在比较懂了,我只是想说这个,我现在知道你有多为难了。”伊费点点头,接受她的道歉。

“话虽这么说,”诺拉说,“我还是希望你当初能准时赴约来医检总局。如果那样,我妈可能今天还活着。”

“我迟到了,”伊费说,“这我承认。我被困在——”

“你前妻家。不要否认。”

“我没打算否认。”

“但是?”

“你被吸血鬼发现不是我的错。”

诺拉转向他,没想到他会说这种话。“你怎么这样讲?”

“我应该到那里去。如果我准时到的话,一切都会不一样,但我可没带返魂尸去找你。”

“没有吗?那是谁带的?”

“是你。”

“我……?”她不敢相信自己所听到的话。

“用计算机,网络。你用来和费特传信息。”

好吧。说出来了。诺拉先是因为一阵愧疚感而一怔,但她立刻甩掉。“是这样吗?”

超过180厘米高的费特站起来替她说话。“你不该用那种口气和她说话。”

伊费不退缩。“哦,我不该——?我在那边待了好几个月都没问题。他们在监视网络,你也知道。”

“所以是我自找的。”她把手放进费特的掌中,“在你看来——是我活该。”

费特碰到她的手时不禁一阵颤抖。她的手指缠绕住他粗厚的手指时,他觉得自己快落泪了。伊费看到那个动作——在任何情景下都是个细微的动作——那公开表示他和诺拉的关系结束了。

"无理取闹,"伊费说,"我没那意思。"

"你就是在暗示。"

"我暗示的是——"

"伊费,你知道吗?这很符合你的模式。"费特捏捏诺拉的手要她慢下来,可是她直闯红灯,"你只会在事后出现。所谓的'出现'是指'明白'。你终于知道自己多爱凯莉,那是在你们分开**之后**;你知道当个投入的父亲有多重要,也是在你不能和扎克住在一起**之后**。好吗?现在……我想或许你终于开始明白你有多需要我了,因为你已经不再拥有我了。"她听到自己把这些话大声说出来也很震惊,当着大家的面——但话说出来了。"你每次都迟了一小步,你花了半辈子和悔恨交战,一直在弥补过去,而不是现在就做对。我觉得你生命中最糟糕的事情就是少年得志。'年轻天才'的标签让你觉得只要够努力,再珍贵的事情被打破了也可以修补——你却不会一开始就小心以对。"她慢下说话的速度,感觉到费特在拉她——但她的眼泪落了下来,嘶哑的声音充满痛苦。"如果说你从这件事情发生到现在至少应该学到了什么,那就是什么都没办法保证。没办法。尤其是其他人……"

伊费仍坐在房间另一头。其实是,固定在地板上。因为他一动也不动,诺拉甚至不确定他究竟有没有听到她的话。最后,经过好一阵子寂静之后,诺拉把最后一段话给说完之后,伊费从墙边站起来,慢慢走向门口。

伊费走在古老的廊道里,麻木无感。他的双脚踏在地上也没有声音。

两股冲动把他撕裂开来。刚开始,他想要提醒诺拉:她妈妈好几次差点害他们被抓或被转化。这几个月来,马丁内斯太太的痴呆症让他们行动变缓。显然,不论诺拉直接表示过多少次她希望她妈妈可以脱离团队,现在都不重要、不重要了。只要出了错都是伊费的错。

还有,他也没想到她现在和费特那么亲近。如果要说,应该是她被劫持后又获救让他们更靠近了。两人之间的新关系强化了。这对伊费的改变最大，因为他原本认为拯救诺拉的行动是拯救扎克前的一场演习，但这一切暴露出他最深沉的恐惧：他可能就算救回了扎克，也会发现扎克已经永远变了。伊费永远失去他了——永远失去了。

他心中有一部分说这一切都太迟了。他最消沉的部分，他经常想击退的部分，他靠药物去医治的部分。他在背包里摸索着，拉开小隔包，里面有钥匙和零钱。他把最后一颗止痛药放在舌头上含着，他继续往前走想要分泌足够的唾液来咽下去。

伊费想起血祖在中央公园里俯瞰吸血鬼军团的画面，他在眺望台城堡上，身边还有凯莉和扎克。他一直无法忘记那个浓绿色的画面，他一边走，一边被画面吞噬，不太确定自己的方向。

我就知道你会回来。

凯莉的声音和话语就像肾上腺素针，直接注入他的心脏。伊费转入一条看起来很熟悉的走廊，看到门，很重的木门上面有铁链，没上锁。

这间精神病房的角落有个笼子，中间站着一个吸血鬼，以前是格斯的妈妈。凹陷的摩托车头盔微微地偏向旁边，察觉到伊费走进来。她的手臂仍固定在背后。

伊费往笼门走去。铁栏杆的间隔大约是 15 厘米。钢制的辫形单车锁固定在门的上缘和下缘，还绕过了门中间的锁。

伊费在等凯莉的声音。那怪物站着一动也不动，头盔也没动——或许在等每日喂食的时间。他想要听她的声音。伊费变得很沮丧，他往后一退，环顾室内。

后方墙上，生锈的铁钉上挂了一个小钥匙圈，上头有一把银钥匙。

他取下钥匙，拿到牢笼门口。那怪物没动作。他把钥匙插进门上的锁里，开了。然后他试试下方和中间的锁。仍然没有来自格斯妈妈的意识。伊费解开绕过铁栏杆的绳索，慢慢地拉开门。

笼门擦到了门框，但铰链上过油。伊费把门拉开，站在开口处。

吸血鬼仍站在牢笼中间没移动。

你永远不会淹没、不会淹没……

伊费抽出剑,往里面走去。现在靠近了一点,他看到自己昏暗的倒影映在黑色的面罩上,他的剑靠着下半身。

怪物很安静,让他更靠近自己的倒影。

他等待着。吸血鬼的嗡鸣在他脑海中,但很细微。

这妖怪在读他的心思。

你又失去了一个人,现在你已经没有人陪了。没有人,只有我。

"我知道你是谁。"他说。

我是谁?

"你有凯莉的声音,但这些话出自血祖。"

你来找我。你来倾听。

"我不知道我为何而来。"

你来是为了再听见妻子的声音,就像你吃的药片一样有麻醉功效。你真的很需要,你真的很想念,不是吗?

伊费没有问血祖怎么知道,他只晓得他必须随时警戒——就连心智也不能松懈。

你想要回家。回家。

"家?是指你吗?回到我前妻那个缥缈的声音旁边吗?不。"

这时候你要认真听。现在不是固执的时候。现在是要敞开心胸的时候。

伊费不发一语。

我可以把你儿子还给你。我可以把你妻子还给你。你可以救赎她。重新生活,还有扎克相陪。

伊费用嘴巴屏住呼吸,没吐气,希望放慢心跳的速度。血祖知道伊费多么渴望扎克能获得释放后回家,但伊费不能表现出急躁渴望的样子。

他还没转化,还和以前一样,劣等人类,正如你所愿。

然后,他从口中吐出他从没想过自己会说的话:"你要用什么条件交换？”

那本书，《光之熄》。还有你的同伙。包括私生子。

“私什么？”

昆蓝先生，我想你是这样称呼他的。

“我不能这么做。”

你当然可以。

“我不会这么做。”

你当然可以。

伊费闭上双眼，想要让脑袋清空，过一阵子才又再张开眼睛。“如果我拒绝呢？”

我会按照计划进行。立刻改变你儿子。

“改变？”伊费颤抖、难过，但又努力压抑情绪，“那是什么意思？”

趁你有谈判筹码的时候交出来，用你自己来代替儿子。去找那本书，拿来给我。我会吸收那本书里的信息……还有你脑中的信息，我会知道一切。你还可以把书放回去。没人会知道。

“你会把扎克还给我？”

我会给他自由。当懦弱人类的自由，就和他父亲一样。

伊费隐忍着情绪，他知道最好不要陷入对话中，不要被引诱去和恶魔谈交易。血祖继续刺探他的心智，想找方法渗透。

“口说无凭。”

你说得没错，我没有道德观念，没有什么可以逼我说到做到，但你可以考虑一点：我通常会履约。

伊费盯着自己的倒影。他依赖着自己的道德观念抗拒着。不过……伊费确实受到了诱惑。简单明了的交易——用他的灵魂换扎克的——他一分钟之内就会答应。一想到扎克变成了这个怪物的猎物——不管是吸血鬼，还是随从——就让他厌恶憎恨，伊费什么都会答应。

但要付的代价其实高于他自己污秽的灵魂，别人的灵魂也一样。全人类的宿命,在伊费同意投降协议后,会让血祖永远地主宰这颗星球。

他可以用扎克交换一切吗?他的决定正确吗?他将来回忆的时候会不会后悔莫及?

“如果我要好好考虑,”伊费说,他算是在跟自己的倒影说话,也在对血祖说话,“有一个问题。我不知道那本书在哪里。”

你看吧?他们连你都防着。他们不信任你。

伊费认为血祖是对的。“我知道他们不信任我,不再信任我了。”

因为如果你知道书在哪里,你就会比较安全,这是个故障防护装置。

“有手抄版——我看过一些笔记,很清楚,我可以给你复本。”

对。非常好。我也会把你儿子的复本给你。你要吗?我要正本。不可替代。你一定要从捕鼠员那边问出确切的位置。

伊费没料到血祖竟知道费特的事,但他压抑住内心的惊慌。血祖是从伊费的脑中得知的吗?他是不是趁他们在说话的时候夺取了伊费的知识?

不。瑟拉齐安。血祖一定先转化了他,然后才被老人摧毁。血祖攫取了瑟拉齐安所有的知识,就如他想要攫取伊费所有的知识:通过占有他。

你证明了自己有很多资源,顾威。我相信你能找到《光之熄》。

“我什么都还没同意。”

还没吗?我现在就可以告诉你,你在执行任务的时候可以获得协助。有同盟,是你们圈内人。还没被转化——没有,只有心态的改变。叛徒。

伊费不敢相信。“我现在知道你在撒谎了。”

真的吗?那你说说,这个谎对我有什么好处?

“……挑拨离间。”

你们够分化了,不需我插手。

伊费想了想。好像真是如此;他不知道血祖撒谎有什么好处。

你们之中有一个人会背叛你们全部。

有人变节？还有人被吸收了吗？后来伊费才明白，他用这种方式表达，就已经把自己算做叛徒了。

“谁？”

那个人会向你自白身份，只要时机到了。

如果另一个人妥协了，也选择和血祖交易——那么伊费可能会失去救儿子最后、最好的机会。

伊费感觉到自己站不稳，他感觉到心中莫大的紧张，他努力地想将血祖摒除在外，将自己的疑虑留在脑子里。

“我……在行动之前需要和扎克相处一下，需要时间解释我的行动。说明一下，确定他没事，告诉他——”

不。

伊费等了一下。“你说不是什么意思？你只能答应，这是交易的一部分！”

这不属于任何交易。

“不属于任何……”伊费从面罩上的倒影看到自己气馁的样子，“你不懂，我根本没办法考虑你的建议，不可能——完全不可能——除非你保证我可以看到我儿子，知道他没事，我才可能去做。”

你不懂的是我没有耐心，也不同情你无谓的人类情绪。

“没有耐心？”伊费怒气冲冲且不可置信地用剑尖指着头盔，“你难道忘记我有你要的东西了吗？你显然很迫切需要的东西？”

你难道忘记你儿子在我手上了吗？

伊费好像被推撞了一下，往后退一步。“我不敢相信我听到的，听我说——这很容易，我只差一步就要答应你了……”

我说的更容易。用书换儿子。

伊费摇摇头。“不！五分钟——”

人类，你忘记你的处境了。我完全不尊重你的情绪需求，也不会考虑到你的情绪。顾威，你会把自己献给我，你还会感谢我给你这项殊荣。接

下来在永恒无尽的岁月里，只要我看到你在地球上，我就会把你的投降当作是人类文明的象征。

伊费微微笑，他微弯的嘴角就像脸上诡异的裂缝，血祖卑鄙无情的程度让他震愕不已。这提醒了他，他在面对——他们全都在面对——这个残酷无情的新世界。他惊讶地发现：在人类的问题上，血祖简直是音盲。事实上，就是因为血祖对人类缺乏理解——完全无法有同情心——所以他一再地低估了他们。穷途末路的人最危险，这是血祖无法意识到的真相。

“你要我的答案吗？”伊费问。

我已经知道你的答案了，顾威。我要你投降。

“这就是我的答案。”

伊费往后退一步，朝面前的吸血鬼代言人转身。银剑切开颈子下方，把戴着头盔的头颅从肩膀上抬起来，伊费再也不用盯着倒影里那个背信忘义的自己。

溅洒出来的血液很少，这具身体渐渐下垂，具有传染力的白色血液在老旧的地板上凝成一团。头盔哐啷一声往角落滚去，最后才停下来。

伊费没打击到血祖，也没扫除自己的羞耻心和愤怒感，在这个局面里不管他怎么选择都不会胜利。他屠杀了诱惑的代言人，而不是打压诱惑——他知道这个举动深具象征意义。

诱惑仍在。

脚步声从走廊上传来，伊费从被斩首的尸体旁退后一步，立刻明白自己要面对哪些后果。

费特先进来。诺拉跟在后面，突然停步。“伊费！你做了什么……？”

他独自一人的时候，这起鲁莽的攻击感觉很正义，现在他要面对后果了。另一阵脚步声从走廊上传来——是格斯。

格斯一开始没看到伊费。他注意着牢笼的内部，用来囚禁他妈妈的地方。他暴吼一声，推开另外两人，看到无头尸体瘫在地上，双手仍被绑在背后，头盔在角落里。

格斯大声长啸。他从背包里拿出刀子，冲到伊费身边，费特都还来不及反应。伊费在最后一刻举起剑，挡住格斯的攻击——这时一道模糊的阴影填满了两人之间的空隙。

一只惨白的手揪住格斯的领口，制止住他的行动，另一只手猛力推开伊费的胸口，这个戴斗篷的人用过人的力量分开了两个人。

昆蓝先生。穿着黑色连帽上衣，散发出吸血鬼的热度。

格斯大骂脏话，用脚一踢，努力挣脱，他的靴子离地面十几厘米高，愤怒的眼泪从他的双眼滚滚而泄。

"昆蓝，操，不要拦我！"

慢点。

昆蓝先生低沉的中低音进到伊费的头里。

"让我走！"格斯用他的刀子劈砍，但不过是虚张声势。尽管格斯愤怒难遏，他心里还是尊重昆蓝先生。

你妈妈被摧毁了，无法挽回。这样最好，她早就离开了，至于残存的——对你没有好处。

"但这决定是我的！我要怎么做——是我的选择！"

你要钻牛角尖是你的事。但，晚点，等最后决战结束以后。

昆蓝用穿透力十足的红色眼睛看着格斯，在棉质斗篷的阴影下发热发亮。富贵红，那颜色比格斯见过的各种自然物质都更浓烈——比人类最新鲜的血液更浓烈，比最红的秋叶更红，比任何鸟羽都更明亮深沉。

不过，就算昆蓝先生单手把人从地面上举起来，他的双眼还是很镇定沉着。格斯不希望他对自己怒目相视，至少现在不要，所以收回攻势。

我们可以打倒血祖，但我们时间不够，我们要做——就要一起做。

格斯指着昆蓝先生身后的伊费。"这垃圾对我们没价值。他害女医生被抓，害我损失手下，操！他太危险了——不只危险——他还是个诅咒，这混账是灾星！血祖抓走他儿子，领养他，把他当他妈的宠物一样拴起来。”

这下换伊费要攻击格斯了。昆蓝先生的手立刻挡住伊费的胸口，控制力大得像钢柱。

“那么，跟我们说，”格斯气势不减，“说那个王八蛋刚刚在这里跟你说了什么悄悄话。你和血祖掏心掏肺吗？我想我们都有权利知道。”

昆蓝的手随着伊费的喘息而起落。伊费瞪着格斯，感觉到诺拉和费特的眼神都集中在他身上。

“怎样？”格斯说，“我们来听一听！”

“是凯莉，”伊费说，“她的声音。奚落我。”

格斯冷笑一声，往伊费的脸上吐口水。“懦弱，屁话一堆。”

又是一阵骚动，这会儿需要费特和昆蓝先生两个人才能把他们分开。

“他太在意过去了，来这里给人糟蹋，”格斯说，“你那什么破碎的鸟家庭。”格斯又对昆蓝先生说：“我告诉你，他一点用都没有。操，让我杀了他，让我摆脱这累赘。”

我说过了，你想怎么做就怎么做，但，不是现在。

所有人都看得出来，就连伊费也心知肚明，昆蓝先生为了某个理由在保护他。若是别人可能下场不一样——这表示伊费或许与众不同。

我需要你的协助，收集最后一块遗体。我们全部。一起。现在。

昆蓝先生放开格斯，他立刻冲向伊费，但刀子朝下。“我什么都没了，”他抬头对着伊费的脸，就像一只咆哮的狗，“都没了。等这一切结束我就杀了你。”

修道院

直升机的叶片甩开一阵又一阵刺人的黑雨。深色的云朵泄出受污染的暴雨，不过，尽管光线阴暗，石心集团的机长仍戴着航空墨镜。巴恩斯担心这个人只靠仪表飞行，只能希望他们在曼哈顿天空够高的地方盘旋。

巴恩斯在机舱里左右摇晃，紧抓着胸前的安全带。他们从康涅狄格州的州桥港西科斯基机场的许多机型中挑选了这架直升机，但依然在空中左右摇晃、上下震动。雨水好像从叶片下方泼了进来，打在窗户上，好像巴恩斯登上了小船在海上度过暴风。所以，他的胃部翻搅，里面的食物都要往上冒。他赶紧解开安全帽，差点来不及就吐在里面了。

机长把操纵杆往前推，他们开始下降。要去哪里，巴恩斯毫无头绪。挡风玻璃看起来雾蒙蒙一片，他先看到远方建筑物模糊的景象，再看到树梢。巴恩斯认为他们正要停在中央公园里，靠近眺望台城堡。不过一阵疾风扫过直升机的尾翼，就像风向标一样，机长努力控制操纵杆，巴恩斯瞥见湍急的哈得孙河就在他右边树林旁，这绝不是中央公园。

他们着陆的时候很颠簸，先往外滑，又滑了一次。巴恩斯能回到踏实的地面就很感激了，不过现在他要走进旋涡中。他推开门，走出湿漉漉的风中。螺旋桨还在转，他弓着身走出直升机，挡着眼睛，看到山顶上有另一座曼哈顿城堡。

巴恩斯抓紧大衣领口，在雨中快步，走上湿滑的石阶。他到门口的时候喘得上气不接下气。两个吸血鬼站在那里，他们是哨兵，就算大雨打得皮肤刺痛他们也仍站得挺拔，只是他们体温太高，雨水在头顶化为蒸气所以看不清楚。他们没认出他，也没开门。

指示牌上写着“修道院”，巴恩斯认得这是曼哈顿北边一所博物馆的名字,是大都会艺术博物馆的分馆。他拉开门走进去,等门关起来,听着动静。如果有任何动作,也被雨声淹没了。

修道院艺术博物馆利用了五座中世纪法国修道院和一座罗马式礼拜堂的残余文物建成,从法国南部的古迹把文物搬到现代,现在像极了黑暗时代。巴恩斯大声喊:“有人在吗?”却毫无响应。

他穿过主厅,还是气喘吁吁,他的鞋子湿透了,喉咙发炎了。他往外看着修道院的庭园,这里过去遍植草木,代表了中世纪的园艺,但现在因为疏于照顾以及吸血鬼制造的严峻气候,庭院变成了泥泞的沼泽。巴恩斯继续往前走,听到自己滴水的声音而转过头两次,可是显然在这座修道院的围墙里只有他一人。

他经过垂坠的绣帷,渴望阳光的彩绘玻璃以及中世纪壁画。他穿过十字架苦路,起点是古老的岩石,他看到奇怪的十字架受刑像时短暂停步。耶稣被钉在中间的十字架上,被十二名窃贼包围,他们手脚都断了,被绑在小十字架上。铭文上写了一排拉丁字,巴恩斯用粗浅的拉丁文翻译为“通过圣十字的标志,上帝从我们的敌人中现身”。

巴恩斯多年前就背弃了信仰,不过这行古老刻文有股力量,好像有一种权威感,他认为这是现代有组织的宗教所欠缺的元素。这些虔诚的文物来自一个宗教代表生命与艺术的年代。

他往前走,看到了被砸烂的展示架。里面有两本插画集,羊皮书页都被翻烂了,金色书封掉了漆,细致的手工精绘填满每一页的书边,但是被肮脏的指纹抹污了。他发现一个大椭圆,只有吸血鬼像鹰爪一样长的中指才会留下这样的痕迹,吸血鬼不需要也不懂得欣赏这样古老的人类手绘书,吸血鬼不需要也不懂得欣赏人类所打造的任何东西。

巴恩斯穿过敞开的双扇门,通过巨大的罗马式拱道,走进大礼拜堂里,见到广阔的桶形穹窿天花板和特别强化的墙壁。礼拜堂西侧祭坛后殿有一幅壁画:圣母与圣子在一起,有翅膀的人站在两旁。他们头上的文字说明大天使的名字是米迦勒和加百列。人类的国王在天使下面,被描绘成很渺小的人形。

他站在空荡荡的祭坛前,感觉这个洞穴般的房间里气压变了。一阵空气温暖了他的后颈,就像火炉的叹息一样,巴恩斯慢慢地转过身。

第一眼,穿斗篷的人站在他身后,看起来好像穿梭时空的僧侣,来自12世纪的修道院。不过那只是第一眼。僧侣左手拄着狼头长杖,那只手的中指明显就是吸血鬼的鹰爪。

血祖的新面孔只有在斗篷帽子下的阴暗处才看得到。血祖的后方,靠近两侧长椅,有一个衣衫褴褛的女吸血鬼。巴恩斯盯着她瞧,隐约认出她来,想要把这个秃头红眼的恶魔和另一个年轻迷人的蓝眼少妇联想在一起……

"凯莉·顾威。"巴恩斯没想到自己大声地念出她的名字。巴恩斯以为自己已经适应了新世界的急遽转变,这时也察觉到自己的呼吸变得急促。她潜伏在血祖后方,鬼鬼祟祟,像猎豹一样。

告诉我。

巴恩斯马上点头,他早就预想到了。他就按照自己准备的方式说出叛徒入侵的经过,敷衍应付,尽量轻描淡写。"他们算准了时间,在正午的前一小时。而且他们得到了协助,那个人不是人类,他在太阳出现前就逃跑了。"

私生子。

这让巴恩斯很惊讶。他听过一些故事,在建立营区的时候也接获指示要隔离孕妇,但一直到这一刻他才晓得原来真有私生子。唯利是图的他立刻明白这对他有好处,因为这样他就可以推卸掉对自由营里发生的暴动,还有安全程序被破坏的责任。

"是的,有人帮他们混进来。一进来之后,他们就突袭检疫隔离区的人员。然后他们大肆破坏抽血设施,正如我之前报告过的。我们正在积极抢修,大约可以在七到十天之内恢复20%的容量。我们夺走了其中一人的生命,您已经晓得了。他被转化了,但是在日落之后几分钟内就自杀。噢,我想我发现了他们发动攻击的真正原因。”

诺拉·马丁内斯博士。

巴恩斯咽咽口水。血祖知道得真多。

“是的,我刚发现她被安置在营区内。”

刚知道?这样啊……是什么时候?

“暴动前。不管多久,我当时正努力从她身上取得关于顾威博士的藏身处与叛乱同伙的情报,我觉得以非正式、较友善的交换方式,而不要直接对峙,会比较有利。我相信这只会给她机会向同伴证实她多么忠诚。我希望您也同意。很可惜,那时叛乱分子就进了主营区,警报响起,警卫就过来带我离开。”

巴恩斯忍不住一直偷瞄凯莉·顾威变成的吸血鬼,她站在血祖后方,保持着距离,双臂低垂。这样谈论起她丈夫真奇怪,可是她没反应。

你发现了他们其中一人的下落,却没有立刻通知我?

“如果我说,我根本没有时间反应,而且……我……我很惊讶,你知道,完全没防备。我以为我可以靠个人的手段更进一步获得情报——她以前替我工作过,您知道。我希望我可以利用个人的关系挖出有用的信息,再把她交给您。”

巴恩斯保持微笑,尽管很心虚。他感觉到血祖进入了他的意识中,就像小偷在阁楼里翻箱倒柜。巴恩斯很确定吸血鬼王很在意人类撒谎。

斗篷里面的头颅稍稍往上抬起,巴恩斯知道血祖是在看宗教壁画。

你说谎。你真不会说谎。那么——你为什么不告诉我真相,我想听听,这次你会不会说得好一点?

巴恩斯连连冷颤,他自己还没意会过来,就已经巨细靡遗地解释他笨拙的诱奸企图,还有他和诺拉、伊费的关系。血祖先安静了一阵子,然后转身。

你杀了她妈妈,他们会来找你。复仇。我会让他们找到你……这样他们就会找到我。从现在开始,你只能做赋予你的任务。反抗势力快要

结束了。

“是吗?”巴恩斯立刻闭嘴,他当然不会怀疑。如果血祖说是,那就是。“好,那么,我们其他营区还是会投入生产,就像我刚刚说的,自由营的抽血设施也在维修中——”

别说了。你的生命目前安全无虞,但不要再对我说谎了,也不要躲着我。你不勇敢也不聪明。你的任务是要有效率地抽取、包装血液。我劝你好好做。

“我有此打算。我是说——我会的,我会。”

中央公园

扎克·顾威一直等到眺望台城堡陷入一片寂静中,他离开房间走进正午令人不适的阳光里,他走到高台顶端石造广场的边缘,看着广阔的下方。吸血鬼警卫从苍白的光线下撤退到洞穴中,这些洞穴被特地从城堡基座的片岩中挖掘出来。扎克回到城堡里面拿出黑色的爱斯基摩式毛皮外套,才沿着步道慢跑到公园,违反了人类“昼禁”规定。

血祖喜欢看这男孩破坏规定,试探底线。血祖从不在城堡里睡觉,他认为在这两小时的日照时段太容易被攻击了。血祖偏好修道院艺术博物馆的地窖,藏在冰冷的陈年土壤里。在正午的休眠时段里,血祖喜欢通过扎克的双眼看地面,充分利用了他以血液治疗扎克的气喘后两人的特殊关系。

扎克拔下全地形个人电动平衡车的插头,安静地沿着公园步道往南骑到动物园。他在入口处转了三圈才打开前门,他的强迫症愈来愈明显,这就是他的症状。进去后,他骑到了锁来复枪的柜子前面,拿出前几个月偷来的钥匙。他把钥匙放在唇上亲了七下,安心了以后,解开锁拿出来复枪。他检查了膛内的四发子弹,又检查了第二次、第三次直到满足了强迫症，才带着武器出发去逛动物园。

他已经对动物园没兴趣了。他为自己打造了一个秘密出口，就在热带动物区的后面，他这会儿从电动车上下来，走进动物园，往西边前进。他没走小径，因为他比较喜欢在树荫掩护下穿越溜冰场和旧棒球场。现在棒球场是一片泥泞，他算着步伐，每满 77 步就归零从头算起，最后他到了中央公园的南端。

他从树林里走出来，南端的旧入口"商家门"还在，就位于缅因号战舰纪念碑的后面，扎克一直探险到那里才停步，哥伦布圆环就在他面前，喷泉里只有一半的水柱还继续运转，其他的都因为雨水受到污染后淤泥堆积而堵塞。在圆环后方，高耸的大楼像一家倒闭工厂的烟囱一样矗立。扎克看着喷泉顶端的哥伦布雕像，眨眨眼睛，连续咂了七次嘴才放心。

他看到宽广圆环的另一端有动静。是人，人类，大步穿越另一端的人行道。扎克远远地只能从他们的长大衣和背包来判断。违反"昼禁"。他先到纪念碑后面蹲下来，可能被发现的危机感让他满脸通红，然后他爬到纪念碑底座的另一边，从那边偷看。

那四个人继续走，没察觉到他。扎克用武器看他们，一边眨眼睛一边咂嘴，利用他所学到的射击知识来推测弹道和距离。他们四人之间的距离很近，扎克觉得他这时发射机会正好。

他想要开火，他想要对他们射击。

所以他开火了，还故意在扣下扳机前举高手臂。过一阵子之后，那些人停下来，朝他这里看。扎克仍压低身体，依然在纪念碑底座旁边，他很确定自己能隐身在背景中。

他又开了三发：咔啦！咔啦！咔啦！他打中一个了！一人倒下！扎克赶快再装填子弹。

目标开始奔跑，转向大道，离开扎克的视线。他瞄准他们经过的红绿灯，只能勉强看清一部以前装设的警用摄影机。他转身跑回公园树木的阴影下，只有内心秘密的刺激感追着他跑。

“孤注一掷，”费特说，“这就是你。”

她摸索着自己的毛线帽，拉下来紧紧罩着头。

“你不介意？”

费特唯一在乎的是她希望听他的意见。她的计划里有他。

在摇摇晃晃的冷藏货车里，费特渐渐睡着了，他紧紧地交叉双臂，好像抱着她。

纽约斯塔茨堡

卷门打开来，昆蓝先生站在那里，看着他们站起来。费特往下跳，他膝盖僵硬、双腿发冷，拖着脚走来走去加速血液循环。伊费爬下来，背着包包站在那儿，好像搭便车的人等一下还有好长的路要走。

货车停在一条泥路的路肩，或许那是一条很长的私人道路，离街道够远，可以被光秃秃的树干挡住。下过雨，地面湿湿的，但不会泥泞。昆蓝先生突然跑了起来，完全没解释。费特不确定自己是不是该追着他，但他觉得自己要先暖身。

伊费在他附近，看起来很机警，几乎是很热切。费特一时间不晓得伊费这样的热诚是不是因为吃了药。但，不是，他的双眼很清澈。

“你看起来已经准备好了。”费特说。

“没错。”伊费说。

昆蓝先生几分钟后回来了。这画面看起来还是很诡异：浓厚的蒸气从他的头顶和斗篷内冒出来，但嘴巴却没吐出蒸气。

有几个大门守卫，门口里面更多人，我看势必会惊动血祖。但或许，鉴于我们的计划，这样也未尝不好。

“你有什么想法？”费特问，“关于这个计划。老实说。我们真的有机会吗？”

昆蓝先生抬头看，透过没有叶片的树梢看着黑压压的天空。这是个值得追求的棋局。引血祖出来只是战斗的一半。

“另一半是要打败他。”费特说。他瞄着吸血鬼私生子的脸，他还仰着脸，所以看不到表情。“那你呢？你有什么机会能打败血祖？”

历史上每次都失败了。我过去都没办法摧毁血祖，血祖也没办法摧毁我。血祖要我去死，就像他想要顾威博士去死。这是我们的共通点。当然，我如果用自己当诱饵的话，意图就太透明了。

“你没办法被人类摧毁，但你可以被血祖摧毁，所以或许你是血祖的罩门。”

我只能非常肯定地说我从来没有尝试用核武器杀了他。

伊费把夜视镜固定在头上，急着想走。“我准备好了，”他说，“我们在我后悔之前就赶快做吧。”

费特点点头，拉紧背包的袋子，提高背包的位置。他们跟着昆蓝先生穿越树林，吸血鬼私生子用直觉来决定方向。费特没办法自己分辨路径，而要信任昆蓝先生很容易——太容易了。费特不相信他竟然能在吸血鬼身边降低戒心，不管这个吸血鬼是不是私生子。

他听到前方有呼呼声。浓密的树林渐渐变得稀薄，他们走到一片空地的外缘。那个呼呼声是发电机——或许有两部——供应电力给巴恩斯占据的那栋宅邸。那栋房子规模惊人，占地辽阔。他们就在那宅邸的正后方，面对围绕后院的栅栏，里面则是骑马场。

发电机可以掩盖他们制造的声音，但吸血鬼的热感应夜视力完全无法回避。昆蓝先生打了个手势把手掌摊平，让费特和伊费停下脚步，吸血鬼私生子溜过树林，流畅地在宅邸周围的树干之间穿梭。费特很快就看不到他，然后，同样突然地，昆蓝先生在空地另一边的树林冒出来。他迈开步伐，动作很快又充满自信地出现，但他不是跑步。附近的警卫离开侧门的岗哨，发现昆蓝先生，要过来找他。

费特发现了声东击西的机会。“现在不干就没机会了。”他低声对伊费说。

他们从树林走出去，到了有银色光泽的阴暗空地。他还不敢抽出剑，怕吸血鬼会察觉到银剑逼近。昆蓝先生显然是在和警卫沟通，让他们背对费特和伊费，让费特和伊费穿越柔软、枯萎、灰色的草地。

警卫注意到他们身后的威胁，那时费特距离20英尺外。他们转过身，费特从背包抽出他的剑——用没受伤的那条手臂拿着——但制伏他们的是昆蓝先生，他强壮的双臂像一道影子，就挥过来掐住吸血鬼警卫，马上捏爆了他颈部的肌肉和骨头。

费特毫不迟疑就靠过去用银剑解决了那两个怪物。昆蓝知道他们还没用心电感应送出警讯，但一秒都不能错失。

昆蓝先生出发去找其他警卫，费特紧跟在后，留下伊费独自前往没管制的侧门。

巴恩斯最喜欢二楼的起居室。墙上是成排的书，铺砖的壁炉配了个宽宽的桦木架，有一张安乐椅，琥珀灯罩的立灯，茶几上白兰地的酒杯就像完美的玻璃气球。

他解开制服衬衫最上面的三颗纽扣，喝下第三杯亚历山大白兰地。鲜奶油现在是奢侈享受，能让这杯堕落的混合酒有香甜浓醇的丰富口感，这是他的秘方。

巴恩斯深深吐了一口气才从椅子上站起来。他花了一点时间稳住自己，手放在臃肿的手臂上。他已经被他喝下去的恶灵占据了。现在整个世界就是个精致的玻璃气球，巴恩斯躺在轻轻旋转的白兰地的床上，飘浮在气球旁边。

这栋房子曾经属于摇滚明星波利瓦，他在乡村添购了一座附庸风雅的别墅，这房子以前的价值达八位数。巴恩斯还隐约记得这房子本来属于一个传统的世家，但他们在不景气的时候损失颇大，所以波利瓦买了下来，那时媒体还大做文章。这件事真的很令人好奇，因为像他这样的哥特式艺人应该不会买这种房子。不过那个世界在坠入地狱之前就是这样：摇滚明星学起高尔夫球，饶舌歌手打马球，喜剧演员收集现代艺术。

巴恩斯走到高柜前面，摇摇晃晃地看着波利瓦收集的复古色情书刊。巴恩斯选了一本很大很薄、包装精美的《珍珠》，放在旁边的阅读桌上摊开来。啊，维多利亚风格，好多打屁股的动作。他又取下一本手工装订的书，与其说是出版物，不如说是插图画册，厚纸上面黏了早期的照片。这些照片上还残存了含银的感光试剂，巴恩斯很谨慎地没让指头碰到。他很重视传统，可能是因为早期社会由男性主宰，他幻想着顺从的女人。

接下来要喝第四杯也是最后一杯白兰地了。他伸手去拿电话，打给厨房。哪一位可爱的女佣会替他端来今晚第四杯亚历山大白兰地呢？大家都知道他的恶习。他是这栋房子的主人，所以有各种方法——还有微醺的时候，他有股魄力——可以实现幻想。

电话没人接。真过分！巴恩斯皱着眉头，挂上电话重拨，或许是他按错号码了。电话第二次接通了，这时他听到房子里什么地方有明显的碰撞声。或许，他想象着，有人早预测到了他的要求，现在就要过来完成他的梦想了。他露出一抹白兰地般的笑容，把话筒放回复古的话机上，踏着厚地毯走到门边。

宽广的走廊空无一人。巴恩斯踏出去，亮晶晶的白色皮鞋发出一点吱嘎声。

楼下有声音，模模糊糊不太清楚，传到耳边的时候很像回音。

不接他的电话又在楼下制造噪音，巴恩斯有明确的理由可以亲自去查看佣人的问题，另选一个来端白兰地了。

他每一步都踩在走廊中线，觉得自己能走那么直很厉害。在平台前端，要连到楼梯的地方，他按了电梯按钮。像镀金牢笼的电梯从玄关升上来，他打开门，把栅栏往旁边推，走了进去，关上门，拉下把手。牢笼往下，把他运到一楼，就好像宙斯乘云而降。

他从电梯走出来，先停下脚步从镀金的镜子里看看自己。制服衬衫的上半部被拉下来,勋章被遮住了,但沉甸甸地挂着。他舔舔嘴唇,拨拨头发,让头顶看起来更丰盈饱满,再顺一顺山羊胡,觉得自己微醺中仍有几分自持才前往厨房查看。

宽广的L形厨房空空荡荡。烤盘上的饼干在中岛架上降温,旁边有一对红色的隔热手套。酒柜前面有一瓶干邑白兰地和没关好的鲜奶油,就放在凉杯和一瓶打开的肉豆蔻旁边。墙上的电话挂好了。

"有人在吗?"巴恩斯大叫。

先传来沙沙声,好像有人撞到架子了。

两个女声同时传来:"我在这儿。"

巴恩斯大惑不解,继续沿着中岛架往角落前进。绕过转角后他看到五名女佣——全部都营养充足、面容清秀、秀发丰盈——被用弹性束绳绑在墙边的钢管上,那条管子是收纳柜的一部分,柜子里面有精美的厨具。

当他看到她们的手腕被绑起来,又睁着大眼睛恳求他,这个人淫邪到竟然先感觉到愉悦。浸满白兰地的大脑把这景象解读成情欲的画面,现实慢慢地才拨开迷雾,他花了好一阵子才慌乱地明白一定是有人闯进来把他的员工都绑起来了。

这屋子里有其他人。

巴恩斯转身就跑。那些女人喊着他,他的屁股撞上中岛,痛得让他弯了腰,朝门口摸索出去。他往外冲,盲目地在一楼闯,绕过另一个转角,朝前门走去,他昏沉的大脑想着:快逃!双开门的门框是紫色的彩绘玻璃,他透过玻璃看到外头在扭打,结果一个吸血鬼警卫被阴暗残忍的人影给击倒。第二个人影逼近,银色剑刃一劈。巴恩斯连连后退,脚步一绊就蹒跚了起来,看着愈来愈多警卫从其他位置赶过来参加这场突袭派对。

他尽快跑回楼梯口,他一想到会被困在电梯牢笼里就张皇失措,所以他改爬蜿蜒的楼梯,扶着宽栏杆用手臂的力量把自己往上拉。肾上腺素中和了他血液里的酒精。

书房。手枪展示在那里。他在漫长的走廊上奋力冲向书房——一双手从里面抓住他，把他拉进起居室里。

巴恩斯直觉地抱住头，以为会被痛殴一顿。他跌在地上、摊开四肢，被扔到其中一张椅子上，他动也不敢动，又害怕又混乱地缩成一团。他不想看到对手的脸。一部分是源自他歇斯底里的恐惧，他脑中有个声音，像极了他亲爱的妈妈，那声音说：这是你活该。

“看着我。”

那声音，那愤怒的声音。巴恩斯原本紧紧抱着头，这时放松了一些，他听到过这声音但却想不起来那是谁。记忆被切断了。

那声音变得愈来愈粗糙、深沉。

好奇心凌驾了恐惧。巴恩斯放下头上颤抖的手臂，抬起双眼。

伊费·顾威。其实从他的外表看，更像是伊费·顾威的邪恶双胞胎。这不是他以前认识的那个人，那个受人尊敬的传染病学家。他逃犯般的双眼下面有极深的黑眼圈，饥饿让他一脸苦相，脸颊都凹陷了，整张脸都是皮包骨。苍白的胡子从灰色的皮肤冒出来，可是没办法填满空洞。他戴着没有手指的手套，穿着脏兮兮的外套，湿漉漉的裤管下还有褪色的靴子，没用鞋带而是用铁丝。黑色针织帽盖住他的头，反映出下面的心智有多黑暗，剑柄从背包露出来，他看起来就像是个一心要寻仇的游民。

“埃弗里特。”他的声音干哑，仿佛着了魔。

“别这样。”巴恩斯很怕他。

伊费拿起酒杯，杯底还有一层酒和巧克力糖浆。他把杯口端到鼻子前，吸着香气。“睡前酒，嗯？亚历山大白兰地？妈的，这是舞会里的饮料，巴恩斯。”他把大杯子放进他的前任主管的手中。然后他做了巴恩斯怕他做的事：他的手包住巴恩斯的手掌，用力一合，让玻璃在他前任主管的手指中碎裂。他握紧拳头让玻璃碎片都刺进肉里、切开筋络、削到骨头。

巴恩斯大声号叫，跪倒在地，一边流血一边啜泣。他畏缩成一团。“拜托。”他说。

伊费说:“我想刺你的眼睛。”

“拜托。”

“踏在你的喉咙上让你死掉,然后把你丢进墙上那个铺砖的洞里火化。”

“我是在救她……我想把诺拉从营区带出来。”

“就像你把楼下那几个漂亮的女仆带出来一样吗?诺拉没看错你。你知道如果她在这里的话,她会怎么对你吗?”

这么说来她不在,感谢老天。“她会很明事理,”巴恩斯说,“她会知道我可以提供什么给你,我可以为你效劳。”

“你去死吧,”伊费说,“你那乌黑的灵魂,去死吧。”

伊费猛揍巴恩斯。他的拳头经过计算,相当残忍。

“不,”巴恩斯抽抽噎噎地说,“别打了……拜托……”

“原来腐败到极致是这样,”伊费又多揍了巴恩斯几拳,“巴恩斯指挥官!你他妈的真是狗屎,长官——你知道吗?你怎么可以像这样背叛自己的族群?你以前还是医生呢——天啊,你他妈的以前还是疾管局的局长,你没有怜悯之心吗?”

“不,拜托。”巴恩斯坐起来一点点,血流满地,他想要让这段对话和缓一点,变得更有建设性、更积极。但他的公关技巧被肿起的嘴拖累了,而且他还掉了几颗牙。“伊费,这是新世界,看看这世界对你做了什么。”

“你让那套海军制服还他妈的套在头上。”伊费伸手去揪巴恩斯日渐稀疏的头发,把他的脸往上扯,露出他的喉咙。巴恩斯闻到伊费身体的腐臭味。“我应该就在这里杀了你,”他说,“现在。”伊费抽出剑让巴恩斯看。

“你……你不是杀人凶手。”巴恩斯倒吸一口气。

“噢,我是,我已经变成杀人凶手了。我看你不一样,我不靠按按钮或签署命令来杀人。我是用这种方法,逼近、亲自动手。”

银剑的剑刃碰到巴恩斯的喉咙,就在气管上面。巴恩斯把脖子更往后缩。

“但是，”伊费把剑收回几厘米，“你很幸运，你对我还有点用处。我要你帮我做一件事，而且你一定要做。点头说好。”

伊费压着巴恩斯的头替他点了。

“很好。仔细听了，外头有人在等我，你懂吗？你够清醒，会记得吗？白兰地小子？”

巴恩斯点点头，这次是自己点的。当然，现在他什么都会答应。

“我来这里是要和你谈条件，其实这会让你有面子。我要你去找血祖，说我同意用《光之熄》换我儿子。如果你听得懂就让我知道。”

“伊费，我懂什么是背叛。”巴恩斯说。

“你算是叛徒界的翘楚啦。你可以告诉他，我来这里杀你，但现在我要背叛同党，和你谈交换。你可以告诉他，你说服了我接受他的提议，自愿把书带给血祖。”

“其他人知道这……”

各种情绪纷涌而上，泪水盈满伊费的双眼。“他们相信我和他们同一阵线，但我……这攸关我儿子。”

伊费·顾威的心里也五味杂陈，他很晕眩、迷惘……

“你只要告诉血祖说我接受，不是虚张声势。”

“你会送来那本书。”

“好换回我儿子……”

“对——对……当然，我完全能理解……”

伊费揪着巴恩斯的头发，又揍了他一顿，两次打在嘴上，又碎了一颗牙。

“我他妈的不要你同情，你这禽兽！只要把我的口信送到，懂了没？我会想办法弄到真正的《光之熄》，等我准备交书再通知血祖，我可能还会找你。”

伊费松开巴恩斯的头发，巴恩斯明白自己不会被杀或受到更多伤害了。“我……我听说血祖身边有个男孩……人类男孩，但我不知道为什么……”

伊费双眼灼痛。“他的名字是扎克。他两年前被绑架了。”

“是你太太凯莉绑架的他?”巴恩斯说,“我见过她,和血祖在一起。她……嗯,她已经不是原本的她了,但我想我们都不是了。”

伊费说:“我们之中有些人甚至没被咬就变成了吸血鬼……”伊费的双眼变得呆滞、沉闷。“你是降臣也是懦夫,要我加入你的阵营,简直就像致死的疾病一样让我内心都撕裂了,但我别无其他方法,我得救我儿子,我必须这么做。”他又紧抓着巴恩斯,“这是正确的选择,唯一的选择,对一个父亲来说。我儿子被绑架了,赎金就是我的灵魂和地球的命运,我会付赎金,我会付。让血祖去死吧,你去死吧!”

就连向吸血鬼效忠的巴恩斯也不禁纳闷着和血祖谈协议算不算聪明,血祖不会死也不分是非对错。他是一个病毒,一个掠夺成性的病毒。

但巴恩斯当然没对伊费说这种话。这个人持剑抵着巴恩斯的喉头,已经处于临界点。就好像铅笔的橡皮擦,只剩一点点,再擦最后一个字就用完了。

“你会照做吧。”伊费不是在提问。

巴恩斯点点头。“你可以交给我。”他想要微笑,可是他的嘴巴和牙龈肿得变形了。

伊费又瞪了巴恩斯好久,他憔悴枯瘦的脸上露出恶心厌恶的表情。**你现在就是在和这种人打交道**。他把巴恩斯的头往后一推,带着剑转身,往门口走去。

巴恩斯用手圈着裸露的颈子,但没办法按住流血不止的舌头。“伊费,我真的懂,”他说,“或许比你懂。”伊费停下来,在宏伟的门框下转身。“每个人都有价格。你觉得你的苦痛比我高尚,因为你的价格是儿子的幸福。但是对血祖来说,扎克不过是他口袋里的一枚硬币。很可惜你花了这么多时间才看清楚。你其实根本没必要承受这么多折磨。”

伊费站着,对地板咆哮,他的剑垂在手上。“我唯一遗憾的是没让你受更多折磨……”

哥伦比亚大学车辆维修场

当阳光打亮天空布满灰烬的滤层——现在这也算是日光了——这座城市安静得诡异。吸血鬼的活动停止了，街道和大楼被电视大屏幕不停变化的光线所照亮。回放和下雨，这是常态。黑色的酸雨从饱受折磨的天空落下来，每一滴都又圆又大又油腻腻。水的生态循环是“冲洗和重复”，但脏水永远没办法把任何东西给洗干净。就算水的循环能自净，也得花上好几十年。现在，这座城市的黄昏就像永恒不变的日出。

维修车库的门开着，格斯在外头等。和克林结盟是为了方便，克林一直都是个怪里怪气的王八蛋。听起来好像克林会单独赴会，这不太合理，所以格斯不相信。格斯自己有其他防备措施，包括夹在腰部的闪亮的克拉克手枪，是他在吸血鬼刚夺权的那几天里从混乱的毒枭巢穴里抢来的。另外一项防备措施就是约在这里，克林不晓得格斯的地下基地就在附近。

克林开着黄色悍马车来了。除了明亮的颜色，格斯就知道他会干这种蠢事：悍马超耗油，大家都知道，但他偏偏要在燃料短缺的时候开。不过格斯耸耸肩不当一回事，因为这就是克林。能预测对手就是好事。

克林需要大车子才能把自己的身体塞到方向盘后面。就算他们现在一无所有，他还是那么胖——但现在他身上没有一克松垮的肥肉。不知为何，他还在吃，他还能持续，格斯因此看出宝蓝帮对吸血鬼设施的突袭应该大有斩获。

但他现在身边没有宝蓝帮的人，至少格斯看不到。

克林把悍马开进车库里，不会淋到雨。他熄了引擎，从驾驶座挤出来。他嘴里含着一根肉条，一直啃，好像那是一根粗大有肉的牙签。他微笑的时候银色牙套就闪了起来。“嘿，老墨。”

“你顺利来了。”

克林挥着短短的手臂。“你这座岛就要变狗屎了。”

格斯也同意。“妈的,房东很难搞。”

“真正的吸血鬼,嗯?”

除了胡侃之外,他们还简单但认真地握了握手,不用帮派那一套——但一直保持着眼神接触。格斯说:“一个人来的?”

“这一趟,”克林拉拉裤子,“要留意泽西那边的动静。我想你也不是一个人。”

“从来不是。”格斯说。

克林环顾四周,点点头,没看到其他人。“躲起来了吗?我不介意啊。”他说。

“我很谨慎。”

这让克林笑了。他咬断肉条。“要来一点吗?”

“我现在不用。”最好让克林认为格斯吃得很好,而且吃得很按时。

克林拉出肉条。“狗类零食。我们找到一间仓库,里面都是宠物用品,都根本没送出去。我不知道这里面有什么,但这是食物,对吧?可以给我光亮的皮肤、清洁的牙齿,还有其他功效。”克林汪汪叫了几声,然后窃笑。“猫食罐头可以存放比较久,又好带。吃起来像他妈的糨糊。”

“食物就是食物。”格斯说。

“呼吸就是呼吸。看看我们俩,两条犯下大案子的好汉,还在冲锋陷阵,还在抛头露脸。而其他人呢,所有人,那些自以为这城市属于他们的家伙,那些纤细敏感的灵魂——他们没有他妈的尊严,没有赌本,没有要东西的份儿。他们现在在哪里?他们都是活死人。”

“要死不死。”

“就像我一直说的,‘克林要发了’。”他又笑了,或许太激烈了,“你喜欢这辆车吗?”

“你怎么加油的?”

“有些加油站在泽西还有油。你看到车头防护栏没？就和我的牙齿一样。银的。”

格斯看了一眼。车头的防护栏真的是镀银。“哦，这样我喜欢。”格斯说。

“银的轮框是我愿望清单的下一项，”克林说，“好了，你要不要把你的后援给叫出来，这样我才不会觉得我等一下会被扒光。我来这里很有诚意的。”

格斯吹了口哨，诺拉从工具车后面走出来，手上拿着斯太尔半自动步枪。她放下武器，停在安全的30英尺外。

华金从门后走出来，手枪握在身体侧面。他不能隐藏一跛一跛的样子，他的膝盖还是痛得要命。

克林张开肥嘟嘟的手臂，欢迎他们一起见面。“你想直接讲重点吗？我还得在那些变态出来之前跨越他妈的大桥回到另一边。”

“拿出来再说吧。”格斯说。

克林绕过车子，打开后门。四个货运用的硬纸箱才刚从搬家公司的门市里拿出来，盖子没封，全装满了银器。格斯把其中一个箱子推出去检查，那箱子很重，里面是烛台、器皿、装饰用的小容器、钱币，甚至还有几根被敲出凹痕但完全没用过的银条。

克林说：“都纯的，老墨。没有什么标准925的狗屁，没有铜底。这里有个测试仪，我可以免费送给你。”

“你打哪弄来的？”

“东拼西凑了好几个月，跟捡破烂的一样，再存起来。我们弄到我们需要的金属。我知道你想用这个宰掉吸血鬼。但我嘛，我喜欢用枪。”他看着诺拉的武器，“大枪。”

格斯在银器中间翻找。他们得熔化、铸造、尽量改造。他们都不是银匠。但他们现在用的剑没办法一直用下去。

“我可以全部买下来，”格斯说，“你要火力吗？”

“还有别的能卖吗？”

克林不只是在看诺拉的武器，也是在打量诺拉。

格斯说：“我还有几颗电池，像那样的狗屁。不过，就这些了。”

克林的双眼始终不离开诺拉。“她的头很光，就像营区的工人。”

诺拉说：“为什么你当着我的面讨论我，好像我不在一样？”

克林露出银色的微笑。“我可以看看那把枪吗？”

诺拉把枪拿过来递给他。他带着颇富兴趣的微笑收下，然后把注意力转移到斯太尔半自动步枪上。他松开枪栓和弹匣，检查弹膛，再塞回枪托。他看到天花板上的灯，假装要射击。

“还有更多像这样的？”他问。

“像这样，”格斯确认说，“但不完全一样。我需要至少一天。我把它们堆在市区的不同地方。”

“还要弹药。很多。”克林推推保险，“我拿这把枪当订金。”

诺拉说：“银要有效率多了。”

克林对她微笑——饥渴热切又有点瞧不起人。“我不只为了效率才来的，光头。我喜欢在糟蹋吸血鬼的时候搞点噪音，这样才好玩。”

他伸手要碰她的肩膀，诺拉把他的手拨掉，只让他哈哈大笑。

她看着格斯：“把这个吃狗食的混蛋轰出去。”

格斯说：“暂时还不行。”他转头对克林说：“那雷管呢？”

克林打开前门，把斯太尔半自动步枪横放在前座，然后关起门。“雷管怎么了？”

“不要啰唆了。你能不能帮我弄到？”

克林说得好像他在做决定：“或许。我有线索——但我要知道你打算炸什么。你知道我就住在河对岸。”

“你什么都不用知道，只要开价。”

“军用雷管？”克林说，“泽西北部有个地方有我的人脉。军事基地。我点到为止，但你要坦白。”

格斯看着诺拉,不是要她同意,而是对这状况皱眉头。“很简单,”他说,“是核弹。”

克林笑开了:“你打哪弄来的?”

“杂货店。用折扣券。”

克林看看诺拉:“多大?”

“**大到可以炸掉半英里**。震波,铁都弯了——你知道的。”

克林很享受这一切:“但你最后只有样品。却是照原品卖的。”

“对,我们需要雷管。”

“我不知道你以为我有多笨,但我没打算让邻居全副武装,还有核弹,所以我必须先把规矩讲清楚。”

“确实,”格斯说,“比如哪些规矩?”

“就是不想让你搞烂我的战利品。”

“什么战利品?”

“我帮你,你帮我。所以,首先,我要先确认这东西爆炸的时候离我很远,不可以在泽西或曼哈顿,这是底线。”

“你会先得到警告。”

“不行,因为我想我知道你要把这东西用在哪里。这世界上只有一个目标值得这么炸掉。等血祖死翘翘,有些值钱的地产就自由了,那就是我的战利品。”

“地产?”格斯问。

“这座城市。我要直接拥有曼哈顿,等这一切结束。要不要随你,老墨。”

格斯和克林握手。“我能再给你介绍一座桥吗?”

纽约公共图书馆主馆

地球又转了一圈，他们再度碰面，这五个人类：费特、诺拉、格斯、华金、伊费，和昆蓝先生一起在黑暗的掩护下往前走。他们走出中央车站，沿着 42 街到第 5 大道。没有雨，但风势强劲，足以把堆在门口的垃圾都吹散。快餐包装纸、塑料袋和其他垃圾被风吹在街道上飘，就像鬼魂在墓园里飞舞。

他们走上纽约公共图书馆主馆的阶梯，在两只石狮的中间，一只叫做耐心，另一只叫做毅力。两座艺术地标像陵墓一样矗立。他们穿越廊柱进到入口，走过阿思特厅。偌大的阅读室没受到太多伤害，在无政府状态初期，趁火打劫的人不太在意书籍。

一座巨大的吊灯落在阅读桌的上方，但天花板很高，所以这可能是建筑结构受到了破坏。有些书还在桌上，背包和里面的东西散落在地板瓷砖上。椅子被翻倒了，好几盏灯破了。这广大的公共空间的冷清程度让人不寒而栗。

两侧高大的拱形窗户尽量地迎接阳光。吸血鬼排泄物的阿摩尼亚味无所不在，伊费都快要失去感觉了。这说明了一个文明长期累积的知识和艺术，在自然的摧毁力量下会遭到何等破坏。

“我们要下去吗？”格斯问，“要不要挑一本？”两侧的书架沿着墙壁隔为两层，分别在过道栏杆的上下，每本书的书背都有不同的颜色。

费特说：“我们需要一本华丽的旧书来当《光之熄》的替身。记住，要很逼真。我来过很多次。纸张腐烂的味道会吸引老鼠。古老的书本都放在下面。”

他们走楼梯，打开手电筒，准备好夜视镜。主馆盖在克罗敦水库上，那是个人造湖，为曼哈顿供水，20 世纪初就荒废了。

一楼下面还有七层，近些年来在靠近后面布莱恩公园的地方有整修，图书馆的西侧多了长达数英里的书架。

费特在黑暗中带路。有个人影在三层的入口等他们，那是昆蓝先生。格斯的手电筒稍稍照到私生子的脸，几乎是荧光白，他的眼睛就像红色的球。他和格斯互看了一眼。

格斯抽出剑。“书架里有吸血鬼，”他说，“我们得先清理一下。”

诺拉说：“如果他们发现伊费，就会通知血祖，我们就会被困在地下了。”

昆蓝先生没动口就把声音传进他们脑中。

顾威博士和我在里面等。如果他们要用脑波入侵，我可以隔绝。

“很好。”诺拉准备好紫外线光杖。

格斯准备要沿着楼梯到下一层，剑持在手中，华金一跛一跛地跟在他后面。“我们来找点乐子。”

诺拉和费特一组，跟在他们后面。昆蓝先生推开最近的那道门，进入地下三层。伊费不情愿地跟着他。里面有宽大的储藏柜，放了老旧的期刊，堆了好几桶废弃的录音带。

昆蓝先生打开视听室的门，伊费得跟他进去。

昆蓝先生关上隔音门。伊费戴上夜视镜，靠在附近的柜台上，和私生子一起站在黑暗中、寂静中。伊费担心私生子可以读心，所以用杂音挡住思绪，默念出周遭的物品。

伊费不希望这个猎人侦测到他可能会欺骗大家。伊费行走在悬崖边缘，对两边都玩着同样的游戏。他对两边说会弄垮另一边，至于最后，伊费只对扎克忠诚。不管是想到他可能背叛朋友，还是要永远处在恐惧的世界中，两种念头都让他一样痛苦。

我曾经拥有过自己的家庭。

私生子的声音震撼了紧张的伊费，但他立刻就恢复镇定。

血祖把他们都转化了，留下来让我摧毁他们。这是我们的共同点。

伊费点点头："但他追着你还有些道理。联结。血祖和我没有过去、没有共通点，我会走上这条路完全是因为我的职业是传染病学家。"

事出必有因，只是我们不知道。

伊费早就为了这个问题花了无数时间。"我怕的是这和我儿子扎克有关。"

私生子安静了一阵子。

你要知道，我和你儿子之间有类似之处。我在我母亲子宫里就被转化了。因为这样，血祖变成了我的代父，取代了我的人类父亲。而血祖在你儿子的人格形塑过程中，染指他的心智，就是为了取代你，让你不能影响你儿子的发展。

"你是说，这是血祖的模式。"伊费应该要很气馁，但他却找到了提振精神的理由。"那样就有希望。"他说，"你现在对他恨之入骨，你拒绝了他的父性，这一点对你有更大影响力。"伊费不靠着柜台了，这个理论让他精神百倍。"或许扎克也会。如果我最后可以接近他，就像吸血鬼始祖找上你。或许还不会太迟。他是个好孩子——我知道……"

只要他生理上没被转化，就有机会。

"我必须把他带离血祖身边。或者，更准确地说，把血祖带离他身边。我们真的能摧毁他吗？我是说，如果连上帝在多年前都没办法摧毁他？"

上帝办到了，亚兹拉尔被摧毁了。是他的血液死而复生了。

"那么，从某方面来说，我们是要弥补上帝的错误。"

上帝不会犯错。到最后，海纳百川。

"不会犯错。你觉得天空中出现火焰记号是有原因的，是给我看的吗？"

也是给我看的，所以我会知道要保护你、守着你，让你不走向毁灭之途。所有元素纷纷就绪：骨灰已经收集到了、费特有武器、天降火雨。征兆和暗示——这是上帝的语言，它们全都会和我们同盟的力量一起消长。

又是一阵伊费无法理解的寂静。私生子已经钻入他脑袋里了吗？他是不是通过这段对话降低了伊费的心防，读到了伊费真正的意图？

费特先生和马丁内斯小姐已经清空了地下六层。埃利萨尔德先生和索托先生在地下五层交战。

伊费说："我想去地下六层。"

他们沿着楼梯间而下，穿过一摊明显的白色吸血鬼血液。伊费穿过地下五层的门时可以听到格斯大声骂脏话，听起来好像很开心。

在地下六层先看到地图室。穿过沉重的玻璃门，伊费进入狭长的房间，这里原本有严格的温湿控制。气温控制面板和湿度计挂在墙上，天花板有通风孔，但就连风口的缎带都没动。

书架很长。昆蓝先生往后退，伊费知道自己在布莱恩公园下面的什么地方。他安静地前进，听着费特和诺拉的动静，不想惊动他们或被他们惊动。他听到几排之后有声音，于是从书架中间的缝隙走过去。

他们用了手电筒，这让伊费可以关掉夜视镜。他靠得够近，可以从书堆里看到他们。他们站在玻璃桌边，背对他。桌上，柜子里，看起来像是最珍贵的典藏。

费特打开锁，把另一本古书放在面前。他注意着一本书：《古登堡圣经》。这本书最适合当赝品。在页缘加银边不难，他可以轻轻地把几张插画页贴上去，损坏这本珍贵的书籍只是推翻血祖和吸血鬼统治的微小代价。

"这，"费特说，"是《古登堡圣经》。以前世界上只剩不到50本……现在呢？这可能是最后一本。"他仔细检查了一下，把书翻过来。"这本不完整，印在纸上，不是牛皮纸，书脊也不是最初的。"

诺拉看着他。"你已经变成古书达人了。"

费特不由自主地因为她的称赞而脸红了起来。他左顾右盼，伸手从硬塑料套里拿出一张信息卡，让她看到他一直在读上头的信息。她轻拍他的手臂。

“我会带着这个,还有其他卡片来复制。”

费特放下几本插画书,温柔地叠在背包里。

“等等!”诺拉说,“你在流血……”

是真的。费特流了很多血。诺拉拉开他的衬衫,从急救箱打开一罐双氧水,倒在沾血的布料上。血液变成泡泡,一接触到就发出嘶嘶声。这样返魂尸就闻不到血味了。

“你要休息,”诺拉说,“我以医生的身份命令你。”

“噢,我的医生,”费特说,“这就是你的角色啊?”

“对,”诺拉带着微笑说,“我得给你抗生素。伊费和我可以找到,现在你回去找昆蓝……”

她小心翼翼地清理费特的伤口,又在上面倒双氧水。药水沿着他的胸毛滴下来。“你要把我染成金毛吗?”费特打趣地说。虽然这笑话很烂,诺拉还是看在他幽默的分上笑了。

费特拉掉她的帽子。“嘿,还给我!”她说,费特用没受伤的那只手臂和她抢帽子。费特把帽子还给她,但顺势抱住她。

“你还在流血。”

他的手抚着她的光头。“我真高兴我把你救回来了……”

然后,他第一次用他自己的方式告诉她,他对她的感觉。“我不知道没有你的话我现在会在哪里。”若是在其他情境下,这个魁梧的捕鼠员的告白会太过含蓄。诺拉也会等他说更多。至于现在——此时此地——这样就完全够了。

她轻轻地吻他的唇,感觉到他宽厚的手臂环着她的背,包围着她,把她揽到胸前。他们都觉得恐惧蒸发了,时间冻结了。他们把握当下,当地。其实,感觉好像他们就一直在这里,没有痛苦或遗憾的记忆。

他们拥抱时,诺拉手电筒的光线往书架的方向滑,短暂地照到伊费躲在那边,尽管他马上后退到书堆里。

中央公园眺望台城堡

这时候，埃弗里特·巴恩斯可以等到下了直升机才吐。等他把早餐吐完，他用手帕擦擦嘴巴和下巴，然后颇为胆怯地看看四周。但他这样猛吐，吸血鬼也没反应。他们的表情，或者说根本就面无表情，始终是冷漠而木然。巴恩斯就算是在79街的莎士比亚花园附近的泥巴步道上下蛋，或是从胸口长出第三条手臂，这些吸血鬼也不会有反应。他看起来很惨，脸上肿胀又都是瘀青，他的嘴唇因为血块都肿起来了，他的手受伤，缠上胶带不能动，但他们一点都不在意。

巴恩斯喘口气，在距离直升机旋转叶片几码的地方站直身体，准备继续走。直升机起飞，在他背后泼洒雨滴，一等直升机离开，他就打开宽阔的黑伞。他的警卫像无性的僵尸，根本没发觉到雨势，就像他们不注意他呕吐，他们就像苍白的塑料机器人一样走在他旁边。

枯树光秃秃的树顶分散开来，眺望台城堡进入视线，站在远景岩的顶端，背景是饱受污染的天空。

底下，一批吸血鬼大军将岩石基座密密麻麻围了厚厚一圈。他们的静止不动让人不安，他们雕像般的存在，就像是某种怪异又自信满满得让人吃惊的装置艺术。巴恩斯与两名随员走向吸血鬼兵团外缘，这时嗜血怪物们——没有呼吸，没有表情地——为他们让路了，让他们得以通过。巴恩斯在第十排左右（差不多是圆环的一半）停下脚步，看着这一圈对他们毕恭毕敬的吸血鬼。他打了个冷颤，雨伞晃了一下，脏污的雨水从伞骨尖端抖落下来。在这里，他感受最深的是一种诡异感：身处在这群人类猎食者中间，被他们团团包围，而他们大可以喝干他的血，或把他扯成碎片——但却没有动手，反而只是在他经过时懒散地站着，就算不是满怀敬意，至少也是被迫装出毫不在乎。这感觉就好像他走进了动物园，自由地在狮子、老虎与熊之间游走，却没有引起任何反应或兴趣。这完全违反他们的天性，这就反映了他们被血祖奴役的程度有多深。

巴恩斯在城堡门口碰到了过去的凯莉·顾威。她站在门外，她的双眼迎向他的眼睛，不像其他失去自我的吸血鬼。他放慢脚步，几乎有点想要说些什么，像是“哈啰”之类的，旧世界时代留下的礼仪。但他没说，直接经过她身边，她的眼神顺着他进去。

吸血鬼王穿着深色斗篷出现，他看着巴恩斯的时候，血虫在脸部肌肤下蠕动。

顾威接受了。

“对。”巴恩斯说，但他心想着：**既然你知道了，我为什么还要搭直升机到这个阴风阵阵的城堡来见你？**

巴恩斯想解释变节的事情，但自己却没办法把细节说清楚，血祖好像也没兴趣。

“他要背叛他的同伴。”巴恩斯总结地说，“他似乎很诚恳，但我不知道要不要信任他。”

我信任他可怜兮兮地需要他儿子。

“对，我知道你的重点。他也信任你很需要这本书。”

我一旦拥有顾威，就拥有他的同伴。我一旦获得那本书，就获得所有答案。

“我不懂的是我家戒备森严，他怎么能突破？为什么其他吸血鬼没有警报？”

是因为私生子。我创造了他，不是我的血液创造了他。

“所以他的波长不一样？”

我不能像控制其他人一样控制他。

“那么他现在和顾威是同伙？就像双面间谍？内应？”血祖没回答。“这样的人物可能很危险。”

对你吗？非常危险。对我吗？不危险，只是难以捉摸。吸血鬼始祖招募了一个帮派分子在白天猎杀吸血鬼，私生子先和他联手，其他人渣后来再加入，我知道去哪里可以找到关于他们的信息……

“如果顾威向你投降……那么你就拥有所有可以找到他的信息了。找到私生子。”

对。两对父子团圆。上帝的计划总是对称的。如果他把自己交给我……

巴恩斯背后传来一阵喧闹，让他在惊吓中转过身。一个青少年，粗糙的头发遮住眼睛，沿着旋转楼梯跌跌撞撞地走下来。是一个人类，单手扶着喉咙。这男孩把头发往后一甩，正好让巴恩斯认出那男孩脸上有伊费·顾威的影子：同样的眼睛，同样认真的表情——不过现在表现出了畏惧。

扎克·顾威。他显然呼吸不顺，气喘吁吁，脸都变成灰蓝色了。

巴恩斯站着，这时直觉地朝他走过去，后来巴恩斯才想起来他已经很久没表现出医者的直觉了。他拦住男孩的去路，抓着他的肩膀。“我是医生。”巴恩斯说。

那男孩推开巴恩斯，伸直了手臂，直接走向血祖。巴恩斯蹒跚地退后了几步，惊讶胜于其他情绪。这个头发塌扁的男孩在血祖面前跪倒，血祖低头看着他痛苦的脸。血祖让那男孩又挣扎了一阵子，然后举起手臂，斗篷的松袖子往后滑。他的拇指和超长的中指相互一弹，划破了皮肤。血祖把中指放在男孩脸部的正上方，一滴血凝在指尖。慢慢地，那颗血珠愈来愈大，滴下来，落进扎克的口腔深处。

巴恩斯干咽了一滴口水，很恶心。他那天早上已经吐过一次了。

那男孩闭上嘴，好像刚刚才吞了和眼药水差不多分量的药剂。他做了个苦脸——不知道是因为味道还是吞咽的痛苦——不一会儿，他的手就松开了脖子。他低着头恢复正常呼吸，他的气管通畅，肺部也奇迹地开了。几乎在一瞬间，他苍白的脸色也恢复正常——新世界的正常——也就是说，面有菜色、缺乏日照。

那男孩眨眨眼睛，环顾四周，自从呼吸困难地进入这个房间后，他都还没机会仔细看。他妈妈——或者说他妈妈变成的怪物——从门口走进来，或许是被家人的痛苦所召唤。不过，她呆滞的脸还是没有关心或放松的表情。巴恩斯很好奇这种治疗仪式多久进行一次。每周一次？还是每天一次？

男孩看着巴恩斯，好像是第一次见面，而他刚刚才把这个蓄山羊胡的男人推开。

“为什么这边还有另一个人类？”扎克·顾威问。

这男孩傲慢的态度让巴恩斯很惊讶，他记得顾威的小孩是个体贴、好奇、有礼貌的孩子。巴恩斯拨拨自己的头发，看起来比较尊贵。

“扎克，你记得我吗？”

那男孩撅起嘴唇，好像他不想被要求细看巴恩斯的脸。“很模糊。”他的声音粗哑、气势凌人。

巴恩斯还是很有耐心和精神。“我是你爸爸的主管。在旧世界时。”

又一次，巴恩斯看到这男孩身上有其父的影子——不过没那么明显。就像伊费去见他的时候变了，这男孩也变了。他年轻的双眼对人保持距离，不信任人。他有一种王子病。

扎克·顾威说：“我爸死了。”

巴恩斯开口要说话，又明智地闭嘴。他瞄了一眼血祖，但脸上还是没有表情——不过巴恩斯知道最好不要有另一种说法。

那时候，他看到了未来的发展，还有每个人在这出戏里面的角色与地位，他顿时对伊费产生了同情。那是伊费自己的儿子……不过，巴恩斯是巴恩斯，这种情绪没有维持很久，他就开始想着自己可以如何从中获利。

哥伦比亚大学洛式图书馆

这件事要和《光之熄》一起考虑。想想这和《光之熄》的关联。

昆蓝先生说这句话时,他的眼睛异常地震动。

指出血祖黑地的那一页上面有两个词:“黑暗”与“永恒”。不是明确的经纬度。

“每个地点都有经纬度,”费特说,“除了那个地方。”

他很认真在改造那本《圣经》,想要让这本书看起来像《光之熄》。他已经找来一大叠书,仔细审视,并割下里头的段落或版画。

为什么?为什么就只有这两个词?

“你觉得这是密码吗?”

我相信是。我一直都以为要找到这个地点的关键就在书里的信息中——但现在看起来,关键是在这本书所没有的信息里。血祖是最后一个降生的吸血鬼始祖,他们之中最年轻的。他花了数百年才和旧世界重新连结,花了更多时间才获得足够的影响力摧毁其他始祖的发源地。不过现在——现在他回到了新世界,回到曼哈顿。为什么?

“因为他想要保护自己的发源地。”

天空中的火焰记号证实了这一点。不过在哪里?

虽然这些信息如此震撼,费特却不像在听。

你在想什么?

“对不起。我在想伊费,”费特说,“他出去了,和诺拉一起。”

去哪里了?

“去找药品,给我用。”

一定要时时保护顾威博士,他很脆弱。

费特发觉自己没准备好。“我相信他们没事的。”他说，但现在换他开始担心了。

先驱广场梅西百货

伊费和诺拉在34街离开地铁和宾州车站。接近两年前，就是在这个车站，伊费离开了诺拉、扎克和诺拉的妈妈，希望他们把握最后的机会，在纽约的吸血鬼祸疫爆发之前安全地离开城市。一群怪物在东河隧道里让列车脱轨，阻止他们逃跑，凯莉掳走了扎克，把他带到血祖身边。

他们在查看梅西百货角落那一个关闭的小药局。诺拉看着经过他们身边的通勤族，被践踏的人类在往返职场的路上，要不就是去帝国大厦的配给站用工作券换取衣服或食物。

“接下来呢?”伊费问。

诺拉以对角线的方向看着第7大道，梅西百货就在一个路口外，正门被封起来了。“我们进百货，走进药局。跟我来。”

旋转门早就被锁了起来，破碎的玻璃被封得死死的。逛街购物早就不存在了，不管是要买必需品还是把逛街当消遣。一切都靠配给和工作券。

伊费把34街入口处的一片胶合板拆下来。里面，“全世界最大的百货公司”一团乱。商品架都被推翻了，衣服都被撕裂了，看起来比较不像劫掠而是打斗场景，或一连串决斗：吸血鬼和人类的暴动。

他们穿过百货柜台进到药局里，架子几乎都空了。诺拉挑了几样东西，包括温和的抗生素和几支针筒，伊费趁诺拉没注意的时候拿了一罐止痛药塞进小包包。

五分钟之内他们就完成了任务，诺拉看着伊费：“我需要几件保暖的衣服和耐穿的鞋子，营区的拖鞋都被磨平了。”

伊费想开个女人爱逛街的笑话,但他只是保持安静,点点头。往更里面走,就没那么乱了。他们走上著名的木造手扶梯——这是建筑物里第一座可移动的楼梯。

他们的手电筒照耀着空荡的展示楼层,自从购物活动中止以后这里就没变过。人体模型让伊费吓了一跳,他们的光头和固定的表情在被照亮的瞬间看起来像极了返魂尸。

"一样的发型,"诺拉带着浅浅的笑容说,"都是愤怒……"

他们穿越楼层,先打量这区域,寻找危险的迹象。"诺拉,我会害怕,"伊费说,让她很惊讶,"这计划……我会害怕,要我承认我也不在意。"

"要交换会很难,"她的声音有点低,她在后方房间里拉开鞋盒找尺寸,"这就是秘诀。我觉得你应该跟他说我们要拿那本书给昆蓝先生看。血祖一定知道私生子。跟他说你打算尽快抢到那本书。我们会选个地点安装核弹——然后你就可以把他引诱过去,他想带多少援兵就带多少。核弹就是核弹……"

伊费点点头。他看着她的脸,想找出背叛的迹象。他们目前独处,如果她要泄漏自己双面人的身份,这时机最好。

她没选时尚的皮靴,而选择了耐穿的平底鞋。"那本假书只要看起来够像,"伊费说,"只要看起来是真的,我想一切都会进展得很快,我们只需要通过第一眼的测试。"

"费特在负责。"诺拉十分确定,甚至还有点骄傲,"你可以信任他……"然后她才忽然想起她在对谁说话。"伊费,听我说,关于费特……"

"你什么都不必说,我懂。这世界糟透了,我们应该和在乎我们的人在一起——什么都不必管。从另一种奇怪的角度来看……如果你要和其他人在一起,我宁愿你选费特,因为他愿意付出生命,也不要让你受伤害。瑟拉齐安知道这一点,所以选择了他,而不是我,你也知道。他可以做我永远做不到的事——待在你身边。"

诺拉感觉到矛盾的情绪。这是伊费最好的一面:大方、聪明、关怀。

虽然她宁愿他是个混蛋。现在她知道他究竟是什么样的人了:她曾经深爱的那个男人。她的内心还是能感受到那股吸引力。

“如果血祖要我把书拿给他呢?”伊费问。

“或许你可以告诉他:我们在追你。你需要血祖过来找你。又或许你可以坚持要他带扎克来见你。”

伊费的脸黯淡了一下,想起血祖卑鄙地拒绝了这一点。“这说到了一个重点,”他说,“我要怎么引爆核弹然后逃走?”

“我不知道,现在太多变量了。这整件事需要很多运气和勇气,如果你要重新考虑,我也不会怪你。”

他看着她,寻找她行为中的缺陷……也许一个机会可以让她供出实情。“重新考虑?”他试探她,“是指要不要做这件事吗?”她摇摇头的时候,他看到她脸上的顾虑——没有背叛的样子。他很高兴地松了一口气,他们之间已经变了好多——但她骨子里还是以前那个自由斗士,这让伊费相信自己也是。

“怎么了?”她问。

“什么?”他说。

“你刚刚看起来好像在微笑。”

伊费摇摇头。“我只是明白了我的底线是扎克的自由。不管要花什么代价,我都会去做。”

“伊费,我觉得这真了不起,我真的觉得。”

“你不觉得血祖一眼就会看穿?”他说,“你觉得他会相信我会做这种事吗?我会背叛你们?”

“我相信,”她说,“这符合血祖的思考方式。你不相信吗?”

伊费点点头,很高兴她当时没看着他。如果叛徒不是诺拉,那会是谁?不是费特,一定不是。那会是格斯吗?他对伊费的叫骂会不会只是伪装?或者,华金是另一个嫌疑犯。这些晕头转向的问题让他更趋疯狂。

……永远不会淹没,永远不会被洪流淹没。

他听到主要展示区有声音，骚动的声音，以前会怀疑是老鼠，现在只可能是一样东西。

诺拉也听到了。他们关掉手电筒。

“在这里等着。”伊费说。诺拉懂，若要这骗局成功，伊费得自己去。“小心点。”

“向来如此。”她抽出剑。

他侧身走出门口，剑柄从背包穿出来，他很小心不碰撞到剑柄。他拿出单眼夜视镜，等画面稳定。一切看起来都是静止的。所有人体模型的手掌尺寸都很正常，没有特别长的中指。伊费往右绕，沿着边缘，直到他发现靠近下楼电扶梯的圆形架子上面有个衣架在轻轻晃。

伊费抽出剑，快步走到木造楼梯的顶端，静止狭长的电扶梯靠着墙边。他尽力在下楼的时候跑快一点、小声一点，他到楼梯口的时候先检查下一个楼层。有个声音告诉他要继续往下，所以他照做了。

他到楼梯底端的时候放慢速度，闻到了一股味道。吸血鬼来过这里，他就紧追在后。吸血鬼会独自在外很奇怪，他们通常都是勤奋地在执勤，除非是负责来巡逻这一家百货公司。伊费从电扶梯往外探看，地板看起来一片绿，没有动静。他准备要朝大展示窗走过去的时候，听到反方向有微弱的声音。

他还是没看到动静。他伏低身子，用衣架当掩护，朝那声音的方向前进。门口开着，上面的指示牌表示通往洗手间、行政办公室和电梯。伊费蹑手蹑脚地先经过办公室，查看每一道打开的门。他可以等确认过其他区域之后再回来检查关上的门。他走去洗手间，推开女厕的门，推了几厘米看声音是不是从这里传出来。这里很安静。他走进去检查隔间，推开每一扇门，剑握在手里。他回到走廊，站着听，感觉好像自己跟丢了什么细微的足迹。他拉开男厕的门溜进去。他经过小便斗，用剑尖推开每一间厕所的门，然后，失望地转身离开。

卫生纸和垃圾突然爆开，一只吸血鬼从门边角落的垃圾桶跳出来，降落在洗手间另一边的水槽上。伊费先往后一缩，骂声脏话，并用剑在空气中横劈以免遭螫针攻击。他马上稳住姿势，托出银剑，不想被逼到厕所里面。他对着嘶嘶叫的吸血鬼舞剑，那只吸血鬼在他身边绕圈，靠近他跳出来的垃圾桶，纸张在脚边沙沙作响。

吸血鬼蹲在那边，抓着水槽光滑的边缘，膝盖靠近头，看着伊费。伊费终于从夜视镜的绿光中看清楚这个吸血鬼。这是个男孩，非洲裔，十到十二岁，他的双眼看起来像澄澈的玻璃。

瞎了。是探子。

探子的上唇翘起来，从夜视镜看过去好像是在微笑。他的手指和脚趾抓着洗手台的前缘，好像他准备要往下跳。

伊费还是用剑尖对准探子的上腹部。

“你是来找我的吗？”伊费说。

对。

伊费沮丧地垮下来。不是因为这个回答，而是因为这个声音。这是凯莉的声音，说着血祖的话。伊费不确定凯莉是不是负责这个探子。如果她是他们主管，这样讲好了，他们的派遣者。如果是这样，如果这些失明又通灵的吸血鬼小孩由她非正式指挥，这多么适合又多么讽刺。凯莉·顾威还是母鸡，死了也一样。

“为什么这次这么简单？”

你想要被找到。

探子往下跳，不过没扑上伊费。这男孩从洗手间另一端的洗手台跳到墙上，然后四肢着地。

伊费用剑尖追踪着他的动作。探子在那儿爬，看着伊费。

伊费，你要杀我吗？

凯莉奚落的声音。是她提议要派个和扎克相同年纪的男孩吗？

“你为什么要这样折磨我？”

我可以立刻派 130 个吸血鬼到那里，包围你。给我个理由为什么我

不该立刻叫他们过去。

“因为书不在我这里。而且——更重要的是——如果你违反协议，我会立刻切断我的喉咙，不让你有机会进入我的脑中。”

你在虚张声势。

伊费朝那男孩突刺。男孩赶紧往后溜，撞到厕所门，进去停下来。“你觉得呢？”伊费说，“这些威胁让我对你会遵守约定没信心。”

你最好祈祷我会。

“选词选得很妙，‘祈祷’。”伊费站在小隔间门口，厕所的角落因为没人打扫发出恶臭，“亚兹拉尔。对。我看了你很想要的那本书。还和昆蓝先生说了话，那个私生子。”

那你应该知道我其实不是亚兹拉尔。

“不，你是那个残忍天使的血管里爬出来的虫。上帝把他分尸，就像杀鸡的时候大卸八块一样。”

我们都有叛逆的个性。很像你儿子，我想。

伊费甩掉那想法，决心不让血祖那么轻易地折磨他。“我儿子完全不像你。”

别太笃定。那本书在哪里？

“那本书一直都藏在纽约公共图书馆地底深处的书架上，如果你想知道的话。我应该要帮他们争取一点时间。”

我想私生子应该看得很认真。

“没错。你不会担心吗？”

以那个贱货的眼睛来说，要花好几年才能解密。

“很好，所以你不急。或许我该回去了，等你开出更好的条件。”

那么或许我该把你儿子大卸八块。

伊费想要用剑划过这吸血鬼幼童的喉咙，让血祖期待更久。但同时，他不想逼这个怪物太紧。尤其是扎克还生死未卜时。“你才是虚张声势的人。你很担心又假装不担心，你想要这本书，想得要命。为什么这么急？”

他没回答。

“没有其他叛徒，你只会说谎。”

探子还伏在地上，背抵着墙。

“好，”伊费说，“你想这样玩那就这样玩吧。”

我爸死了。

伊费的心跳漏了一拍，暂停了好久。听到这样的话实在太震惊，清楚得就像他和自己在房间里一样，那是他儿子扎克的声音。

他浑身发抖，很努力压住喉中愤怒的尖叫声。

“你这王八……”

血祖又回到凯莉的声音。**你会尽快把书拿过来。**

伊费最初担心扎克被转化了，但没有；血祖只是利用扎克的声音，通过探子传给伊费。

伊费说：“你去死吧。”

上帝曾经试过。但他现在在哪里？

“不在这里，”伊费的剑稍微低垂，“不在这里。”

不。不在百货公司的男厕里，不在荒废的梅西百货。伊费，你怎么不释放这个可怜的小孩？你看看他盲目的双眼，杀了他不会给你莫大的满足感吗？

他看着男孩的双眼。玻璃一般，眨都不眨。伊费看着这个吸血鬼……但也看到他曾经是个孩子。

我有上千个儿子，他们全都完全忠诚。

“你只有一个真正的后代：私生子，他只想要摧毁你。”

探子跪下来，仰着下巴，朝伊费露出颈子，双臂瘫软地垂在两侧。

伊费，杀了他，结束这一切。

探子盲目的双眼呆滞地瞪着，好像忠诚的仆役在等主人发号施令。血祖为什么要他处决这个小孩？

伊费用剑尖指着男孩裸露的颈子。

“喏，”他说，“如果你希望他被释放的话，就叫他自己迎上剑刃。”

你不想杀他？

“我很想杀他，但没有充足的理由。”

那男孩一动不动，伊费往后退，收回剑。这有点不太对劲。

你不能杀他。你把软弱隐藏起来，又说那是坚强。

伊费说：“软弱是对诱惑让步，而坚强是拒绝诱惑。”他看着探子，凯莉的声音还回荡在脑中。探子和伊费之间没有连结，除非通过凯莉。她的声音是血祖传出来的，只为了让他分心、软弱，但吸血鬼凯莉可能随时出现在任何地方。任何地方。

伊费退出洗手间开始奔跑，急着上扶梯去找诺拉。

凯莉紧贴着墙，踩着赤脚经过一排又一排的衣服。那女人的味道弥漫在鞋区后面的房间……不过她的心跳在展示楼层另一边。凯莉靠近更衣室门口，诺拉·马丁内斯持着银剑在那里等她。

“嘿，贱女人。”诺拉打个招呼。

凯莉沸腾了起来，她召唤探子，把他们都叫过来。她找不到攻击的角度。银制的武器在她的视线里闪闪发亮，这个光头女人朝她逼近。

“你还真不修边幅，”诺拉绕着收款机，“顺便告诉你，化妆品在一楼，或许高领上衣可以遮住你那恶心的脖子。”

探子女孩一蹦一蹦地从楼梯过来，停在凯莉身边。

“母女购物日，”诺拉说，“好温馨。我这里有些银饰，我很想看你们试戴看看。”

诺拉假装要刺，凯莉和那探子女孩却只是瞪着她。

“我以前会怕，”诺拉说，“在火车隧道里，我会怕你，我现在不怕了。”

诺拉把背包上挂的紫外线光杖解下来，打开靠电池发电的黑光。紫外线光束让吸血鬼却步不前，探子在咆哮叫骂中手脚并用往后退。凯莉动也不动，只转头看着诺拉盘旋后退到楼梯。诺拉用镜子检查身后动静，所以才看得到有个模糊的影子从扶手冲上来。

诺拉旋身将剑刃送进那探子男孩的口中，炽热的银几乎立刻就释放了他。她把剑抽出来，又转回正面，准备再战。

凯莉和那个探子女孩不见了，消失了——好像她们根本没出现过。

"诺拉！"

伊费从下方楼层叫她。"我要下去了！"她大喊回应，走下木楼梯。

他在那里和她碰面，很焦急，担心最糟糕的状况。他看到她的剑上有黏稠的白色血液。

"你没事吧？"他问。

她点点头，从旁边架子上扯下一条丝巾来擦剑。"我在楼上碰到凯莉，和她打了招呼。"

伊费盯着剑。"你有没有……"

"没有，很可惜。只杀了她的一个小跟班。"

伊费说："我们出去吧。"

出去之后，她以为外头可能会有成群的吸血鬼等着他们，但没有。一般人类在往返于职场，在雨中耸起肩膀。

"结果怎样？"诺拉问。

"是个王八蛋，"伊费说，"真王八。"

"但你觉得他相信了吗？"

伊费无法看着她的双眼。"应该是，"他说，"他信了。"

伊费一直提防着吸血鬼，他们行走的时候他不断扫视着人行道。

"我们要去哪里？"她问。

"继续走。"他说。过了36街，他往路边走去，低着身子走在已关闭的市场的雨棚下。他抬起头，视线穿过雨水，看着屋顶。

在那里，街对面高处，有个探子从一栋楼的边缘跳到另一栋，在跟踪他们。

“他们在跟踪我们，”伊费说，“来吧。”他们继续走，想要混在人群中甩掉他们。“我们要等到正午。”

哥伦比亚大学

第一道阳光出现，伊费和诺拉回到空荡荡的校园，确定自己没被跟踪。伊费推测昆蓝先生一定在地底下，或许在看《光之熄》。他要往那边走的时候被格斯截住——或者更准确地说，是格斯截住了诺拉，而伊费在旁边。

“你拿到药了吗？”他问。

诺拉给他看他们洗劫了一大袋。

“华金出事了。”格斯说。

诺拉停下脚步，觉得和吸血鬼有关。“怎么了？”

“我需要你去看他。很糟。”

他们跟着他走进教室，华金被支撑在书桌上，裤管卷了起来。他的腿上肿了两处，肿得很大。这个帮派分子痛苦难耐。格斯站在书桌的另一端，等着回复。

“这样已经多久了？”诺拉问华金。

华金皱着苦脸、汗流浃背。“我不知道。好一阵子了。”

“我现在要摸这边。”

华金做好心理准备。诺拉摸摸膝盖周围肿胀的地方。她看到膝盖骨下方有个小伤口，不到两厘米，而且弯弯曲曲的，边缘黄黄的有结痂。“你什么时候割到的？”

“不知道。”华金说，“我想是在血液营的时候撞到了。很久以后才发现。”

伊费插进来：“你有时候会自己出去。袭击过任何医院或赡养院吗？”

“呃……或许有过。圣卢克医院，对。”

伊费看着诺拉，他们的安静代表这个伤口发炎很严重。“盘尼西林？”诺拉说。

“或许，”伊费说，“让我们好好想想。”他对华金说：“躺平。我们马上回来。”

“医生，等等，这样听起来不妙。”

伊费说：“当然，这是发炎。这种伤口通常在医院处理。问题是，这里没有医院了，生病的人类就会直接被处理掉，所以我们要讨论怎么照料。”

华金点点头，不太相信，然后躺在书桌上。格斯没说话就跟着伊费和诺拉走出教室到走廊上。

格斯主要是看着诺拉说：“实话实说。”

诺拉摇摇头：“细菌，多重耐药。他可能在营区的时候受了刀伤，但这是他在一个医疗机构受的感染。细菌可能活在仪器上、表面上，可以活很久。情况恶劣，有腐蚀性。”

格斯说：“好。你需要什么？”

“需要的东西我们已经拿不到了，只能出去找——万古霉素。”

在暴动的后期，万古霉素已经很匮乏。迷糊的医学专家、专业人员都知道不该制造惊慌，他们上电视指出这种药是“最后一招”，或许可以治疗在全国快速蔓延的传染病。

“就算我们能找到万古霉素，”诺拉说，“也还需要用抗生素和其他疗法才能消炎。这不是吸血鬼的咬痕，不过就生还几率来说，应该都一样。”

伊费说：“就算我们可以用静脉注射的方式为他补充液体，对他也没有任何帮助，只不过把无法避免的结局往后延。”

格斯看着伊费，好像要揍他：“一定会有办法，他妈的你们是医生……”

诺拉说：“就医学来说，我们算突然回到黑暗时代了。现在没有制造新药，所有我们以为已经消灭的疾病都回来了，而且更凶猛。我们或许可以四处搜寻，找些可以让他比较舒服地……”

她看着伊费。格斯也是。伊费什么都不在乎了;他拿下背包——里面有他偷到的止痛药——打开一个拉链包,拿出一袋满满的药片。很多形状、颜色、大小都不同的药片和药丸。他选了两颗低剂量的氢可酮、几颗复方羟考酮,和四颗两毫克的二氢吗啡酮药锭。

“先给他这些,”他指指氢可酮,“把二氢吗啡酮留在最后。”他把剩下的整个袋子都给格斯,并对诺拉说:“全拿去。我已经不用靠它们了。”

格斯看着他手上的药丸。“这些不能治好他吗?”

“不能,”诺拉说,“只能稍微止痛。”

“那么,你知道,截肢呢? 把他的腿切掉。我可以自己来。”

“格斯,不只是膝盖而已,”诺拉摸摸他的手臂,“对不起。现在的状况就是这样,我们能做的不多。”

格斯盯着他手上的药品,十分茫然,好像他捧着华金破碎的遗体。

费特走进来,因为从外头进来,除尘大衣的肩膀很湿。他放慢了脚步,没想到会看到伊费、格斯、诺拉站在一起很感性的奇怪画面。

“他在这儿,”费特说,“克林回来了。在车库。”

格斯握拳包住药片。“你去,和那白痴打交道。我随后到。”

他回到里面去找华金,摸摸他汗涔涔的额头,帮他吞下药片。格斯知道他在和世界上最后一个他在乎的人道别。这是最后一个他真正爱的人,哥哥、妈妈、最亲近的同伴,现在全都走了。他一无所有了。

回到外头,费特看着诺拉。“一切都还好吗? 你去了好久。”

“我们被跟踪了。”她说。

伊费看着他们拥抱,他必须假装自己不在乎。

“昆蓝先生解读《光之熄》有没有进展?”伊费等他们一分开就问。

“没有,”费特说,“看起来不妙。”

他们三人穿过希腊竞技场式的洛式广场,穿越图书馆到校园边缘,维修保养大楼就在那里。克林的黄色悍马车停在车库里。泽西宝蓝帮的首领全身银光闪闪，他的胖手放在购物车上，里面都是格斯答应的半自动武器。这个帮派首领咧嘴露出宽阔的笑容，他的银牙在大嘴里闪耀，就像《爱丽丝梦游仙境》里的猫一样。

“我可以用这几把‘玩具枪’大搞破坏。”克林从车库敞开的门看到有人进来。他注视着费特、伊费和诺拉。

“老墨在哪里？”

“他随后就到。”费特说。

克林有多疑的职业病，所以想了一下才认为这样并无不妥。“他授权你们发言？我和那个爱吃豆子的人有协议。”

费特说：“我们都很清楚。”

“然后？”

“不论要什么代价，”费特说，“我们得先看到雷管。”

“喔，对，当然。我们可以安排。”

“安排？”诺拉说。她看着他丑陋的黄色悍马。“我以为你会带来。”

“带来？我连他妈的雷管长什么样都不知道。你以为我是《百战天龙》里的马盖先吗？我告诉你去哪里找，军火库。如果那个地方没有，我想就没有其他地方还有了。”

诺拉看着费特，显然他不信任这个克林。

“那，想怎样，你要载我们去那个商店吗？这就是你卓越的贡献吗？”

克林对她一笑：“聪明与渠道。这就是我要带给你们的。”

“如果你还没拿到东西……那为什么你现在在这里？”

克林挥着没子弹的枪。“我来拿我的枪，还为了那老墨的答案，还得要一点子弹装进这些宝贝里。”他打开驾驶座的门，伸手从前座的两个座位中间拿出一样东西：泽西的地图，另外还有一张手绘地图用回形针夹在上面。

诺拉把地图先拿给费特看，再拿给伊费看。“这就是你要给我们的东西。就用这个交换曼哈顿。”她看着费特，“美国原住民当年得到的条件也比我们要好。”

克林觉得诺拉很幽默。“这是皮卡汀尼军火库的地图。你看这边，就在新泽西北边的植物园，所以离这里大概往西三四十英里。那是个巨大的预备役部队基地，现在由吸血鬼控制，但我有办法进去。我这几个月都在突袭弹药库，想搞到他们的弹药——所以我需要这个。”他拍拍手上的武器，装进悍马的后面。“那地方从南北战争起就是军队存放火药的地方。在吸血鬼占领之前，那里是军方的研究机构和制造厂。”

费特看看地图。“他们有雷管？”

克林说：“如果他们没有，就没人有。我看到过导火线和定时器。你要知道自己需要什么。你的核弹在这里吗？我不知道我要找哪一种雷管。”

费特没回答这个问题。“大概是三英尺乘以五英尺。可携带，但不是像公文包那么小。很重，就像个小酒桶或垃圾桶。”

“你会找到能用的东西，也可能找不到。我不敢保证，只能保证让你进得去。然后你就要把你的玩具带得远远的，看结果怎么样。我不提供退款保障。如果是哑弹，那是你的问题，不是我的。”

诺拉说：“你根本没给我们什么。”

“你们想要再多花几年四处逛逛吗？随便。”

诺拉说：“我很高兴你觉得很有趣。”

“他妈的，我觉得很有趣啊，小姐，”克林说，“全世界是个笑声工厂。我不分日夜都在笑。你要我怎样，突然大哭吗？吸血鬼的事情是个大笑话，从我的角度来说，你如果不是在这个笑话里，就是在局外。”

“那你在里面？”诺拉说。

“这样跟你讲吧，光头美女，”满口银牙的克林说，“我打算拥有最后的笑声。所以你们这些叛乱分子最好确定你们点燃这玩意的导火线时离我的岛很远，你可以炸……康涅狄格或什么的，反正不要碰我的地盘。这是条件。”

费特勾起嘴角。"你拥有这座城市之后打算怎么做?"

"我还不知道。谁能想到那么久以后的事情?我以前当过房东,这地方百废待兴却又独一无二,或许把这地方改成赌场或溜冰场——对你们来讲都一样。"

格斯这时进来了。他的手插在口袋里,面色凝重。他戴着墨镜,但如果仔细看——就和诺拉所做的一样——可以看出他眼睛红红的。

"他来了,"克林说,"老墨,看起来我们达成协议了。"

格斯点点头:"对。"

诺拉说:"等等,他什么都没有,只有这两张地图。"

格斯点点头,他还没完全走进房间里。"我们多快可以拿到?"

克林说:"明天怎么样?"

格斯说:"那就明天。有个条件:你今天在这里和我们一起等,明天第一道曙光之前带我们去。"

"老墨,要盯着我啊?"

"我们会给你食物。"格斯说。

克林被说服了。"还算公平。我的牛排要五分熟,记得哦。"他用力关上行李箱的门,"那么你的伟大计划到底是什么?"

"你真的不必知道。"格斯说。

"你不能伏击那个王八蛋。"克林看着他们所有人,"希望你明白这点。"

格斯说:"如果你有他想要的东西你就可以——他需要的东西。这就是为什么我得盯着你……"

摘录自伊费·顾威个人日记

亲爱的扎克:

这是我第二次写下爸爸不该写给儿子的信:自杀遗书。第一封是我送你去搭火车离开纽约市之后,我在信里解释为什么要留下来打一场我认为必败的仗。

我还是这样,还在打那场仗。

你被用最残酷的方式带离我的身边。已经过了快两年,我一直盼着你,我一直想找到方法把你从禁锢你的那些东西身边带走。你以为我死了,但不是这样——还没。我活着,为你活着。

我写下这封信,以免万一你活得比我久,而且血祖也活得比我们久,万一——这对我来说是最糟糕的情况——我犯下大罪,对不起全人类,或目前残存的人类。我会以我们次等种族获救的希望交换你的生命。不只是要活着,而且是以人类的形态活着,不被血祖所散播的吸血鬼恶疫所转化。

我最诚挚的希望就是你现在已经明白血祖的手段实在是恶劣到了极点。有一句很睿智的话:“历史是胜利者书写的。”今天,我写的不是历史而是希望。扎克,我们曾经一起生活。美丽的生活,你妈妈也是其中的一部分。请记得生命、阳光、欢笑和单纯的快乐。这就是你的青春。你被逼得太快长大,如果你不确定谁真正爱你,谁希望你过得最好,这也情有可原。我原谅你的一切。请原谅我为你而背叛。我付出生命来换你的,这代价很小,但我朋友的生命和全人类的未来——这个代价太大了。

我自己已很多次放弃希望了,但从来没放弃你。我只后悔没办法看你长大,请让我的牺牲带你走向正途。

现在我还有另一件非常重要的事情要说。如果，这个计划的结果正如我所害怕的，而我被转化成了吸血鬼，那么你一定要明白，因为我对你的爱，我变成吸血鬼之后一定会去找你，这股引力永远不会停止。如果，你看到这封信的时候，你已经把我给杀了，我会感激你。1000 次，我感激你。请你不要有愧疚感、羞耻心，只要有行善的满足感。我很平静。

但如果你还没释放我——请把握下次机会摧毁我，这是我最后的要求，你也要摧毁你妈妈。我们爱你。

如果你找到日记，在我刻意留下的地方——你小时候的床，在你妈妈的屋子里，皇后区林边凯尔顿街——那么你就会在床底下找到一袋用银打造的武器，我希望它们可以让你在这世界上的生活轻松一点。这是我所要留给你的。

这是个残酷的世界，扎克·顾威。尽你所能让这世界更美好。

你的父亲
伊费·顾威博士

哥伦比亚大学

格斯答应要提供晚餐，但伊费没去吃，而是到走廊另一端的空教室去写信给扎克，离华金很远。写信的时候，伊费憎恨血祖的程度更甚于在这漫长苦难中的任何其他时刻。

现在他看着他刚写下的文字，从头读一遍，想要用扎克的方式来理解。伊费从来就没有从扎克的角度来思考过：他的儿子会怎么想？

爸爸爱我——对。

爸爸背叛了他的朋友和人类——对。

伊费恍然大悟，扎克在读这封信的时候会承受多少愧疚感：整个世界的沉沦都得让他一肩扛！他爸爸选择了让全人类受奴役，只为换他一个人的自由。

这真的是爱吗？还是其他名堂？

这是作弊，自己用简单的方法离开，而扎克会以奴隶的身份活着——如果血祖最后得逞——这个星球就会永远变成吸血鬼的巢穴。

伊费清醒了，好像从炽热的迷梦中清醒，他怎么可以这样想？这几乎就像是任由血祖的声音进到脑中时，也容许了一点堕落和疯狂；好像血祖邪恶的存在住进了伊费的大脑中，开始像癌细胞一样扩散。这样想让他比以前更替扎克担心害怕：他担心扎克活在那个怪物的身边。

伊费听到有人从走廊上过来，赶紧合上日记，塞到背包下面——这时门刚好开了。

是克林，他的大块头差点把门框都填满了。伊费以为是昆蓝先生，所以克林出现的时候让他吃了一惊。同时，伊费又松了一口气：伊费觉得昆蓝先生可以立刻看穿他的沮丧。

“嘿,博士,我在找你。一个人独处,嗯?”

“有些事要想清楚。”

“我刚刚去找马丁内斯博士,但她在忙。”

“我不知道她在哪。”

“和那个大块头在外面,捕鼠员。”克林走进去,关上门,伸出手臂,袖子卷到手肘。他的前臂上贴了一块正方形绷带。“我受伤了,需要你帮我看看。我看到那个老墨的手下华金,妈的,他应该不行了。我得请你看看。”

“呃,好。”伊费想要清空思绪,“我们来看看。”

克林往前站,伊费从背包里挖出手电筒,扶着克林粗壮的前臂。

在明亮的灯光下。克林的肤色看起来很正常。

“帮我撕下来。”伊费说。

克林照做。克林的手指和香肠一样粗,戴了很多银饰。绷带扯下几根粗硬的黑毛,不过这男人的表情纹丝不动。伊费用手电筒照照外露的肌肉,并没有割伤或擦伤。

“我什么都没看到。”伊费说。

克林说:“因为没什么好看的。”

他收回手臂,站在那里,看着伊费,等他弄清楚状况。

克林说:“血祖要我私底下来找你。”

伊费差点往后跳。手电筒从他的手中掉下来,滚到脚边。伊费捡起来,摸索着把光束关掉。

黑帮老大露出银色的笑容。

“是你?”伊费说。

“那你呢?”克林说,“不是没有道理。”克林回头确定门关着才继续说:“听着,老乡。你的表态要更明显一点,你知道吗?要多出点声音,把角色演好。你不够认真。”

伊费根本没听见他说的话。“多久……”

“血祖不久前才找上我，他妈的把我手下都铲平了，但我可以理解。这是血祖的地盘了，你知道？”他的银手指啪答一响，“但他饶了我一命。血祖有其他计划。开了条件给我——就是我给你们的条件。”

“用我们去换……曼哈顿？”

“嗯，曼哈顿的一部分。黑市、性交易、赌博。说这样人类就会分心，会比较守秩序。”

“那这个……这个雷管……都是谎言。”

“不，那是真的，我只是要渗透到你们之中。是格斯来找我要雷管的。”

“那书呢？”

“你们一直搞得神秘兮兮的那本书？血祖没说。那是你要给他的吗？”

伊费必须跟着演，所以他点点头。

“我绝对不会想到是你。不过，嘿——其他那些人很快就会希望他们比我们更早达成协议。”

克林又露出银色的笑容，他金属的表情让伊费很恶心。

伊费说：“你觉得他会遵守诺言吗？”

克林做了个鬼脸。“为什么不会，你觉得他会遵守对你的诺言吗？”

“我还不知道。”

“你觉得他会要我们？”克林生气了，“为什么？你会得到什么好处？最好不要说是这座城市。”

“我儿子。”

“还有？”

“就是这样。”

“就这样？你儿子。交换这他妈的圣书和你朋友？”

“我只想要他。”

克林往后退一步，故作敬佩，但——伊费看得出来——他觉得伊费是笨蛋。“你知道，当我发现你有协议时，我在想，为什么要两个计划？血祖在想什么？他要和我们两人都达成协议吗？”

“或许两个协议都不算数。”伊费说。

克林不喜欢这句话。“反正，我就想到了——我们其中一人是他的备份计划。因为，你已经先达成协议，他要我干吗？所以我是被占了便宜，你却得到荣耀。”

“背叛朋友的荣耀。”

克林点点头。伊费应该多注意克林的反应，但他现在很不安，心力交瘁极了。他从这个唯利是图又冷血无情的佣兵身上看到了自己。

“我想血祖是在耍我，立第二个协议根本等于没协议。这就是为什么我向其他人说军火库的地点——没人到得了那边，因为克林现在要行动了。”

伊费突然发现黑帮老大很靠近他。他看看那人的手掌，两手空空——不过握起了拳头。

“等等，”伊费察觉到克林接下来要怎么做，“先等等，听我说，我……我不会这么做，光想想就很疯狂，我不会背叛其他人——你也不该背叛他们。你知道雷管在哪里，我们去拿，装上费特的核弹，然后去找血祖的黑地。这样我们全都可以得到我们要的，我讨回我儿子，你可以拥有你的房地产。我们一口气终结这个王八蛋！”

克林点点头，似乎在衡量。“有趣，”他说，“如果局势一转，你要背叛我的话，我也会这么说。博士，再见啦。”

克林抓住伊费的领口。没时间防御，那人的胖拳头和银指节朝他头颅的两侧猛撞，他刚开始没感觉到那一拳，只注意到房间突然天旋地转，他的身体往下摔，推倒了椅子。他的头颅砸到地上，整个房间先变白，然后又变得非常非常暗。

异象

一如平常,火中出现了光。伊费站在那里,一动也不动——他们靠近他的时候,他还没办法控制自己。

在其中一个家伙使出全力攻击时,他腹部的太阳神经丛被那人的能量击中了。伊费抗拒了一下,角力了很久,感觉像永恒。第二个人影加入打斗——不过伊费·顾威不放弃。

他勇敢地、拼命地打,直到他又在光线中看到扎克的脸。

“**爸——**”扎克说,然后火光又出现了。

但这次伊费没醒过来。画面变成一片苍翠的青草地,在温暖的黄色太阳下,阵阵微风吹来。

田。农场的一部分。

晴朗、蓝色的天空。飞奔的云朵。茂密的树林。

伊费举起手要挡住阳光,这样才能看得更清楚。

一栋朴实的农舍。小小的、亮红色的砖房,屋顶是黑色鹅卵石。这栋房子的距离有 50 码那么远——不过,他走三步就到了。

烟从烟囱冒出来,卷成漂亮的、重复的形状。微风一吹,把烟往上扬,这一团废气就变成了工整的英文字。

……L E Y R Z O L E Y R Z O L E Y R Z O L E Y R Z O……

烟一般的文字散逸后,变成轻轻的灰尘飘落到草地上。他折起蝴蝶刀,用手指擦刀刃,发现他包扎好的伤口被划开了,红色的鲜血一直喷出来。

墙上有一道巨大的田字形四面窗。伊费把脸凑过去,呼吸在玻璃上,他的呼吸把不透明的窗户变清楚了。

有个女人坐在厨房的老餐桌前。淡黄色的头发,在一本很厚的书上写字,用一支鹅毛笔,那鹅毛很美、很大,是银色的,墨水瓶里装满红色的血液。

凯莉转过头,不完全面对窗户,只是刚好让伊费知道她察觉到他在那里。玻璃又起雾了,当他又吐口气擦玻璃,凯莉就走了。

伊费绕着农舍走一圈,想找另一扇窗户或另一道门。但这座房子是坚硬的砖屋,他绕了一整圈之后,连原本那扇窗所在的墙壁都找不到了。砖块颜色变深成黑色,他从建筑物往后退,这房子变成了一座城堡。他脚边的草已经被灰尘染成黑色了,接着草尖又变得锋利,每一步都划伤他的赤脚。

一道影子横遮日光。那影子有翅膀,就像一只大鸟,先振振翅膀再滑翔,影子在渐暗的草坪上淡出。

城堡的顶端,工厂式的烟囱把黑灰喷入天空,让晴朗的天气变成不祥的夜晚。凯莉出现在城墙上,伊费对着她喊。

"她听不见你的声音。"费特对他说。

费特穿着捕鼠员的连身衣,抽着雪茄,但他的头是鼠头,双眼又小又红。

伊费抬头再看着城堡,凯莉的金发像烟一样吹散。现在她是光头的诺拉,消失在城堡的高处。

"我们得分开。"费特用人类的手把嘴边的雪茄抽出来,吹出银灰色的烟,绕着他又细又黑的胡须,"我们没多少时间了。"

老鼠费特跑进城堡里,吱吱叫地一头钻进底座的裂缝,在两块黑色岩石之间扭扭硕大的身体。

上头,角楼里有个男人穿着工作衫,别着军徽。那是马特,凯莉的同居男友,原本可能取代伊费的父亲角色的人,也是伊费第一个杀死的吸血鬼。伊费看着他，马特突然一阵痉挛，他的双手紧紧掐着脖子。他全身抽筋，弯下腰来，遮住脸，身体扭曲……最后双手放开头。他的中指拉长成粗厚的鹰爪，这个怪物直起身，现在超过 180 厘米高。血祖。

黑色的天空这时打了开来，雨水从天而降，但雨滴落在地上的时候，没有像平常一样哗啦哗啦的，而是发出了“爸”的声音。

伊费踉跄后退，一边转头一边跑。他想要在割人的草地上跑得比雨快，但每跑一步雨就撕裂他的皮肤，在他的耳中喊着：“爸！爸！爸！”

最后一切都明朗了。雨停了，天空变成绯红色的罩子。草地不见了，泥地反映出天空的红，就像海水一样。

在远处，有个人影靠了过来。看起来不太远，但近一点的时候，伊费才能看清他的身材。看起来像是个男人，但是比伊费高出三倍。他停在远处，尽管他的体型让人觉得他很靠近。

他确实是个巨人，但比例非常正确。他穿着，或者说，他沐浴在光轮中。

伊费想说话。他不怕这个人，他只觉得不知所措。

有个东西爬上巨人的后背。同时，两片宽大的银色羽翼像扇子般打开来，宽度更胜巨人的高度。这个动作扇出一阵风，把伊费往后吹了一步。大天使的手臂垂在身体两侧——这一定是大天使——又挥了两下翅膀，扰动空气，展翅凌空。

大天使翱翔天际，巨大的翅膀负责升腾，手腿都很放松，他朝伊费飞来的时候带着无比的优雅与轻松。他降落在伊费面前，让伊费觉得自己不止渺小三倍。几丝银色翎毛从羽毛上掉下来，羽毛管先掉下来，然后黏在红色土地上。有一根飘向了伊费，他用手抓住。羽毛管变成了象牙把手，鸟羽变成银剑。庞大的大天使朝伊费弯下腰，他散发出的光轮让伊费看不到脸。那道光感觉起来特别凉，甚至像雾。

大天使把目光对准伊费后方的某个东西，而伊费不甘愿地转过头。

悬崖边架设了一张小餐桌，石心集团的前任总裁奥迪·帕墨穿着招牌黑西装，右臂袖子上别了红色卍字臂章，用刀叉吃着瓷盘上的死老鼠。一道模糊的影子从右侧靠近，是一只白色的大狼，往餐桌扑去。帕墨始终没抬头。白狼往帕墨的喉咙跃去，把他从椅子上撞翻，撕扯他的颈子。

这只白狼停下来，抬头看伊费——然后朝他奔来。

伊费没有跑，也没有举起剑。那只狼在靠近他的时候慢下动作，用爪子挑起泥土。帕墨的血污沾上了它嘴边雪白的毛。

伊费认得那只狼的双眼。是亚伯拉罕·瑟拉齐安，声音也是他的。

“阿苏达谷洼。”

伊费摇摇头，听不懂，然后一只大手抓住了他。他感觉到大天使的翅膀在拍动，而他被带离了红色土地，脚下的土地一直变小，一直变小。他们靠近一大片水域，然后往右倾，飞向一串密集的群岛。大天使低飞，直接冲进上千座岛屿的其中一座。他们降落在盆地形的荒地上，到处都是扭曲的铁和冒烟的钢。这座废墟已成焦炭，岛上有衣服碎片和烧过的纸张四处散落；这座小岛是某一场大灾难的爆发中心。伊费转头看大天使，但他走了——他原本的位置出现了一道门。简单的门，独立在门框里。上头有个标记，用黑色记号笔写的，旁边有墓碑、骷髅、十字架的插画，看起来像小孩画的。那一行字是：

你过了这里就会死。

伊费认得这道门和那笔迹。他伸手去转门把，打开门，踏进去。

扎克的床。伊费的日记放在上面，可是皱巴巴的封面不见了，现在的是银制的封面和封底。

伊费坐在床上，感受着床垫熟悉的支撑力，听着床架吱嘎响。他翻开日记，羊皮纸的内页来自《光之熄》，里面有手绘插图。

更不可思议的是伊费竟然能读懂这些拉丁文。他看到细微的水印在第一层文字后面透露着第二层信息。

他看得懂，第一眼就立刻看懂了。

“阿苏达谷洼。”

好像念出这串字就召唤了血祖，他出现在没有墙的那道门。他掀开遮住脸的斗篷，他的衣服掉了下来，阳光让他的皮肤变成炭，呈焦黑色，血虫在他脸部皮肤下蠕动。

血祖想要那本书。伊费站着，手中的羽毛变成了一把上好的银剑，但他没发动攻击，而是倒转剑柄，让剑尖朝下——如《光之熄》的指示。

血祖冲到他身边，伊费把银剑剑刃插到黑色土地里。

第一道震波像涟漪一样传遍地球。接下来的爆炸更如神力，明亮的光线形成火球消灭了血祖与周围的一切——只留下伊费，盯着他的手，使得这一切发生的手。

年轻的手——不是他的手。

他伸出手摸摸脸。他不再是伊费。

他是扎克。

醒于火势中

AWAKENING TO FIRE

哥伦比亚大学

醒来,顾威。

私生子的声音呼唤着伊费,让他恢复意识。他睁开双眼。他躺在地板上,私生子站在面前。

发生了什么事?

离开幻觉回到现实相当震撼。从感觉超载到感觉剥夺。在梦里面的感觉就好像进入了《光之熄》的插画里,感觉到的不只是真实。

他坐起身,现在开始头痛了。有一边脸很酸。在他正上方,昆蓝先生的脸和平常一样死白。

伊费眨了眨眼睛,想要甩掉幻觉留下的催眠效果,那像黏稠的胞衣一样缠着他。"我看到了。"他说。

看到了什么?

伊费听到打击乐的节奏,愈来愈大声,从头顶经过,晃动整栋大楼。是直升机。

我们正在受到攻击。

昆蓝先生扶他站起来。"克林,"伊费说,"他告诉了血祖我们在哪里。"伊费撑着头。"血祖知道我们手上有《光之熄》。"

昆蓝先生转过去面对门。他站直,好像在听。

他们带走华金了。

伊费听到脚步声,很轻很远。赤脚。吸血鬼。

昆蓝先生抓着伊费的手臂,拉他站好。伊费看着昆蓝先生的红眼,想起梦境的结局——又赶快摒除杂思,专注在眼前的威胁。

把你备用的剑给我。

伊费给了昆蓝先生，然后收拾日记，把背包背上，就跟着昆蓝先生到走廊上。他们向右转，找到通往地下室的楼梯，他们进到了地下通道，吸血鬼已经在里面。噪音传递过来，就好像电流一样，是人类的叫声和刀剑相劈的声音。

伊费拔出剑，打开手电筒。昆蓝先生以极快的速度移动，伊费则试着追上他。眨眼间，昆蓝先生已经冲到前头了，等伊费拐过弯，他的光束照上了两个脑袋分家的吸血鬼。

小心后面。

另一只吸血鬼从一个侧室冒出，伊费旋身一刺，剑尖刺穿了他的胸口。银让吸血鬼变得虚弱。伊费拔出剑，很快给了他脖子一剑。

昆蓝先生继续向前，高速冲入一场场混战，并在怪物来不及回击前送他们上了黄泉路。他们俩就一路这样穿越地下庇护所的一条条通道，来到格斯用荧光油漆标志过的楼梯间。穿过后，是条通道，接着通往下一个楼梯间，最后往上回到一栋校园建筑的地下室。

他们从接近校园中央、图书馆后方的数学系大楼离开，两人的出现立刻吸引了入侵吸血鬼的注意。吸血鬼从四面八方奔涌而来，完全不管马上要面对的银武器。昆蓝先生凭着他石破天惊的速度，及对吸血鬼的腐蚀性白血中有传染力的血虫的天生免疫力，砍倒的返魂尸数目是伊费的三倍之多。

一架军用直升机从水面逼近，俯冲而下，从头顶低空掠过，在校园建筑上方快速盘旋。伊费看到了枪架，虽然他的心里一开始一直抗拒这幅画面。他在长长的枪管后方看到光头吸血鬼的脑袋，接着听到枪响，但仍然无法消化，直到他见到子弹炸烂了他脚边的石头步道才搞清楚状况——机枪扫射是冲他与昆蓝先生而来。伊费与昆蓝先生转身拔腿就跑，寻找掩护，躲入最近的建筑的掩蔽处。直升机则晃了出去，待会儿要绕回来从头再来。

他们跑到门口，暂时躲开敌人视线，却没有跑进建筑——这样太容易被困在里头了。伊费慌乱地摸出夜视镜,举到眼前看了一眼,时间正好够让他看到十几只闪光的绿色吸血鬼走进竞技场风格的四方院,就像被叫去作战的古罗马不死角斗士。

昆蓝先生还在他身边,比平时还沉稳。他两眼发直,瞪着前方,好像在别的地方看到了什么。

血祖在这里。

“什么?”伊费四下张望,“他一定是来抢书的。”

血祖是来这里夺走一切的。

“书在哪里?”

费特知道。

“你不知道?”

上次我看到它是在图书馆里,当时书在他手中,他在找摹本来仿造……

“走吧。”伊费说。

昆蓝先生没有迟疑。巨大的圆顶图书馆几乎就在他们正前方了,就在四方院凹陷处的前面。他从门边及掩蔽处冲出去,一路上还劈了一头迎面而来的吸血鬼。伊费紧跟过去,看到直升机又转了回来,在他右边,还有段距离。他三步并两步冲下阶梯,接着又爬回原处;那枪管现在在自动连发了,花岗岩碎片刺进他的小腿。

直升机慢了下来,在四方院上方盘旋,让枪手能更稳定地开枪。伊费闪到两根撑起图书馆正面门廊的粗粗廊柱之间,躲开了部分子弹。在他前方,有只吸血鬼逼近了昆蓝先生,结果是得到了被昆蓝先生徒手扭得身首异处的奖赏。昆蓝先生为伊费开门,他顺势跑了进去。

在圆形大厅中,伊费跑到半路就停下了脚步。他感觉得到,血祖就在图书馆内什么地方。不是因为气味或震动,而是在血祖经过后,空气流动的方式:空气会绕着血祖打转,制造出怪异的交叉气流。

昆蓝先生抢先一步,从伊费身旁跑过,进了主阅读室。

“费特！”伊费大喊，听到了像是书本在远方落地的声音，“诺拉！”

没有回应。他赶紧去追昆蓝先生，不过仍将银剑左挥右砍，时时意识到血祖的存在。他暂时和昆蓝先生失散了，于是便拿出手电筒打开。

将近一年无人使用后，图书馆早已灰尘厚积。伊费在手电筒明亮的三角锥光束中，看到许多灰尘悬浮在空中。他沿着书架，将光束一路照过去，直到照到另一头的开放空间，这时他注意到灰尘中有了骚动，就像是有东西以超越肉眼可见的高速晃了过去一样。这阵骚动，就像粒子如呼吸般重新排列，以不可思议的速度朝伊费直奔而来。

伊费被人从后头重重一击，敲倒在地。他抬头一看，正好见到昆蓝先生接了逼近气流的重重一掌。昆蓝先生的剑没有砍到东西，但接下来他却身子一侧，拍开了凶猛的攻势。攻击的力道很大，不过昆蓝先生没有失去平衡。

伊费身旁的一排书架突然重重塌下，钢材结构戳进铺了地毯的地板。消耗气力让血祖现形了，他从翻倒的书架上滚下。伊费看到了黑暗之王的脸孔——只有一瞬间，但已足以让他看见血虫正在血祖皮肤下疯狂乱窜——伊费盯着血祖，那怪物则从地上扶起自己。

经典的以逸待劳攻势要出现了。昆蓝先生闪了开来，让血祖攻向毫无防备的伊费，然后再出其不意地攻向他。血祖和伊费都同时意识到这一点，伊费对血祖居然上当中计很不习惯。

王八蛋。

血祖怒了，爬起身来，朝昆蓝先生一砍。因为银剑的关系，他没办法造成什么严重伤害，但他往下方一攻，把私生子推向了迎面的书架。

然后血祖撤了，变成一团黑色的模糊小点，退回圆形大厅。

昆蓝先生马上爬起身，并用空出的那只手扶起伊费。他们追向血祖，穿过圆形大厅，同时寻找费特。

伊费听到一阵尖叫，认出那是诺拉的声音，于是冲进一个侧室。手电筒照到了她，但其他吸血鬼也从另一头进了房间，其中一只还蹲在一排书后方。

昆蓝先生到了。私生子往前一步,站到伊费身旁,银剑在手,剑尖上滴着白血。

凯莉转为全力嘶吼模式,全身紧绷,准备随时要跳起逃跑。伊费不知道私生子将什么话语或声音传进她脑海,但反正它们让她分心了,并激怒了她。伊费瞄了一眼昆蓝先生的另一只手,没有费特的袋子。书没了。

伊费靠在悍马车的前门,这时看到了车内有格斯交给克林的自动武器。趁着私生子压制住凯莉,伊费爬进车内,一把抓起最近的武器,并将武器背带缠在他的手臂上。他走下车,越过昆蓝先生朝凯莉开火。机关枪突然在他的手上嘶鸣了起来。

他的第一轮连发没打中她。她开始移动了,跳上悍马车车顶,躲避他的子弹。伊费很快绕到卡车后方,随意开枪,追着跳来跳去的凯莉,将她逼出了车库。射击一路没停。她沿着建筑侧面狂奔,跳上屋顶,接着消失无踪了。

伊费立刻回到车库后方。克林已经站起来了,正想坐上悍马车。伊费二话不说走向他,手上还冒着烟的武器直接对着帮派头头宽厚的胸口。

"他妈的你搞什么?"克林大叫,并低头看着自己被划开的裤脚,已经被血液染红,"到底有多少吸血鬼在争夺你?"

伊费转向昆蓝先生。"怎么样了?"

血祖。他逃了。逃得很远。

"带着《光》。"

费特和诺拉冲进来,弯着腰,上气不接下气。

"看着他。"伊费对昆蓝先生说,然后冲出去砍杀所有追兵。不过他一个都没见到。

回到里面,费特检查诺拉有没有被血虫入侵。他们还在喘气,因为惊吓、打斗和逃跑而精疲力竭。

“我们得离开这鬼地方。”费特一边喘一边说。

“血祖拿到《光之熄》了。”伊费说。

“大家都没事吗?”诺拉瞄瞄后面的克林和昆蓝先生,“格斯在哪?”

伊费说:“你们有没有听到我的话?血祖拿到手了。书没了。我们完了。”

诺拉看着费特,微微笑。费特转转手指,所以她转过身让费特可以拉开她背包的拉链。她拿出一包旧报纸,摊开来。

里面是少了银色书封的《光之熄》。

“血祖拿走了我动过手脚的《古登堡圣经》。”费特说,他的微笑主要是因为觉得自己很聪明,而不只是因为这个开心的结局。

伊费得摸一摸才能说服自己这是真的。他看着昆蓝先生确认一下。

诺拉说:“血祖一定气死了。”

费特说:“不,那本书看起来很真,我觉得他一定高兴死了……”

伊费说:“糟了。”他看着昆蓝先生。“我们得离开,就是现在。”

昆蓝先生粗鲁地抓着克林的后颈。

“怎么回事?”诺拉指的是昆蓝先生怎么对克林这么粗暴。

伊费说:“是克林把血祖带来这里的。”他用武器指着那个大块头。“不过他改变了心意。现在他要帮助我们,他要带我们去军火库拿雷管。但首先,我们需要拿到那颗核弹。”

费特把《光之熄》包起来,放回诺拉的背包里。“我可以带你过去。”

伊费爬进驾驶座,把机关枪固定在宽大的仪表板上。“带路吧。”

“等等,”费特跳上乘客座,“首先,我们要找到格斯。”

其他人跳上车,伊费发动引擎。车头灯亮了,照到两个吸血鬼朝他们走过来。“等等!”

他用力踩油门,碾过惊讶的返魂尸。伊费直接撞上他们,怪兽被车头的镀银防护栏一撞就死了。他往右转,离开路面,开上泥巴地,颠簸地过了两级楼梯,开上校园的步道。费特持着机关枪,摇下窗户,把上半身都伸出窗外。只要有返魂尸成群地接近他们,费特就疯狂扫射。

伊费在一栋大楼旁绕过转角,压碎老旧的脚踏车架。他看到图书馆后方就开枪,避开干涸的喷泉,又压死两个迷路的吸血鬼。他从图书馆前方绕过来,看到直升机盘旋在校园广场的上方。

他太专心看着直升机了,没注意到面前有一条往下的石头阶梯。“抓紧了!”他对着挂在窗外的费特和在后方转动武器的诺拉大叫。

悍马车用力往下栽,在阶梯上颠簸,就像黄色的乌龟在45度的洗衣板上往下滚。他们在车里剧烈摇晃,伊费的头撞上车顶。他们到阶梯底部的时候往下一震,伊费往左转,朝着哲学大楼外的“沉思者”雕像前进,直升机就在那附近盘旋。

“在那里!”费特大叫,指出格斯和他的紫外线光杖。格斯从雕像后面冒出来,避开直升机的射击。

直升机现在转向货车,费特举起他的武器,想要单手撑着悍马车的车顶架,单手瞄准直升机。伊费往雕像急驰,又碾死另一个吸血鬼,才把车停在格斯旁边。

费特的枪发出干干的闷响。直升机的子弹把费特逼回车里,子弹差点打中货车。格斯爬上车,看到伊费在方向盘后面,就赶紧伸手到他后方,恳求诺拉:“给我一把!”

她递给他一把机关枪,格斯把枪扛在肩上,朝头上的直升机扫射——刚开始是一次一发,在目标上画出一个小点,后来就快速连发。

对方射击停了,伊费发现直升机往后退,快速转向,降低机鼻,飞走了。不过太迟了,格斯打中了石心集团的机长,他身体一软,手还握着操纵杆。

直升机一斜,垂直落下,侧翻在广场一角,压死了另一个吸血鬼。

“干得好。”格斯看着它坠落时说。

直升机爆炸,喷出火焰。没想到有个吸血鬼从残骸中爬出来,全身都是火,还朝他们前进。

格斯一枪打中他的头,让他倒下来。

“进来!”伊费大声喊,盖过耳鸣声。

格斯看着车内,准备要无视伊费,因为不想被人命令。格斯想要留下来杀光每一个吸血鬼,他们岂敢入侵他的地盘!

不过这时格斯看到诺拉拿着枪口抵住克林的颈子,这让他匪夷所思。

“怎么了?”格斯说。

诺拉踢开门。

“进来就是了!”

费特指挥伊费往东走穿越曼哈顿,再往南到九十几街的地方,再往东转一次到河边。没有直升机,没有任何人跟踪他们的迹象。亮黄色悍马车有点太显眼了,但他们没时间换车。费特给伊费看要在哪里停车,最后隐藏在荒废的工地里。

他们赶紧跑到渡轮码头。费特一直注意停在那里的一艘拖船,以防万一。“我猜这就是了。”他说,他坐上驾驶座,他们登上船,驶向汹涌的东河。

伊费代替诺拉看着克林。格斯说:“有人最好解释一下。”

诺拉说:“克林和血祖一伙,他泄漏了我们的地点,他把血祖引来我们这边。”

格斯走到克林身边,船一直摇晃,他扶着船身。“是真的吗?”

克林露出银牙。他的骄傲更甚畏惧。

“我做了个交易,老墨。条件很好。”

“你把吸血鬼带到我这边?靠近华金?”格斯歪着头,靠近克林的脸。他看起来好像要爆发了。“他们会把叛徒吊起来,你这人渣!或者悬在火堆上!”

“嗯,你应该知道,兄弟,叛徒不只我一个。”克林微微笑,转向伊费。格斯顺着他的目光看过去,其他人也一样。“是不是有什么我们不晓得的事情?”格斯问。

伊费说:“血祖通过你妈妈找上我,说要拿我儿子来交换。你可以说我发疯了或太软弱,或者想怎么讲都可以,但我还是认真考虑了,我……我没明确拒绝。我知道这是个不可能赢的局面,但是——”

“所以你的伟大计划,”格斯说,“你用书当陷阱引出血祖的天才主意,其实不是陷阱。”

“本来是,”伊费说,“如果有用的话,我两边都有策略。我被逼急了。”

“妈的,我们全都被逼急了,”格斯说,“可是我们都没背叛自己人。”

“我很老实。我知道你们可以骂我,但我还是考虑了。”

格斯立刻用手中的银刀攻击伊费。

昆蓝先生动作如电,冲到他面前,刚好用手掌推他的胸口,把格斯往后推。

格斯对昆蓝先生说:“让我解决他,让我现在就杀了他!”

顾威还有其他话要说。

伊费在摇晃的船上保持平衡,罗斯福岛的灯塔已经进入视线中了。他说:“我知道黑地在哪里。”

格斯怒视着他,回避昆蓝先生。“狗屁。”他说。

“我看到了。”伊费说,“克林把我打昏的时候,我看到了画面。”

“你他妈的**做了个梦**?”格斯说,“他终于疯了!这家伙他妈的发疯了!”

伊费必须承认这听起来不只是有一点疯狂而已,他不确定要怎么说服他们。“这是……一个启示。”

“前一秒是叛徒,下一秒是他妈的预言家。”格斯又想要拿伊费开刀。

“听我说,”伊费说,“我知道这听起来很不可思议,但我看到了一些事情,有个大天使来找我——”

“**噢,操**!”格斯说。

“——身上有银色的翅膀。”

格斯扑过去要揍他,昆蓝先生挡着——只是这次,格斯不肯让步。昆蓝先生把格斯手中的刀子拿走,差点捏碎他的骨头,然后把刀子折成两半,丢到船外。

格斯抓着酸痛的手,站在昆蓝先生后面,就像被踢的狗。“操他的,他满嘴狗屁!”

他自己挣扎了很久,就像雅各布……就像每一个曾经在地球上立足的领袖一样。我们真正的领袖之所以杰出不是因为他们的信仰,而是疑虑,是他们克服疑虑的能力。

“大天使……他告诉我……”伊费说,“他带我去那里。”

“去哪里?”诺拉说,“那个地点在哪里?”

伊费担心他的幻觉开始从记忆中消退,就像梦境一样。不过那画面深植在他的意识中,尽管伊费觉得巨细靡遗地重述并不聪明。“在一座岛上。群岛之一。”

“一座岛上?哪里?”

“附近……但我需要那本书才能确认。我现在可以读懂,我很确定。我可以解读。”

“太好了!”格斯说,“把书拿给他!就是他想要交给血祖的那本书!直接拿给他。或许昆蓝也有份。”

昆蓝先生懒得理睬格斯的指控。

诺拉挥挥手要格斯安静。“你怎么知道你看得懂?”

伊费没办法解释。“我就是知道。”

“那是一座岛。你刚刚说的。”诺拉朝他走一步,“但为什么?为什么你会看到幻象?”

伊费说:“我们的命运——甚至是天使的命运——都是碎片。《光之熄》里面有我们多数人忽略的启示——提供给预言家,用幻象的方式,然后被刻在许多遗失的陶片上。一直都是像这样:线索、碎片。上帝的智慧通过不可能的方式来到我们面前:幻象、梦境、征兆。对我来说,上帝似乎送出信息,由我们来解读。”

“你知道,现在你在要求我们信任你的幻象,”诺拉对伊费说,“就在你承认你企图误导我们之后。”

“我可以给你们看,”伊费说,“我知道你们不认为自己可以信任我,但你们可以,也一定要。我不知道为什么……但我认为我可以拯救我们,我可以拯救我们所有人,包括扎克,只要一举摧毁血祖。”

“你他妈的真是疯了,”格斯说,“你以前只是个愚蠢的王八蛋,但现在你还他妈的疯了!我打赌他一定吞了很多他给华金的药丸。他要跟我们讲的是一个梦!这个博士有药瘾,他大脑停机了,要不然就是他瘾头发作了。我们要照他说的去做吗?在他梦到**天使**之后?”格斯甩甩手。“要是你们相信,那么你们就他妈的跟他一样都疯了!”

他说的是实话。或许他知道的是实情。

格斯瞪着昆蓝先生。“那表示他是对的吗?”

费特说:“我想我相信他。”费特的高尚情操让伊费深受感动。“我说,在血液营的时候,天空中的记号就是要给他看的。他会有幻象一定有理由。”

现在诺拉看着伊费,好像她不太认得他了,他对她来说已经一点也不熟悉了;他看得出来这一点。他现在成了一样物品,就像《光之熄》一样。“我想我们要听他的。”

眺望台城堡

扎克坐在雪豹栖息地里的巨岩上,就在枯树的枝丫下。他感觉到有事情要发生了,奇怪的事情。这座城堡似乎一直能反映出血祖的心情,就好像气象仪根据温度和气压变化一样。有事情要发生了。扎克不知道为什么,可是他感觉到了。

来复枪横放在他腿上,他不晓得会不会需要用到枪。他想起那头雪豹以前会在这里追踪猎物。他想念他的宠物、朋友,从某个角度来说,那头雪豹还和扎克在这里、在他心里。

他看到网状围墙外头有动静,这座动物园已经两年都没有访客了,他用来复枪的瞄准器来搜寻入侵者。

那是扎克的妈妈,朝他跑过来。扎克经常看到他妈妈,所以知道她烦躁的时候是怎样的。她靠近雪豹区的时候慢下脚步,看到扎克在里面。三个探子手脚并用地跟在她后面蹦蹦跳,就像小狗在晚餐时候跟在主人身边亦步亦趋。

现在这几个盲眼的吸血鬼是她的小孩了。扎克不再是了。现在,改变的不是她——她被转化为吸血鬼,离开了活人——扎克觉得他才是过着不正常生活的人。就两人的母子关系来说,他才是死了之后又活在她面前,就像她已不记得的回忆,屋里的鬼魂。扎克才奇怪,才与众不同。

有那么一阵子,当他在瞄准器里看到她的时候,他把食指放上扳机,准备按下去,但他放开了那把枪。

他从喂食的门走出去,从栖息区后面出来,去找她。很细微,她的烦躁。她的手臂垂在两侧,手指张开。

扎克不确定她从哪里来,血祖派她出去的时候,她又去了哪里?扎克是她亲爱的家人中唯一幸存的——所以她要去找谁?这突然的紧急事件又是什么?

她的双眼红红的、亮亮的。她转身开始走,用眼神命令探子,扎克跟在后面,提着枪。他们离开动物园的时候扎克刚好看到一大群吸血鬼——一整个军团环绕着血祖的城堡——穿越树林,跑到公园的边缘。

有事情发生了。血祖在召唤他。

罗斯福岛

伊费和诺拉在船上等,停在罗斯福岛靠皇后区的这一侧,靠近灯塔公园北边。克林在后面坐着看他们,看他们的枪。东河的另一边,伊费看到直升机的灯光穿梭在大楼中间,在中央公园附近盘旋。

“会发生什么事?”诺拉问伊费,她外套的斗篷让她不会淋到雨,“你知道吗?”

“我不知道。”他说。

“我们会这么做,对不对?”

伊费说:“我不知道。”

诺拉说:“你应该说对,给我信心,让我相信我们可以完成这件事。”

“我想我们可以。”

他声音中的冷静安抚了诺拉。“那么我们要拿他怎么办?”她指克林。

“克林会合作,他会带我们去军火库。”

克林一听到就生气。

“因为要不然他还有什么?”伊费说。

“我们又还有什么?”诺拉反问,“格斯的藏身处已经被炸了。你在医检总局的藏身处也一样。现在,费特的藏身处在这里,克林也晓得了。”

“我们没有其他选择,”伊费说,“尽管我们其实只有两个选择。”

“是什么?”诺拉说。

“放弃或者摧毁。”

“或者牺牲生命。”她补充说。

伊费看着直升机又起飞,往北飞向曼哈顿。就算藏在暗处,也逃不过吸血鬼的眼睛。现在涉水回去太危险。

有声音,是格斯和费特。伊费认为昆蓝先生和他们在一起,手中抱着一样东西,就像啤酒桶包在防水布里面。

格斯先爬进来。“他们搞鬼了吗?”他问诺拉。

诺拉摇摇头。伊费才晓得原来她留下来监视他们,好像他和克林或许会把船开走,把其他人困在岛上。格斯让伊费发现这点的时候,诺拉觉得很尴尬。

昆蓝先生登上船,因为他和那个装置的重量,船往下沉了一点。不过他轻松地把装置放在甲板上,证明了他强大的力量。

格斯说:“那我们来看看这个坏家伙。”

“等我们到那里再说,”费特急着走到控制器前,“我不想在雨中打开。而且,如果我们要去军火库,就要在日出之前到那里。”

格斯坐在地板上,靠着拖船的侧面。湿气不影响他。他调整好自己和枪械的位置,这样才能监视克林和伊费。

他们回到码头,昆蓝先生把那个装置提到克林的黄色悍马上。桦木坛之前就被放到了车上。

费特控制方向盘,往北开穿越城市,朝乔治·华盛顿大桥前进。伊费不晓得他们会不会碰到什么路障,又想到血祖还不知道他们的方向或目的地,除非……

伊费转头看克林,他被紧紧缚在后座。“你跟血祖说过核弹的事情吗?”

克林瞪着他,衡量着诚实回答的利弊得失。

他没有。

克林厌烦地看着昆蓝先生,证实了昆蓝先生的解读。

没有路障,他们开过桥到新泽西,跟着路标到西向的80号州际公路。费特把路上的车子推开,好清出一条道路,因此把克林的车头镀银防护栏给撞凹了,不过他们没碰到什么阻碍。他们在路口停下来,想要弄清楚该往哪边转。克林想要抢诺拉的武器，趁他们不注意时逃跑。不过他粗壮的身材让他没办法身手利落，他吃了昆蓝先生一记拐子，银色牙套凹了，就像他的悍马车一样。

如果一路上有人跟踪他们的车，血祖就会立刻知道他们的位置。不过这条河，禁止跨越活水的限制应该可以让血祖的追兵慢下来，如果血祖不是亲自出马的话。所以他们现在只要担心泽西的吸血鬼就好了。

悍马非常耗油，油表指针很接近“空”。他们也在和时间赛跑，必须在日出之前抵达军火库，把握住吸血鬼睡觉的时机。昆蓝先生逼克林说话，告诉他们方向。

他们下了高速公路，朝皮卡汀尼军火库驶去，整整6500英亩的军事用地都被用围栏围起来。克林说的方法是要把车停在树林里，跋涉半英里，还要穿越沼泽。

“没时间了。”费特说，悍马开始吐黑烟，“主入口在哪里？”

“天还没亮呢。”

“快亮了，我们不能等了。”他把伊费的窗户摇下来，指指机关枪，“准备好。”

他停车，直接走向大门，门牌写着“皮卡汀尼军火库，联合军备与弹药中心”，他经过一栋楼，上边标记着“访客禁入”。吸血鬼从警卫哨走出来，费特先用远光灯和车顶的灯光让他们失去视力，再用车头镀银防护栏撞他们。他们就像稻草人一样倒了。那些闪避悍马车攻击的怪物都被伊费的机关枪逼得手舞足蹈，他坐着开枪，靠乘客座的窗户掌握平衡。

吸血鬼可以将伊费的位置报告给血祖，不过黎明将至——正要把头顶上旋涡形的黑云打亮——让他们争取到几小时的先机。

他们没想到还有人类警卫，悍马车经过之后，有几个人从访客中心走出来。他们冲向自己的安全车辆，而费特转了个弯，开过像小镇一样的军火库。克林指着研究区域，他相信雷管和引线都在那边。“这里。”

他们靠近一排低矮、没有标记的建筑物。悍马车开始喷烟，慢了下来,费特转进侧面的停车场,停下车。他们跳出来,昆蓝先生扛着高大的克林,就好像扛一袋衣服,然后把悍马推进车棚里,半隐匿着,从马路上看不到。他打开后座,拿出像行李一样的核装置,其他人都拿起枪,除了克林。

门没锁,里面是研发仓库,显然已经好一阵子都没有研发活动了。灯可以用,这地方看起来好像被翻过了,就像特价出清的商店,展示架也一样。所有的致命武器都被拿走了,但非致命武器和零件都还在制图桌和工作台上。

“我们要找什么?”伊费问。

昆蓝先生放下包裹,费特把防水布拉起来。这个装置看起来像个小桶:黑色圆柱两侧扣着袋子,盖子上也是,袋子上有俄文,一簇电线从顶端冒出来。

格斯说:“就这样?”

伊费检查盖子下方互相缠绕的粗电线。“这东西你有把握吗?”他问费特。

“蘑菇云飞上天之前没人有百分之百把握,”费特说,“它有1千吨当量。就核武器的标准来说是很小,但对我们的需求来说够大了。这是裂变式原子弹,低效能。钚是扳机。这东西能把半径半英里之内的东西全炸掉。”

“前提是要有雷管,”格斯说,“我们要怎样把俄国和美国的零件拼在一起?”

“它的原理是内爆,钚往堆芯射出,就像子弹一样。全都在这里,我们只需要有个东西来启动震波。”

诺拉说:“而且启动之后要一点时间再爆炸。”

“没错。”费特说。

“要赶紧完成,我们没有太多时间。”她看着格斯,“你可以帮我们再弄来一辆车吗?或两辆?”

格斯点点头。“你们搞定核弹，我去搞几辆车过来。”

诺拉说：“这样就只剩一件事了。”

她走到伊费身边，脱下背包。

她递给他。《光之熄》在里面。

“好。”伊费说，他有点害怕时间不够。费特已经在废弃的装置里寻宝了。昆蓝先生站在克林旁边。伊费找到一扇门，通往不同的办公室，他选了一间不受人干扰的屋子。一张办公桌、一把椅子、一个档案柜，还有一面和墙壁一样宽的白板。

他把《光之熄》从诺拉的袋子里拿出来，放在布满刮痕的办公桌上。伊费深吸一口气，想要理清思绪，然后翻开第一页。这本书在他的手中感觉很平凡，不像梦里面那样神奇。他慢慢地翻页，就算什么都没发生也保持冷静，没有如雷电般的灵感或启示。插画页里面的银色线条在天花板日光灯的照耀下在他的眼里相当单调，文字平淡乏味。他试着看符号，用指尖摸书页。

还是什么都没有。怎么会这样？或许他只是太紧张、太激动了？诺拉出现在门口，昆蓝先生在她后面。他用手遮着眼睛，想把他们都遮住——想把一切都遮住，最重要的是，挡掉他自己的怀疑。他合上书、闭上眼睛，想要逼自己放松。其他人想怎样以为就让其他人去吧。他进入内心世界：他想起了扎克，要把扎克从血祖的爪牙中释放，要终结地球上的黑暗，要让大天使飞进他的脑中。

他睁开眼睛、坐起来。他充满信心地翻开书。

他从容地看着文字，看着他以前已经看过上百遍的插画。那不只是梦，他对自己说。他相信这一点。可是，同时，还是什么都没有。不太对劲，少了什么。《光之熄》守护着所有的秘密。

“或许你可以睡一下，”诺拉建议，“用潜意识去阅读。”

伊费勾起嘴角，感激她的鼓励，他原本以为她会数落他。其他人都希望他成功，他们需要他成功，他不能让他们失望。

伊费看着昆蓝先生,希望私生子能有些建议或指教。

会发现的。

这几个字让伊费更怀疑自己。昆蓝先生毫无头绪,只有信心,对伊费的信心,但伊费对自己愈来愈没信心。**我做了什么?**他心想。**我们现在要怎么做?**

“我们让你一个人静一静。”诺拉退后,关上门。

伊费甩甩头摆脱绝望。他坐回椅子上,把手放在书上,闭起眼睛,等事情发生。

他打了盹,好几次,可是一直醒过来,总是没办法进到梦里。没有画面来找他。他又看了两个字才放弃,用力把书一合,拖着步伐回去找其他人。

他们纷纷转过头,费特和诺拉读懂了他的表情和姿态,期望落空。伊费没说话。他知道他们懂他的沮丧和挫折,但这不代表他们能接受他的失败。

格斯走进来,甩掉外套上的雨水。他经过地板上的克林,靠近昆蓝先生和核装置。

“我找到两辆车,”格斯说,“一辆军用大吉普,不是敞篷的,还有一辆探险家。”他看着昆蓝先生。“我们可以把车头镀银防护栏装到吉普车上,如果你想帮我的话。它们可以用,但我不敢保证。我们得沿途多加点油,或找个能用的加油站。”他看着费特。

费特举起他的装置。“我只知道有个各种天候都能用的导火线,可以徒手安装,实时或延时引爆,只要转这个开关。”

“可以隔多久?”格斯问。

“不确定。目前,我们只能有什么拿什么。线的接头看起来可以搭。”费特耸耸肩,表示他目前只能做这么多,“我们需要的是一个目的地。”

伊费说:“我一定哪里做错了,或是我们漏了什么……或者有什么我就是不知道。”

费特说：“我们把白天都快用完了。等夜晚降下来，他们就会开始来追我们，我们得赶快离开这里，不管怎样。”

伊费立刻点头，抓起书。“我不知道，我不知道要告诉你什么。”

格斯说：“我们完了！你就是要告诉我们这个。”

诺拉对伊费说：“你从书里什么都没看到？就连——”

伊费摇摇头。

“那个幻象呢？你说是一座岛。”

“旁边还有很多岛。光布朗克斯就有十二座了，曼哈顿也是，斯塔滕列岛包括六个小岛……就像在一座大湖上。”伊费搜寻着疲累的脑子，“就我所知。”

诺拉说：“我们或许可以在这附近找到军事地图。”

格斯大笑。“我真是疯了才会一路配合，才会信任这个发疯又懦弱的叛徒，才会没杀死你，才会搞得那么惨。”

伊费发觉昆蓝先生和平常一样安静。双臂交叉站在那里，耐心地等待接下来要发生的事。伊费想要走过去找他，告诉私生子说他不该信任自己。

费特在伊费那么做之前拦住他。“听我说，”他说，“在经历我们所经历过的——还有我们正在经历的——之后，我只能说你不懂自己。我只想要你回忆那位老人，一秒钟就好。他为了你手上的那东西而死，想想看，他牺牲了自己好让我们可以得到这本书。我这么说不是要给你压力，我这么说是要减轻压力。压力消失了，我看得出来，我们快到结局了。我们什么都没有了，只能看你的了。我们和你在一起，不管是赢是输。我知道你在想你儿子，我知道这件事一直吞噬你，但只要花点时间回想那位老人，往记忆深处去找，如果那里有任何线索，你就会找到——现在就会找到。”

伊费试着想象瑟拉齐安教授此刻和他在一起，穿着花呢西装，撑着过长的狼头拐杖，里面藏着他的银剑。他是吸血鬼专家，也是吸血鬼杀手。伊费打开书。他回想瑟拉齐安花了数十年搜寻，终于有机会碰到这本书、阅读这本书，就在拍卖会之后。伊费翻到瑟拉齐安给他们看的插画，那两页摊开来，画上是一朵复杂的银、黑、红色的曼陀罗。瑟拉齐安将描图纸覆盖在插图上，画出了拥有四肢和双翅的大天使。

《光之熄》是一本关于吸血鬼的书——伊费明白了，这不是一本给吸血鬼看的书。之所以书封和页缘都烫银就是为了不让该死的返魂尸碰到。精心设计，就为了防吸血鬼。

伊费回想起他的幻象……在户外的床上找到这本书……

有日光……

伊费走到门口。他打开门，走出去到了停车场，抬头看着旋涡般的黑云开始要抹去苍白的太阳。

其他人跟着他走进薄暮中。除了昆蓝先生、克林和格斯，他们留在门口。

伊费不理他们，把视线转向手中的书。日光，就算吸血鬼找到方法避开纯银的保护措施，他们也绝对没办法在自然光下阅读，因为短波紫外线可以杀死吸血鬼。

他打开书，让页面朝向渐弱的太阳，就像让脸沐浴在白天最后的一丝温暖里。文字产生新的生命，在古老的纸张上跳跃。伊费翻到第一张插图，镶入的银丝闪闪发亮，那个画面亮出了新的生命。

他立刻寻找文字。一个字接着一个字出现，好像用隐形墨水书写。水印改变了插画的内容，丰富的设计出现在原本平铺直叙的文字后面，一层新的墨水对紫外线光产生反映……

那两页画上的曼陀罗，在阳光直射下，看起来就像是细心绘制的大天使，在古老的纸张上看起来特别银亮。

拉丁文不像他做梦时那样一看就懂，不过意思清楚多了。大部分的说明都藏在生化危机标志形状的示意图中，花朵里面的小点排列起来像是地图上的点。

另一页，有些文字得到特别突出，凑在一起之后出现了一个特别又熟悉的词：

阿苏达谷洼

伊费立刻念出来，领悟穿过他的双眼跳入他的脑中。苍白的阳光最后很快就消失了，这本书的启示也是。还有好多要看、要学。但现在，伊费已经看够了。他的手还在发抖。《光之熄》已经告诉他方向了。

伊费回到屋里，经过费特和诺拉身边。他没觉得松了一口气，也没有欣喜若狂，还像音叉一样猛烈颤抖。

他看着昆蓝先生，昆蓝先生从他脸上看出来了。

阳光。当然了。

其他人知道发生了一些事。除了格斯，他还是很怀疑。

"嗯？"诺拉说。

伊费说："我准备好了。"

"准备好怎样？"费特说，"准备要走了吗？"

伊费看着诺拉。"我需要一张地图。"

她冲进办公室里。他们听到砸办公桌抽屉的声音。伊费只是站在那里，好像刚刚被电击，还在恢复。"是阳光，"他解释说，"要在自然光线下阅读《光之熄》，感觉就像书页都替我打开了。我看到全部……应该说，如果我有更多时间的话，可以看到全部。美国原住民把那个地方称为'焦土'。但他们的语言里，'焦'和'黑'是一个字。"

黑暗。

"切尔诺贝利，失败的那次——一个幌子，"费特说，"欺骗了吸血鬼始祖，因为'切尔诺贝利'意思是'黑土'。我看到过石心集团的人在雷克雅未克附近的温泉区开挖，那地方叫做'黑池'。"

"但书里没有经纬度。"诺拉说。

"因为在水面下，"伊费说，"亚兹拉尔的遗体被丢弃的时候，那个地方在水里。血祖过了几百年后才出现。"

黑地

咽喉被埋在冷冽的大西洋海底。淤泥一碰到尸块就变黑了,什么都长不出来,在那附近生物都没办法活。

亚兹拉尔的其他尸块埋葬的地点也一样。天使的肉块不会腐烂也没有变化,不过他的血液会渗透到泥土里,慢慢地扩散。这血液有自己的意志,每一股都盲目地移动,不自觉地往上,穿越土层,躲避阳光,寻找宿主。这就是血虫诞生的方式。它们体内还残留着人类的血液,把组织染色,把它们带向潜在的宿主。但它们体内也带着尸块原本的意志,手臂、翅膀、咽喉的意志……

它们纤细的身体盲目地蠕动了很长的距离,很多虫都死了,被地表无情的热度烘烤或是无法跨越地理障碍。它们全都离开了出生地,往各地漂泊,有些甚至被不知情的昆虫或动物带向远方。最后它们找到宿主——它们钻入血肉中,就像尽责的寄生虫,愈钻愈里面。

刚开始,病原体要花好几周的时间才能占据受害者,控制宿主的意志和身体。就连寄生虫和病毒都是在错误与试验中学习——它们真的会学习。等到占据第五个宿主时,吸血鬼始祖开始熟稔存活之道与占领之艺。他们利用感染力来拓展领域,他们学会遵守地球上的游戏规则,而且他们变得很厉害。

最年轻的、最后出生的就是血祖,来自亚兹拉尔的咽喉。上帝让地表、海洋不停地变动,让大陆与海洋碰撞推挤,血祖的出生地因而浮出水面。那是一座半岛,过了数百年之后,变为一座岛屿。

咽喉尸块产生的蠕虫离开了它们的发源地,往远方前进,因为这是一片刚隆起的土地,人类尚未立足。猎食、占据像狼或熊这样的低等生物,不但毫无用处而且相当痛苦。这些动物对身体的掌握不够完美也不够充分,它们的神经元突触不一样,而且生命周期很短。每一次入侵动物都没有结果,不过一条寄生虫得到的经验教训也会发生在其他寄生虫身上。很快地,它们的数量就大幅减少,离开出生地而散落各处:盲目、茫然、衰弱。

在萧瑟的秋月下,一位年轻的易洛魁勇士在咽喉的出生地几英里外扎营。他属于奥农达加族——守护火的民族——他躺在地上,被一只寄生虫攻击,那只虫子钻入他的颈子中。

痛楚的感觉让勇士醒了过来,他立刻伸手去摸伤口。那只虫还没全部钻进去,所以他抓到了虫尾。他使尽全力拉,但那只虫扭一扭,最后逃脱了他的掌握,溜进他的颈部肌肉里。那股刺痛让他无法承受,就像慢慢的、烫烫的刺伤,虫子朝他的喉咙和胸口往下钻,最后消失在他的左臂下,血虫摸索着发现了他的循环系统。

当寄生虫占据了他的身体,他开始发烧,持续了两个星期,宿主的身体开始脱水。一旦完全占据宿主的身体,"血祖"就躲在黑暗的洞穴和洞里冰凉舒服的秽土中。他发现,他攻击宿主时所处的那片泥土让他最舒适,虽然他自己也不清楚原因,但他从此不管走到哪里都会带着一小抔土。不过现在血虫已经侵占所有器官,从中攫取养分,在血管里成倍繁衍。他的皮肤变得紧绷苍白,更为明显地衬托出他的部落刺青和凶狠贪婪的双眼,他的眼球上覆盖了一层膜,在月光下闪闪发亮。血祖都没有进食,过了好几周之后,他终于在黎明之前攻击一群莫霍克族猎人。

血祖还不太会控制宿主,不过饥渴能弥补精准度与力量不足的缺点。这一次转移的速度加快了——湿润的螯针把血虫送进每一个受害者的身体中。就算攻击很笨拙,但还是达成了目的。两名猎人英勇地战斗,利用掷斧重伤被血祖附身的奥农达加族勇士。不过,最后就算那副身体慢慢地失血过多,寄生虫还是占据了攻击者的身体,然后增加了数量。现在血祖有了三副身体。

过了几年,血祖学会用他的技巧和战术来满足对秘密和偷窃的需求。

土地上住了凶猛的战士,他能藏匿的地方只限于洞穴和岩石的裂缝,但猎人对这些地方都很清楚。血祖不常将他的意志传递到新的身体上,只有在他特别渴望新宿主的体态或力量时才会这么做。过了几年之后,血祖多了不少名字和传说,阿尔冈昆族称他为食人怪。

他迫切希望和其他吸血鬼始祖共处,他自然就能察觉到吸血鬼始祖,并感觉到吸血鬼始祖就像灯塔位于海洋的彼岸。不过每次他要靠人类身体跨越活水都失败了,他的宿主会全身痉挛,不管这个身体有多么强壮。这和他尸块的埋葬地点有关吗?困在约旦河的支流间?还是有种神秘的力量,上帝用手指在他额头上写下禁令?他陆陆续续学到了很多规则。

他朝西边和北边移动,想要找一条路通到"另一片土地",吸血鬼始祖茁壮兴旺的大陆。他感觉到他们的呼唤——他内心的渴望愈来愈强,让血祖能忍受疲惫的跋涉,从大陆的一端走到另一端。他到了最西北角的极冻之地,面对禁忌的海水,在冰冷的荒原上猎捕当地居民,爱斯基摩族的阿留申分支。

那个民族的男性有细长的眼睛和黝黑的皮肤,穿着兽皮保暖。血祖进入受害者的大脑中,知道了如何跨越大海到另一边的广阔土地上:有个地方海岸几乎相连,就像延伸的手臂一样。他在冰冷的海岸边来回巡逻,想找到这个跨海的出发地。

在一个决定性的夜晚,血祖看到一群狭长、原始的渔船在悬崖附近卸下了他们捕获的鱼和海豹。

血祖知道他可以靠他们的协助跨越海洋。他曾经在人类协助下涉过小范围的水域,那为什么不试试大海?就算是最坚强的人,血祖也知道如何扭曲、威吓他的灵魂。血祖可以杀光一半的人,宣称自己是神,他的能力已经够强了,但他可以是更强大的力量。他可以让反对的人都窒息,饶恕或怜悯那些与他结盟的人……然后跨越活水。

隐藏在厚重的皮毛下,躺在浅浅的泥土中,血祖试图跨越,跟那些与自己天性最像的同类团圆。

皮卡汀尼军火库

克林在另一栋大楼里躲了好一阵子，他很怕昆蓝那家伙和他的感应力。克林刚刚吃他一拐子，现在嘴巴还在痛，银色牙齿现在咬合不正。他气自己为了枪回到校园维修车库，气自己的贪心。一直想要更多、更多、更多……

过了一阵子之后，他听到车子开过去，速度不是很快，可是很安静，听起来像是电动车，那种充电的小车。

他以前会回避皮卡汀尼军火库的正门，这时他听着那里的动静。黑暗又再度降临，他往光源走去，又湿又饿，身体侧面还在抽筋。他绕过转角，看到被撞坏的大门，他们之前从那边进来，访客管制中心附近有很多人聚集。克林把手举起来，走过去，后来他们看到了他。

虽然他向那些人类做了解释，但他们还是把他关在浴室里锁起来，而克林只想要点东西吃。他踹了几下门，但没想到这门那么坚硬。他发现这间厕所也是拘禁室，用来关有问题的访客。他把马桶盖放下来，坐回去等。

一阵猛烈的撞击，几乎像爆炸一样震得墙壁一直摇。这栋大楼承受了一波攻击，克林第一个想法就是那些王八蛋在离开的路上撞上了减速带，用核弹炸掉了半个新泽西。然后门开了，血祖穿着斗篷站在门口，他一手拄着狼头拐杖。两个小探子，失明的小孩，在他腿边就像饥渴的宠物那样奔跑。

他们在哪里？

克林往后坐，靠着马桶水箱，怪异的是，现在吸血鬼王出现了，他却很放松。

“他们走了,他们出发了。刚刚。”

多久以前?

“我不知道,两辆车。至少两辆。”

什么方向?

“我被锁在这该死的浴室,我怎么知道?跟他们一伙的吸血鬼,那个猎人,昆蓝——他是个王八蛋。把我的牙套撞凹了。”克林摸摸他嘴里不整齐的银饰,“那,嘿,帮我一个忙?等你捉到他们的时候,在他和墨西哥佬的头上多踢一下。”

他们有那本书?

“他们有那本书,还有一颗核弹。他们也知道要去哪里,什么黑地之类的。”

血祖站在那儿,不发一语。克林等待着。就连探子都注意到血祖的安静。

“我说他们要去——”

他们有没有说去哪里?

血祖的说话方式很不同,他每个字的节奏比较慢。

克林说:“你知道我怎样才可以回想起来吗?食物。我累了,所以很虚弱——”

血祖突然袭击,用手抓起克林,把他腾空拎起来。

没错,血祖的螫针从口中溜出来,**营养。或许咬一口之后我们都会好一点。**

克林感觉到螫针抵着他的颈子。

我问你他们去了哪里。

“我……我不知道,那个博士,你那个小朋友——他从书里读出了什么。我只知道这些。”

我还有其他方法可以让你完全服从。

克林感觉到脖子上一记软软的、仿佛是有活塞推动的重击。然后是针刺的感觉，很温暖。他发出尖叫，以为会被吸干。

但血祖只是把他的螫针卡在那里，捏着克林的肩膀，克林感觉到肩胛骨和锁骨的压力，好像血祖要用捏易拉罐的方法捏碎他。

你认得路吗？

"我认得路吗？当然，我知道路。"

血祖完全不需杠杆，把克林往外扔，从厕所的门飞出到访客管制中心，魁梧的帮派大哥四肢趴在地板上。

开车。

克林起身点点头……没有察觉到他颈子上刚刚被螫针刺穿的地方有一小滴血就要流出来。

巴恩斯的保镖没敲门就进了他位于自由营里的大办公室。巴恩斯的助理清清喉咙警告巴恩斯，他把放在抽屉里阅读的侦探小说收了起来，假装处理办公桌上的公文。他们走进来，脖子上有深色的刺青，他们拉开门。

跟我来。

巴恩斯过一会儿后点点头，把一些文件塞到公文包里。"什么事？"

没人回答。他陪他们走下楼梯，到对面门口的警卫亭，守卫让他们过去。有一阵淡淡的阴暗的迷雾，还不需要撑伞。看起来不像是他有麻烦，不过话说回来，从这些面无表情的警卫脸上也根本无法读出什么。

他的车子靠过来，他们坐在他旁边，巴恩斯保持冷静，努力回想自己有没有粗心犯错。他合理地相信没有，但他从来被有被这样子召唤过。

他们要去他家，他觉得这是个好迹象。车道上，他没看到其他车。他们走进去，没人在里面等他，尤其是血祖。巴恩斯告诉保镖说他要去浴室，独自泡澡，和镜子里的倒影做伴，思考一下到底这是怎么一回事。他年纪太大了，受不起这种压力。

他到厨房去准备点心，才刚拉开冰箱门，就听到直升机螺旋桨接近的声音。他的保镖出现在他身边。

他走到前门，开了门，看到直升机在头顶旋转、下降。直升机的起落架轻轻地降落在他原本一片雪白的宽敞的环形车道上。机长是人类，巴恩斯立刻从那人的黑西装外套和领带看出他是石心集团的人。机上有乘客，但没穿斗篷，所以不是血祖。巴恩斯偷偷地松了口气，等引擎熄火，螺旋桨慢下来，让乘客下机。不过，巴恩斯的保镖一人抓他一条手臂，陪他走到门前的阶梯，踏上石头步道，走向等候的直升机。他们在隆隆的螺旋桨下压低头，开了门。

那个乘客胸前系了两条交叉的安全带，原来是年轻的扎克·顾威。

巴恩斯的保镖催他进去，好像他可能会逃跑一样。他坐在扎克旁边，保镖则坐在对面。巴恩斯系上安全带，保镖则没有。

“又见面了。”巴恩斯说。

那男孩看着他，没搭腔。巴恩斯又见识到了他的年轻气盛——或许比上次更猖狂。

“这是怎么回事？”巴恩斯问，“我们要去哪里？”

巴恩斯认为，这男孩或许察觉到他的畏惧了。扎克带着一点不屑和恶心别过头。

“血祖需要我，”扎克看着窗外，直升机开始起飞，“我不知道你为什么会在这里。”

80 号州际公路

他们沿着 80 号州际公路，往西穿越新泽西。费特赤脚开车，一路打远光灯。路上不时出现的杂物，还有废弃的汽车、公交车，减慢了他们的速度。好几次他们看到瘦巴巴的鹿。但没有吸血鬼，州际公路上没有——至少，他们没看到。伊费坐在吉普车后座，旁边是昆蓝先生，他在调整到吸血鬼的心电频道。私生子就像雷达侦测器：只要他保持安静，他们就没事。

格斯和诺拉开着探险家跟在后面，那是备用车辆，免得其中一辆出故障，因为确实有此可能。

公路非常空旷。当初祸疫严重到让人类真正惊慌的阶段时，人们就从这里疏散（人类面对传染病爆发的本能反应就是逃跑，尽管其实根本没有病毒到不了的地方），全国各地的高速公路都塞车。不过，很少人在这里被转化，至少不是在公路上。大部分的人都是在离开主干道时，通常是为了小憩一会儿，才遭到吸血鬼攻击。

“斯克兰顿，”费特经过北向 81 号州际公路的路标时说，“我没想到会这么轻松。”

“还有很长的路要走，”伊费看着窗外急驰而过的夜色，“我们的油量够吗？”

“现在还行。我不想在城市附近停车。”

“那样不行。”伊费也同意。

“我想先跨越州界到纽约州。”

伊费往外看着斯克兰顿，他们在愈来愈混乱的高架道路上往北走。他注意到远方有几栋房子着火，不确定是不是像他们一样的叛乱分子，小规模的反抗者主要在小型的都会区里。有时候窗户里的电灯闪烁也会吸引他的注意力，让他好奇着全国或全世界像斯克兰顿这样的小城镇里的人是不是都很绝望，他也纳闷着最近的血液营在哪里。

“在什么地方一定有石心集团肉品加工厂的列表，这张总列表可以给我们线索，知道血液营的位置，”伊费说，“我们把这件事情做完之后，还要解放很多营区。”

“要怎么做？”费特说，“如果血祖和其他吸血鬼始祖一样，那么血祖的族裔会和他一起灭亡、消失。营区里的人根本不知道发生了什么事。”

“秘诀就是把风声放出去。我是说，不要通过大众媒体，而是在全国一小块、一小块地放出消息。大家会想要取得控制权。我不认为民主社会能自动开花结果。”

“不会，”费特说，“这有点难度。有很多事要做，但我们先不要想太多。”

伊费看着他旁边的昆蓝先生，他发现昆蓝先生两脚之间夹着一个皮包。“等血祖被摧毁之后，你也会和其他吸血鬼一起死吗？”

等血祖被消灭，他的血族就不存在了。

伊费点点头，感觉到这个半人半魔的混血儿新陈代谢非常快，所以体温极高。“你的天性不会阻止你做出最后会导致自己死亡的事吗？”

你从来没做过任何不符合自身利益的事吗？

伊费说：“没有，我想我没有。我很确定我没做过会害自己丧命的事。”

这关系到更大的利益。复仇有一种独特的强制力。复仇的决心胜过了自保的念头。

“你皮包里装的什么？”

我相信你已经知道了。

伊费记得中央公园底下吸血鬼始祖的密室，他们的骨灰存放在白桦木的容器里。“为什么你要把始祖的骨灰带过来？”

你没在《光之熄》里看到这一段吗？

伊费没看到。“你……打算让他们复活吗？死灰复燃？”

不。这件事没办法逆转。

“那么，为什么？”

因为这是预言的指示。

伊费不懂这句话。“会发生什么事吗？”

你不担心成功之后会衍生出什么结果吗？你自己都说你不认为人类文明会自动演进为民主社会。人类从来就没有真正自治过，这种情形已经持续很多世纪了，你觉得你会有办法管好自己吗？

伊费没办法回答他。他知道私生子是对的。吸血鬼始祖在人类历史刚开始的时候就在幕后操纵，如果没有他们的介入，这世界会是什么样？

伊费看着窗外，远方的火势旺盛，在视线中逐渐消失。要怎么把一切再拼回去？重建似乎是个不可能的、令人气馁的任务。这个世界已经破碎了、无法倒转了。那一刻，他甚至不确定这么做到底值不值得。

当然，这些想法只是因为他累了。不过原本以为的困境的终点——摧毁血祖，夺回对地球的主导权——事实上却可能是另一场斗争的开始。

扎克与血祖

你忠诚吗？血祖问。**你感激我提供的一切吗？感激我给予的一切吗？**

"我很忠诚。"扎克·顾威不假思索。凯莉·顾威像蜘蛛一样栖身在旁边的窗台，同时看着她的儿子。

末日将近。我们现在所处的地球，你所认知的一切——那些你所亲近的一切——都会消失。你会对我忠实吗？

"我会。"扎克回答。

过去，我品尝过多次背叛，你应该知道我因此很熟知各种诡计。我的意志有一部分住在你身体里，你可以清楚地听到我的声音，相对地，我可以知道你内心最深处的想法。

血祖起身检视这个男孩，从他身上侦测不出任何疑虑。他敬畏血祖，他表现的感激相当真诚。

有一次，我被和我最亲近者背叛，那些和我有相同本质的家伙——就是吸血鬼始祖。他们没有自尊——没有真正的饥饿。他们活在阴影里就很满意了。他们把我们的处境都怪在我头上，隐身在人类废弃的环境中。他们觉得自己很强大，其实他们很弱小。他们要结盟，我要统治。你懂

吧,对吗?

“雪豹。”扎克说。

没错,所有的关系都是基于权力。统治和服从,没有其他方法,没有平等,没有一致,没有共治。一个王国里只有一个王。

说到这里,血祖充满算计地看着扎克——装出血祖认为人类的善良看起来应有的样子——又补了一句,**一个国王和一个王子。你也懂这点吧,对不对?儿子。**

扎克点点头,这就表示他接受了这个观念和头衔。血祖审视着他的每一个动作、每一个表情,仔细地听着他的心跳,看着他颈动脉的脉搏。这男孩大受感动——这虚伪的关系让扎克很兴奋。

笼中的雪豹是个幻象,你必须摧毁的幻象。栅栏和牢笼都是软弱的象征,不完美的控制手段。一个人可以选择相信他们是要征服里面的野兽——羞辱它——但最后还是会明白这些都只是在防范它。栅栏和牢笼象征了你的恐惧,限制了里面的野兽也限制了你。你的牢笼只是比较大,而雪豹的自由只存在于限制它的牢笼之中。

“但如果你摧毁它,”扎克开始自己延伸了起来,“但如果你摧毁它……就再也没有疑虑了。”

吞噬是最终极的控制形式。是的。而现在,我们一起站在控制的边缘。对地球绝对的统治。所以——我得确保你和我之间没有任何阻碍。

“没有任何阻碍。”扎克确信不疑,斩钉截铁地回答。

血祖点点头,看来像陷入沉思,但事实上是故意停顿得够久,好为接下来要说的话渲染效果。他即将透露给扎克的真相,需要这样小心地计算时间。

但要是我告诉你,你爸爸还活着呢?

接着血祖感觉到了——洪流般的强烈情绪在扎克心中翻天覆地。血祖早就预期会有这骚动了,但真实体验仍然令他狂喜不已。他深爱希望破灭的滋味。

"我爸死了。"扎克说,"他和瑟拉齐安教授一起死了——"

他还活着。我最近才得知这件事。至于为什么他从来不曾企图前来救你或与你联络,这点我恐怕就回答不了了。但他仍然活得好好的,而且想要摧毁我。

"我不会让他得逞。"扎克说,而且他是认真的。即使这并非血祖的意图,但年轻人对他所展现的纯粹感情仍然让他莫名地感到虚荣。人类自然的移情作用——这个现象又叫"斯德哥尔摩征候群",指的是俘虏渐渐对俘虏者产生认同,并会为其挺身而出——是血祖能够轻松玩弄于股掌之间的小玩意儿。他是玩弄人类行为的大师。但扎克表现的还不只是这样,那是真正的忠贞拥护。血祖相信,那是爱。

你现在即将要作出决定,扎克,也许这是你成为大人以来所做的第一个决定,而你的决定将会定义你是什么样的人、你周围的世界是什么样的世界。你必须完全确定你的选择。

扎克觉得喉头好像哽了什么。他感到怨恨。这么多年来的哀伤都像被施了魔法,转变成了抛弃。这些日子以来,他爸爸人在哪里?为什么要抛下他?他看着站在一旁的凯莉,一头可怕恶心的怪物——简直是畸形怪胎。她也是被抛弃了。难道这不都是他爸爸的错吗?难道他不是牺牲了他们所有人——他妈妈、马特和扎克自己——好追赶血祖吗?他扭曲的稻草人妈妈所展现的忠诚还比他的人类爸爸多。他爸爸永远迟到,永远在远方,永远不在场。

"我选择你。"扎克对血祖说,"我爸已经死了,就不用再让他活过来了。"

这一次,他也是认真的。

80 号州际公路

来到斯克兰顿北方，他们开始见到返魂尸像哨兵般站在高速公路旁。来自黑暗摄影机般的被动怪物，就站在路边，看着车辆从他们身旁呼啸而过。

第一次看到他们时，费特有所反应。他想慢下车来，宰了他们，但伊费叫他算了。“他们早就看到我们了。”

“看这只。”费特说。

伊费一开始见到的是高速公路旁“欢迎来到纽约州”的广告牌，接着才发现在广告牌之下，有个女吸血鬼站在那儿看着他们经过，眼睛像玻璃般发光。吸血鬼群是用一种天生的内化全球定位系统，将汽车的位置告诉血祖，所以血祖已经知道他们现在正在往北开。

“给我地图。”伊费说。费特照办了，伊费拿手电筒看着。“我们在高速公路上跑得飞快。但我们得聪明点，他们迟早会拿东西扔向我们。”

前座的对讲机噼啪作响。“你们刚刚看到那一只了吗?”坐在后面的探险家里的诺拉问道。

费特拿起对讲机，回答：“你说欢迎委员会吗？看到她了。”

“我们得走小路。”

“好。伊费现在在看地图。”

伊费说：“跟她说我们要先开去宾厄姆顿加油，之后就不走高速公路了。”

于是众人照计划行事。在第一个有加油站广告的前往宾厄姆顿的出口猛地转向，跟着驶出匝道末端的箭头，来到商店林立的地方：有加油站、快餐店、一家家具行，还有两三家连在一起的小商场，每家商场前面都有不同品牌的“得来速”咖啡店。费特跳过第一个加油站，他想要有更多回旋空间，以防万一。

第二个是美孚加油站，有三个油箱组成的步道，横在一家“马不停蹄”便利店前。风吹日晒老早就让“美孚”招牌中的蓝色字母都褪色了，独留一个红色的“O”还清晰可见，就像张饥渴圆张的大口。

没有电，但他们带了克林悍马车上的手动泵，因为早知道会有些虹吸工作要做。地面上的油盖仍在原地，这是个好征兆，代表燃料仍然存放在地下油槽中。费特把吉普车开到一个油槽旁，用卸轮胎的铁条撬开油盖。刺激的汽油味溢了出来，大受欢迎。格斯把车开过去停下，费特挥挥手，要他去油槽开口旁边做后援。费特拿出泵与狭窄的管子，将较长一端伸入地下油槽，短端放进吉普车里。

他的伤口又开始痛了，而且一直持续在流血，但两件事费特都没让大伙儿知道。他告诉自己，他之所以这么做是希望能完成使命——他要撑到最后。但他也知道，其实他更想要的是挡在中间，把伊费与诺拉隔开。

昆蓝先生站在路边，来回看着阴暗的小道。伊费把武器袋背在一边肩膀上。格斯拿了把斯太尔冲锋枪，里头装的子弹半银半铅。诺拉绕到屋子侧面解放了一下，然后又很快回到车旁。

费特正在用力地用油泵汲取汽油，但速度很慢，好一会儿了，燃料才慢慢地喷洒进吉普车油箱，听起来就像喷到锡罐上的牛奶。他汲水的动作得更快，才能让汽油稳定流出。

“别抽得太深。”伊费说，“水会沉到底下。记得吧？”

费特不耐烦地点头：“我知道。”

伊费问他要不要换手，但费特拒绝了，粗壮的手臂及厚实的胸膛还不停地工作。

格斯把他们留在那儿，自己走到马路上昆蓝先生的旁边。伊费本来想走远点，多伸展一下腿部肌肉，但又想到他并不想离《光》太远。

“你开始弄导火线了吗？”

费特一边工作，一边摇头。

伊费说："你知道我对机械有多大的本事。"

诺拉点点头："完全不在行。"

伊费说："下一段路我来开。让费特去弄雷管。"

"我不喜欢花这么多时间。"诺拉说。

"反正我们得等到下一个正午。太阳出来后，我们就能自由工作了。"

诺拉说："要等一整天？太久了，而且太危险了。"

"我知道。"伊费说，"但我们需要日光才能把事情做对。所以大家必须继续拖延吸血鬼，撑到那时候。"

"但要是我们到了水面上，他们就碰不到我们了。"

"到水面上总体说来也是另一项冒险。"

诺拉远望阴暗的天空。一阵凉风袭来，她忍不住耸耸肩。"下次日光出现，好像是很久以后的事了。希望我们不会在这里失去优势。"她把目光转向死寂的街道，"老天哪，我觉得好像有 1000 双眼睛在盯着我看。"

格斯从人行道小跑步跑回众人身边。"你说得对。"他说。

"啊？"诺拉说。

格斯打开探险家的车门，拿出两个照明火把，跑回街上离汽油烟雾够远的地方，然后点燃它们。一根他扔向马路对面温迪汉堡的停车场。火把在地上滚呀滚，喷出的火焰照出了三个返魂尸的影子，就站在屋子的一角。

另一根他则扔向一个老旧的租车停车场中的几辆报废汽车。火把打上一个吸血鬼的胸口，接着才弹到柏油路上。吸血鬼连缩都没缩一下。

"该死。"格斯说，他指着昆蓝先生，"为什么他什么都没说？"

他们一直都在这儿。

"老天。"格斯说。他跑向租车公司，朝那只吸血鬼开枪。他结束后，冲锋枪的余音还回荡了好久。吸血鬼倒在地上，没有死掉，但会永远躺在那儿，身上满是流出白血的弹孔。

诺拉说:“我们该离开这里。”

“没汽油也跑不远。”伊费说,“费特?”

费特还在打着泵抽汽油,现在油料流得比较顺畅,有进展了。

格斯用他的斯太尔冲锋枪朝另一根火把开火,试着要把温迪汉堡停车场的吸血鬼吓得四散,但他们并不怕。伊费抽出剑,看到停车场另一头的车辆后方有影子晃动。有东西跑了过去。

格斯大喊:“有车子!”

伊费听到引擎声逼近。有车子没有开头灯,但从高速公路天桥下的一片漆黑中开了出来,慢慢停下。

“费特,要不要我——”

“别让他们靠近就是了!”费特不断打着泵,同时试着别吸入有毒气体。

诺拉分别探进两辆车,转开头灯,照亮东西两侧不远的地方。

东边,也就是高速公路的对面,不少吸血鬼聚集在光束外缘,红色眼睛就像玻璃圣诞球饰,反射着光线。

西边,也就是高速公路的方向,来了两辆面包车,人影从里头鱼贯爬出。是被叫来值勤的本地吸血鬼。

“费特?”伊费说。

“喏,换油箱。”费特一面说,一面手上更用力地不停打泵。伊费把管子从吉普车几乎全满的油箱,快速换到探险家里,汽油洒上了金属车顶。

现在是脚步声,伊费花了好一会儿才找出声音来源。在头上,雨棚上面,就在他们正上方。吸血鬼正在包围众人,步步逼近。

格斯对卡车上方开枪,轰飞了一两只吸血鬼,但没造成什么真正的伤害。

“离油槽远一点!”费特喊,“我旁边不准有火星!”

昆蓝先生从路边回来,走到伊费及车辆旁,私生子认为保护伊费是他的责任。

"他们来了!"诺拉说。

吸血鬼开始从四面八方涌现。他们互相协调,首先针对格斯。格斯左右两侧各有两只吸血鬼朝他奔来。他朝其中两只开火,打烂他们,接着猛地大旋身,解决了另外两只,不过是在最后一刻,非常惊险。

在他抽不开身的时候,几个黑色身影把握机会从邻近的停车场突围出去,冲向美孚加油站。

格斯转身扫射他们,射跛了几只。但他又得转身回去,因为更多吸血鬼正在朝他扑来。

昆蓝先生以惊人的敏捷身手冲上前去,迎向三头朝他们而来的返魂尸同伴,徒手掐进他们的喉咙,猛力啪嗒一折,吸血鬼脖子便应声而断。

砰!一只小吸血鬼,一个小孩,从车篷摔到了吉普车上。诺拉朝他挥剑,小吸血鬼嘶嘶作响,向后一跳,吉普车微微晃动。伊费绕过吉普车头灯,冲到车子另一边想宰了那个恶心的小东西。他不在那儿。

"不在这里!"伊费说。

"也不在这儿!"诺拉喊。

伊费嚷嚷:"在底下!"

诺拉蹲下身,挥剑往车底一刺,银剑的长度正好足以把那个小孩从车底逼出,退到伊费那边。伊费砍向他的右后腿,割断了跟腱。但受重伤的吸血鬼不但没有再次后退,反而还从吉普车底下冒了出来,跳向他。伊费用长剑在半空中刺穿吸血鬼,解决了这头嗜血的返魂尸。他觉得这一剑刺得好费力,他的肌肉好像扭伤并痉挛了。一阵痛觉像闪电般,从他的手肘传到下背部。他的手臂卷曲,抽筋得厉害。

他知道这是怎么回事:他一直营养不良,可能甚至到了严重饥饿的程度。他吃得极少又极糟——没有矿物质、电解质,神经末梢有刺痛感。他的战士生涯到头了。他倒了下去,松开手中的剑,感觉自己像100万岁那么衰老。

后头传来一阵伴随水流声的嘎吱声,吓了伊费一跳。昆蓝先生在伊费背后，被车头灯照得很亮，一手拿着另一个吸血鬼小孩的脑袋，另一手是他的身体。这只吸血鬼瞄到伊费倒地，但昆蓝先生及时救了他。私生子转身，把还在滴血的尸块扔到柏油路上，等待下一波攻击。

格斯的枪哒哒作响，朝街上猛烈发射。愈来愈多吸血鬼从黑暗边缘冒出，往众人聚集。伊费又砍倒两只从吸血鬼后方冲过来的成人返魂尸。他担心在车子另一头的诺拉只有她一个人。

“费特！快呀！”他大喊。

“快好了！”费特喊回去。

昆蓝先生发动攻势，又砍倒了更多充当炮灰的返魂尸，他的双手滴淌着白血，但吸血鬼仍旧源源不绝涌现。

“他们想把我们拖住，”伊费说，“拖延我们的速度！”

血祖在路上了，还有其他人，我感觉得到。

伊费提剑刺进最靠近他的吸血鬼的喉咙，往他胸口一踹，抽回银剑，接着跑到吉普车另一侧。“格斯！”他大吼。

格斯已经在撤退，他冒烟的枪已陷入沉默。“我要闪了。”

伊费砍向两只扑往诺拉的吸血鬼，接着提剑一挥，把探险家油箱里的燃料管给拨了出来。费特见状，终于放弃继续打泵了。他从伊费武器袋中抽出他备用的剑，处置了另一只从探险家车顶爬来的吸血鬼。

格斯跳进探险家前座，抓起另一件武器。“走呀！闪人了！”

没时间把被汽油浸湿的泵塞回车内了。众人把泵扔在原地，汽油继续从管路汩汩流出，弄湿了车子。

“别在这么靠近的地方开枪！”费特说，“你会把我们炸得屁股开花！”

伊费走向吉普车车门。他透过车窗，看着昆蓝先生拖着一个女吸血鬼的双腿，把她的脑袋甩向一根钢柱。费特坐在伊费正后方，击退其他试着进车的吸血鬼。伊费跳上驾驶座，摔上车门，转动钥匙。

引擎发动了。伊费看到诺拉在探险家上。昆蓝先生殿后，正要爬进吉普车后座，还有返魂尸要冲向车窗。伊费猛地将车甩进车道，忽左忽右坐在他身旁、晕机严重的埃弗里特·巴恩斯博士;老人的脸已经又青又灰了。男孩(或许还有巴恩斯)是血祖让顾威分心或说服他的关键。

血祖也通过凯莉·顾威的眼睛看到了画面。坐在行驶中的车辆上,不知怎的她没那么想回家了,但血祖仍感觉到她与顾威博士(她从前的人类伴侣)很亲近。她的敏感给了血祖新的视角,更准确地对顾威博士进行三角定位。

从这里下去。

林肯城市轿车突然转向,轰地一声开下出口斜坡。帮派老大克林正用他的重脚踩着油门。

"妈的。"克林说,看到道路前方还在燃烧的服务站。燃烧汽油的味道通过汽车的通风系统传了进来。

左转。

克林遵从指示,转向避开了爆炸地点,半点时间都没浪费。他们经过汽车电影院的招牌,那只吸血鬼还站在那儿看着。血祖再次沉入他的视线,看到自己坐在黑色林肯城市轿车中,从马路上呼啸而过。

他们在追顾威。

伊费在乡间道路上一路急驶,迂迂回回向北开。他一直在变换路线,好让他的追赶者无法捉摸。每个路口都有吸血鬼哨兵站在那儿观察。伊费可以判断,要是他在同一条路上待太久的话,他们就会在路上放障碍物挡路,试着让他的速度慢下来,或是撞车:像是用其他车辆、手推车或园艺店的花盆。以十英里的时速,在一片漆黑的道路上直行,这些东西很快就会出现在他的大灯前,而即使要绕过它们也是很危险的。

有几次吸血鬼试图开车撞他们,或在后头跟踪。这时费特就知道要打开遮阳篷顶,带着机关枪探出身去。

伊费完全避开了锡拉丘兹,而是从东边绕着郊区开过。血祖知道他们人在哪里——但还不知道他们要上哪儿去,这是现在唯一让他们免于一死的原因。否则血祖就会在圣劳伦斯河岸部署奴隶重兵，不让伊费及其他人过河。

如果可能的话，伊费就会一路这么开下去，直到下次日出为止。但汽油是个问题，而停下来加油又太危险了。他们得冒险在河边等待日光出现，但很可能也会同时等到敌人上门。

往好的方面想，他们愈往北开，路边出现的返魂尸就愈少。人口稀少的乡村对他们有利。

诺拉在开车，但读地图并不是格斯的强项。诺拉有信心，总的来说他们是在向北开，但她知道有时候他们会往东或往西偏得有点太远。他们已经经过锡拉丘兹，但突然间沃特敦（在进入加拿大前最后一个称得上城镇的地方，不论规模大小）感觉是那么遥远。

她臀部附近的无线电啪啪作响了几声，但每次她试着呼叫伊费，得到的响应却都只是沉默。过了一会儿后，她就不再尝试了。她不想冒险把电池用光。

渔人码头。伊费说的地点，他们待会儿要在那里碰面。诺拉已经搞不清楚日落后已经过了多少小时，或是还要多少小时太阳才会升起——她只知道，实在是太久了。她实在是太想要日光了，想得不敢相信她自己直觉的推测。

开到那里就是了。她心想。**开到那里，找到它。**

“他们来了，医生。”格斯说。

诺拉看着道路前方。她太专注于在一片漆黑中开车了，什么也没看到。接着她看到了：树梢上隐约有个光点。

会移动的光点。是直升机。

“他们在找我们。”格斯说，“但我想还没看到我们。”

诺拉注意着光点，同时看着路况。他们经过一个开往高速公路的路标，才明白他们又开了回来，太靠近州际公路了。这样不好。

直升机在上方盘旋,往他们飞来。“我要熄大灯了。”她说,这也代表得减速许多。

他们在黑暗道路上慢慢移动,看着直升机朝他们而来,愈来愈近。直升机开始下降,光点愈来愈亮,大约在他们北方几百码的位置。

“等等,等等。”格斯说,“它要着陆了。”

她看到光点停了下来。“那里一定就是高速公路。”

格斯说:“我想他们完全没看到我们。”

她继续在小道上往前开,用黑色的树顶枝丫和没那么黑的天空之间的对比,来判断车和路边的距离。同时试着决定下一步该怎么做。

“我们要过去吗?”她说,“冒个险。”

格斯正在透过挡风玻璃,努力想看清楚高速公路。“你知道吗?”他说,“我想他们根本不是在找我们。”

诺拉继续盯着路况。“那是在搞什么?”

“你问倒我了。问题是——我们有没有胆子去找出答案?”

诺拉和格斯相处的时间已经够长,她知道其实这不是问句。“不行。”她很快回答,“我们得离开了,继续走。”

“有可能很重要呢。”

“像是什么?”

“我不知道,这正是为什么我们应该去一探究竟。已经好几英里路都没看到路边吸血鬼的鬼影子了,我想很快地看一眼应该没问题。”

“那就很快看一眼吧。”诺拉说,好像这么说就能逼他信守承诺似的。

“拜托。”他说,“你也很好奇呀,而且——他们开了灯,对吧?这代表他们是人类。”

她把车停到马路左边,熄了引擎。两人下了车,忘记车门没关时车内的灯是会亮着的。他们赶紧合上车门(并尽量轻一些),站在原地倾听着。

直升机旋翼还在转动,但已慢了下来。引擎才刚刚被关掉。格斯爬上杂草丛生、岩石遍布的路堤时,他一手把机关枪拿得离身体远一点。诺拉则紧跟在他左后方。

爬到路堤上后，两人慢下脚步，脸孔从路旁栏杆下冒出来。直升机在高速公路上，距他们有约 100 码左右。视线可及的范围内没汽车。旋翼停止转动，但直升机的灯还是亮的，光线照到马路对面。

诺拉看到四个剪影，其中一个比其他矮。她无法确定，但她认为驾驶员——从灯光判断，很可能是人类——还在机舱内等待。等待什么？马上再度起飞吗？

两人缩回下方。“他们约了人碰面吗？”诺拉说。

“大概是。不会是血祖吧，你觉得呢？”

“无法判断。”

“其中一个个子比较矮，看来像小孩。”

“是呀。”诺拉边说边点头……接着突然停下，猛地抬起头，越过栅栏上方向外看。格斯拉她的皮带，把她扯了回来，但她相信自己已经知道那个一头乱发的男孩是谁了。“噢，天哪。”

“怎样？”格斯说，“现在又他妈的怎么了？”

她拔出剑。“我们得过去。”

“是嘛，当然了，这才像话嘛！但到底——”

“开枪射大人，但不要射小孩。别让他们逃跑就是了。”

格斯都还来不及站起身，诺拉就已翻过了栅栏，直接往那群人跑去。格斯得加快步伐才能跟上。她还没怎么发出声音，那两个较大的人影就朝她转了过来。吸血鬼们见到她发烫的模糊影子，感觉到她手中的银剑。他们停下原本的动作，转回人类的方向。其中一只一把抓住男孩，试着把他提进直升机里。他们要再度起飞了。引擎开始运转，旋翼的液压系统嘎嘎作响。

格斯开枪了，先瞄准直升机长长的机尾，接着再往旁边乘客座的地方补了几枪。这就足以逼得吸血鬼把男孩带离直升机了。现在诺拉和他们的距离已经不到一半了。格斯散开，跑到她左边，瞄准了驾驶座玻璃发射子弹。玻璃没有裂开，子弹干净利落地射穿过去，一道红色液体喷向对面的玻璃。

驾驶员的身体往前一沉，旋翼持续加速，但直升机没有移动。

一只吸血鬼离开他看守的对象，跑向诺拉。她看到他脖子上装饰的深色墨水，立刻认出这只吸血鬼就是之前的其中一个监狱守卫——他是巴恩斯的一个随员。一想到巴恩斯，她的所有恐惧就消失了，诺拉扯着嗓子全力呐喊，高举银剑扑向吸血鬼。高大的吸血鬼在最后一刻往下一弯，吓了她一跳，但她像个斗牛士般侧身避开，接着提剑往他背上一刺。他滑了出去，跌在前头柏油路上，皮肉擦伤，但又马上跳了起来。跌倒没有让他的速度变慢，但背上由银剑拉开的伤口却发挥了效果。

格斯的枪隆隆地响，大块头吸血鬼浑身扭曲。子弹把他钉在原地不动，却没让他倒下。诺拉没让威力无穷的返魂尸有时间发动第二波攻击。她瞄准他脖子上的刺青，一剑砍掉了他的脑袋。

她转身回到直升机那儿，眯眼看着被旋翼往下打的气流。另一只刺青吸血鬼离人类有点距离，正绕着格斯打转，他了解也敬畏银的力量——但他可不怕机关枪。格斯走向嘶嘶作响的返魂尸，看着他在喉头立起螯针，接着对他脑袋一连串扫射。吸血鬼往后一倒，格斯往前朝他脖子继续开枪，解放了这怪物。

男子单膝跪在地上，背靠着直升机打开的舱门。男孩看着两只吸血鬼倒下，转身跑向路边，朝直升机之前在空中发光的方向跑去。诺拉看到他手里握了东西，他一面跑一面把那东西举在前方。

诺拉大喊："格斯，抓住他！"因为格斯离他最近。格斯立刻朝男孩追去。瘦巴巴的男孩速度很快，但脚步不稳。他跳过栅栏，完美着地，但接着在前方阴暗的路上，他没算好步伐，自己被自己绊了个四脚朝天。

诺拉站在巴恩斯附近，两人都在直升机旋转的旋翼大伞之下。他还跪在地上，还在晕机，但当他抬起头，认出诺拉的脸孔时，他的脸色又更苍白了。

诺拉举起剑,已经准备挥刀一砍,这时却听到了四声巨响,在直升机的声音下有点闷闷的。是把小步枪,男孩惊慌之下朝他们开了枪。诺拉没有中弹,但子弹炸响的位置近得吓人。她跳离巴恩斯,躲进矮树丛里。她看到格斯扑向男孩,趁着他还来不及再度开枪,制伏了他。格斯拎着男孩的衬衫,将他提起,把他拎到光线中,确认自己不是在和吸血鬼打交道。格斯从他手中抢下没子弹的步枪,扔进树丛里。男孩剧烈反抗,所以格斯抓住他猛力摇晃,让他知道要是他试着攻击会发生什么事。但男孩在光线下眯着眼,仍然试图挣扎,看来真的很怕格斯。

"放松点,小子。老天哪。"

他拖着扭来扭去的男孩,爬过栅栏,回到原处。

诺拉说:"你没事吧,格斯?"

格斯还在和男孩扭打。"他枪法很烂,所以没事啦。"

诺拉回头看直升机。巴恩斯不见了。她眯起眼,视线越过直升机的灯,搜寻他的影子,但一无所获。诺拉轻声咒骂。

格斯又看了男孩的脸孔一眼,注意到了一些事。他的眼睛,他的轮廓。他看起来好眼熟、太眼熟了。

格斯看向诺拉。"噢,拜托。"格斯说。

男孩用球鞋鞋跟踹了格斯一脚,格斯也踹回去,而且更用力。

"老天——就跟你爸一模一样。"格斯说。

这让男孩的动作慢了下来。他看着格斯,不过同时仍然试着要挣脱。"你什么意思?"男孩说。

诺拉看着扎克时,她同时认出了他却又完全不认得他:男孩的眼神已和她记忆中的样子截然不同了。他的五官,就像所有男孩都会的那样,在两年间变得成熟了——但他的眼中缺少过去曾有的那种光芒。如果说他的好奇心还在,那么现在也是更黑暗的好奇心、更深沉的好奇心。感觉就好像是他的个性已经退缩到他的心底,他想解读人,但不想被解读。或者他也许只是受了过度惊吓而已,毕竟他才十三岁。

他的灵魂是空的。他不在那里。

“扎克。”她喊道,不知道该怎么办。

男孩抬头看她。看了好一会儿,眼中才露出认出她的神色。“诺拉。”他说,每个字都说得很慢,就好像几乎已经完全忘记这名字怎么说。

尽管在纽约州北部,监视各条可能的汽车路线的爪牙数目已经变少,血祖却愈来愈笃定他要走的路是哪条。血祖刚刚通过巴恩斯保镖的眼睛,看到了马丁内斯博士发起袭击的种种细节,直到他的喽啰被凶狠解放的那一刻为止。现在血祖看到直升机在高速公路上,旋翼还在旋转;他是通过凯莉·顾威的眼睛看到的。

血祖看着凯莉指挥司机,开下陡峭的路堤,上了辅路,呼啸而去,紧跟着探险家的路线。凯莉与扎克的连结,远远比她与她的前伴侣伊费·顾威博士间的连结强多了。她对扎克的渴望更加明显——而且在这一刻,更为有用。

而现在血祖可以更清楚地看到这群反贼的一举一动了,他们带走了扎克,血祖知道那是他们无法抗拒的诱饵。血祖通过扎克的眼睛,看到扎克坐在由格斯驾驶的汽车后座。血祖就像亲身与他们一起坐在车里一样,跟着他们去集合地点,与伊费·顾威碰头,而伊费手上拥有《光之熄》,又知道黑地的位置。

“我跟上他们了。”巴恩斯说,声音在无线电里噼啪作响,“我会随时向您回报。通过全球定位系统,您就知道我的位置。”

的确,全球定位系统上可以看到一个小点。这就像是在模仿血祖的连结感应力,只不过没那么完美,比较虚弱,而且很机械,但这却是血祖能和叛徒巴恩斯共享的系统。

“我身上有枪。”巴恩斯说,“已经准备好随时听候差遣了。”

血祖微微笑。这么迫不及待要阿谀谄媚。

他们离目的地很近了，可能只差几英里的距离。他们往北的路线让他们走上了通往安大略湖或圣劳伦斯河的道路，而就算他们安排了要跨越水面，也没关系。如果需要的话，血祖有克林，可以用渡船载他们过去；这个帮派老大在名义上仍然是人类，但已经完全任他摆布了。

血祖指示，直升机群往北，全速前进。

克林的嘴很痛。他的银牙附近的牙床像在灼烧。一开始他原本以为这只是昆蓝先生那一记手肘攻势所留下的余痛，但现在他的手指开始发酸，酸得他拔去了指节上所有亮晶晶的银饰，好让它们休息一下。银珠宝都堆在车上的杯架里。

他有点不舒服，感觉头晕目眩又浑身发热。一开始他还担心是某种细菌感染，就像夺走格斯手下的那种毛病一样；但克林愈是透过后照镜看着血祖阴沉的、血虫蠕动的脸孔，他就愈感焦虑，忍不住纳闷血祖是不是已经感染他了。有那么一刻，他好像感觉到有东西从他的前臂移动到二头肌。不只是痒痒痛痛的感觉而已。有东西正要走向他的心脏。

伊费的吉普车先抵达渔人码头。最北端的路沿着圣劳伦斯河岸，一路延伸。昆蓝先生没有在邻近地区发现任何吸血鬼的踪迹。他们看到一块“河滨露营区”的招牌，指向道路偏离河岸的方向，于是他们开上那条泥土小路，来到一大块伸入河中央的凸出土地。这里有些木头小屋，一家餐厅，旁边紧邻着糖果店，还有一个被码头围绕的沙滩。码头既长又宽，使视线只能在越过水面后刚好看到沙滩。

伊费在道路尽头的停车场猛地刹住车，没关掉头灯，他指向水面。他想从那个码头离开，他们需要一艘船。

他一关上车门，一阵强光就填满他的视线，有效地让他瞬间成了瞎子。他伸起手臂遮挡光，只能勉强看到光线是从好几处来的，一盏从餐厅附近，另一盏则在让人擦干身子的小棚屋旁。有那么一刻，他大惊失色，但接着又明白，这些都是人造光源——是吸血鬼不需要也不会使用的。

一个人声大声传来："停在原地！不准动！"

一个真正的人声，不是吸血鬼投射进他脑海中的声音。

"好，好！"伊费一面说，一面遮着双眼，"我是人类！"

"我们看到了。"一个女性声音说。

另一头传来男性的声音："这家伙带了武器！"

伊费扭头看吉普车另一侧的费特。费特说："你带了武器吗？"

"要不要我证明看看！"男子大喊。

"我们能不能都把武器放下，好好谈谈。"费特说。

"不行。"女人回答，"我们很高兴你们不是螯针怪，但这并不代表你们不是强盗，或是伪装的石心集团成员。"

"我们两种都不是。"伊费一面说，一面用他空着的双手遮挡光线，"我们来这里是要……出任务。但没时间解释了。"

"后座里还有一个！"男子大叫，"给我出来！"

喔，该死，伊费心想。要从哪儿解释起？"听我说，"他说，"我们是一路从纽约市过来的。"

"我相信他们会很高兴看到你们回去。"

"你们……你们听起来很像是战士，对抗吸血鬼的斗士。我们也是斗士，算是反抗势力的一分子。"

"我们这里满员了，老兄。"

伊费说："我们得去河中的一座岛上。"

"爱去就去吧，但你们得给我从圣劳伦斯河岸的其他地方去。我们不想惹麻烦，但如果麻烦惹上我们，我们也不会客气。"

"能不能给我十分钟解释——"

"你有十秒钟的时间闪人。我可以看到你的眼睛，还有你朋友的，在灯下看起来都很正常。但如果你另一个朋友不下车的话，我们就要开枪了。"

“第一,我们的车里有个既脆弱又会爆炸的东西。所以为了你们自己好,不要开枪。第二,你不会喜欢看到我们坐在车里的那位朋友的。”

费特附和。“他能读懂吸血鬼,他的瞳孔在光线下会变得像玻璃般透明,因为他是半吸血鬼。”

男子说:“没这回事。”

“就有这么一回事。”伊费说,“他是站在我们这边的。我可以解释一切——或者试着解释——只要你们给我机会。”

伊费感觉到光源在移动,走向他。他浑身僵硬,预计会遭到攻击。

男子的声音从另一盏灯那里传来。“小心点,安!”

灯后的女子在距离伊费约十码的地方停下脚步,距离近到他能感觉到灯所发出的热度。他在光束后隐约看到一双橡胶靴和一只手肘。

“威廉!”女子大喊。

拿着另一盏灯的威廉跑向了费特。“怎么回事?”

“你看他的脸。”她说。

有那么一刻,两盏灯的光束都打在伊费的脸上。

“怎么了?”威廉说,“他又不是吸血鬼。”

“不是啦,笨蛋。新闻报道过呀,那个被通缉的人。你是顾威吗?”

“是的,我的名字是伊费。”

“顾威,那个亡命医生,杀死奥迪·帕墨的人。”

“其实,”伊费说,“这是不实指控。我没有杀死那个老混球,不过我倒是试了几次。”

“他们真的很想逮到你,对吧? 那群王八蛋。”

伊费点点头:“现在仍旧如此。”

威廉说:“我不懂呢,安。”

安说:“你们有十分钟,混蛋。但你们所谓的朋友得待在车里。要是他试着出来,你们就全都要被喂鱼了。”

费特站在吉普车后方，用手电筒的光线给两人看了装置和定时器。

“该死，是天杀的核弹。”安说。原来她是个五十多岁的女性，一头灰发绑成一条蓬松长辫，穿着渔人防水衣和防水长筒靴。

“你以为它应该更大些吧。”费特说。

“我不知道我以为什么。”她又看了伊费和费特一眼。威廉——是个四十多岁的男子，穿着粗糙的毛衣，和松松垮垮的蓝色牛仔裤——仍然站在一边，双手还握着步枪。两盏灯都放在他脚边，其中一盏还是亮的。光线折射到昆蓝先生身上。现在他站在车子外头，穿着件骇人的黑色斗篷。“不过你们出现在这里实在是太怪异、太不真实了。”

伊费说：“我们不想向你们要任何东西，只要一张群岛的地图，还有去那里的工具就行了。”

“你们要引爆这个小恶魔。”

伊费回答：“是的。你们会希望离开这里的，走得愈远愈好，就算那座岛是在河岸半英里之外。”

“我们不住在这里。”威廉说。

一开始，安瞥了他一眼，示意他说得太多了。但接着她软化了下来，既然伊费和费特都对她坦白了，她也愿意对他们坦诚相待。

“我们住在外头的群岛中，”她说，“那些该死的吸血虫到不了的地方，那里还有独立战争时留下的旧堡垒，我们就住在里头。”

“有多少人？”

“我们总共有 42 人。之前是 56 人，我们失去了很多伙伴。我们现在分成三派，因为即使世界已经毁灭，有些混球还是不能跟别人好好相处。我们大部分是邻居，但在这件鸟事发生前并不认识彼此。我们会常回到陆地上，搜刮军火、工具和食物，有点像是鲁滨逊那样，如果你把陆地当成失事船只的残骸的话。”

伊费说：“你们有船。”

“我们是他妈的有船。三艘汽艇，还有一堆小快艇。”

"很好，"伊费说，"好极了，我希望你们能愿意借我们一艘。还有非常抱歉把你们扯进这场浑水。"他看了私生子一眼，私生子站在那儿动也不动。"还有什么别的事吗？"

没有什么急事。

但伊费从私生子回答的方式可以判断出来，他们快没时间了。伊费对安说："这些岛屿你们都很熟吗？"

她点点头："威廉最熟了，就好像那是他的手背肉一样。"

伊费对威廉说："我们能不能去餐厅里，请你大略为我画出草图？我知道我要找的地方。是一座没什么植被的岛屿，岩石遍布，形状像三叶草，或者说是三个互相重叠了一部分的圆环，就像生化危机标志那样，如果你能想象的话。"

安和威廉互看一眼，显示他们彼此都非常清楚伊费说的是什么地方。伊费感到一阵兴奋，像是注射了肾上腺素。

无线电噼啪作响，吓了大家一跳，紧张兮兮的威廉更退后了一步。是吉普车前座上的无线电，"是我们的朋友。"费特一面说，一面走向车门，伸手去拿无线电，"诺拉？"

"喔，谢天谢地。"她说，她的声音在电波中有点模糊不清，"我们终于到渔人码头了。你们在哪儿？"

"跟着路标，开到公共河滩。你会看到'河滨露营区'的标志。沿着泥土路开到水边。动作快些，但小声点。我们遇到其他一些人，可以帮我们到水上。"

"其他人？"她说。

"相信我，赶快过来就是了，马上。"

"好，我看到往河滩的路牌了。"她说，"马上就到。"

费特放下无线电。"他们在附近了。"

"很好。"伊费说，接着转向昆蓝先生。私生子正看着天空，好像在寻找征兆。这让伊费有点担心。"有什么我们需要知道的事吗？"

没有动静。

“到正午还有几个小时？”

只怕还要太久了。

“你有心事。”伊费说，“怎么了？”

我不喜欢横越水面。

“我明白。还有呢？”

我们现在应该要见到血祖了。我不喜欢到现在还没动静……

安和威廉想跟伊费好好聊聊，但伊费只想请他们画出去小岛的草图。所以他让他们在一张纸桌垫背后画地图，自己回到费特身旁，站在摆在餐厅隔壁糖果店的冰淇淋柜台上的核弹前。伊费透过玻璃门，看到昆蓝先生正在河滩前等候吸血鬼到来。

伊费说：“我们有多少时间逃跑？”

费特说：“不知道，希望时间够长。”他指指有保险在上头的开关。“往这边转，就可以延迟。”他指的是一个小面板上的时钟图示。“别往这边转。”他指着一个X，“不然就没命地跑吧。”

伊费觉得手臂又要抽筋了，他紧握拳头，尽可能隐藏疼痛的感觉。

“我不喜欢把核弹留在岛上这主意，几分钟里可能出错的地方可多了。”

“我们没有别的选择，如果我们还想活命的话。”

两人同时抬起头来，看着车前大灯的灯光接近。费特跑出去到了诺拉的车旁，伊费则继续待在后头，回去看看威廉的进度。安在提建议，威廉则颇为不快。“那里有四座岛，还有一座已经消失了。”

安说：“那小拇指呢？”

“除非大家都能记住，不然你不能自己给这些岛屿取小名。”

安抬头看伊费，解释：“第三座岛看起来像根小拇指。”

伊费看看草图。路线看起来已经够清楚了，而这是唯一重要的事。

伊费说："你们能不能先带其他人从河上去你们的岛，然后我们随后跟过去？我们不会待很久，也不会用你们的资源，只想有个地方可以藏身，等待这一切结束就好了。"

安说："没问题。尤其是如果你真能做到你所宣称的事的话。"

伊费点点头。"地球上的生活又要再度改变了。"

"回归正常。"

"我不会这么说。"伊费说，"要等一切回复到接近正常，我们还有好长的一段路要走。但是，至少不会再有吸血虫在背后追着我们跑了。"

安看起来像个过去曾学到不要期望太高的女性。"很抱歉之前骂你是混蛋，兄弟。"她说，"其实你的真实身份是个他妈的大混蛋。"

伊费忍不住微微笑。这些日子以来，什么恭维话他都能接受了，即使里头挖苦的成分居多。

"可以向我们说说纽约的状况吗？"安问，"听说整个市中心都焚毁了。"

"没有，纽约——"

糖果店的玻璃门开了，伊费转过身。格斯走进，手上拿了把机关枪。接着他透过玻璃，看到诺拉走向门口。在她身边的不是费特，而是个约十三岁的高个子男孩。他们走了进来，伊费说不出话，也动不了……但他干涩的眼睛马上酸酸刺刺，涌出了泪水，喉头因为强烈的情绪而像是哽了个硬块。

扎克焦虑地环顾四周，他的视线越过伊费，望向墙上老旧的冰淇淋招牌……接着又慢慢回到他父亲脸上。

伊费走向他。男孩张开嘴，但没有说话。伊费在他面前单膝跪下。以前他这么做时，男孩的高度才到他眼睛附近；现在伊费得抬头往上看个几英寸才行了。乱糟糟的头发垂在他脸上，遮住一部分眼睛。

扎克轻轻对他爸爸说："你在这里干吗？"

他比以前高多了，头发又长又参差不齐，有些拨在耳后，完全就是这个年纪的男孩在没有父母干涉时会想要留的发型。他看起来还算干净，好像也没挨饿。

伊费一把抱住他，紧紧不放。这么一抱，他才觉得男孩是真的。在他的怀抱中，扎克给人的感觉好怪，闻起来味道不同，事实上真的也不同了——年纪变大了。**很虚弱**。伊费突然想到，他在扎克眼中看来一定也非常憔悴枯瘦。

男孩没有伸手抱他，只是僵硬地站着，忍耐着这个拥抱。

伊费把扎克往后一推，再次看着他。他想知道一切，想知道扎克是怎么到这里的——但他明白此时此刻，除了那件事之外，其他事情都不重要。

他在这里。他还是人类。他自由了。

“喔，扎克。”伊费一面说，一面回想起近两年前自己失去他的那一天，眼眶中泛着泪水，“我好抱歉，非常、非常抱歉。”

但扎克用奇怪的表情看他。“抱歉什么？”

他开始解释：“抱歉让你妈妈带走你——”但又突然打住。“扎克。”伊费说，狂喜的情绪将他淹没，“看看你，长这么高了！你是个男人了……”

男孩仍然张着嘴，但他震惊得说不出话。他盯着他的爸爸——这个在他梦境中阴魂不散的男人，威力无穷的鬼魂。这个抛弃他、丢掉他的父亲，这个他记忆中又高又聪明、什么都行的印象，现在却是软弱、干瘪、毫不起眼的家伙。邋遢，虚弱，浑身发抖。

扎克觉得一阵恶心涌现。

你忠诚吗？

“我从来没有停止找你，”伊费说，“我从来没放弃。我知道他们告诉你我死了——但其实这段时间来，我一直都在反抗。两年来，我一直在试着把你找回来……”

扎克环顾房间。昆蓝先生已经进店里了。扎克的目光停在私生子身上最久。

“妈正要来找我。”扎克说，“她会生气的。”

伊费肯定地点点头：“我知道她会生气。但……一切都快结束了。”

“我知道。”扎克说。

你感激我提供的一切吗？感激我给予的一切吗？

“来……”伊费说，捏捏扎克的肩膀，陪他走到炸弹旁，“这是颗核武装置，我们要用它炸掉一个岛。把血祖和它的所有同类从地球上彻底消灭。”

扎克盯着装置看。“为什么？”尽管他本来并不打算问。

末日将近。

费特看看诺拉，不寒而栗的感觉沿着他的脊椎往下爬。但伊费似乎没注意到这点，完全沉浸在浪子回头的好爸爸角色中。

“好让事情回到过去的样子呀。”伊费说，“回到返魂尸出现之前，回到黑暗降临前。”

扎克用奇怪的表情看着伊费。男孩有意识地明显眨眼，就好像紧张之下，自我安慰的抽搐动作。“我想回家。”

伊费很快点点头。“我也想带你回家。你的东西都还留在卧室里，就跟你离开前一模一样，所有东西都在。只要这一切结束了，我们就马上回去。”

扎克摇摇头，已经不再看着伊费了，他看着昆蓝先生。“我家在城堡，在中央公园里。”

伊费满怀希望的表情微微颤抖。“不，你永远不会再回那里了。我知道这得花点时间，但你会没事的。”

这男孩已经被转化了。

伊费猛地转向昆蓝先生，私生子站在那儿看着扎克。

伊费盯着他儿子看：他的头发都还在，气色很好，眼睛不是黑色弯月或整个泛红，喉咙也没有膨胀。“不对，你错了。他是人类。”

肉体上，是的，但看看他的眼底深处。他带了别人一起来。

伊费一把抓住男孩下巴，拨开他眼前的头发。他的眼睛是有点黯淡，有点退缩。扎克一开始叛逆地回瞪，但接着又试着转开目光，就像所有十几岁小孩会做的那样。

“没有。”伊费说，“他没事，他之后会没事的。他在生我气……这很正常，他在对我生气，而我们……只需要把他送上船，让他到水上就行了。”伊费看着诺拉和费特。“愈快愈好。”

他们到了。

“什么？”诺拉说。

昆蓝先生把兜帽拉得低低的，紧紧包住他的头。

到河边去，我尽量挡住他们，能挡多少算多少。

私生子走出门。伊费一把抓住扎克，开始往门边走，接着又停下脚步。他对费特说：“我们同时带上他和核弹。”

费特不喜欢这主意，但没说什么。“他是我儿子，费特。”伊费哽咽，近乎哀求地说，“我的儿子……我拥有的一切。但我会完成任务，执行到底，我不会让大家失望的。”

好长一段时间以来第一次，费特终于又在伊费身上看到好久不见的决心——他过去不情不愿崇拜着的领袖特质。这是诺拉从前曾经爱过、费特从前曾经跟随的男人。

“那你们待在这里吧。”费特说，一把抓起背包，出门追向格斯和诺拉。

安及威廉带着地图跑到他身边。伊费说：“到船边去等我们。”

“如果要去那座岛的话，船上的空间载不下所有人。”

“我们会想出办法的。”伊费说，“去吧，趁着吸血鬼还没把船砸沉之前。”

伊费锁上身后的门，转向扎克，看着他儿子的脸庞，寻找让他安心的痕迹。“没事的，小扎，我们不会有事的，一切很快就要结束了。”

扎克快速眨眼，看着他爸爸折起地图，塞进大衣的口袋。

返魂尸从暗处走出来。昆蓝先生看到返魂尸的热感应影像在树林中穿梭,等着拦截他们。几十个吸血鬼,后面还有更多——或许数百个。格斯过来在泥巴路上朝一辆没开灯的车子射击。火花在引擎盖上一弹,挡风玻璃就裂了,但车子继续开。格斯站在车子前方,猛烈地朝挡风玻璃开枪,到最后一刻才跳到路边。

不过他跳进树林里时,那辆车跟着朝他转过来。一根粗壮的树干拦下车辆,造成震耳欲聋的碰撞声,不过在那之前车头防护栏已经撞上格斯的腿,把他撞飞到树丛里。他的左臂就像树枝应声断裂,当他站起来的时候,手臂歪斜地垂在身体侧面——从手肘的地方断掉了,或许肩膀也是。

格斯咬牙切齿地骂脏话,痛死了。不过,他的战斗本能激增,他逼自己冲向那辆车,以为吸血鬼会和马戏团小丑一样从车里涌出来。

格斯用没受伤的那条手臂伸进车里探寻,另一只手则握着斯太尔冲锋枪——把司机的头从方向盘往后拉。是克林,他的头现在倒在座位上,好像在打盹,只不过他额头中了格斯两枪,胸口一枪。

“回莫桑比克吧,王八蛋。”格斯说完就放手,他的鼻子轻轻撞上方向盘的中间。

格斯没看到其他乘客——虽然后门不知怎的开了。

血祖……

昆蓝先生在一瞬间就继续前进搜寻猎物了。格斯在车上靠了一下,开始感觉到手臂伤势多么严重了,这时候他才发现克林的颈子上有一道血流……

不是枪伤。

克林的双眼突然张开。他跳出车外,朝格斯猛扑。克林块头庞大,把格斯肺脏里的空气都挤出来了,就像公牛撞上斗牛士,再度把格斯撞飞,就像那辆车一样。格斯抓住枪,但克林力大无穷,双手圈住他的前臂,挤压他的肌腱,逼他松开手指。克林的膝盖抵着格斯受伤的左臂,用杵臼相磨的方式折磨他的裂骨。

格斯尖叫,既愤怒又痛苦。

克林睁大了双眼,看起来很迷乱又有点失焦。他闪亮的笑容开始冒烟,吸血鬼的牙龈碰到了银色的牙套所以开始灼烧。同样地,指节上的银饰也开始燃烧他的皮肤。不过克林没退缩,他受到血祖意志的操纵。克林张开下巴,发出剧烈的咔啦声,下颚就卡住了。格斯知道血祖就是要置自己于死地,然后通过他来了解如何破坏他们的计划。

左臂一直被转动摩擦让格斯无法集中精神,不过他可以看到克林的螫针就要从嘴里吐出来——没想到这画面那么奇特又缓慢——红色的口腔组织分开来、张开,露出新的增生组织,准备完成任务。

血祖通过意志加速克林转化的过程。螫针在银雾中肿胀,准备出击。口水和残存的人类血液洒到格斯胸口,这个以前是克林的发狂怪物把头往后一仰。

格斯在最后一瞬间,努力把枪转过来,对准克林的头。他开枪,一发、两发、三发,在这么短的距离内,每一发都扯掉大量肌肉和骨头,终于让克林尸首分离。

克林的螫针在空中疯狂乱摆,想要靠近格斯。他继续开枪,射中螫针。返魂尸的血液和血虫到处流,格斯终于成功地打碎克林的脊椎骨,打断他的脊椎神经。

克林一倒,用力摔在地上,继续抽搐、冒烟。

格斯滚到旁边,和精力充沛的血虫保持距离。他发觉腿上有刺痛感,立刻卷起左边裤管。他看到一条虫钻进身体里。他凭本能伸手找了一片汽车防护栏的尖锐碎片,插入腿中。他切开腿,看到那条虫继续扭,往更深处钻。格斯抓住那条虫,从伤口抽出来。血虫的倒钩用力钩住肌肉,万分折磨——不过他把细细的血虫拉出来,往地上一摔,当下杀了它。

格斯站起来,胸口剧烈起伏,腿仍在流血。他看到自己失血并不担心,只要还是红色的就好了。这时昆蓝先生回来了,看到了这景象,尤其是克林的尸体在冒烟。

格斯咧嘴一笑："你看，老兄？你他妈的连一分钟都不可以让我落单。"

私生子察觉到其他入侵吸血鬼沿着寒风飒飒的河岸线过来，他给费特指出了那个方向。

第一个入侵者朝着私生子冲来。他们来势汹汹，第一波炮灰潮，与昆蓝先生势均力敌。他一边打，一边追踪到右侧的三个探子围在一个女吸血鬼旁边。其中一个探子离开小圈圈，向他单挑，手脚并用、蹦蹦跳跳地朝昆蓝先生冲过去。昆蓝先生先撂倒旁边一只两腿站立的吸血鬼，再对付敏捷灵活的失明吸血鬼。

他用力一击，探子往后摔再弹起来四肢着地，好像动物要进食一样。另外两个吸血鬼向他扑过来，昆蓝先生快速移动避开他们，注意着探子。

有个身体飞过来，她从石桌上起飞，停留在昆蓝先生的肩膀和背上，同时发出高频率的尖叫声。

那是凯莉·顾威，她的右手急甩痛打，拍着私生子的脸。他号叫一声，揍回去，她又猛击他，但他挡下攻势，抓紧她的手腕。

格斯的机关枪一开火，她就从昆蓝先生的肩膀上跳下来。昆蓝先生以为探子会再发动攻击，却见到探子躺在泥地上，全身是弹孔。

昆蓝先生摸摸自己的脸。他的手缩回来的时候上面有白白的黏液。他回头要攻击凯莉，但她已经不见了。

餐厅里的玻璃碎掉了。伊费准备好银剑。他把扎克拉到糖果柜台的角落，让他不会受伤，但基本上等于是在那边被困住了，不能跑。核弹还在柜台后端的墙上，在格斯的包裹和私生子的黑色皮包上方。

一个麻烦的小探子从餐厅飞奔进来，他前面还有一个双脚行走的吸血鬼。伊费抽出银剑，让盲眼的怪物察觉到威胁。他们后面阴暗的过道里出现了一个人影，只是一道影子，黑得像豹子一样。

是凯莉。

她看起来腐朽得恐怖，就连她前夫都很难认出她来。深红色的颈部肉垂软绵绵地晃来晃去，就在死气沉沉的黑红色眼睛下方。

她是为了扎克而来。伊费知道他该怎么做，要破除咒语只有一个方法。决定要这么做之后，伊费手中的剑开始颤抖——不过这股震动是剑身自己的力量，不是因为他紧张。他提剑在胸前，剑刃仿佛开始微微地发亮。

她走向他，焦躁不安的探子在她两侧。伊费在她面前亮出银剑，他说："凯莉，这就是结局……我很抱歉……靠，真的很抱歉……"

她完全不看着伊费，只看着他后面的扎克。她脸上看不出任何情绪，但伊费懂那种必须拥有和保护的强制约束感。他刻骨铭心地懂着。他的背部抽搐，那种痛变得几乎无法承受，不过他还是设法战胜痛楚撑下去。

凯莉集中精神面对伊费。她手掌一转，往前弹，探子就像军犬一样攻击他。他们交叉前进，伊费必须瞬间决定要对付哪一个。另一个也冲过来攻击他，伊费的剑挥向她，但失去了平衡，所以是钝的那一边碰到她的头。她往后滚，在晕眩之中慢慢站起来。

凯莉跳上桌子，在空中飞跃，想要越过伊费和扎克。伊费跳进她的运动轨迹，他们撞在一起，凯莉转向侧面，伊费几乎要往后跌。

伊费看到其他探子打量他，赶紧准备好银剑。这时扎克暴冲过他身边，伊费及时揪住他爱斯基摩式毛皮外套的领子，把他往后扯。扎克金蝉脱壳，但仍站在原地，就站在他爸爸面前。

"住手！"扎克说。他一手按着妈妈，一手挡着爸爸。"不要这样！"

"扎克！"伊费大叫。儿子靠他们两人都很近，伊费担心他和凯莉一人抓一条手臂变成拔河。

"住手！"扎克大叫，"拜托！拜托——不要伤害她！我只剩下她了……！"

扎克这么说的时候，重重地伤害了伊费。是他，缺席的父亲，才是异类。他始终是异类。凯莉的姿势稍微放松,她的手臂垂在裸身的两侧。

扎克对她说:“我和你走,我想回去。”

不过凯莉的眼中出现了另一股力量,怪兽般的异种意志。她立刻弹起来,凶猛地攫走扎克。她张开大口,螯针朝伊费弹出来,他差点来不及移动,看着肌肉组织在他颈子原本的位置狠咬。他要划穿她的螯针,但失去重心没能劈准。

探子扑向扎克,撂倒他。他放声大叫,凯莉的螯针收回来,末端还伸在嘴巴外面,就像细细的、分岔的舌头。她朝伊费飞扑,低下头,撞向他的肚子,把他压在地上。他往后滑,用力碰上柜台的底座。

他赶紧挣扎着跪起来,整个背都在抽搐,他的肋骨突然猛刺胸口,有几根裂掉了,插进肺里。这让他挥剑的时候没办法做出大动作,但他想要格开她。凯莉踢他的手臂,她的赤脚钩住他手肘下面,他的拳头猛捶柜台底座。手上的剑松脱了,哐啷一声坠地。

伊费抬起头,凯莉的眼中有亮红色的怒火,冲过来要解决他。

伊费伸手摸索,没办法转移视线,但手指还是碰到剑了,他把剑刃提起来的时候她正好张开下颚往前冲。

剑刃直接斩断她的喉咙,从她的后颈穿出来,劈开螯针的根部。伊费恐惧地睁大眼睛看她的螯针愈来愈松垮,她的眼神还是充满怀疑。她的血盆大口里都是充满蠕虫的白血,她的身体垂倒在银剑上。

好一阵子——或许只是伊费的想象,但他还是选择相信了——他看到凯莉的人形出现在她的眼睛后方,用安详的表情看着他。然后这怪物又回来了,软弱地瘫下来。

伊费一直扶着她,直到她的白色血液几乎快要沾上他的剑柄。然后,他平息心中的震惊,把剑收回来,让凯莉的尸体倒在地上。

扎克大声尖叫。他狠狠用力,愤怒地站起来,甩掉身上的探子。盲眼吸血鬼幼童狂乱地跑向伊费。他将沾满黏液的剑朝对角线的方向往上扬,轻松地斩杀了第一个探子。第二个探子因此往后跳。伊费看他撤退,大步慢跑离开房间，整颗头几乎往后转，一边跑一边回头看伊费。

伊费把剑放下来，扎克站在吸血鬼母亲的遗体前面，一边哭泣一边吸气，扎克又生气又作呕地看着他爸爸。

“你杀了她。”扎克说。

“我杀的是把她从我们、从你身边带走的吸血鬼。”

“我恨你！妈的，我恨死你了！”

扎克在愤怒之中，抄起柜台上的长柄手电筒，就要攻击他爸爸。伊费挡下攻击，没被打到头，但是他的力势撞倒了伊费，扎克压在他上方，压迫到伊费断裂的肋骨。扎克强壮得出奇，伊费又痛苦难耐。扎克朝伊费猛打，伊费用前臂挡下攻击。扎克的手电筒掉了，但仍继续殴打，拳头如雨点般落在伊费的胸口上，双手伸进了伊费的外套里。最后，伊费扔下剑才能抓着扎克的手腕制伏他。

伊费看到扎克的左拳里有一张纸。扎克发现伊费注意到了，就设法不让他爸爸摊开他的手。

伊费抽出皱巴巴的纸地图，扎克想要抢回来。他直视着儿子的双眼，看到了血祖的存在，他看到血祖透过扎克的眼睛看他。

“不，”伊费说，“不要——拜托。不！”

伊费推开男孩。他觉得很难过。他看了看地图，把它放回口袋里。扎克站着，准备后退。伊费看得出来扎克要往核弹那边跑过去，目标是雷管。

私生子在那边，昆蓝先生拦住扎克，熊抱住他，把他转了个方向。私生子的脸有个对角线的伤口，从左眼到右颊。伊费站起来，胸口撕裂的伤痛完全比不上失去扎克的苦痛。

伊费拾起剑，走向扎克，私生子还抱着他。扎克一脸难过，有规律地频频点头。伊费拿着银剑靠近儿子，想看他的反应。

他不畏惧银。血祖在他心里，不在他身体里。

“这不是你。”伊费对扎克说，同时说服自己，“你没事的。我会把你救出去。”

我们得快点。

伊费从他怀中抓走扎克。“我们去船头。”

私生子拎起皮包背上肩，抓起核弹的束带，从柜台拿起来。伊费抓起脚边的背包，把扎克推向门口。

埃弗里特·巴恩斯博士藏在垃圾堆后面，距离餐厅约20英尺，就在停车场的泥泞地外缘。他张开口把空气吸进碎牙之间，感觉到那种令人开心的刺痛感。

如果他们真把核弹给卷进来——以伊费目前对复仇的偏执来说，确实有可能——那巴恩斯就要离这地方愈远愈好，但他得先把那婊子给杀了。他有枪。九毫米手枪，还有满满的子弹。他应该用来对付伊费，可是就他的判断来说，诺拉才是大奖。冰淇淋圣代上方的樱桃。

他试着稳定呼吸，这样可以把心跳慢下来，他把手指按在胸口上，察觉到心律不齐。他不太知道自己在哪里，盲目地跟着连接他与血祖的导航系统，这个系统还可以告诉他扎克的位置，因为扎克的鞋底藏了定位装置。尽管血祖再三保证，巴恩斯还是很紧张；吸血鬼在宅院里四处闯荡，谁也说不准他们到底能不能辨识敌人和朋友。为防止万一，巴恩斯决定要找一辆车，这样他才有机会在这个营地被蘑菇云炸上天之前逃离。

他发现诺拉在大约100英尺之外。他尽量瞄准她，然后开火。五发子弹快速连续地从枪口射出，至少其中一发碰到了诺拉，她倒在一排树木的后面……留下一阵淡淡的血雾弥漫在空中。

“我打到了——你他妈的臭婊子。”巴恩斯得意洋洋地说。他从大门边开始跑，穿越空地，朝外头的树林跑。如果他可以顺着泥巴路回到大街，他就可以找到车子或其他交通工具。

他先跑到第一排树木前，停在那里，却不禁颤抖地发现地上有一摊血……诺拉却不在那儿。

“噢,该死!”他说完本能地转身冲进树林里,把枪塞进裤子。他烫到了自己。“该死!”他尖声叫骂。他从来不晓得枪会这么热。他收起手臂护着脸,树枝扯着他的制服,把胸前的勋章拉下来。他在空地上稍停,躲在矮木里,喘着气,高温的枪口烧烫着他的腿。

“在找我吗?”

巴恩斯转过头看到诺拉·马丁内斯和他相隔三棵树木。

她的额头受了伤,伤口范围有手指那么大,不断流着血,但其他地方都没受伤。

他想跑,但她抓住他的外套后领,把他往后拉。

“你之前不是想约会吗,我们一直都没约成呢。”她拖着他经过树林来到泥泞的车道。

“拜托,诺拉——”

她拉他到空地上,从上面俯视着他。巴恩斯心跳飞快,呼吸急促。

她说:“这个营地不是你负责的吧,是吗?”

他要把枪拿出来,却卡在名牌西装裤里。

诺拉很快地夺走枪,动作利落专业地上了膛。她拿枪抵着他的脸。

“啊,他们来了。”

吸血鬼从树林间走出来,准备集合,却看到诺拉手上的银剑而犹疑了一下。他们围着这两个人类,伺机而动。

“我是埃弗里特·巴恩斯博士。”巴恩斯宣布。

“我不觉得他们现在会在乎这个头衔。”她逼他们保持距离。她搜了巴恩斯的身,发现了导航接收器,她用力踩烂它。“我敢说你现在活着已经没用处了。”

“你要做什么?”他问。

“我当然是要释放这一群吸血鬼。”她说,“问题是,你要做什么?”

“我……我已经没有武器了。”

“真是太可惜了。因为,他们和你一样,不会公平地一决高下。”

"你……你不会。"他说。

"我会,"她说,"我的问题比你严重。"

"给我一样武器……拜托……你要我做什么都可以。你需要什么,我都会给你……"

"你要武器?"诺拉问。

巴恩斯抽噎地说了什么,好像是:"对。"

"那么,"诺拉说,"拿去。"

她从口袋里拿出她曾经费心雕磨的奶油刀,插进巴恩斯的肩膀里,卡在肱骨和锁骨之间。

巴恩斯尖叫,但更要命的是,他流血了。

诺拉大声一喊,朝最大的吸血鬼奔去,将他劈成两半,然后一旋身,又有更多吸血鬼朝她攻来。

其他吸血鬼停下攻势,确认另一个人类手上没有银器,而且血味是从他身上传出来的。接着,他们追着他,就像恶犬追着肥肉跑。

伊费拖着扎克,跟着私生子到河岸线,看到了码头。他看到昆蓝先生犹豫了一下,像酒桶一样的核弹在他手中,然后昆蓝先生才从沙滩跨越到长码头的木栈道上。

诺拉跑过来和他们会合。费特看到她的伤口时非常紧张,冲到她身边。"是谁弄的?"他怒吼着。

"巴恩斯,"她说,"但别担心。我们以后不会再见到他了。"她看着昆蓝先生。"你也要走!你知道你不能等到天亮。"

血祖也料到了,所以我要留下来。这或许是我们最后一次见到太阳。

"我们现在就走。"伊费说,扎克拖拽着他的手臂。

"我准备好了。"费特朝码头走去。

伊费扬起剑,抵着费特的喉咙。费特看着他,怒气上涌。

"只有我。"伊费说。

“搞什……”费特用自己的剑驱退伊费，“你究竟以为自己在搞什么？”

伊费摇摇头。“你和诺拉留下来。”

诺拉看着费特，再看着伊费。

“不，”费特说，“你需要我帮忙。”

“她需要你。”他说出这些话的时候，每个字都锥心。“我有昆蓝先生。”他看着码头，得走了，“去找一艘小艇，往下游去。我得把扎克交给安和威廉，把他救出去。我会请他们照顾你。”

诺拉说：“让昆蓝先生设定雷管，你把他载过去就好。”

“我得确定设定无误，然后我就会跟上。”

诺拉用力拥抱伊费，然后才后退。她抬起扎克的下巴，看着他的脸，想给他一点信心或安慰。

男孩眨眨眼，别过头。

“你会没事的。”她对他说。

不过那男孩的心思不在这里。他看着天空，过了一会儿，伊费也听到了。

黑色直升机从南边靠近，飞得很低。

格斯蹒跚地从河滩走过来，伊费立刻看到他的左臂骨折得很严重——他左手血肿——不过这伤势也没让这位帮派分子减轻对他的怒意。“直升机！”格斯大叫，“你们还在等什么？”

伊费马上放下背包。“拿去。”他对费特说。《光之熄》在里面。

“喂，不要管他妈的操作手册了，”格斯说，“这是不死不休！”

格斯丢下枪，摇落自己的背包，痛苦地闷哼着——他先松开没受伤的手臂，然后诺拉帮他把背包从断臂那边拿下来，他从里面翻出两个紫色的罐子。他用牙齿咬下保险，让烟雾弹分别滚向右边和左边。

紫烟翻腾，河风让烟扬起来，弥漫了沙滩和码头，从直升机上暂时看不到他们。“快点去！”格斯大叫，“你和你儿子好好照顾血祖，我会掩护你这王八蛋——不过你要记得，顾威，你和我，我们的账还没算完。"格斯轻轻地，却又极端痛苦地把那条断臂的外套袖子卷起来，从肿胀的手腕往上卷，让伊费看到他刺的"妈妈"还在手臂上，血液刷洗后更加明显。

"伊费，"诺拉说，"别忘了——血祖还在，行踪不明。"

码头的另一端，离河岸30码的地方，安和威廉在两艘十英尺的铝制小舟里等着，马达挂在船外。伊费把扎克推上第一艘船。扎克不肯上船，伊费就把他整个人举起来，抬进去。他看着儿子。"我们把这件事做完，可以吗，小扎？"

扎克没回应。他看着私生子把核弹装到另一条船上，在中间和后排的座位之间，然后温柔却用力地把威廉举起来，放在码头上。

伊费想起血祖还在扎克的脑中，看着这一切，正看着伊费。

"就快结束了。"伊费说。

紫色的烟雾在沙滩上翻腾，吹到树林里，让他们看到更多吸血鬼靠近。"血祖需要人类才能跨越活水，"费特走到诺拉和格斯身边，"我觉得除了我们三人之外这里没有其他活人了，我们只要确保没有人靠近小艇。"

怪的是，紫色烟雾好像自己对折般散开了，恍如有个东西以极快的速度穿越烟雾。

"等等——你有没有看到？"费特大叫。

诺拉听到血祖出现时的杂音。不可能，烟雾完全改变了方向，从树林折回来，顺着河上的微风往河岸飘——吞噬他们。诺拉和费特立刻分开，朝他们袭来的吸血鬼在雾中很安静，他们的赤脚在潮湿的沙地上没有声音。

直升机的螺旋桨搅动着他们头顶的气流。爆裂声响起，沙子跳到他们的鞋子上，因为头上传来的枪响。狙击手对着烟雾乱枪打鸟。诺拉正准备砍一个吸血鬼,他的头顶就被子弹射穿了。螺旋桨把烟吹向她,她持着剑360度旋转,边转边向前走,被呛得一直咳嗽。突然间,她不确定哪边是岸哪边是水。她看到烟雾中有个旋涡,就像尘暴一样,然后听到杂音又变得大声起来。

血祖。她继续挥剑,打击着雾阵和雾中的一切。

格斯侧着身,让受伤的手臂在后面,盲目地匆匆横行穿越让人窒息的紫色烟雾,一直靠着岸边走。帆船绑在码头上,没靠着陆地,大概距离了四五十英尺。

格斯身体的左半边一直在抽动,手臂肿胀。他觉得很狂热很兴奋,他突破紫色迷雾,站在餐厅面河的窗前,以为会看到一大群饥饿的吸血鬼,但河滩上只有他一人。

空中就不止了,他看到黑色直升机,六架都在头顶,另外六架紧追在后。它们飞得很低,就像巨大的机械蜜蜂一样聚在一起,把沙打到格斯脸上。其中一架朝河边飞去,打起河水,让水气也像玻璃碎片一样充满力量。

格斯听到来复枪的咔啦声,他们在射击小艇。想击沉小艇。脚边的撞击表示他们也在射他,但他更加担心朝湖心飞去的直升机——他们在搜寻顾威,搜寻核弹。

他用西班牙文大骂脏话。“你在等什么?”

格斯朝直升机开枪,想把直升机打下来。他的小腿感觉到火热的刺伤,让他单膝跪地,他知道他中弹了。直升机朝河面上飞行,他继续朝直升机开枪,看到火花擦到尾翼。

另一发子弹打中他的侧面,力道强劲得和弓箭一样。“去吧,伊费!去吧!”他大叫着,用手肘撑在地上继续射击。

一架直升机摇摇晃晃,一个人从直升机掉进水里。直升机没办法保持平衡,尾翼往前旋转,最后撞上另一架直升机,两架翻滚了一下都栽进水里。

格斯没子弹了。他躺在沙滩上，离河水只有几码，看着死亡之鸟在头上盘旋。才一瞬间，彩雾里投射出激光，纷纷指向他的身体。

“顾威要对付他妈的天使，”格斯大笑，吸着空气，“我却只得到激光。”他看到狙击手在直升机上打开门，看着他。“王八蛋，把我烧了啊！”

飞沙漫天，格斯被射穿了好多回。数十发弹药打得他身体咯咯作响，切断，磨碎……格斯最后的想法是，**你最好别搞砸了，博士**。

“你要把我带哪里去？”

扎克站在小船中间，摇着摇着醒过来了。外挂的马达隐身在黑暗与紫雾里，扎克只感受到平常的嗡鸣，加上直升机靠近时低沉的节奏。

叫安的女人解开船离开码头，马达喷着气，威廉一直拉马达的绳索，紫色烟雾跟在他们后面。“到我们下游的小岛。”安看着威廉，“快。”

扎克说：“你们在那边有什么？”

“有避难所。温暖的床铺。”

“还有呢？”

“有鸡，有院子，很多杂物。那是个美国革命时代留下来的古老碉堡，还有些和你年纪一样的小孩。别担心，你在那边很安全。”

血祖的声音说：“**你以前在这里很安全**。”

扎克点点头、眨眨眼。他以前的生活和王子一样，住在大城市中心真正的城堡里，他拥有一座动物园，要什么有什么。

但你爸爸却把你带走了。

扎克觉得他应该要专心看着码头。马达响了起来，威廉在后座转身掌舵，把他们带进水流中。现在可以看到直升机了，他们的灯光和激光照亮了河滩上的紫雾。扎克默数七次，从一数到七就眨眼，码头开始消失在视线中。

从码头长长的边缘涌出一阵模糊的紫烟，像一道空气朝他们过来。

血祖出现在其中，斗篷在身后张开来，就像翅膀一样，他伸展双臂，一手持着狼头拐杖。

他赤裸的双脚砰一声降落在铝船上。安跪在前面，根本没有时间转身。"操……"她看到面前的血祖——认出加布里埃尔·波利瓦苍白的身体。她侄女开口闭口都是这个明星，她的上衣有他的照片，她的墙上有他的海报，安总是想着，我从来就没喜欢过他那难听的音乐……

血祖放下拐杖，伸手抓她，手一转，就把她从腰部撕成两半，像壮汉撕开电话簿一样，然后把两块尸体都丢进河里。

威廉看到血祖出现就吓傻了，血祖夹住他的腋窝，把他提起来，朝他的脸挥掌，力道如此之猛，威廉的脖子立刻断裂，他的头掉到肩膀后面就像斗篷被扯下来一样。血祖也把他丢进河里，然后拾起拐杖低头看着男孩。

儿子，带我去那里。

扎克走向船舵，更改航线，血祖跨步站在中间的椅子上，斗篷在风中飞扬，他们顺着第一艘船逐渐消失的水痕前进。

烟雾渐渐淡了，诺拉喊着费特，终于得到响应。他们找到对方，摸索着回到餐厅，他们跑得比直升机里狙击手的子弹更快。

他们在餐厅里面找到了格斯的其他武器。费特抓住诺拉的手，他们跑到河边的窗户，打开其中一扇。诺拉拿起《光之熄》，带在身上。

他们看到船离岸边愈来愈远。"格斯呢？"诺拉问。

"我们得游过去。"费特说。他受伤的手臂现在都是血，伤口裂开了。"可是先——"

费特朝直升机的亮点开火，打中了他瞄准的第一架。

"他们看不到就不能还击！"他大叫。

诺拉也照做，武器在她手中发出轧轧声，她也射中一架，其他的光点沿着河岸线寻找射击的来源。

就在这时候，诺拉看到格斯的尸体倒在沙滩上，河水拍打着他的身体。

她的震惊与悲伤只让她麻木了一下子。格斯的战魂立刻来到她和费特身边。**不要难过——继续战斗。**他们大胆地往外移动到河滩上，把血祖的直升机都打退了。

他们离岸边愈远，船就晃得愈猛。私生子紧抓着核弹的束带，伊费掌舵，努力不翻船让两人跌入水中。厚重的墨绿色河水拍打小船的两侧，将水花泼到核弹外壳和桦木骨灰坛上，下面都变成浅浅的泥沼了。又飘雨了，他们迎着风前进。

昆蓝先生把骨灰坛从湿漉漉的地板上拿起来，离开水面。伊费不知道这是什么意思，但是吸血鬼始祖的遗体都被带到了他们最后一个同类的发源地，让伊费明白这一切都将结束了。看到扎克变成那样，他心中的震惊还是无法平复。

他驾船经过第二座小岛，狭长的岩岸后面是光秃秃的枯树。伊费检查地图，手上的那张纸愈来愈湿，墨水逐渐晕开来。

伊费大喊，盖过马达声与风声，但肋骨的剧痛让他没办法太大声："既然血祖没转化他，那又怎么能……和我儿子建立那种感应？"

我不知道。重点是他现在已经离开血祖了。

"只要我们干掉血祖，他的影响力就会消失，和其他吸血鬼一样？"

血祖的一切都会完结。

伊费受到鼓舞。他感觉到真正的希望，他相信他们可以再度成为父子。"我想，就有点像脱离邪教。现在已经没有治疗师了，我只希望带他回到他以前的房间，从那边开始。"

生存是唯一的疗程。我以前不想跟你说，因为怕你无法集中心力，但我相信血祖是为了自己才照料你儿子。

伊费咽咽口水。"我自己也怕是这样。他既然留着他，又不转化他，我想不出其他的原因。但——为什么？为什么是扎克？”

或许和他是你儿子有关系。

“你是说，因为我？”

我没办法知晓，我只知道血祖很变态，他喜欢在痛苦中扎根。破坏与腐坏。或许他在你身上看到了挑战：你率先登上那架飞往纽约的飞机，你和亚伯拉罕·瑟拉齐安结盟，那是他的死敌。降伏一整个种族确实很了不起，但这是很无情的成就。血祖需要引发人类的痛苦，他需要感受到另一个人在受折磨，他需要第一手的经历。用你们现代的语言来说，最接近的词应该是“虐待狂”。这就是他在做的事。

伊费心力交瘁，看着第三个岛从面前经过。经过第四个岛之后，他把船靠岸。他在河上没办法看清楚这座岛的形状——在黑暗中更不可能看到六个露出地表的尖端，一定得上岸绕一圈才能确定。但不知为何，伊费就是知道那张地图没错，这里正是黑地。光秃秃的、黑漆漆的树木在这座无人岛上就像是多指的巨人被活活烧死，伸直了手臂朝向天堂，同时大哭呼喊。

伊费看到一个水湾，他朝那个方向转过去，熄掉引擎，朝陆地直进。私生子抓着核弹站起来，踏上岩岸。

诺拉说得没错，让我来完成任务，回去找你儿子吧。

伊费看着穿斗篷的吸血鬼王子，他的脸上有伤，准备要自我了结。对生命有限的人类来说，自杀违反自然，那对生命无限的人呢？昆蓝先生要殉难，感觉更不自然、更不合理、更壮烈。

“我不知道要说什么。”伊费说。

私生子点点头。**那你该走了。**

话一说完，私生子开始沿着岩坡而上，手中提着和酒桶一样大的核弹，背包里则是吸血鬼始祖的骨灰。伊费之所以犹豫，唯一的理由是他还记得他所见的异象和那幅可怕的画面。在预言中私生子不是救世主。但伊费看《光之熄》的时间并不多，或许对预言的解读有所偏差。

伊费把船推回水中，拉绳索发动引擎。但他准备要拉动的时候，听到了另一部马达的声音，让他朝风的方向看过去。

另一艘船正在接近。但除了他的船，只剩一艘船还有马达。

扎克的船。

伊费回头找私生子，但他已经消失在坡上了。伊费的心一沉，朝河面的浓雾望去，紧张地想要看清那艘来船。听起来速度好像很快。

伊费站起来，跳出船到了岩岸上，一条手臂横挡在断裂的肋骨前，两把剑柄在肩上摇晃。他尽量快速地冲上岩坡，地面冒出烟，那是雨水把浓雾给打上来，看起来好像土地在发烫，期待着晚些时候被原子能焚化。

伊费登顶了，却没办法在树丛中看到昆蓝先生。他冲进枯林中喊他："昆蓝！"他虽然胸痛，但仍尽量大声地叫，然后从另一端走出来到了沼泽空地上。

雾很高。私生子把武器放在三叶草形的小岛中央，放在石头圆圈的中间，看起来好像石头的黑色水泡。他在核武装置周围移动，安放吸血鬼始祖的桦木骨灰坛。

昆蓝先生听到伊费叫他，转过头——刚好也察觉到血祖靠近。

"他来了！"伊费大叫，"他——"

一阵风搅动迷雾。昆蓝先生才做好准备就受到了攻击，血祖不知是从哪里冲过来，昆蓝被攻击的瞬间抱住了他。那股动能强大到两人都飞了好几码，滚到雾中看不见了。伊费看到空气中有个东西滚落——他相信那是瑟拉齐安的狼头拐杖。

伊费忘记胸口的痛，往核弹冲过去，抽出剑。这时雾气往上旋转，遮住了核装置。

"爸！"

他转过头，感觉到扎克的声音就在他后面。他立刻转身，发现自己被耍了。他的肋骨发疼。他头晕眼花，仍继续寻找核弹。他在地上摸索石圈，想要找到方向。

这时，就在他面前，从雾中出现了：血祖。

伊费往后跌，没想到会看见他。血祖的脸上有两条伤口，就像被划了个叉，肯定是因为血祖撞到了私生子，两人进行了缠斗。

蠢。

伊费还是没办法保持平衡或说任何话，他脑子里轰轰响，好像刚刚听到爆炸声。他看到血祖的皮肤下面有波动，一条血虫从被抓伤的破口冒出来，从他睁开的眼睛上方爬过去，进入另一道伤口。血祖连眉头都不皱一下，他举起手臂，看着这座烟雾弥漫的发源之岛，然后骄傲地看着上方黑暗的天堂。

伊费集中全身的力量，奔向血祖，剑在身前，瞄准他的喉咙。

血祖反掌正中他的脸，力量大到让伊费飞起来，筋斗翻飞，落在几码外的石地上。

阿苏达谷洼。黑地。

伊费认为血祖折断了他颈部的椎骨。他落到地面上时完全无法呼吸，他担心肺脏被刺穿了。另一把剑从背包掉出来，落在两人中间的地面上。

奥农达加语。入侵的欧洲人根本懒得把名字正确地译出来，甚至都懒得去翻译。看到了吗，顾威？文化已死。生命不是循环，而是无情的直线。

伊费挣扎着站起来，碎裂的肋骨刺痛难忍。“昆蓝！”他大叫，但声音只像气音。

你应该照着我们的交易做，顾威。当然，我不会信守承诺。但你至少不必这么屈辱、这么痛苦，投降总是比较容易。

伊费百感交集、五味杂陈。他虽然胸口剧痛，但仍尽量站直。他在雾里看到核弹的轮廓，离他几条手臂的距离。

伊费说：“那就让我给你最后一次投降的机会。”

他一跛一跛地走向核装置，摸索着雷管。他觉得血祖把他扔到离核装置那么近的地方真是幸运……这个念头让他回头再看了怪物一眼。

伊费看到地面雾阵中出现了另一个人形。扎克靠近血祖的身旁，一定是被心电感应所召唤。

伊费觉得扎克看起来简直是个大人，就像有一天你会突然不认得自己亲爱的小孩了。扎克和血祖并肩而立，突然间，伊费不在乎了——同时，他又更在乎了。

结束了，顾威，现在那本书将永远尘封了。

血祖一直依仗这一点。血祖相信伊费不会伤害他的儿子——如果必须以牺牲扎克为代价的话，伊费绝对不会把血祖炸掉。

儿子就是会和父亲作对。血祖又对着天空举起手。**向来如此。**

伊费瞪着扎克，他和那头怪兽站在一起。伊费的眼中盈满泪水，对儿子微笑。“扎克，我原谅你，我愿意……”他说，“我希望你也原谅我。”

伊费把开关从延时启动转为手动。他尽量加快速度，但血祖还是往前奔驰，缩短两人之间的距离。伊费及时放开雷管，否则血祖的力量会把核装置的电线给扯断，核弹就不能用了。

伊费倒在地上。他摇摇晃晃地承受打击，努力站起来。他看到血祖朝他冲过来，歪七扭八的叉形伤口上，他的双眼露出红光。

在他身后，昆蓝先生飞扑。他拿着伊费的第二把剑，在血祖来不及转身时就刺穿了他，让他痛得弓起身子。

私生子把剑收回来，血祖转身面对他。昆蓝先生的脸破了，左颊塌了，下巴脱臼了，发光的血液覆盖了整片脖子。不过，他还是朝血祖挥剑，要砍下他的手掌和手臂。

血祖的愤怒让雾气渐渐消散，他不受到痛楚的影响，朝自己创造出来的吸血鬼走去，让受伤的私生子无法靠近核弹——父子决战。

伊费看到扎克独自站在昆蓝先生的后方，全神贯注地看着，目中有火光。然后扎克转身，好像他的注意力被其他东西吸引了。血祖在指挥他。

扎克蹲下去，捡起一样长条状的东西。

瑟拉齐安的拐杖。扎克知道转一转把手就可以打开下面的木质剑鞘，里面有银剑。

扎克双手持剑，从后方看着昆蓝先生。

伊费这时已朝他冲去，他跑到扎克面前，挡在他和私生子之间，一手护着疼痛的胸口，另一手握着剑。

扎克瞪着眼前的父亲，没有把剑放下来。

伊费放下他的剑，希望扎克砍他，那会让他觉得接下来他要做的事轻松一点。

扎克在颤抖。或许他在和自己的内心对抗，抗拒血祖要他做的事。

伊费伸手抓住扎克的手腕，从他手中拿回瑟拉齐安的剑。“没事，”伊费说，“没事。”

昆蓝先生的力量比血祖大。伊费没办法听到他们用心电感应对彼此说什么，他只知道他自己脑中的吼声就让他快聋了。昆蓝先生抓着血祖的脖子，把指头插进去，刺穿肌肉，想要撕裂他的皮肤。

父亲。

这时血祖射出螫针——就像枪一样，穿入私生子的脖子里，力道强劲到脊椎骨都碎了。血虫侵入昆蓝先生无瑕的身体里，在他苍白的体内游走，这是第一次——也是最后一次。

伊费看到光线，听到直升机螺旋桨靠近这座小岛的声音。他们找到他们了！聚光灯搜寻这座枯萎的荒岛。机不可失。

伊费的肺脏被刺伤了，但他尽力地快跑，核弹的外形在他的视线中摇晃。他就只差几码，却听到一阵呼喊声，有人重击了他的后脑勺。

两把剑都从他手上松脱了。伊费觉得有东西抓着他的侧胸，那股痛苦实在太折磨。他的手插进柔软的泥土里，看到瑟拉齐安的剑发出银白色的光芒。他才刚抓到狼头剑柄，血祖就把他举在空中甩动。

血祖的手臂、脸颊、颈子都被划伤，流出了白色血液。这怪物当然能自愈，只是还没有机会。伊费用老教授的剑砍向血祖的颈子，但这怪物抓住他握剑的手臂，挡下攻势。伊费胸口的疼痛太剧烈，血祖的力量又太强大，他把伊费的手折回去，让瑟拉齐安的剑指着伊费自己的喉咙。

直升机的聚光灯打在他们身上。伊费在一片模糊中低头看到血祖伤痕累累的发光脸孔，他看到血虫在皮肤底下蠕动，因为靠近人类血液而兴奋不已，期待着杀戮。脑中的杂音继续嘶吼，变成了一道声音，高音的部分几乎如同天籁。

我准备好了一副新的身体在等待着，下次别人看着你儿子的脸时——他们是在看着我。

血虫在血祖的脸部肌肉下面波动，好像嗑药了一样。

再见，顾威。

但伊费在血祖解决他之前设法让血祖放手了。伊费划开自己的咽喉，划破了一条血管。他看到自己的红色血液喷出来，直接泼洒在血祖的脸上——让血虫全都发疯了。

它们从血祖的伤口冒出来，从手臂的伤口和胸腔的大洞里爬出来，嗜血若渴。血祖呻吟着全身扭动，用手去摸脸的时候放开了伊费。

伊费重重地摔在地上，他转身，需要用尽全身力量才能转过来。

在直升机的灯光照耀下，血祖往后倒，想要阻止血虫为了饮血覆盖他的全脸、遮蔽视线。

伊费在晕眩之中看着这一切，全都慢了下来，但这时身旁地面的撞击声让他重新有了速度感。

是狙击手。另一道聚光灯打亮他，红色的激光在他的胸口和头上跳跃……也照着核弹，就在几步之遥。

他在泥地上拖着身体前进，往核装置爬，子弹落在身边。他伸手摸到核弹，把自己拖过去才能摸得到雷管。

他把雷管握在手中，找到了按钮，然后冒险回头看了一眼扎克。

他就站在私生子躺的地方，几条血虫爬向他，伊费看到扎克用力拍掉它们……也看到它们钻进扎克的前臂和颈子里。

昆蓝先生的身体站起来,双眼中有了不同的神情——不同的意志。那是血祖,他完全了解人性的黑暗面,但不懂爱。

"这是爱,"伊费说,**"天,好痛——但这就是爱……"**

他,生命中的所有事件都迟到了,这件事却准时了,这是他生命中最重要的约会。他按下了开关。

什么都没发生。在那痛苦的瞬间,这整座岛对伊费来说就像是个静止的沙洲,尽管直升机盘旋在头顶。

伊费看到昆蓝先生冲过来,血祖意志的最后一击。

他朝伊费的胸口揍了两拳。伊费倒在地上,看着伤口。看到喷血的大洞,就在心脏旁边。他的血渗到地里。

伊费看着昆蓝先生后方的扎克,他的脸在直升机灯光下发亮。扎克的意志还在,还没被占据。他看着扎克的眼睛——**他的儿子**,就算是现在,**他的儿子**——他还是拥有最美丽的眼眸……

伊费微笑。

这时候奇迹出现了。

这是最温柔的奇迹:没有地震、没有飓风、没有分裂的大海。天空晴朗了起来,万丈光芒如此纯净,比直升机的灯光还要强烈100万倍。乌云散尽,洁净大地的光线出现了。

被血祖的血液所感染的私生子在明亮的光线中嘶喊、扭转。烟和蒸气从他身体里冒出来,私生子就像被丢进滚水里的龙虾一样拼命大叫。

这一切都没能让伊费的视线离开他儿子的眼睛。当扎克看到他爸爸在那儿对他微笑——在光辉的日光下——扎克终于记起了他的一切,认出他是——

"爸——"扎克轻声说。

此时核弹引爆了,热点周围的一切都蒸发了——身体、沙砾、植物、直升机——全都消失了。

净化。

在圣劳伦斯河下游的河岸上，靠近安大略湖的地方，诺拉只看到这一幕的一瞬间。费特立刻把她拉到岩层后面，两个人在沙地上像球一样打滚。

震波让他们身边这栋古老荒废的堡垒频频晃动，墙上的沙尘和碎石都掉了下来。诺拉很确定整栋建筑物都会往河里倒塌。她双耳鼓胀，水面汹涌——就算她紧闭着双眼，用手臂抱住头，她还是可以看到亮光。

雨水往两侧飞散，地面发出痛苦的怒吼……然后光线渐退，石造堡垒没垮，一切又安静了、不动了。

后来，她才晓得爆炸让她和费特都暂时失去了听力，不过当下的寂静很深远、很崇高。费特原本用身体护着诺拉，这时他摊开四肢，他们两人一起绕过石墙往外探察，河滩的水逐渐退却。

他看到了天空中偌大的奇迹，可是她当时却不懂。

加百列，第一个大天使——光线的形体明亮得让太阳和原子光都变弱了——他在光柱之中盘旋而下，银翼闪闪发亮。

米迦勒，被谋杀的大天使，收起翅膀直直落下，在小岛上方一英里处停下来，再滑翔而下。

最后，亚兹拉尔仿佛从地里爬出来，他又再度从散沙中复活。他上升时碎石和泥土从他巨大的翅膀上掉下来。又是灵体，没有肉身。

诺拉在暂时失聪的彻底寂静中目睹了这所有的征兆。或许，正因如此所以更深深烙印在她心中。她听不到双脚所感受到的激烈晃动，她听不到温暖脸庞和灵魂的刺目光线的爆裂声。她目睹了《圣经·旧约》里的场景，但她不是穿着亚麻长袍，而是穿着批量生产的休闲服。这一刻撼动了她的感官，改变了她余生的信仰。诺拉尽情地哭了，自己却没发现。

加百列、米迦勒和亚兹拉尔聚首，他们一起翱翔在光线中。三位大天使靠近云层的时候，云中的缝隙绚烂耀眼——天光最后一闪，他们消失在洞里,裂缝合了起来。

诺拉和费特环顾四周。河流依然澎湃,他们的小艇被冲走了。费特检查诺拉,确定她没事。

我们活着,他用唇语说,什么字都听不见。

你看到了吗? 诺拉问。

费特摇摇头,不是说"**没看到**"而是说"**我不相信**"。

他们看着天空,等其他事情发生,同时,在他们周围,大片沙滩都变成了乳白色的玻璃。

碉堡里的居民走了出来,几十个衣衫褴褛的男女,有人带着小孩。诺拉和费特事前警告他们要找掩护,所以现在岛民都要他们解释。

诺拉得大声喊,他们才听得见。"安和威廉呢?"她说,"他们带了个男孩,十三岁的男孩!"

大人都摇头。

诺拉说:"他们比我们早离开!"

有个男人说:"或许在另一座岛上?"

诺拉点点头——虽然她不相信。她和费特是搭的帆船到他们的岛上碉堡,安和威廉应该早就登陆了。

费特把手搭在诺拉肩膀上。"伊费呢?"

他们没办法确定,但她知道他永远不会回来了。

后记

EPILOGUE